1907년, 〈인팀마 테아테른(Intima teatern)〉에서의 《타버린 대지(Brända tomten)》 리허설을 지켜보는 스트린드베리이.

**실험극**
KAMMARSPEL
1907~1908

2016년 8월 15일 초판 발행

**지은이** 아우구스트 스트린드베리이
**옮긴이** 이정애
**펴낸이** 홍철부
**펴낸곳** 문지사

**등록일** 1978.8.11(제 3-50호)

**주 소** 서울특별시 은평구 갈현로 12

**영업부** 02) 386-8451
**편집부** 02) 386-8452
**팩 스** 02) 386-8453

값 40,000원

※이 책은 동서대학교 지원으로 제작되었습니다.

# 요한 아우구스트 스트린드베리이
# JOHAN AUGUST STRINDBERG

## 희곡전집
## - 20 -
### (1907-1908)

이정애 옮김

문지사

# 실험극
# KAMMARSPEL

악천후, 타버린 대지,
유령 소나타, 펠리컨,
검은 장갑

OVÄDER, BRÄNDA TOMTEN,
SPÖKSONATEN, PELIKANEN,
SVARTA HANDSKEN

# 서문

## 아우구스트 스트린드베리이(August Strindberg)의 희곡, 번역 출간에…

스웨덴을 대표하는 작가로서 〈현대 연극의 아버지〉라 불리는 세계적인 극작가이자 화가! 스웨덴의 셰익스피어로 칭해지는 스트린드베리이라는 이름은 불과 몇 년 전까지만 해도 필자에게는 다소 생소한 이름이었다. 스트린드베리이의 이름을 의미 있게 접하게 된 것은 지난 2012년이었다. 2012년 당시, 스트린드베리이 서거 100주년을 기념하여 세계 곳곳에서 기념 페스티벌이 열리고 있었다. 마침 한국에서도 필자가 총장으로 재직하고 있는 동서대학교의 이정애 교수가 스웨덴어 원작 극본을 번역하여 페스티벌을 열게 되면서 스트린드베리이의 이름을 처음 접하게 되었다. 스트린드베리이는 인간의 모순과 부조리를 적나라하게 표출한 난해한 문학작품들을 많이 남겼다. 한국에서도 그의 희곡이 간간이 무대에 올려졌으나 그 난해성 때문에 크게 조명 받지 못 했다. 그 원인 중 하나가 중역본을 대본으로 사용했고, 작가에 대한 연구 없이 연출을 했기 때문이라고도 한다. 이러한 그의 작품을 이정애 교수가 한국 최초로 스웨덴어 원작을 한국어로 번역하여 페스티벌에서 선을 보였던 것이다.

작가의 작품세계를 제대로 이해하고 그와 소통하기 위해서는 작가의 삶에 대한 이해와 연구를 통해 그의 언어를 정확하게 해석해내야 한다. 이정애 교수는 스웨덴 유학 때인 1970년대 초반 학부시절부터 40여 년을 줄곧 한국 연극의 빈자리라고 말하는 스트린드베리이 연구에 매달려 오신 분이다. 단연코 국내 그 누구도 스트린드베리이의 삶과 작품세계에 대해서 이 교수만큼 정통한 사람이 없을 것이다. 더욱이, 이번 번역 작업은 평소에 알고 있던 이정애 교수와 매우 잘 어울리는 작업이라는 생각이 든다. 내가 아는 이정애 교수는 원칙이 분명하며 확고한 교육관과 철학을 가지고 계신 분이다. 기본적으로 학생들에게 본인의 모든 것을 다 내어 놓으시면서 헌신적으로 부모 역할까지 해주고 계신다. 수업뿐만 아니라 올바른 인성과 예절을 갖추도록 지도하신 덕분에 학생들이 흐트러지지 않고 생활할 수 있는 힘을 얻고 있다.

또한, 특유의 꼼꼼함으로 수업에서도 학생들이 과제를 제출하면 기본적인 글쓰기부터 빨간 펜으로 첨삭지도를 해주는데, 어떤 학생은 열 번, 스무 번씩 수정을 받기도 한다. 이 역시 '하나를 심어도 바로 심겠다'는 교육철학이 드러나는 사례가 아닌가 하는 생각이 든다. 이 같은 열정과 성실함이 바로 이정애 교수의 이번 역서에 무한한 신뢰를 갖게 되는 이유이기도 하다. 평소 이정애 교수의 성정을 잘 알기에 그 어떤 작품들보다도 빈틈없고 매우 충실하게 이루어진 역작일 것임을 믿어 의심치 않는다.

이러한 노력이 한국의 공연예술계를 한 걸음 나아가게 하는 계기가 되기를 기대하며, 이정애 교수의 학문적 성취와 건승을 기원드린다. 아울러, 우리 대학의 〈임권택 영화영상예술대학〉 학생들의 공연에서도 이정애 교수가 번역한 스트린드베리이의 작품들을 자주 만나 볼 수 있기를 기대해 본다.

2016년 6월

동서대학교 총장
장 제 국

# 추천사 1

## 스트린드베리이 희곡 완역에 부쳐…

이정애 교수님은 세계적으로 행해지던 아우구스트 스트린드베리이(August Strindberg, 1849-1912) 서거 100주년 기념행사에 동참하기 위해 2012년, 한국에서 〈스트린드베리이 100주기 기념 축제〉를 기획하여 본인의 번역본으로 한국 무대에 올렸다. 또한 스트린드베리이가 창립한 스톡홀름의 〈Intima Teatern〉 팀을 초청해 원어공연을 번역하여 자막으로 한국 공연을 추진하기도 했다. 보이기 위한, 행사를 위한 행사가 아닌, 스트린드베리이를 전공한 유일한 한국인으로서, 후진을 위해 한국 연극계에 스트린드베리이를 바로 심기 위한 행사였다고 했다.

역자는 중역본(重譯本)이 대종(大宗)을 이루는 지금까지의 관례를 깨고 희곡 번역사상 초유의 본격 완역본을 탄생시켜 우리나라 희곡 번역사(戲曲飜譯史)에 새로운 지평을 열어간다는 관점에서 역사적 의의가 크다고 하겠다.

첫째: 한국 최초로 스트린드베리이 스웨덴 원전(原典)을 직접 번역했다는 점.

둘째: 우리나라 유일한 스트린드베리이 전공자로, 그의 희곡 60편을 혼자 완역, 하나를 해도 제대로 하겠다는 역자의 의지가 담겼다는 점.

셋째: 작가의 삶이 담긴 스웨덴의 스톡홀름대학에서 학부부터 스트린드베리이를 연구하고 프랑스 〈파리 소르본 대학 IV〉에서 박사학위를 수료하기까지, 오랜 유학생활 동안 스트린드베리이의 삶의 배경을 체험하며 그 사회의 감정, 의지, 사고와 논리, 그리고 그들의 생활이나 숨결에 따라 번역할 수 있었다는 점.

넷째: 희곡이란 문학 형식은 작가의 미묘한 내적 심리요인, 감정의 흐름, 성격, 경험, 동작 목소리까지 대사 속에 묻어 두기에 작가를 연구하지 않고는 번역에 적합한 어휘의 선택과 구사가 용이하지 않다. 하여, 역자는 그곳 언어가 가진 외연(外延)은 물론 그 말에 내포된 미묘(微妙)하고 내밀(內密)한 뉘앙스까지 놓치지 않고 집어낼 수 있는 분이라 어떤 번역본 보다 내용이 풍부하고 충실하다는 점.

다섯째: 스트린드베리이가 〈현대 연극의 아버지〉로 추앙받은 자연주의(自然主義) 작품뿐만 아니라, 그의 전반적인 희곡은 작가의 자전적인 요소가 주를 이루기에 그를 전공한 학자가 아니고서는 정확한 작품 해석이 어렵다는 점에서 40여 년간 원작자를 연구해 온 이정애 교수님이 적격자라는 점.

여섯째: 이 작품을 번역한 인간 이정애 교수님의 일상을 간과할 수 없겠다는 점. 적어도 일상에서 내가 아는 역자는 정확하고 자신에게 엄격하며 흐트러짐이 없는 분이다. 대체로 이런 분들은 매정한 면이 있지만 역자는 전혀 그렇지 않다. 오히려 놀라울 정도로 섬세하고 따사로워서 구석구석에서 체온을 느낄 수 있고 사람 냄새를 맡을 수 있는, 그래서 믿음이 가는 분이다. 그러면서도 일상에서 강력한 추진

력이 있어 큰일도 담대하게 이끌어내는 일면을 지켜보아 왔기 때문이다. 단적인 예가 스트린드베리이 희곡 완역 작업이다. 일상에서 한치 흐트러짐 없는 성상(性狀)으로 미루어 볼 때 번역본 행간(行間)에 숨어 있는 미묘한 뉘앙스, 오역(誤譯)이나 빗나간 어휘까지 빠트림 없이 모조리 집어내어 옳게 바르고 말지, 그냥 보아 넘길 위인이 아니라는 점에서 믿음이 가기에 추천하게 된 것이다. 한마디로 일상의 역자를 믿어왔듯이, 일생을 스트린드베리이 연구에 투신한 전공자의 번역을 믿는다는 뜻이다. 아울러 난해하다고 알려진 스트린드베리이의 걸작들이 한국 연극계에 깊이 있는 연출로 재탄생 되길 기대해 본다.

이정애 교수님의 건강과 학문적 성취를 기원드리며, 희곡집 완역을 전 후한 그간의 노고에 정중한 위로와 진심 어린 치하의 인사를 드린다.

2016년 6월

전 경성대학교 예술대학장
전 부산국제연극제 집행위원장
김 동 규

## 추천사 2

# 세기적 쾌거에 큰 박수를 보냅니다.

본인은 이정애 교수를 2011년 지인의 소개로 서울에서 처음 만났습니다. 한국인으로 일찍 젊은 나이에 외국에 나가, 거의 평생을 학문을 하며 지내는 분이 있다는 말은 일찍이 들은 바가 있습니다. 영어, 일어, 독어, 불어, 스웨덴어 등 5-6개국 언어에 능하며 미국과 한국 대학에서 교수 생활을 하고 있다는 것이었습니다. 동숭동 대학로 모 카페에서 처음 만났을 때 훤칠한 키에 예사 분이 아니란 걸 단번에 알 수 있었습니다.

그날 처음 만났을 때 이정애 교수는 '현대극의 아버지'라고 불리는 스웨덴의 대표 작가, 아우구스트 스트린드베리이(August Strindberg, 1849-1912)에 대해 언급했습니다. 이제 곧 탄생 163주년, 서거 100주년이 된다는 것입니다. 그리고 세계 방방곡곡에서 서거 100주년을 기념하기 위한 각종 행사가 국제적으로 이루어지고 있고, 자신이 한국에서의 〈스트린드베리이 서거 100주년 페스티벌〉을 기획하고 있다는 것이었습니다. 나는 이 말을 듣고 정신이 번쩍 들었습니다. 한편 부끄럽기도 하고 또한 뭔가를 해야겠다는 생각이 불현듯 들었습니다. 당시엔 제가 대한민국 문화체육관광부 산하 한국 공연예술센터(Hanguk Performing Arts Center) 이사장으로 재직 중이었기 때문에 이정애 교수의 말이 더 강하게 느껴졌다고 생각합니다.

그래서 서둘러 이정애 교수와 함께 스트린드베리이 서거 100주년 기념 국제 연극제와 학술제를 준비하기 시작했습니다. 우선 당시에 가장 왕성하게 작품 활동을 하던 연희단 거리패 연출자 이윤택, 국립극단 예술감독 손진책과 상의해, 우리 세 단체가 소유하고 있는 극장 7개를 활용하고 스웨덴 대사관의 후원으로 공연축제를 하기로 했습니다. 다행히 공연될 스트린드베리이의 모든 희곡은 이정애 교수가 이미 원어로 직접 번역해 놓았기 때문에 더 큰 의미가 있었습니다. 그동안 모두 다른 나라의 언어로 번역된 것을 우리나라 말로 중역을 하여 공연해 왔기에 오역들이 많았다고 볼 수 있습니다. 이정애 교수는 8년 동안 스톡홀름 대학 학부에서부터 스트린드베리이를 전공했고, 또한 스트린드베리이의 자의적 망명지였든 파리에서 6년을 보내는 동안 〈파리 소르본 대학 IV〉에서 '스트린드베리이의 작품 세계에 끼친 사상에 대한 분석' 논문으로 비교문학 박사학위를 수여했습니다. 역자는 거의 40여 년 동안 스트린드베리이의 문학작품 120편 중 60편의 희곡을 이미 완역 단계에 올려놓고 있습니다.

2012년, 축제 준비 차, 이윤택 연출과 저는 스웨덴의 스톡홀름으로 출발을 하였습니다. 미국에서 오는 이정애 교수와 합류하기 위해서였습니다. 이미 오랫동안 스톡홀름에서 유학생활을 한 이정애 교수는 우리들에게 있어 최고의 가이드였습니다. 능숙한 스웨덴어로 스트린드베리이의 발자취를 따라 스톡홀름의 많은 곳을 안내받으며, 우리는 스웨덴의 〈스트린드베리이 서거 100주년 기념 페스티벌〉에 동참했습니다. 스트린드베리이의 실험극장(Intima Teatern)에서의 공연 관람,

그의 미술 전시회, 박물관, 민속촌, 궁전, 전망대, 거리 등. 또한 백야가 있는 스웨덴의 독특한 기후와 자연환경, 역사적 배경과 문화, 그들만의 독특한 정서 속에서의 스트린드베리이의 삶에 대해 설명해 주었습니다. 그때 나는 깨달았습니다. 바로 이러한 독특한 환경과 문화 속에서 스트린드베리이의 걸작들이 탄생되었다는 것을. 그의 소설, 희곡, 회화 등 곳곳에서 감지되는 갖가지 경계선적(liminal) 상황들, 즉 인식과 불 인식, 삶과 죽음, 꿈과 현실 사이를 내포하는 갖가지 몽환적 분위기들 말입니다. 이런 이유로 난해한 스트린드베리이의 작품 번역은 그곳의 문화적 배경과 작가의 삶에 대한 이해와 연구 없이는 정확한 번역과 연출이 거의 불 가능한 것이라는 것을 확신했습니다.

이정애 교수는 평생에 걸쳐 스트린드베리이를 연구한 학자이며, 한국인으로서는 유일무이한 스트린드베리이 전공자 입니다. 스톡홀름에서 8년, 파리에서의 6년은 지속되는 스트린드베리이 연구와 번역 작업에 중요한 역할을 했던 시기입니다. 이번에 교정된 단막극 아홉 편과 스트린드베리이 자신이 창단한 〈실험 극장〉에서의 공연을 위해 창작된 〈캄마르스펠〉 다섯 편이 먼저 출판됩니다. 뒤이어 출판될 희곡 60편이 세상에 빛을 보게 되면 스트린드베리이 희곡, 세계 최초의 완역 판이 될 것입니다. 오랫동안 비교문학적 관점에서 스트린드베리이 연구를 해온 역자기에 그 어느 누구보다도 등장인물들의 깊은 내면의 소리, 긴 대사에 담긴 암시적 메시지, 자전적이며 상징적, 몽환적 작품의 분위기들이 심도 있게 전달되고 있음을 인지할 수 있습니다. 이번 출판은 스트린드베리이 희곡을 우리 한국 연극계에 제대로 심는다는 의미를 넘어서 확연히 문화가 다른 풍토 속에서 탄생된 걸작의 진정한 맛을 독자들에게 보여 준다는 면에서도 큰 의미가 있다고 하겠습니다. 이번 출판을 계기로 우리 한국 연극의 극작술 내지는 연극 미학이 한층 더 깊어지고 넓어지는 계기가 되기를 바라 마지 않습니다. 아울러 이 세기적 쾌거에 큰 박수를 보냅니다.

2016년 6월

중앙대학 연극영화학부 명예교수
국제극예술협회(ITI) 한국본부 회장
최  지  림

# 옮긴이의 말

大학에서 독일 문학사를 통해 "현대 연극의 아버지", 아우구스트 스트린드베리이(August Strindberg, 1849-1912)와의 첫 만남이 있은 후, 스웨덴 유학시절, 그의 고향 Stockholm에서 그와 재회할 수 있었다. 스톡홀름 대학 문학부에서 그의 자전적 소설 《고독(Ensam, 1903)》을 통해 그와의 진정한 정신적 만남이 이루어졌고, 그 순간 일종의 충격으로 다가오며 내 마음을 사로잡았다.

'언어의 귀재'로 불리는 그의 글은 영혼의 심연에서 솟아나 살아 숨쉬는 듯 했고, 서정적인 언어 감각의 민감성에 매료되어 그의 아픔을 느끼고 공감하며 함께 호흡 할 수 있었다. 그 후, 스트린드베리이는 지금까지 나의 가슴 속 깊이 각인되어 떠나지 않고 남아있다.

호기심 많은 그가 당대의 모든 사조와 다양한 분야의 학문 연구에 심취하여 재창출해낸 문학세계는 너무나 심오하여 복잡하고 어렵게 느껴지기도 했다. 허나, 그의 걸작들을 접하고 그를 연구하며 독특한 그만의 작품세계를 알아가면 갈수록 그에게 빠져들었다. 그의 작품을 통해 실존하는 모든 이웃의 이야기와 다양한 인간 유형들, 그리고 인간사를 관찰할 수 있었고 사회를 바로 직시하는 능력을 길러 가슴으로 세상을 느낄 수 있는 계기가 되기도 했다. 학부 초기부터 그에 심

취되어 스트린드베리이와 그의 사상, 작품관, 그리고 작품세계 속에
내재된 배경의 영향 관계에 관심을 갖게 되어 박사과정에서는 비교문
학을 전공하게 되었다.

스트린드베리이의 망명지였고, 그가 과학자로서도 지대한 업적을
남길 수 있기까지 화학실험을 했던 빠리의 소르본느 대학(l'Université
de Paris-Sorbonne, Paris-Ⅳ)에서 비교문학 박사 논문을 쓰며, 스
트린드베리이가 남긴 희곡 60편을 우리말로 번역하여 무대에 올리고
싶다는 소망을 가져보았다. 그에 대한 연구를 거듭할수록 그의 생애
와 작품세계, 그리고 그에게 영향을 끼친 사상가와 사조들에 대한 호
기심이 40년이 지난 지금도 지속되고 있다. 그를 연구하기 위해서는
너무나 다양한 분야의 학문에 접근해야만 했다. 유럽 대륙의 상황과
동떨어진 당시의 스웨덴을 직접 체험하지 않은 외국인에겐 복잡미묘
한 영혼의 소유자인 스트린베리이를 연구한다는 것 또한 쉽지 않기
때문이다. 게다가 타국에서는 언어의 문제점도 따르지만 방대한 그의
저서를 접하기조차 그리 용이한 일이 아니기에 실제로 그를 전공한
외국인 또한 그다지 많지 않은 실정이다.

역자는 그의 삶의 발자취가 남아있는 스웨덴과 빠리에서 유학을
한 자로서, 또한 우리나라에서 스트린드베리이를 전공한 유일한 사람
이기에 더욱 더 우리말로 번역하여 그를 한국 연극계에 바로 심어야
한다는 생각이 뇌리를 떠나지 않았다.

소위 '현대연극의 아버지'라 불리며 소극장 형태의 무대로 새로운
연극기법을 창출한 그의 희곡이 국제무대와는 달리, 우리나라에서는
공연되지 못하고 있는 실정은 그에 대한 연구자료와 번역의 부재 때

문이라 생각된다. 게다가 무대에 올려졌던 몇 편의 희곡도 중역본에 의존한 실정이었기에 원작에 내포된 심오한 의미가 바로 전달되지 않은 점을 부정하지 않을 수 없다. 또한 연출 면에서 희곡이 지닌 인간 심리에 대한 섬세함을 져버리고 시각적인 자극성에 더 치중한 점도 지적하고 싶다. 그의 작품들은 대중의 기호를 염두에 둔 작품들이 아닌 심리묘사가 주를 이룬다. 하여, 시공을 뛰어넘어 생명력을 지속해 나가고 있는 작품이기에 현대인들에게 더욱더 공감을 불러일으키는 것이 아닐까? 사실 너무나 파란만장한 삶을 살은 그의 복잡한 영혼에 대한 깊은 연구없이 성공적인 무대를 이끌어낸다는 것은 용이한 일이 아니라고 생각한다.

현재까지도 우리에게 생소하기만 한 스웨덴의 사회적 배경과 환경을 경험하고 연구하지 않은 사람이 작품의 텍스트만으로 감히 스트린드베리이의 작품을 번역 또는 연출을 한다는 것 또한 결코 쉽지 않다. 일반적으로 그의 작품들은 난해하다고 말해진다. 그것은 다양한 사조와 사상, 신화, 당시대의 사회적 정치적 환경, 종교관, 특히 작가의 자전적 배경을 바탕으로 많은 상징성을 내포하고 있는 작품들을 간단히 해석해 내기란 쉽지 않기 때문이다. 게다가 스트린드베리이의 문법을 무시한 문장과 난해한 고어(古語)사용, 다양한 외국어, 작품 저변에 깔려 있는 많은 시대적 사조와 사상으로 인하여 번역작업과 무대연출이 난관에 부딪치기 마련이라는 점도 지적하고 싶다.


일생을 통해 호기심과 왕성한 지식욕을 지녔던 스트린드베이는 학문에 대한 욕망으로 화학, 식물학, 회화, 사진 등, 다양한 분야에서도 두각을 드러낸 인물이기도 하다. 특히 실존에 관한 영역을 답습하여 작품 속에서 인간 존재를 세분화시키고 다양한 사조의 이론을 실증적인 방법으로 체계화시켰다. 그리하여 왕성한 창작력으로 희곡, 소설, 그리고 시 등, 120편(희곡 60편 포함)의 문학작품과 과학자로서도 장르를 넘나드는 논문과 지대한 업적을 남기기도 했다. 또한 그가 남긴 172점의 회화로 현재 주목 받는 화가로서 국제적인 명성을 떨치고 있을 뿐만 아니라, 한편 사진작가로서의 탁월한 재능을 보이며 세상의 이목을 끌고 있는 인물이다.

위대한 작가의 방대한 걸작들을 감히 번역해 낸다는 것이 두려움으로 다가 왔지만 용기를 내어 결심했다. 그것은 연기, 연출, 분장, 조명 그리고 무대 등, 연극 그 자체에 대 변혁을 가져온 그의 삶과 작품들을 우리나라에 소개하고, 활발한 한국 연극계에 그의 희곡을 무대에 올리게 하는 것이 사명감으로 내 마음 속에 뿌리를 내렸기 때문이다.

이념의 투쟁 가운데 퍽이나 급진적이고 다양했던 삶을 자신의 작품 속에 반영시켰던 그였기에 투쟁적이고 상처 투성이인 작가의 삶을 분석해 나가며, 그가 살았던 외로운 길을 번역 속에 녹여내 보려고 신중을 기했다. 눈 앞에 보장된 영화도 버리고 양심의 소리에 따라 가시밭길을 걸었던 그의 인생행로도 특이하지만, 일상적인 언어 사용으로 친근감 있는 표현을 통해 작품이 전달해 주는 심오성, 보편성, 진실성을 구체적인 설명없이 인간의 내면 깊숙이 내제된 문제들을 다루고 있음을 느낄 수 있다. 또한 그의 문장들은 복잡하게 분화된 것을 전체적으로 종합해 내는 특성을 띠고 있기에 개인과 사회를 총체적으로 기술하는 구성력과 탁월한 언어의 구사력, 풍부한 유머와 극적 감각으로 극을 이끌어 내는 것을 감지할 수 있다.


2012년 스트린드베리이 탄생 163주년, 서거 100주기를 맞아 그를 한국에 바로 심을 적기라 생각하고 '스트린드베리이 서거 100주년 기념 페스티벌'을 기획하며 번역에 박차를 가했다. 국제적으로 그를 기리는 페스티벌에 우리나라도 동참하여 나의 번역으로 그의 희곡을 무대에 올리고, 또한 심포지움을 통해 연극 관계자들에게 그를 접하게 한다는 것에 가슴이 떨려왔다. 40여년간 그에 심취하여 연구를 거듭해 온 나의 꿈이 이루어진 것이다. 그의 희곡 전편이 완역되는 것은 세계 최초의 번역작업인 만큼 부담감이 큰 점을 고백하지 않을 수 없지만, 그가 남긴 120편의 문학작품 중 우선 희곡 60편을 번역, 출판하기로 결정했다. 자신의 번역을 읽으면 읽을수록 부끄러움과 아쉬움이 앞서 문장을 더 다듬어야 한다는 강박관념으로 한 작품을 끝낸다는 것이 쉽지 않았다.

작가가 의도한 무대뿐만 아니라 읽으면서도 공감할 수 있는 그의 희곡들이기에 원작에 담긴 산문체의 긴 대사와 내용, 그리고 작가가 의도하는 의미를 빠짐없이 정확히 전달하려다 보면 연극대사로서 너무 길어질 수밖에 없는 텍스트의 문제점을 알고 있었다. 원본에 담긴 산문체의 긴 대사를 배제하고 무대언어로 바꾸어야 하는지에 대한 갈등과 아쉬움도 부정할 수 없다. 그러나 표현의 딱딱함을 감수하며 오역으로 그의 사상이나 뜻에 누를 끼치지 않을까 두려워 가능한 원전에 충실키로 방향을 잡았다. 하여, 나의 번역작업이 후진들을 위해 작은 밀알이 되어 지속적인 연구로 더 나은 성과를 거둘 수 있기를 소망하며 출판을 단행해 보았다. 사실 불모지인 우리나라에서 누군가 시작을 해야만 하지 않을까?

우리에겐 스웨덴의 사회제도나 정치적, 그리고 역사와 문화적인 배경이 너무나 판이한 부분이 많아 중역이 아닌 스웨덴어 원전에서 최초의 한국어 번역인 만큼 그 또한 어려움이 컸다. 게다가 현대 사전에서도 찾기 어려운 단어들, 대사 또한 라틴어, 독일어, 프랑스어 등 다양한 언어를 삽입하여 등장인물들의 종교적, 문화적 배경과 대사에 암시성을 담아 내었기에 인물들의 성격을 생동감있게 묘사해 내기 위해 그 부분까지 해석하여 번역으로 소화해 나가야만 했다.

작품 배경과 등장인물들은 우리 주변에 실존 가능한 모든 이웃의 이야기다: 프로메테우스, 목사, 하녀, 시종, 사울로와 바울로, 파우스트, 부부, 정치인, 학자 등등. 그런 연유로 그를 연구하면 할수록 정의가 보이고 바른 사회가 보이며, 사랑하며 더불어 함께 사는 세계가 보인다고 한다. 사실 그의 언어가 주는 마력, 공감, 아픔은 스트린드베리이도 피력했듯이 무대에서 뿐만 아니라 읽으면서도 가슴으로 세상을 느낄 수 있다. 그것은 당시 사회문제를 잘 반영한 그의 희곡들은 시공(時空)을 초월해 21세기를 살아가는 우리에게도 적용되며 공감대를 형성하는 인간사를 다루고 있기 때문이다.

특별한 장소와 분위기가 아닌, 지하철에서도 그에 대한 이야기는 자연스럽게 토론이 될 만큼 국민들과 친숙한 생을 살았던 스트린드베리이는 당시 병든 사회 속의 아주 건강한 개혁가였다고 말할 수 있다. 우리 모두가 그의 희곡을 통해 화해와 평화를 위한, 그가 의도했던 인간 유형들을 만나고, 인간사 관찰과 사회를 인식하는 능력을 얻게 되어 세계관에 새로운 영역을 열어 가길 기대해 본다.

동시에 나의 번역을 통해 스웨덴을 대표하고 자연주의 작품으로 새롭게 창출된 소극장의 무대에서, 스웨덴 희곡을 세계적인 수준으로 부상시킨 천재작가, 스트린드베리이의 진면모를 부분적이나마 소개할 수 있는 기회를 갖게 되어 감회가 새롭다. 특별히 세계 최초로 스트린드베리이 희곡 60편이 우리 말로 완역되는 날을 앞두고 먼저 단막극과 실험극을 선두로 그의 걸작들을 시대별 혹은 사조별로 묶어 출판을 시작하기로 결정했다.

한편 책으로 출판되기까지 절 인도하시며 이끌어주신 주님의 은혜에 감사드린다. 또한 출판을 지원한 동서대학교와 까다로운 작업에 묵묵히 임해 주신 문지사 홍철부 사장님, 편집부원들, 친구 김광희 교수, 마무리 작업에 함께한 제자 박다영, 귀국한 후에도 스웨덴에서 스트린드베리이에 대한 새로운 정보와 기사 등을 수시로 보내주신 Erik Danfors 교수님과 가족들, 그리고 격려해 주시며 힘이 되어주신 지인들께 감사의 마음을 전하고 싶다.

2016년 6월

이 정 애

아우구스트 스트린드베리이
# AUGUST STRINDBERG

실험극
# KAMMARSPEL

# 목차

OPUS I

# 악천후
# OVÄDER

# 무대배경

1:o 건물 정면
2:o 실내
3:o 건물 정면

# 등장인물

**노신사;** 정년 퇴직한 공직자

**동생;** 영사

**제과점 주인;** 스타르크

**아그네스;** 제과점 주인 딸

**루이스;** 노신사의 친척

**예르다;** 노신사의 전처

**피셔;** 예르다의 새 남편, 대사가 없는 배역

**남자 얼음장수**

**우편배달부**

**가스 가로등에 점등하는 남자**

## 1:o

주변 바닥을 대리석으로 깔아놓은 현대식 건물의 정면, 황토로 만든 벽돌집; 돌로 만든 창문 손잡이와 장식; 지하엔 정원으로 통하는 문과 제과점으로 통하는 입구가 있다; 건물 정면의 우측 코너에는 넝쿨장미와 각양각색의 꽃들이 만발한 화단이 보인다; 길모퉁이에는 우체통이 있다; 일층엔 커다란 창문들이 열려있고, 그 중 네 개는 아주 세련된 부엌 가구들로 가득한 식당방의 창문들이다; 아래층엔 위층으로 통하는 계단이 있고, 창문 가운데에는 말아 올려놓은 붉은 커텐이 보인다. 정면 앞쪽 대로변에는 가로수가 줄지어 서 있고, 무대 앞쪽엔 초록색 벤치와 가스등이 보인다.

제과점 주인이 의자를 들고 밖으로 나와 인도에 자리잡고 앉는다. **노신사** 한 사람이 식탁에 앉아 있는 모습이 보인다; 그의 등 뒤로 윤기가 흐르는 연두색 도자기로 만든 벽난로 선반 중앙에 사진이 걸려 있고, 양쪽엔 칸델라브라 촛대[1]와 꽃 조각이 되어 있는 화병 하나씩이 놓여있다. 화사한 옷차림의 젊은 처녀가 마지막 요리를 내놓고 있다. 왼편으로부터 **동생**이 들어와 바깥에서 지팡이로 창틀을 노크한다.

---

1 여러 개의 초를 꽂을 수 있는 선인장 모양의 화려한 촛대.

**동생**

식사는 끝나셨나요?

**신사**

조금만 기다려 주게.

**동생**

(제과점 주인에게 인사한다.)

안녕하세요, 스타르크 씨. 아직도 무척 덥군요… -벤치에 앉는다.

**제과점 주인**

안녕하세요, 영사님. 이토록 찌는 찜통 더위에, 우린 왠종일 잼
이나 만들고 있었으니…

**동생**

그랬군요… 올해는 과일이 풍작이었나요?

**제과점 주인**

괜찮은 편이었죠; 봄은 추웠지만, 여름은 견디기 힘들 정도로
더웠으니까요; 도시에서 사는 우리 같은 사람들은 힘들 수밖에
없죠…

**동생**

어제 상경했지만, 해가 지고 어두워지기 시작하니 벌써부터 그

리워지는 것이…

**제과점 주인**

우리 집사람과 나는 이 도시를 벗어나 본 적이 없어요. 가게가 부진하긴 하지만, 그래도 어쩔 수 없이 자리는 지켜야만 하니까요. 더구나 월동 준비도 해야 하구요; 제일 먼저 딸기와 야생딸기 철이 다가오면, 뒤이어 체리 그러곤 산딸기, 그런 뒤엔 구르즈 열매, 멜론, 그리고 모든 가을 농작물들을 차례로 거둬 들여야만 하죠…

**동생**

이 건물엔 얼마나 많은 세대가 살고 있나요?

**제과점 주인**

화단 수로 말하자면, 열 세대가 살고 있는 셈이죠; 그렇지만 누가 사는지는 서로 알지 못해요. 실은 이곳 주민들은 비정상적일 정도로 소문이라곤 없어요. 오히려 주민들이 숨어 사는 듯이 보일 정도니까요. 난 10년 전부터 이곳에 살고 있어요. 처음 2년간은 온종일 침묵만 지키고 사는 묘한 부부와 서로 정원을 끼고 이웃으로 살았죠. 그러다 우연히 한밤중에 부산한 광경을 목격하게 됐답니다. 그때 차량들이 뭔가 막 실어 나르고 있더군요. 비로소 두 해가 지날 무렵에야 그 실어 나른 물건이 시체였고, 그와 동시에 이곳이 요양원이었다는 사실을 처음으로 알게 된 걸요.

**동생**

끔찍하군요!

**제과점 주인**

그래서 침묵의 집이라고 부르죠!

**동생**

그렇군요, 이곳에 대한 소문은 조금 듣긴 했지만 그 정도까진…

**제과점 주인**

그런데 극적인 사건들이 있었어요…

**동생**

스타르크 씨, 혹시 우리 형님 위층에 누가 살고 있는지 아세요?

**제과점 주인**

그럼요. 저기 반짝이는 붉은 커튼이 있는 저 집에서, 지난 여름 이 건물의 주인이 죽었지요. 그 후 한 달 동안은 비어 있었지만 아직은 한 번도 본 적이 없지만, 8일 전에 부부가 이사를 온 것 같아요… 아직 이름 조차 모른답니다; 그들은 바깥 출입이라곤 전혀 하지 않는 것 같아요. 그런데 영사님께선 그런 걸 왜 물어 보시는 건가요?

**동생**

그것 참… 이름조차도 모른다니! 커튼 네 개는 마치 무대의 장막 같이 보이는군요. 그 뒤에서 피비린내 나는 끔찍한 일이 반복되고 있는지 누가 알겠어요… 제 상상이긴 하지만, 저곳에 피닉스 야자수가 쇠지팡이[2] 같이 버티고 서서 커튼 위에 그림자를 드리우고 있으니 말이요… 사람 모습을 좀 볼 수 있으면 좋으련만…

**제과점 주인**

사람을 보긴 많이 봤죠. 그런데 한밤중에만 볼 수 있답니다!

**동생**

여자들인가요, 아니면 남자들인가요?

**제과점 주인**

분명히 양쪽 다죠… 이제 난 가서 냄비를 내려놔야 겠어요…

(문으로 들어간다.)

(식탁에 앉아 있던 신사는 일어나서 시가에 불을 댕긴다; 그가 창가에서 동생과 얘기를 하고 있다.)

**노신사**

조금만 더 기다려주게 ― 루이스가 장갑에 단추를 달고 있으니까.

---

**2** 신약 성경. 요한 묵시록 2:27에 나오는 쇠지팡이를 암시하는 것으로 심한 징계를 하는 도구. Phoenix reclinata 혹은 Phoenix jubae, 이 두 종류의 야자수과의 피닉스 야자수는 스웨덴의 인기 있는 관상용 실내 나무.

**동생**

그럼 시내로 나가실 생각인가요?

**노신사**

글쎄, 잠깐 내려 가보도록 하지… 방금 누구랑 그렇게 얘길하고 있었나?

**동생**

제과점 주인이 아니면 누구겠어요…

**노신사**

그렇지. 그래, 그 사람 좋은 양반이지; 이번 여름에 내가 상대한 유일한 사람이기도 하고…

**동생**

그럼 형님은 바깥 바람도 쐬지 않고, 정말 매일 저녁 집안에만 계셨단 말씀인가요?

**노신사**

물론! 이렇게 밝은 저녁은 나를 소심하게 만드니까. 시골은 아름답겠지. 도대체 도시란 마치 자연의 질서에서 벗어난 듯이 보인단 말이야, 끔찍한 일이지; 첫 번째 가로등이 켜져야 비로소 난, 제대로 안정을 되찾을 수가 있다네. 그때 저녁 산책을 나갔다가 피곤해져 돌아오면 그제사 깊은 잠 속으로 빠져들 수가 있단 말이네…

(루이스가 장갑을 갖다 준다.)

수고했구나, 아가야… 창문은 열어 두어도 괜찮을 거야. 이곳은 모기가 없으니까… 이제 나가 봐야지!

(잠시 후 노신사가 화단 쪽에서 나오는 것이 보이고 우체통에 편지 한 통을 넣은 후, 무대 앞으로 나와 벤치에 앉아 기다리고 있는 동생 곁에 앉는다.)

**동생**
어디 말씀 좀 해 보세요: 시골에서 평온하게 사시면 될 텐데 도대체 왜 굳이 도심에 갇혀 지내시는 겁니까?

**노신사**
나도 모르겠네! 몸이 맘대로 말을 듣지 않게 되자, 두문불출하고 추억에 사로잡혀 지내고 있으니까… 난 오로지 저곳이라야 안정을 취할 수 있고 보호를 받고 있다는 느낌이 든다네. 그러니 저 안에서만 지낼 수밖에! 자신이 살고 있는 곳을 바깥에서 바라본다는 것은 흥미로운 일이지; 추억 속의 어떤 사람이 저 건물에서 살고 있는 것을 상상해 볼 수가 있으니까… 상상이나 할 수 있겠냐구. 내가 저 곳에서 10년 씩이나 살았다는 것을…

**동생**
벌써 10년이나 됐나요?

**노신사**

그렇다네, 세월이 너무 빠르지. 지난 세월을 돌이켜보면 나에게
는 얼마나 기나긴 시간들이었는지 모른다네. 우리가 새 아파트
에 입주하여 마룻바닥은 어떻게 깔 것이고, 벽과 문짝의 칠은
무슨 색으로 할 것인지를 내가 결정하기도 했었으니까. 게다가
그녀가 선택한 벽지도 아직 그대로 남아있으니… 암, 그대로지!
이 건물에서 제과점 주인과 내가 제일 나이가 많아. 그 사람도
파란만장한 운명의 장난에 시달렸던 사람이지. 그 양반 역시…
제대로 성공도 못해 보고 항상 문제만 안고 사는 그런 양반이니
까; 마치 난, 내 삶과 더불어 그의 삶도 동시에 산 것 같기도
하고, 또 그 양반 인생의 무거운 짐들을 함께 짊어지고 살아온
것 같기도 하지.

**동생**

혹시 그 사람 술을 마시는 게 아닐까요?

**노신사**

글쎄! 그런 경솔한 인물은 아니지만 활동적으로 가게를 꾸려나
가지는 못하는 것 같아… 아무튼, 그 양반과 나는 이 건물의 역
사를 잘 알고 있지: 이곳에 사는 사람들은 신혼살림을 잔뜩 싣
고 입주해서 영구차로 떠나니까. 그리고 저 모퉁이에 있는 우체
통은 사람들의 교감을 쌓아주던 것이었는데…

**동생**

이번 여름에 죽어 나간 사람이 있었다는군요?

**노신사**

그런 것 같아. 발진티푸스로 죽었다는데, 은행 지점장이었다고 하더군; 그래서 아마 한 달 정도는 아파트가 비어 있었을 거네; 그곳에서 가장 먼저 시체의 관이 나갔고, 뒤이어 과부가 또 자식들이 뒤따라 나가고, 마지막으로 가구가 차례차례 나갔다고 하더군⋯

**동생**

형님 위층에 살던 사람 말인가요?

**노신사**

저기 불이 켜져 있는, 우리 집 위층에 살던 사람이지. 새로 이사 온 사람들은 아직 보질 못했지만.

**동생**

그들을 본 적이 없단 말씀이세요?

**노신사**

난 입주자들의 신상에 대한 것은 절대 물어보지 않으니까; 요즘처럼 평온한 인생의 황혼을 즐기고 있는 내가, 괜한 일에 시간 낭비를 하거나 개입하고 싶은 생각이라곤 추호도 없네. 글쎄, 그들이 자진해서 말을 건네 온다면 들어줄 수는 있겠지만⋯

**동생**

그렇군요. 인생의 황혼이죠! 세상을 하직할 날이 얼마 남지 않았으니, 어쩌면 늙는다는 것이 좋은 것일지도 모른다는 생각이 들기도 해요.

**노신사**

암, 좋구 말구; 내 삶과 이 세상의 모든 인간관계를 청산할 수 있으니까. 난 이미 오래 전부터 저승길로 떠날 준비를 하고 있는 사람일 뿐만 아니라, 외로움은 그저 그렇다치더라도, 아무도 책임질 필요가 없는 완전한 자유를 얻게 되었어. 자신의 자유의사에 따라 그저 가고 오고, 생각하고 처리하고, 먹고 자는 그런 참 자유를 누리며 살고 있으니 말일세.

(위층의 커튼이 말아올려지고 있다. 그러나 단 한 개가 올라가더니, 여자 옷이 잠깐 보이곤 다시 커튼이 내려진다.)

**동생**

위층에 사는 사람들이 움직여요! 저길 보세요!

**노신사**

그렇군. 저곳은 아주 비밀이 많은 것 같아. 그런데 끔찍한 것은 밤이지; 가끔씩 기분 나쁜 음악이 들려오거든; 때론 그 음악소리는 너무 짧아. 그리고 자정이 지나고 밤이 깊어지면 차량들이 와서 뭔지 실어 나가기도 하고… 난 이곳에 살고 있는 사람들에 대해 전혀 불평을 하고 싶지 않다네. 그랬다간 그들이 앙심을 품을 수도 있으니까. 그렇다고, 그 누구 하나 좀 시정해 보려고 하는 사람도 없으니까… 그러니 그저 아무 것도 모른 척 하고 사는 것이 최상의 방법이지!

(연미복을 입은 대머리 신사 한 사람이 화단 쪽에서 나와 편지 한 뭉치를 우체통에 넣고 사라진다.)

**동생**
저 사람이 부친 우편물은 대단하군요!

**노신사**
회장(回章)같아 보이는군!

**동생**
저 사람은 누군가요?

**노신사**
바로 우리 집 위층에 사는 사람이지…

**동생**
위층 사람이라구요? 뭘 하는 사람 같아요?

**노신사**
내가 어떻게 알겠나! 음악가, 회사 사장, 경가극 배우, 이것저것 여러 분야의 경계선상에 있는 그런 사람 내지는 카드 노름꾼, 플레이보이, 멋쟁이 아도니스[3], 이것저것 두루두루 그저 그런 사람이겠지…

**동생**

그의 하얀 피부에는 검은 머리가 더 잘 어울릴 것 같은데, 갈색이란 말이야. 그렇다면 염색을 했거나 가발을 썼겠죠. 또 집에서 스모킹을 입고 있다는 것은 평소에 입을 옷이 없다는 뜻이 아닐까요. 또 우체통에 편지를 넣을 때 손동작을 보면 마치 뭔가 주고 받아 뒤섞는 것 같이 보이기도 해요…

(위층으로부터 왈츠가 희미하게 흘러나온다.)

항상 왈츠군요. 글쎄, 어쩌면 댄스 교습소인지도 모르죠. 그런데 거의 같은 곡이잖아요; 저 곡명을 알고 계세요?

**노신사**

그렇군… 〈황금의 비(Pluie d' Or)〉[4]가 분명해… 완전히 외울 수도 있을 정도니까…

**동생**

형님도 저 곡의 LP판을 갖고 계신 적이 있지 않으셨나요?

---

**3** 고대 메소포타미아의 신화에 나오는 인물로 인물이 특출하게 잘 생긴 남자로, 아프로디테의 연인으로 멧돼지로 변신한 아레스에게 물려 죽는다. 그가 흘린 피는 아네모네 꽃이 되었고, 아프로디테가 흘린 눈물은 장미가 되었다고 한다.
**4** 1879년 프랑스 작곡가 Emile Waldteufel(1837-1915)의 왈츠곡. 그의 예명은 Charles Emile Lévy.

**노신사**

그렇다마다! 저 곡은 물론, 알카자르(Alcajar)⁵도 갖고 있었지…

(루이스는 닦은 유리잔을 거실 식기장에 정리하느라 바쁘게 움직이고 있다.)

**동생**

아직도 루이스에게 만족하고 계세요?

**노신사**

만족하다 말다!

**동생**

결혼은 하지 않는 데요?

**노신사**

내가 알기로는!

**동생**

교제하는 남자는 없는 것 같아요?

**노신사**

그런 건 왜 묻나?

---

5 Otto Roeder가 1893년에 작곡한 스페인 왈츠.

**동생**

혹시 생각이 있으신 건 아닌지 모르겠군요?

**노신사**

내가? 무슨 그런 망발을 하는가. 내가 마지막으로 재혼을 했을 때만 해도 그다지 늙지 않았기에 우린 곧 아이를 얻을 수 있었지; 그런 생각을 하기엔 지금 난 너무 늙었어. 그냥 평온하게 늙어가고 싶을 뿐이지… 자넨, 내가 집안에 상전을 모셔놓고 내 인생과 명예, 그리고 재산을 그 사람이 송두리째 빼앗아 가도록 하고 싶은 줄 아는가?

**동생**

형님의 인생과 재산은 보존하셨잖아요…

**노신사**

그럼 내 명예에 먹칠 할 일이라도 있었다는 건가?

**동생**

모르고 계신가요?

**노신사**

하고 싶은 말이 뭔가?

**동생**

그 여자가 떠날 때, 형님의 명예도 앗아가버렸으니까요…

**노신사**

그럼 난 그런 줄도 모르고, 그 사람과 5년 동안 함께 살았단 말인가?

**동생**

아니 여태껏 모르고 계셨던 거예요?

**노신사**

전혀. 그럼 우리 관계의 진실을 제대로 알 수 있도록 간단히 말해주지… 난 50대에 들어서서 아주 젊은 여자의 마음을 뺏을 수 있어 재혼을 한 거지. 그 사람은 많은 나이 차에 대한 강박관념 같은 것도 아랑곳 하지 않고 겁도 없이 자신을 맡기더군. 그래서 내가 늙어 젊은 그녀의 삶에 짐이 될 땐, 난 내 갈 길을 갈 것이고 그녀에게 자유를 되돌려주겠다고 약속했었지. 그 후 얼마 있지 않아 우린 자식을 얻었고, 더 이상 우린 아이를 갖고 싶어하지 않았어. 그 후에 우리 딸애는 나를 떠나서 자라야만 하는 상황이 되고 말았지만, 그래서 난, 나 자신이 아무 쓸모 없는 인간처럼 느껴져 그들을 떠나버렸지. 다시 말하자면, 우리는 섬에 살고 있었으니, 내가 배를 타고 그곳을 떠나버렸고, 그것으로 우리의 동화 같은 사랑 이야기는 끝나버렸지. 그렇게 난, 내가 한 약속을 지켰고, 명예도 지킬 수 있게 된 셈이네. 그 이상 더 뭐가 있겠나?

**동생**

잘 알고 있죠. 그렇지만 자신이 형님을 버리고 먼저 떠나길 원했던 여자였으니, 그녀의 자존심이 상한 거죠. 그래서 형님이 알지 못하시게 뒤에서 비난하고 다니며 형님이란 존재를 교묘하게 생매장 시켜버린 게 아닐까요.

**노신사**

그 사람이 자책하기도 하던가?

**동생**

천만예요. 그럴 근거가 전혀 없다고 생각하더군요.

**노신사**

그래, 그렇다면 조금도 걱정할 게 없군!

**동생**

그녀와 딸애의 근황에 대해 알고 계신 것이 있으신가요?

**노신사**

난 아무 것도 알고 싶은 욕망이 없는 사람이네! 그 모든 혐오감 속에서 겪어야만 했던 슬픔 뒤에, 우리의 사랑은 죽어버렸다고 생각했으니까. 오직 이 아파트엔 아름다운 추억들이 남아있기에, 이곳에 그대로 남아서 살고 있을 뿐이지. 아무튼 그 값진 소식을 들려줘서 고맙군…

**동생**

무슨 소식 말인가요?

**노신사**

그 사람이 자신을 책망하지 않고 나에게만 비난을 퍼부었다는 것 말일세…

**동생**

형님은 큰 착각 속에서 살고 계신 것 같아요…

**노신사**

이 보게, 그냥 이대로 조용히 살게 내버려두게; 깨끗한 양심이라고 했나, 그렇지 비교적 깨끗한 양심이지. 그것은 언제나 나에게 잠수복 같이 느껴졌어. 그것을 입고 심연에 빠지면 숨이 막히지 않았으니까. ─일어난다.─ 내가 그런 시절에서 벗어났다는 것이 얼마나 놀라운가! 이제 다 지난 일에 불과하지! 큰 길로 조금 내려가 보도록 하면 어떻겠나?

**동생**

그러도록 하시죠. 그럼 첫 번째 가스등이 켜지는 것을 볼 수 있겠군요.

**노신사**

창공에 8월의 환한 밝은 빛이 선명하니, 오늘 저녁은 분명히 높이 떠 있는 둥근 보름달을 볼 수 있지 않겠나?

**동생**

완연한 보름달이겠죠…

(노신사는 창문 곁에 다가가 안을 향해 말을 한다.)

**노신사**

루이스, 내 지팡이 좀 주렴! 가볍게 그냥 들고 있게 여름 지팡이가 좋겠구나.

**루이스**

(지팡이 한 개를 건네준다.)

여기 있어요, 어르신!

**노신사**

고맙군, 아가! 할 일이 없으면 방에 불은 끄도록 하렴… 우린 시간이 좀 걸리겠지만, 얼마나 걸릴지는 모르겠구나…

(노신사와 동생이 좌측으로 나간다.)

(루이스는 창 곁에 남아있고; 제과점 주인이 문에서 나온다.)

**제과점 주인**

안녕, 아가씨. 오늘은 유달리 더운 날씨군… 영감님께선 외출하신 모양이지?

**루이스**

네, 두 분이 큰 길로 산보를 나가셨어요… 주인 영감님께서는 이번 여름 첫 외출을 하신 거예요.

**제과점 주인**

우리 같은 노인네들은 땅거미가 질 무렵을 사랑하지. 그것이 자신이나 타인의 부족한 점을 감춰준다고 생각하니까… 아가 씨 우리 집 사람이 장님이 되어가고 있는 것을 알고 있겠지. 그 런데 도무지 수술을 받지 않으려 한단 말이야; 이 세상에 아무 것도 볼 게 없다는 게야. 또 가끔씩은 벙어리가 되고 싶다는 말 을 하기도 하지.

**루이스**

때론 — 저 역시 그렇게 생각될 때가 있어요!

**제과점 주인**

분명히 그 집은 아무 고민거리 없이 풍요로움 속에서 평온하고 아름다운 삶을 살고 있겠지; 목소리를 높인다든지 문이 쾅 하고 닫히는, 그런 소리를 한 번도 들어본 적이 없었으니까. 글쎄, 아 가씨 같이 젊은 사람에게는 너무 조용한 것이 아닐까?

**루이스**

천만에요. 난 조용하고 평온한 가운데 시시콜콜 자신의 고민들 을 털어놓거나 신세 한탄 같은 것도 하지 않고 침묵 속에서 그 다지 중요하지 않은 일상적인 것은 그냥 지나치는 그런 분위기 가 더 좋은 걸요…

53

**제과점 주인**

손님이 찾아오는 일도 결코 없는 것 같던데?

**루이스**

없어요. 영사 아저씨께서 오실 뿐이죠. 그토록 우애 깊은 형제분들은 여태껏 본 적이 없는 걸요.

**제과점 주인**

실제로 둘 중에 누가 형이신가?

**루이스**

뭐라고 말할 수가 없어요… 한 두 살 차이가 나시는 건지… 아니면 쌍둥이신지, 저도 잘 모르겠어요. 마치 두 분 다 형인 것처럼 서로 깍듯이 예의를 지키시니까요.


※


**아그네스**

(밖으로 나와 제과점 주인 몰래 지나가려 한다.)

우리 공주님께서 어딜 가시는 걸까?

**아그네스**

잠깐 밖에 나가 산보 좀 하려구!

**제과점 주인**

그것 좋은 생각이구나. 하지만, 곧 돌아오도록 해야만 해!

**아그네스**

(간다.)

**제과점 주인**

아직도 영감님은 사랑하는 전 부인에 대해 애통해 하고 계신 것 같아?

**루이스**

애통해 하시진 않아요. 그리워하지도 않으시구요. 그건 주인 영감님께선 그들이 돌아오길 희망하지 않으시기 때문이겠죠. 그렇지만 주인 영감님께선 아름다웠던 날들을 소중히 간직하신 채 추억 속에서 살고 계신 것 같아요…

**제과점 주인**

가끔 딸애의 일을 걱정하시는 것 같기도 하던데…

**루이스**

맞아요. 부인이 재혼을 했으니 염려가 될 수밖에 없으시겠죠. 그리고 또 어떤 사람이 새 아버지가 되는지에 따라 모든 상황은 달라지기 마련이니까요…

**제과점 주인**

소문에 의하면, 처음에는 아이의 모든 양육비를 부인이 거절했다더군. 그런데 5년 후엔 변호사를 통해 거금에 달하는 긴 청구서를 보내왔다고 하더구나…

**루이스**

(부정적인 태도로.)

글쎄요, 모르는 일인 걸요…

**제과점 주인**

아무튼 영감님의 기억에는 세상에서 그 부인이 가장 아름다운 사람인 것 같아…

※

**와인 배달부**

(와인병이 든 바구니를 들고 들어온다.)

실례합니다, 혹시 여기 피셔 씨가 살고 계신가요?

**루이스**

피셔 씨? 잘 모르겠는데요.

**제과점 주인**

어쩌면 2층에 사는 사람이 피셔 씨가 아닐까? 모퉁이에 있는 초인종을 눌러보지 그래.

**와인 배달부**

(화단을 향해 간다.)

2층이라구요, 정말 감사합니다.

※

**루이스**

저 술병들이 배달되니 이제 또 잠을 설치게 되는 밤이 되겠군요.

**제과점 주인**

도대체 어떤 사람들인 거야? 도무지 그들의 모습은 왜 볼 수가 없는 거지?

**루이스**

그들은 뒷길로 나다니는 것이 분명해요. 그들을 한 번도 본 적이 없는 걸요! 그렇지만 소리는 들은 적이 있어요!…

**제과점 주인**
나 역시 요란하게 문 닫는 소리나 코르크 마개 뽑는 소리, 글쎄 다른 시끄러운 소리도 들은 것 같기도 하긴 한데…

**루이스**
그 사람들은 이 더운 날조차 절대로 문을 열지 않아요. 분명 더운 남쪽나라에서 온 사람들일 거예요… 번개가 치는군요! 하나, 둘, 세 번째예요… 마른 번개군요! 천둥소리가 전혀 들리지 않았으니까요!

**목소리**
(아래층에서 들려온다.)

여보, 어서 내려와서 잼 만드는 걸 도와줘야죠!

**제과점 주인**
가야지, 가요! ― 집사람이 잼을 만드는 중이라니… 내가 가야지, 암 가야 하구 말구…

(가게로 내려간다.)

※

**루이스**

(창가에 서 있다.)


※


**동생**

(우측으로부터 천천히 들어온다.)


형님은 아직 안 돌아오셨나 보군.

**루이스**

네, 영사님.

**동생**

전화하신다고 나더러 먼저 가라고 하셨는데. 그래, 곧 돌아오시
겠지… 이게 뭐지? ―허리를 굽혀 메모 한 장을 줍는다.― 뭐라고 써
있는 거야? '자정 후 보스톤 클럽[6]… 피셔.' ― 피셔가 누구지.
혹시 루이스 양은 알고 있는지 모르겠군?

---

6 19세기 말 미국에서 발생한 '보스톤(Boston)'이라는 우아한 형태의 춤이다. 19세기
유럽에서 유행하던 미국식 왈츠를 추던 사교 댄스 클럽.

**루이스**

방금 포도주 배달 온 사람이 피셔 씨를 찾더군요. 아마 위층에 살고 있는 사람 같아요.

**동생**

위층에 사는 피셔 씨라! 한밤중에 붉은 커튼 위에 둥근 석유등잔 불이 비춰고 있는 것으로 보아 좋지 않은 이웃이 이사를 온 것 같기도 한데!

**루이스**

보스톤 클럽이 뭐죠?

**동생**

그건 전혀 나쁜 곳은 아니지만, 이 경우는 뭔가 좀 이상하단 말이야… 그런데 어떻게 이 메모가 여기에 있는 거야? 방금 왔던 배달부가 떨어뜨렸을지도 모르겠군; 그렇다면 서랍에 넣어둬야겠지… 피셔라? 예전에 들어 본 적이 있는 이름 같기도 하고, 내가 잊고 있는 과거와 연관이 있는 것 같기도 하긴 한데… 루이스 양, 한 가지 물어봅시다. 혹시 형님께선 과거사를… 말씀하시지 않으시나?

**루이스**

제게는 절대로 말씀하시지 않으시죠…

**동생**

루이스 양… 그럼 내가 좀 더 물어봐도 될지 모르겠군…

**루이스**

죄송해요. 저녁에 마실 우유 배달하는 아이가 오고 있군요. 어서 가서 받아야만 해요…

(자리를 뜬다. 우측에 우유배달 소녀가 나타나 화단 위로 걸어 들어간다.)

※

**제과점 주인**
(다시 밖으로 나와 흰 조리사 모자를 벗어 턴다.)

마치 뚫린 구멍으로 들락날락 거리는 오소리 같이 이게 무슨 짓이람… 저 지하실 부뚜막 근처는 정말 끔찍하기만 해… 저녁이 되어도 서늘한 기운이라곤 전혀 느낄 수가 없으니…

**동생**

번개가 치는 것을 보니 한 줄기 쏟아질 것 같군요… 도심에 산다는 것이 그다지 좋은 것 같지 않아요. 그건 그렇고 위층에 사는 사람들에겐 정말 너무 조용한 것이 아닌지 모르겠어요; 시끄러운 마차 소리도 없고, 게다가 전차 소리조차 들리지 않으니 마치 시골에 사는 것과 다를 바가 없을 테니까요!

**제과점 주인**

정말 지나치게 조용하지요. 그렇지만 우리 가게로 봐선 너무 한
적한 곳이랍니다; 나는 빵 굽는 기술은 있지만 그걸 파는 일은
젬병이라니까요. 그렇다는 것을 알면서도 어떻게 장사를 해야
잘 하는 건지 도무지 배울 수가 없어요. 어쩌면 수단이 없는지
도 모르죠. 아무튼 뭔가 잘못되어도 한참 잘못된 거죠… ;어떤
손님이 날 사기꾼으로 취급하려 들면, 그만 소심해져선, 발끈해
서 화를 내고 말죠. 요즘은 정말 화를 낼 기운조차 없어요; 모든
것이 힘들기만 해서 온몸이 파김치가 되어버릴 지경이니까요.

**동생**

그럼 왜 사람을 쓰지 않으세요?

**제과점 주인**

나와 함께 일하고 싶어 하는 사람이 없어요!

**동생**

물어보기나 하셨나요?

**제과점 주인**

그게 무슨 소용이 있겠어요?

**동생**

그래-요?

(위충으로부터 "아악!" 하는 날카로운 비명소리가 길게 들린다.)

**제과점 주인**

맙소사, 저 위에서 또 무슨 짓을 하고 있는 거야? 서로 죽이려고 작정을 한 게 아냐?

**동생**

저 새로 이사 온 묘한 사람들이 도무지 맘에 들지 않아요. 마치 천둥번개가 내려칠 듯이 먹구름에 쌓여 있는 분위기 같아요; 도대체 어떤 사람들일까요? 어디서 온 사람들인지 모르겠지만, 이곳에서 뭘 하겠다는 걸까요?

**제과점 주인**

타인의 문제를 파헤치려 들면 아주 위험할 뿐만 아니라 다만, 골치 아픈 일에 휘말려 들기만 하지요…

**동생**

그들에 대해 아는 것이 있으신가요?

**제과점 주인**

전혀, 아무 것도 아는 것이 없어요…

**동생**

지금 저들은 계단 입구에서까지… 또 소릴 지르고 있군요.

**제과점 주인**

(슬금슬금 안으로 들어간다.)

저런 일에 전혀 휘말리고 싶지 않답니다…


※


(모자도 쓰지 않고 머리채를 아무렇게 늘어뜨리고 흥분된 상태로 노신사의 전처였던 예르다 부인이 화단에서 밖으로 나온다; 동생이 그녀 앞으로 다가간다. 그들은 서로 알아본다. 그녀는 놀라 움칫한다.)

**동생**

아니 당신은, 옛날 우리 형수가 아니오?

**예르다**

그래요, 저예요!

**동생**

어떻게 당신이 이 아파트에 살고 있는 건지 모르겠군. 도대체 당신이란 사람은 왜 형님이 평온하게 사시도록 내버려 두질 못

한단 말이요?

**예르다**

(거칠게.)

그 사람이 건물주에게 가명을 주었더군요. 내가 그것을 어떻게
알았겠어요. 난 그이가 이사를 했다고 믿고 있었으니까. 그건
내 책임이 아니라고 생각하는데요…

**동생**

내게 겁낼 필요도 없고, 아무 걱정도 하지 말아요. 이봐요… 내
가 도와줄게요. 저 위에서 무슨 일이 있은 거죠?

**예르다**

저 인간이 나에게 폭행을 했다구요!

**동생**

딸아이도 함께 살고 있나요?

**예르다**

그럼요!

**동생**

그럼 그 애에게 새 아버지가 생긴 건가?

**예르다**

그렇게 됐어요!

**동생**

진정하고 머리나 매만지도록 해요. 그 문제에 대해선 내가 알아
볼 테니까. 그러니 제발 형님은 조용히 내버려 두세요…

**예르다**

그인 분명 날 증오하고 있겠죠?

**동생**

천만에, 당신이 가꾸던 이곳 화단의 꽃들을 형님이 어떻게 가꾸
고 계시는지 보이지도 않소; 당신도 알다시피 형님은 손수 흙을
한 바구니씩 이곳으로 옮기신단 말이요; 형님이 접목시킨 당신
의 푸른 겐티아나(Gentiana), 물푸레나무, 말매종과 뷰터풀 리
용, 그 모든 추억 속의 장미들을 기억하는지 모르겠군요; 형님께
선 당신과 조카 딸애에 대한 추억들을 얼마나 소중히 간직하고
있는지 알기나 해요?

**예르다**

지금 그인 어디에 있나요?

**동생**

시내에 나가셨지만, 석간신문을 사서 곧 돌아오실 거요. 언제나
좌측에서 오셔서, 정원을 통해 집으로 들어가시고는 신문을 읽

으시죠. 그러니 당신을 발견하지는 못하세요! — 그건 그렇고
다시 그 사람에게로 돌아갈 거요…

**예르다**
무슨 말씀을, 난 그런 남자에게는 절대 돌아갈 수가 없어요…

**동생**
도대체 그 사람은 어떤 사람이고, 뭣하는 사람이요?

**예르다**
그는… 가수였어요!

**동생**
그랬다면, 현재는 뭐죠? 건달인가!

**예르다**
맞아요!

**동생**
노름을 하나요?

**예르다**
그럼요!

**동생**

그럼 딸애는 뭐요? 미낀 거요?

**예르다**

그렇게 함부로 말하지 말아요!

**동생**

끔찍하군.

**예르다**

모든 상황을 너무 과장해서 생각지 않았으면 해요.

**동생**

사람들은 불결한 짓을 좋게 생각하는 경향이 있어요. 그것도 아주 미화해서! 그런데 올바른 것은 꼭 더럽혀지고 만다니까! 당신이란 사람은 무엇 때문에 형님의 명예를 더럽히고 나를 얼간이로 취급해 당신의 공범자인 양 만든 거요? 당신의 말만 믿고, 당신의 불결한 짓을 옹호했다는 것은 분명히 내가 철이 없었던 거지!

**예르다**

당신은 그 사람이 나에게 너무 늙은 사람이었다는 것을 잊어버린 것 같군요.

**동생**

천만에, 결혼해서 두 사람 사이에 곧 자식을 얻을 수 있었다는 것은 형님이 늙지 않았다는 증거였소; 그리고 형님께서 당신에게 프로포즈를 했을 때, 자신의 아이를 원하느냐고 물어본 걸로 알고 있소; 또한 당신에게 자유를 돌려주겠다는 약속도 했지 않소. 형님은 스스로 너무 늙었다는 걸 느꼈을 때, 그 약속을 지켰던 것 뿐이요.

**예르다**

그 사람은 나를 버렸어요. 그건 나를 모욕한 거라구요…

**동생**

모욕이 아니지. 허나 당신의 젊음이 당신의 불명예를 지켜줄 수 있었으니까…

**예르다**

그인 내가 먼저 떠나도록 했어야 했다구요!

**동생**

도대체 왜 그러죠? 당신은 왜 형님에게 치욕을 안겨주려고 하는 거요?

**예르다**

누군가 한쪽은 그래야만 하는 게 아니겠어요!

**동생**

당신 생각은 정말 알다가도 모르겠소! 어쨌든 당신은 형님을 생매장시킨 거나 마찬가지고, 나를 바보로 만들었으니까; 우리가 어떻게 하면 형님의 명예를 회복시켜 드릴 수 있을 것 같소?

**예르다**

만약 그이가 명예회복을 한다면, 결국 그 불똥은 내게로 튀기 마련이겠죠!

**동생**

난 증오에 가득 찬 당신 생각을 도무지 따라갈 수가 없단 말이요; 조카 딸애를 생각해서라도 우리는 형님의 명예를 회복시켜 드려야 하지 않겠소?

**예르다**

그앤 내 자식이예요, 난 법적으로 내 딸의 양육권을 갖고 있고, 지금의 내 남편이 그 애의 아버지로 되어 있어요…

**동생**

문제를 너무 냉혹하게 받아들이고 있는 것 같소! 그러고 보니 당신은 거칠고 사나워진 것 같구려… 조용히 해요. 지금 형님이 오고 계시니!

(동생과 예르다가 화단 모퉁이에서 움직이지 않고 조용히 서 있는 동안, 노신사는 한 손에 신문을 들고 좌측으로부터 등장하여 뭔가 깊은 생각에

잠겨 정원 길을 걷고 있다.)

(동생과 예르다가 무대 앞으로 나온다. 곧 뒤이어 살롱에 앉아 신문을 읽고 있는 노신사가 보인다.)

**예르다**

그이로군요!

**동생**

이리 와서 당신의 옛집을 한 번 보도록 하시지! 당신의 취향대로 꾸며놓았던 모든 것들을 형님께서 어떻게 잘 보존해 왔는지를! ― 걱정 말아요. 어두운 곳에 있는 우리를 볼 수는 없으시니까 ― 당신도 알다시피, 형님께선 강한 불빛을 견디지 못하시잖아요.

**예르다**

저 사람이 나를 속였다는 것을 생각해 보면…

**동생**

뭘 속였다는 거요?

**예르다**

전혀 늙지 않았잖아요! 그 사람은 내게 화가 났던 거예요. 그게 다예요. 최신 유행하는 저 옷깃과 머플러를 좀 보시지; 애인이 있음이 분명해요!

**동생**

벽난로 위의 큰 촛대 사이에 있는 초상화를 잘 살펴보라구요.

**예르다**

나와 우리 딸애잖아요! 그럼 그인 아직도 날 사랑하고 있단 말
인가요?

**동생**

아마 당신과의 추억이겠죠!

**예르다**

그것 참 이상도 하군요!

(노신사는 주의 깊게 신문을 읽다가 창문을 통해 밖을 물끄러미 바라본다.)

**예르다**

그이가 우리를 보고 있어요!

**동생**

잠자코 있도록 해요!

**예르다**

그이가 나를 똑바로 쳐다보고 있다니까요.

**동생**

움직이지 말아요! 당신을 보고 계시지 않으니까!

**예르다**

그인 마치 죽은 시체 같이 보이는군요…

**동생**

생매장을 당하셨으니 그럴 수밖에 없겠죠!

**예르다**

왜 그렇게 말을 하는 거죠?

(그 순간 동생과 예르다의 모습이 강한 자동차 불빛에 비춰진다.)

**노신사**

(거실에서 놀라며 벌떡 일어선다; 예르다는 화단 모퉁이 뒤로 몸을 감춘다.)

카알 프레드릭!

(창 곁에서.)

자네 혼잔가? — 내 생각에… 정말 혼자란 말인가?

**동생**

보시다시피 혼자지요!

**노신사**

왜 이렇게 답답한지 모르겠군. 진한 꽃향기가 머리를 아프게 만드는 건지… 신문을 그만 읽도록 해야겠군.

(자리로 되돌아 간다.)

**동생**

(예르다 곁에서.)

그럼, 이제 당신 문제로 돌아갑시다! 내가 당신과 함께 갈까요?

**예르다**

글쎄요! 그랬다간 아주 시끄럽게 될지도 모르죠!

**동생**

그렇지만, 조카아이는 구해 내야 할 것 아니요! 설마 내가 변호사란 것을 잊진 않았겠죠!

**예르다**

그래요, 딸애를 위해 함께 가도록 하는 것이 좋겠군요!

(함께 간다.)

**노신사**

(안으로부터.)

카알 프레드릭! 와서 장기나 한 판 두도록 하지! 카알 프레드릭!


막이 내린다.

## 2:o

거실 안. 무대 안쪽에 벽난로가 보인다; 좌측엔 식당으로 통하는 거실문이 열려 있고 우측엔 복도로 통하는 문이 열려 있다. 왼쪽에는 전화기가 놓여 있는 장식장이 있고, 우측엔 피아노와 벽 시계가 보인다. 좌우 벽엔 붙박이 문이 있다.

**루이즈**
(들어온다.)

**노신사**
내 아우는 어딜 간 거지?

**루이즈**
(불안해 한다.)

방금 밖에 계셨으니 멀리 가시진 않으셨을 거예요.

**노신사**

위층에서 또 끔찍한 소리가 들려오는군; 저 소리는 마치 그들이 내 머리를 짓밟는 것 같아; 저 사람들은 어딘가 바삐 떠나기라도 할 듯이 서랍들을 정신없이 열어 젖히고 있으니, 글쎄 야밤도주를 하려는 건지도 모르겠군… 루이스는 서양장기를 둘 줄 알아?

**루이스**

조금은 알고 있긴 하지만요…

**노신사**

그렇다면, 단지 어떻게 말이 움직이는 것만 알면 따라 할 수 있을 거야… 아가야, 이리 와서 앉아 보도록 하렴!

(노신사는 장기의 말들을 정리하여 제자리에 놓는다.)

저 쾅쾅 거리는 소리에 우리 집 천정의 샹델리아 유리알들이 부딪히며 소리를 내고 있고, 아래층 제과점은 또 불을 지피고 있으니… 이곳을 곧 떠날 계획을 하고 있단다.

**루이스**

전 주인님께서 아무쪼록 그렇게 하시는 것이 좋겠다고 생각한 지 벌써 오래 됐어요.

**노신사**

아무쪼록이라고 했나?

**루이스**

너무 오랫동안 지나간 추억 속에 잠겨 계시는 것은 좋지 않으시
니까요.

**노신사**

왜 그렇게 생각하지? 세월이 흐른 후엔 추억이란 추억은 모두
아름답게만 느껴지는 법이란다.

**루이스**

그렇지만 주인님께선 20년은 더 사실 수 있으실 거예요. 그러니
점점 멀어져 가기만 하고 퇴색되어져 희미한 옛 추억 속에 마냥
잠겨 지내시기에는 너무 세월이 아깝다는 생각이 들어서요.

**노신사**

애야, 알기도 잘 아는구나! — 그럼, 시작하도록 하지. 먼저 말
을 옮기도록 하렴! 헌데 퀸 앞에 있는 건 안 되지. 그러면 장군
이 제압해 버릴테니까.

**루이스**

그럼 전 나이트로 시작하겠어요…

**노신사**

위험하긴 그것도 마찬가지지.

**루이스**

그래도 좋으니 나이트로 시작할래요!

**노신사**

좋아! 그럼 난 비숍을 두도록 해야겠군…

(복도에 쟁반을 든 제과점 주인이 보인다.)

**루이스**

저기 스타르크 아저씨가 차와 함께 빵을 갖고 오시는군요. 아저씬 쥐 죽은 듯 너무 조용히 걸으세요!

(일어나서 복도로 나가 쟁반을 받아 식당으로 들어간다.)

**노신사**

아니, 스타르크 씨가 아닌가요. 부인은 안녕하신가요?

**제과점 주인**

덕분에, 감사합니다. 항상 그렇듯이 눈이 좀…

**노신사**

영감님께선 제 아우를 보셨는지요?

**제과점 주인**

바깥에서 산보를 하고 계신 것 같아요!

**노신사**

여자와 함께 있었나요?

**제과점 주인**

글쎄요! 그런 것 같진 않던데요.

**노신사**

스타르크 씨께서는 우리 집에 무척 오래간만에 오신 것 같소.

**제과점 주인**

여부가 있겠습니까. 정확히 10년 전이었으니까요…

**노신사**

그땐 웨딩케익을 배달해 주셨지요. 그때와는 많이 변하지 않았나요?

**제과점 주인**

꼭 같습죠… 물론 야자수가 많이 자라긴 했지만; 그래요, 옛 모습 그대로인 것 같습니다…

**노신사**

당신이 장례식 케익을 배달해 줄 때까지는, 아마 변하지 않을 거요. 일정한 나이가 들고나면 변하는 것이 없는 것 같아요, 모든 것이 정지해 버리고 마니까요. 마치 경사진 언덕에서 미끄러져 내려가는 썰매처럼 오직 앞으로만 움직이지요…

**제과점 주인**
네, 정말 그런 것 같아요!

**노신사**
그런 식으로 평온하게 사는 게 아니겠소… 사랑도, 친구들도 없이 고독 속에서 오로지 약간의 동행이 있을 뿐이지요; 그럼으로써 인간은 자신의 감정이나 동정심에 대한 아무런 소유권도 없이 빈 껍데기만 남은 자신을 찾게 되나봅니다; 사람이 느슨해지면, 그건 썩은 이처럼 고통이나 아쉬움 같은 것도 없이 죽게 되는 거죠. 루이스를 예로 들어보자면, 마치 한 예술 작품이 탐난다고 해서 강제로 뺏을 수 없듯이 만족할 수 있는 아리따운 젊은 처녀를 보면서도 그림의 떡과 같은 거 아니겠소; 그 어떤 것도 우리들 관계를 파괴하지는 못하겠지요! 내 아우와 난, 두 개체의 남자로서 함께 지내며, 절대로 서로에게 너무 가까이 하지 않고 궁지에 몰아넣는 일 같은 짓도 하지 않아요. 적당한 거리를 두고 중립적 인간관계를 유지하는 것이 우리를 더 나은 관계로 만들어 주니까요. 한마디로 노년이라는 것과 말년의 평화로운 삶을 사는 것에 만족하고 있소. −위를 향하여.− 루이스!

**루이스**
(평소와 같이 상냥하게 좌측 문쪽에서.)

세탁물이 배달되었군요. 그것을 확인해야만 해서요…

**노신사**

그러도록 하렴. 스타르크 씨 앉아서 얘기나 나누도록 합시다.
혹시 서양장기를 둘 줄 아시오?

**제과점 주인**

전 가게에서 잠시도 눈을 뗄 수가 없답니다. 게다가 11시가 되
면 빵을 구울 오븐에 불을 지펴야 하니까요… 아무튼 말씀만이
라도 감사합니다…

**노신사**

만약 내 아우를 보면, 이곳에 와서 나와 함께 있어 달라고 부탁
좀 해 주실 수 있을지요…

**제과점 주인**

그러도록 하겠습니다… 그러구말구요!


(나간다.)




※

**노신사**

(혼자서 잠깐 동안 장기 말을 옮긴 후, 일어나서 서성거린다.)

암, 노년의 평안함이지!

(피아노 앞에 앉아 건반 몇 개를 쳐본 다음 일어나서 다시 서성거린다.)

루이스! 그 세탁 일은 나중에 할 수 없는 건가?

**루이스**

(좌측 문쪽에서.)

빨래 하시는 아주머니께서 시간이 없으시니 그건 불가능해요. 아저씨와 아이들이 기다리고 있나 봐요…

**노신사**

그것 참! – 탁자에 앉아 손가락으로 탁자를 두드린다; 신문을 읽어보려 하지만, 곧 싫증이 나는 듯하다; 성냥불을 켜서 불어서 끈다; 시계를 쳐다본다.

(복도에서 시끄러운 소리가 들린다.)

카알 프레드릭인가?

※

**우편 배달부**

(모습을 드러낸다.)

우편 배달붑니다! 그냥 들어와서 죄송합니다만, 문이 열려 있더군요!

**노신사**

내게 온 편지가 있소?

**우편 배달부**

단지 엽서 한 장 뿐이군요!

(건네 주고 나간다.)

※

**노신사**

(엽서를 읽는다.)

또 그 피셔란 작자에게 온 거로군! 보스톤 클럽이라! 윗집 사람이잖아! 스모킹에 흰 장갑을 낀 그 작자의 것이 내게로 온 모양이군! 한심스런 인간 같으니라구! 내가 이사를 가든지 해야지!
— 피셔라!

(엽서를 찢는다. 복도에서 소리가 들린다.)

카알 프레드릭, 자넨가?

※

**얼음 장수**
얼음 장숩니다!

**노신사**
이런 더위에 얼음이 왔다니 잘 됐군! 냉장고 속에 있는 병들을 조심하게! 얼음 덩어리는 한쪽 귀퉁이에 놓아주고, 얼음이 녹아 떨어지는 소리를 들을 수 있도록 말일세 — 나에겐 그것이 시간을 재는 물시계와 같으니까… 헌데, 어디서 이 얼음을 갖고 오는 건가? — 벌써 가 버렸나? — 모두들 집을 찾아 돌아가는군, 다정한 얘기를 나눌 가족의 품으로 돌아가는 거겠지… -침묵.- 카알 프레드릭인가?

(위에서 쇼팽의 작품 66, 즉흥 환상곡을 치는 피아노 소리가 들린다; 단지

첫 장만 친다.)**7**

**노신사**

(귀를 기울인다, 정신을 차리고는 천정을 바라본다.)

피아노를 치는 사람이 누구지? 내가 좋아하는 즉흥 환상곡을
치다니? ─두 손으로 눈을 감싸고 귀를 기울인다.

※

**동생**

(복도에 나타난다.)

**노신사**

카알 프레드릭인가?

(음악이 중단된다.)

─────────

**7** 폴란드 태생, 프레데릭 프랑수아 쇼팽(Frédéric François Chopin, 1810-1849)이
빠리에서 작곡한 곡. 첫 악장은 Ciss-moll의 Allegro agitato의 템포로 폭풍이 몰아
치듯 열정적인 선율. 그 뒤를 이어 2 악장에서는 Dess-moll의 allegro moderato
로 감미로운 멜로디.

**동생**

접니다!

**노신사**

그렇게 오랫동안 어딜 갔다 온 건가?

**동생**

잠깐 볼일이 좀 있었어요; 혼자 계셨어요?

**노신사**

여부가 있겠나! 이리 와서 장기나 한 판 두도록하지!

**동생**

그것보다 얘기를 좀 나누고 싶군요! 형님 생각이 어떠신지 말씀
해 주실 필요가 있는 일이라서요…

**노신사**

그렇게 하도록 하세! 하지만 언제나 우리 얘기는 마냥 과거지사
로 흘러가버리고 말겠지만…

**동생**

그러면서 현재를 잊을 수 있는 것이 아니겠어요…

**노신사**

나에겐 현재라는 것은 존재하지 않아; 현재의 삶은 아무 것도

아닌, 텅빈 껍데기에 불과할 뿐이니까; 미래가 아니면 과거가 있을 뿐이지 ─ 물론 미래에는 희망이라는 것이 있으니 그것이 좋겠지만!

**동생**

(테이블에서.)

어떤 희망 일까요?

**노신사**

변화에 대한 것이지!

**동생**

좋은 생각이세요! 노년의 평안함을 충분히 누렸다고 말씀하시고 싶으신 것이겠죠?

**노신사**

그럴지도 모르지!

**동생**

분명 그러신 거예요! 만약 현재의 고독함과 과거의 삶 중 하나를 선택하셔야 한다면 어느 쪽을 택하실런지…

**노신사**

과거의 망령엔 아무 미련도 없다네.

**동생**

그럼 추억들은 어떤가요?

**노신사**

아니, 그런 것들은 이미 내 머리에서 사라져버렸네; 기꺼이 현실 속에서 아름다운 시를 묘사하고 싶을 뿐이지. 만약 내 머리 속에서 사라진 추억이 다시 살아난다면, 그것은 단지 아무 의미도 없는 허깨비에 불과할 거야!

**동생**

아무튼 추억 속에서 그 여자와 딸아이, 그 둘 중 어느 쪽이 더 아름다운 모습으로 떠오르시나요?

**노신사**

양쪽 모두! 그 둘을 떼어놓고 생각할 수는 없는 일이니까, 그래서 내가 딸애의 양육권 신청을 하지 않은 거라네.

**동생**

과연 그것이 옳은 판단이었을까요? 아이가 새 아버지를 얻게 될 가능성을 생각해 보시지 않으셨단 말씀인가요?

**노신사**

그땐 미처 거기까지는 생각지 못했지만 뒤늦게는 생각해 봤다네 — 그 문제에 — 대해서 — 숙고해 봤구말구.

**동생**

새 아버지란 자가 형님의 딸을 학대하고, 어쩌면 자존심까지 상하게 할 수도 있지 않겠어요!

**노신사**

쉬잇!

**동생**

무슨 소리를 들으셨나요?

**노신사**

아장아장 걷는 발자국 소리를 들은 것 같아. 그 애가 나를 보러 올 때 그랬듯이 복도를 사뿐사뿐 걷는 발자국 소리였어 ― 내겐 그 애가 최상의 낙이었지. 아무런 걱정도 없이 삶이 자신을 속일 수 있다는 사실은 상상조차 못하고 숨기는 것 없이 두려움을 모르는 그 작은 영혼을 바라보는 것이 말일세. 그 애가 인간세계의 사악함을 첫 경험했을 때가 생각나는군. 그 애는 저 아래 공원에서 예쁘게 생긴 꼬마아이를 발견하곤 그 낯선 아이에게 뽀뽀를 해주려고 두 팔을 활짝 벌리고 다가갔었어; 그런데 그 귀여운 꼬마는 우리 아이의 뺨을 물어뜯어 우정어린 그 애의 마음에 답해 왔지. 그러곤 혀를 내밀어 조롱을 했다네. 내 가여운 딸 안-샬롯의 모습을 자네가 봤어야 했어: 그 가여운 것은 굳은 듯이 꼼짝하지 않고 서 있었지. 물린 뺨이 아파서가 아니라, 보여주는 악한 인간 마음의 심연을 보면서 공포에 질린 게야. 그때 뜻밖에도 난, 그 아름다운 두 눈동자 뒤에 흉악한 짐승한테서나 찾아볼 수 있는, 그런 두 눈길을 단번에 발견할 수 있었어; 난 그 애의 얼굴 이면에 그 무엇인가 숨겨진 것이 있다는 것을 발견하면서 완전히 기겁을 했었지, 하나의 가면을 보았으니까. 그런데 왜 우리가 지금 그 얘기를 하면서 앉아 있는 건가? 더위 때문인가, 아니면 폭우 때문이란 말인가?

## 동생

고독이란 것이 우울한 생각들을 안겨주는 법이죠. 형님께선 친구가 필요하세요; 올 여름, 도심의 폭염이 형님을 약하게 만든 것 같은 생각이 드는군요!

## 노신사

다만, 마지막 몇 주만 그랬던 것 같네; 병들어 숨진 저 윗집 사람에 대해 내가 너무 신경을 쓴 것 같아. 난 그들의 삶을 몸소 겪은 거나 다를 바가 없지; 제과점 주인의 슬픔과 고민들 역시 내 몫이 되어버리고 말았으니까. 그래서 난 그의 어려운 경제 사정이나 실명해버린 그 사람의 부인, 또 그 양반의 미래까지도… 걱정이 된다네… 그런데 부쩍 요즘 들어선 밤이면 밤마다 내 딸아이 안–샬롯이 꿈에 보이는군… 위험에 처해 있는 건, 왠지 낯설고, 선명하게 보이지도 않는, 이름도 없는 내 딸애를 꿈속에서 자주 보곤 한다네; 그러다보니 잠들기 전엔 믿어지지 않을 정도로 귀를 곤두세우고 그 애의 작은 발자국 소리를 들으려고 애를 쓰곤 하지. 그런데 한 번은 그 애의 목소리를 들은 적이 있는 것 같기도 하단 말이야…

**동생**

그럼 그 애가 어디에 살고 있다는 건가요?

**노신사**

글쎄!

**동생**

만약 그 애를 길에서 만나신다면 어쩌시겠어요…

**노신사**

아마 정신을 잃든지 아니면 그 자리에 주저앉아 버릴 거란 생각이 드는군… 다시 말해 아주 오래 전 일이지만 한 번은 내가 외국에 오랫동안 머물렀던 적이 있었지. 우리 여동생이 어릴 때였어… 내가 긴 세월이 흐른 후 귀국했을 때 부둣가에서 나를 끌어안는 한 젊은 낯선 처녀를 봤다네. 난, 겁에 질린 채 파고드는 그 두 눈빛을 바라보고 있었지. 자기를 알아보지 못하는 것이 끔찍하단 듯 의아함으로 가득찬 눈길 말일세. 내가 우리 여동생을 알아볼 때까지 그 애는 "오빠, 나라구요"하며 몇 번씩을 반복했는지 모르지!

내 딸아이의 경우도 아마 마찬가질 것이라는 생각이 드는군. 그 나이에는 5년이란 세월은 사람을 알아보지 못하게 하는 건 예사지! 자기 자식을 못 알아본다는 것을 한 번 상상해 보게나! 피차 마찬가지긴 하겠지만 낯선 사람에 불과하겠지! 아마 난 견딜 수가 없을 거야! 아니야, 기꺼이 사랑스런 네 살배기 내 딸애를 우리 집에 신주 모시듯이 모실 거야; 난 그 애 외엔 다른 그 누

92

구도 원치 않으니까… −침묵.

루이스가 세탁물을 정리장에 넣고 있는 건가? 냄새가 좋군, 이 냄새는… 그렇지 그 정리장 앞에서 일을 하던 이 집 안주인을 떠올리게 하는군. 잘 손질하여 깨끗하게 정리정돈하던 그 착한 요정 말일세; 그 사람은 다리미로 뒤틀리고 구겨진 주름들을 펴 곤했지… 암, 구겨진 주름들이지…

(침묵.)

난 ─ 이제 ─ 안으로 들어가 편지를 한 통 써야겠네; 곧 다시 돌아올 테니 가지 말고 여기에 좀 있어 주지 않겠나?

(좌측으로 간다.)

※

**동생**
(기침을 한다.)

**예르다**
(복도 문쪽에서 보인다.)

아니, 당신이… −거실의 시계가 울린다.− 오, 하느님 맙소사! 이 소리는… 내가 10년 동안 들었던 소리가 아닌가! 한 번도 제대로 시간이 맞은 적이 없었던 시계지만, 5년이란 기나 긴 세월 속에서 밤낮을 어김없이 알려주었지. ―자신의 주변을 살핀다.― 이건 내 피아노잖아… 나의 야자수들… 그리고 식탁; 그인 이 모든 것들을, 마치 방패처럼 윤이 나도록 닦으며 소중히 간직해 온 거로군! 오, 추억의 식기장이잖아! 기사와 이브의 장식이야. 사과 바구니를 든 이브의 조각이 있는 추억의 식기장이라구… 그 맨 위 서랍의 안쪽엔 온도계가 있을 텐데… ―침묵.― 그것이 그대로 남아 있을지 모르겠군… ―식기장에 다가가서 우측 서랍을 연다.― …역시, 그대로 있군!

**동생**

이게 뭐 하는 짓이요?

**예르다**

그래요, 그건 결과적으로 영원하지 않은 것에 대한 하나의 상징이 되고 말았어요! ― 우리가 이곳에 신접살림을 차렸을 때, 난 창문 밖에 온도계를 달아 놓겠다고 약속을 했지만… 그만 잊어버렸죠; 그러자 그이는 자기가 대신 하겠다고 약속했죠. 그이 역시 그걸 잊어버리고 말았어요. 그래서 그 온도계는 그냥 그대로 같은 자리에 놓여 있어요. 그 일로 인해 우린 부부싸움을 했었죠. 결국엔, 그것으로부터 벗어나기 위해, 난 그 온도계를 서랍에 숨겨버리고 말았어요… 그이와 마찬가지로 난, 괜히 죄 없는 온도계가 보기 싫어졌죠. 그것이 어떤 의미를 내포하고 있는지 알아요? ― 그건, 우리는 이미 우리 두 사람의 관계가 지속되지 않을 것이라는 것을 생각하고 있었다는 뜻이죠. 그때, 우리 두 사람은 즉시 가면을 벗어 던지고 서로에 대한 반감을 나타내기 시작했죠. 그것도 결혼 초기에 — 그 하찮은 온도계가 문제가 되었다니… 그래요, 아직도 여기 그대로 있군요! 우리 두 사람의 관계는 마치 변덕스런 날씨처럼 항상 오르락내리락 변화가 심했어요. ─그녀는 온도계를 내려놓는다.

어머, 내 장기잖아! 이건 우리 딸애가 태어나기 전에, 아기를 애타게 기다리는 날들을 잊기 위해 그이가 소일거리로 산 거예요! 지금은 누구랑 장기를 두는 걸까요?

**동생**

나지 누구겠어요!

**예르다**

그인 어디 있어요?

**동생**

방에서 편지를 쓰고 계세요!

**예르다**

어디죠?

**동생**

(좌측을 가리킨다.)

**예르다**

(소스라치게 놀란다.)

그이가 이곳에서 5년이나 살았다구요?

**동생**

10년이죠, 5년은 혼자서 살았으니!

**예르다**

그럼 현재 고독을 즐기고 있다는 건가요?

**동생**

이젠 충분히 즐겼다고 생각해요.

**예르다**

그인 내 앞에 나타날 수 있을까요?

**동생**

어디 시험해 보시죠! 항상 예의가 바르신 형님이시니, 위험한 일은 없을 테니까.

**예르다**

저 식탁의 러너는 내가 만든 것이 아닌데…

**동생**

내가 하고 싶은 말은 형님께서 조카에 대해 물어보실 위험성은 있을 수 있다는 거죠.

**예르다**

그이가 내 딸애를 찾도록 도와줄 거예요…

**동생**

피셔란 작자가 어디로 사라졌는지 알고 있나요. 또 그렇게 도망친 의도가 뭐라고 생각해요?

**예르다**

첫째로 마음에 들지 않는 이웃으로부터 벗어나려는 것이고, 그 다음은 나를 강제로 자기 뒤를 따르게 하려는 거죠; 그래서 그는 내 딸애를 인질로 잡아서, 그 애가 확실하게 재능을 보이면 발레리나로 키우려는 거예요.

**동생**

발레리나라구요? 형님은 무대 위에서 타인의 이목을 끄는 것을 아주 싫어하시니, 그 사실을 그 애 아버지가 알게 해선 안 된다는 건 알고 있겠죠!

**예르다**

(장기판 앞에 앉아 아무 생각 없이 말들을 정리한다.)

무대 위에서 타인의 이목을 끄는 것이라! 나 역시 무대에 올랐던 적이 있는 걸요!

**동생**

당신이?

**예르다**

옆에서 반주를 했지만!

**동생**

가여운 예르다!

**예르다**

내가 왜 가엽다는 거죠? 난 그 삶을 사랑했어요; 내가 이곳에 갇혀서 죄수 같은 삶을 살고 있었을 때, 간수의 잘못이 아니라 감옥의 잘못으로 내 삶이 편치 않았던 거라구요!

**동생**

그래서 현재의 삶에 또 싫증이 났다 이건가요?

**예르다**

현재 나는 침묵과 고독… 무엇보다도 내 아이를 사랑하면서 살고 있어요!

**동생**

쉬잇, 형님이 이리로 오고 계세요!

**예르다**

(도망치려고 황급히 일어나지만, 다시 의자에 주저 앉는다.)

어쩌면 좋담!

**동생**

이제 난 갑니다! ― 무슨 말을 할까 하고 망설이면 안 돼요; 마치 장기판에서 말들이 옮겨지듯 자연스럽게 나오는 대로 말하도록 하세요!

**예르다**

우리가 마주 칠 때, 그이의 눈빛이 어떨지 겁이나요. 난 그의 눈빛 속에서 내가 좋게 아니면 나쁘게 변화했다는 것을 읽을 수가 있을 테니까요… 그리고 늙고 흉하게 변해버린 것도 모두 보여주게 될 텐데…

**동생**

(우측으로 간다.)

만일 형님께서 당신이 늙었다고 생각하신다면, 당신에게 접근할 용기가 나시겠죠; 그렇지만 옛날과 마찬가지로 젊다는 생각이 들면, 아마 희망을 갖지 않을 것이고, 당신이 생각하는 것 보다 훨씬 더 겸손하실 거요! ― 그럼, 이만!

※

**노신사**

(식당방으로 통하는 열려있는 좌측 문을 천천히 지나가고 있다; 손에는 편지 한 통이 들려있다; 사라졌다가 곧 복도에 모습을 드러낸 후, 밖으로 나간다.)

**동생**

(우측 문에서.)

우체통 쪽으로 가신 거예요!

**예르다**

난 도저히 이 일을 감당해 낼 자신이 없어요! 내가 어떻게 그 사람에게 나의 이혼이 성사되게 도와 달라고 부탁할 수 있단 말이예요? 피해야만 해요! 아니면 너무 뻔뻔스럽기 짝이 없는 거죠!

**동생**

그대로 있어요! 당신은 형님의 한없이 선량한 마음을 느낄 수 있을 테니! 딸애를 위해서라도 당신을 도와주실 거요,!

**예르다**

아뇨, 이건 아니예요!

**동생**

상관하지 않으시고 도우실 거요!


※


**노신사**

(복도에서 황급히 안으로 들어와 눈이 잘 보이지 않아 루이스로 착각하고 예르다를 향해 고개를 끄덕한다. 식탁 장 위에 놓여 있는 전화기로 가서 전화를 한다; 지나가는 말로 예르다를 향해 한 마디 던진다.)

벌써 끝내버렸나! 루이스, 다시 시작하도록 장기판에 말을 올려 놓도록 하려무나…

**예르다**

(영문을 모른 채 굳어진다.)

**노신사**

(예르다에게서 등진 상태로 전화를 한다.)

여보세요! — 어머니세요, 별일 없으시죠? — 그럼요. 고마워요. 잘 있죠! 벌써 루이스는 장기판 앞에 앉아 있어요. 헌데 그 애가 누구와 조금 다퉜는지 피곤해 하는 것 같군요 — 네, 지금은 지나갔어요. 그리고 모든 것이 정상적으로 돌아왔어요! 그저 별 것 아닌 거였죠! — 덥냐구요? 바로 우리 머리 위로 천둥이 지나갔지만 벼락은 치진 않았어요! 허위 경보죠! — 뭐라고 하셨나요? 피셔의 가족들 말이군요! 글쎄요, 그들은 분명 어딘가 떠나려는 것 같아요! — 그건 왜요? 사실 난 아무 것도 아는 것이 없어요! — 그래요? 그래요? — 그럼요, 그건 6시 30분에 떠나죠; 섀르고르덴(Skärgården)[8]의 갓길을 지나서 도착하는 것은… 잠깐 기다리세요. 시간표를 볼게요, 8시 25분 이군요! — 재미 있으셨어요? -웃는다.- 그래요, 그 사람 한 번 시작했다 하면 제 정신이 아니죠; 마리아는 그 일에 대해 뭐라고 했나요? 여름은 어떻게 보내셨어요? 그럼요, 그렇구 말구요. 루이스와 전 늘 함께 지내죠; 그 애는 언제나 변함없이 기분이 좋은 것 같아요 — 그럼요. 그 애는 아주 착하구 말구요! — 고맙지만 사양하죠. 그런 일은 절대 없을 거예요!

**예르다**

(이해하기 시작하고 화가 나서 일어선다.)

**노신사**

제 눈 말인가요? 네, 근시로 변해 버렸어요. 그렇긴 하지만 제 과점 안주인과 꼭 같은 말을 하죠; 다시 말해 세상에 볼만한 것

---

**8** 스톡홀름의 군도.

이 별로 없는 것 같군요! 또 약간 귀머거리가 되었으면 하기도 하죠! 귀머거리와 장님 말이예요! 위층에 사는 사람들이 밤이면 끔찍하게도 시끄러우니… 무슨 유흥업소 같아요… 이것 보라지, 도청되고 있으니 끊어져버리잖아! ―다시 전화를 건다.―

※

(노신사에게 띄지 않고 루이스가 복도의 문에 나타난다. 예르다는 부러움과 증오심으로 그녀를 주시한다; 루이스는 우측 문으로 자취를 감춘다.)

**노신사**

(전화기 앞에서.)

아직 남아 계세요? 그들이 남의 대화를 도청하려고 통화를 중단시켜버리다니 끔찍한 일이죠! 아무튼 내일 6시 15분이요! ― 항상, 고마워요! ― 물론 그렇게 해야죠! 안녕히 계세요, 어머니!

(루이스는 자취를 감췄고; 예르다는 방의 한 가운데에 서 있다.)

※

**노신사**

(돌아선다; 예르다를 보게 된다. 그리고 조금씩 그녀를 알아보기 시작한다; 가슴이 철렁 내려앉는다.)

오, 하느님 맙소사, 당신이었군? 그럼 방금 루이스가 아니었단 말인가?

**예르다**

(입을 다문다.)

**노신사**

(기절초풍을 한다.)

어떻게 ─ 당신이 ─ 여길 왔단 말이요?

**예르다**

죄송해요. 여행 중에, 우리 옛집이 궁금해서 지나가는 길에 잠깐 들여다 본 거예요… 창문이 열려 있더군요…

(침묵.)

**노신사**

옛날과 변함 없는 것 같소?

**예르다**

꼭 같아요. 뭔가 다른 것이 있다면, 왠지 다른 사람이 들어온 것
같은 느낌이 드는군요…

**노신사**

(불안한 모습으로.)

당신 생활에 ― 만족하며 살고 있소 ?

**예르다**

그럼요! 내가 원했던 대로 살고 있으니까요.

**노신사**

우리 딸아이는?

**예르다**

글쎄요, 몰라보게 많이 컸죠. 풍요로움 속에서 잘 지내고 있어요.

**노신사**

그럼 더 이상 묻지 않겠소. ―침묵.― 당신에게 도움이 되어주고
싶으니, 내게 뭔가 원하는 거라도 있소?

**예르다**

고맙군요, 하지만… 당신이 잘 살고 있는 것을 보니 아무 것도
필요 없단 생각이 들군요!

(침묵.)

안–샬롯을 만나보기 원하세요?

(침묵.)

**노신사**
딸애가 잘 지낸다니 만나지 않으리다 — 그런 삶을 다시 머리에
떠올린다는 건 나로선 아주 힘든 일이니까 —: 그것은 마치 제
대로 끝내지 못한 숙제에 대한 대가를 다시 치르는 것과 같으니
까. 난 그 숙제를 제대로 했었지만, 숙제를 주던 사람은 그렇게
생각하지 않았지. 난 완전히 다른 세상에 존재했었으니까. 지금
나는 그런 것으로부터 아주 동떨어진 삶을 살고 있지, 더욱이
지난 과거에만 얽매여 살아갈 수는 없는 일이 아니겠소 — 나로
선 예의 바르지 못한 이런 말을 한다는 것이 무척 힘들긴 하지
만, 부탁이니 제발 앉지 말아주면 좋겠소 — 당신은 다른 남자
의 아내지 않소 — 그 말은 당신이 우리가 헤어졌을 때와 같은
사람이 아니란 뜻이요 —

**예르다**
내가 그렇게 — 변했나요?

**노신사**
아주 낯선 사람이 됐구려! 목소리와 눈길과 태도가…

**예르다**

늙었죠?

**노신사**

그건 모르겠소! — 사람들이 말하길 3년이면 인간의 몸 속에는 단 하나의 같은 미분자가 남아 있지 않는다고 하오 — 5년이면 모든 것이 새로워지는 거요. 그래서 거기 서 있는 당신은 예전에 이곳에 앉아 괴로워하던 당신이 아니란 말이요 — 당신이 너무나 강하고 낯선 사람으로만 느껴져, 당신에게 반말을 할 수가 없구려! 그래서 내 딸에도 아마 같은 느낌이 들 것이란 생각이 드는구려!

**예르다**

그렇게 말하지 말아요. 당신이 내게 몹시 화를 내길 바랐어요.

**노신사**

왜 내가 당신에게 몹시 화를 낸단 말이요?

**예르다**

내가 당신에게 저지른 모든 잘못 때문이죠!

**노신사**

그랬던가; 난 전혀 느끼지 못한 일이요.

**예르다**

당신은 이혼신청서를 읽어보지 않았나요?

**노신사**

글쎄, 그건 변호사에게 넘겨버렸으니까.

(앉는다.)

**예르다**

그럼 이혼 판결문은 읽었나요?

**노신사**

그것도 읽지 않았소. 그때 난 재혼할 생각이 전혀 없었으니, 그런 종이 따위는 필요가 없었으니까!

(침묵.)

**예르다**

(앉는다.)

**노신사**

그 종이엔 뭐라고 써 있었소? 내가 너무 늙었다고 써 있지 않았던가?

**예르다**

(그렇다는 듯이 침묵을 지킨다.)

**노신사**

분명 그건 사실이니 당신이 곤란해 할 문제가 아니지 않소! 내가 제출한 서류에도 그렇게 썼고 법원의 판결이 당신에게 자유를 되돌려줄 수 있도록 해달라고 요청을 했으니까.

**예르다**

그렇게 썼다는 것은 무슨 뜻인지 모르겠군요…

**노신사**

내가 그렇게 신청한 것은 사실 난, 그다지 늙진 않았었지만, 그러나 당신에겐, 내가 너무 늙은이였던 것 같았으니까!

**예르다**

(언짢은 표정이다.)

나에게?

**노신사**

그렇지! ― 우리가 결혼했을 땐, 차마 내가 너무 늙었다는 말을 할 수가 없었지. 그렇게 되면 우리 아이의 태생에 대해 기분 나쁜 엉뚱한 소문을 들을 수 있기 때문이었소. 그건 그렇고, 그 애는 우리 애가 맞겠지, 그렇지 않소?

**예르다**

그건 당신이 잘 알고 있잖아요! — 실은…

**노신사**

지금 내 나이에 대해 수치심을 느낀다는 것이 무슨 의미가 있겠소? 글쎄, 만약 내가 밤이면 밤마다 보스톤 사교춤이나 추면서 노름이나 하고, 아니면 곧 휠체어 신세를 지게 된다 거나 혹시 수술대 위에 들어눕는 지경에 이른다면, 그것이 창피한 일이겠지만!

**예르다**

전혀, 그렇게 보이지 않는 걸요…

**노신사**

그럼 이혼하고 나면 내가 죽을 것이라고 생각했소?

**예르다**

(의심스럽다는 듯이 입을 다문다.)

**노신사**

당신이 나를 생매장시켰다고 생각하는 사람들이 있더군! 당신에게도 내가 생매장을 당한 듯이 보이는 거요?

**예르다**

(난처해 한다.)

**노신사**

거기다 당신 친구들은 가치도 없는 쓰레기 같은 신문들에 풍자적인 내 모습을 실었다고 하더군. 그러나 난, 한 번도 그것을 보려고 생각한 적이 없었소. 그것이 폐기된 것도 이미 5년이란 세월이 흐른 것 같더군! 그러니 나 때문에 양심의 가책을 느낄 필요는 없을 거요.

**예르다**

왜 나랑 결혼했었죠?

**노신사**

왜 남자가 결혼을 하는지는 당신이 잘 알고 있을 텐데 그러오; 내가 당신 사랑을 구걸할 필요가 없었다는 것 역시 잘 알고 있을 거요. 또한 당신에게 경고했던 그 모든 조언자들을 우리가 어떻게 웃어 넘겼는지를, 똑똑히 기억해야만 할 거요 ─ 그런데 절대로 내가 설명할 수가 없는 것이 있다면, 왜 당신이 나를 유혹했었는지… 우리가 결혼식을 올린 후에 당신은 나를 쳐다보지도 않고, 마치 타인의 결혼식에 참석한 듯 무심하게 앉아 있었을 때, 그때 난, 이미 당신이 나를 죽일 실마리를 갖고 있다는 생각을 했소. 사실 우리 집의 모든 고용인들은 나를 마치 폭군으로 취급하여 증오하면서, 모두가 당신 친구들이 되어버리더군. 그렇게 내게 적이 한 사람 생기면 그 적은 곧 당신의 친구가 되어버리더군! 그런 사건들이 내가 이런 말을 할 수 있는 동기 부여를 한 거요: 너는 원수를 증오하지 말라, 맞는 말이지. 그러나 나의 원수를 사랑하지 말라고 말이요! ─ 아무튼 당신이

111

나에게 있어 어떤 위치에 존재한다는 것을 내 눈으로 확인했을 때, 난 떠나기로 맘먹고 짐을 꾸리기 시작했었지. 하지만 무엇보다 먼저, 당신이 위선적으로 나와 함께 살아왔다는 것을 증명할 수 있는 산증인을 갖고 싶었던 거요. 그래서 나는 우리 아이가 태어날 때까지 기다리고 있었던 것 뿐이오.

**예르다**
어떻게 당신이란 사람은 그토록 위선적일 수가!

**노신사**
난 차츰 침묵을 지키게 되었을 뿐, 결코 거짓말 같은 건 하지 않았소! — 점차적으로 당신은 내 친구들을 탐정가들로 변화시켜 갔었지 않소. 게다가 내 동생까지 나를 배신하도록 부추겼지. 더구나 가장 끔찍한 것은 당신의 그 생각 없는 말이 당신 딸애의 생부에 대한 의심을 불러일으키게 한 일이었단 말이요!

**예르다**
그 말은 취소했었잖아요!

**노신사**
쏟아진 물은 다시 담을 수가 없는 법이요. 게다가 무엇보다 용서할 수 없는 것은 그 터무니 없는 소문이 아이 귀에까지 들어가서, 결국 자신의 엄마를 정숙하지 못한 여자로 생각하게 만든다는 것이지…

**예르다**

어휴, 말도 안 돼!

**노신사**

아니라니, 무슨 소릴! — 당신은 완전히 허위 투성이로 바벨탑을 쌓은 것이었소. 그리고 그 허위 투성이의 탑은 지금 당신 위에 무너져내리고 있는 것이요!

**예르다**

그건 설마 사실이 아니겠죠?

**노신사**

아니라니! 우연히 난, 방금 안–샬롯을 만났으니까…

**예르다**

우연히… 만났다구요?

**노신사**

우연히 계단에서 보게 됐소. 그런데 그 애는 나를 아저씨라고 부르더군; 당신은 아저씨가 무슨 뜻인지 알기나 하오? 그건 가족이나 엄마의 오래된 친구란 뜻이요. 역시, 학교에서도 나를 아저씨로 알고 있다는 것도 잘 알고 있으니까! — 그건 분명히 말해 아이에게 끔찍한 일이란 걸 모른단 말이요.

**예르다**

그런 일이 있었던가요?


**노신사**

그렇소! 그렇지만 다른 사람에게 말할 필요는 없다고 생각하니까. 나에겐 침묵을 지킬 권한도 없다는 거요? 반면에 그 만남이 너무나 충격적이어서, 결코 그런 일은 있을 수 없다는 듯 나의 기억 속에서 완전히 지워버렸소.


**예르다**

당신을 제자리로 바로 돌려놓기 위해서, 내가 어떻게 하면 좋을까요?


**노신사**

당신이? 그건 당신이 할 수 있는 일이 못 되지. 그건 오직 나 자신만이 할 수 있는 거요.


(둘은 오랫동안 날카롭게 서로를 빤히 주시한다.)


**노신사**

다시 말해, 난 이미 제자리로 돌아와 있으니까…


(침묵.)

**예르다**

내가 보상을 해줄 수는 없을까요. 모든 것을 잊고 용서해 달라고 애걸한다면…

**노신사**

그게 무슨 뜻이요?

**예르다**

우리 다시 옛날로 돌아가서 하나하나 고쳐 나가면 어떨까요…

**노신사**

우리가 재결합해서 또다시 내가 당신을 상전으로 모시고 살라는 그런 뜻이요? 사양하지! 난 당신을 원하지 않소!

**예르다**

내가 그런 소릴 다 듣게 되는군요!

**노신사**

그런 기분이 어떤지 한 번 느껴보는 것도 좋겠지!

(침묵.)

**예르다**

저것은 아름다운 테이블 러너군요…

**노신사**

물론 아름답구말구!

**예르다**

어디서 난 거죠?

(침묵.)

※

**루이스**

(청구서를 들고 식당 문앞에 모습을 보인다.)

**노신사**

(뒤돌아본다.)

청구선가?

**예르다**

(일어나며 장갑을 거칠게 벗어 단추가 떨어진다.)

**노신사**

(지불할 돈을 꺼낸다.)

18하고 75전이라! 딱 맞는군!

**루이스**

주인님께 드리고 싶은 말씀이 있어요!

**노신사**

(일어나 문쪽으로 간다, 루이스가 그에게 귓속말을 한다.)

아니, 저런…

**루이스**

(나간다.)

※

**노신사**

불쌍한 예르다!

**예르다**

무슨 뜻이죠? 당신 하녀에게 내가 질투라도 한다는 건가요?

**노신사**

천만에! 그런 뜻이 아니오!

**예르다**

아니긴 뭐가 아녜요. 당신은 내겐 너무 늙었지만, 저 애에겐 아니란 뜻이겠죠. 그런 모욕 정도는 얼마든지 눈치챌 수 있다구요… 그 애가 아름답다는 것도 부정하진 않겠어요. 그렇지만 하녀들이 생각하는 것이란…

**노신사**

불쌍한 예르다!

**예르다**

왜 자꾸 그런 말을 하는 거죠?

**노신사**

당신이 불쌍해서 그렇소! 내 고용인에게 질투를 하다니, 그것 정말 제대로 한 번 제자리로 바로 돌려지는 것이로군…

**예르다**

내가 질투를 한다니…

**노신사**

당신은 왜 조용하고 얌전한 그 예의바른 내 어린 친구에게 격노하고 있는 건지 알 수가 없군…

**예르다**

친구보다 좀 더 친한 사이겠죠…

**노신사**

천만에, 이 철없는 사람아. 난 벌써 오래 전에 그런 것에서 은퇴를 했다구… 현재 나의 고독한 삶에 아주 만족하며 살고 있단 말이야…

(전화벨이 울리자, 전화쪽으로 간다.)

"피셔 씨라구? 잘못 걸었소! — 그래요, 그렇담 나요 — 그가 도망을 갔다구요? — 누구랑 도망을 갔단 말이요? — 제과점의 스타르크 씨의 딸이라니! 하느님 맙소사! 그 애는 몇 살이나 됐소? — 열 여덟? 아직 어린애로구먼!"

**예르다**

그가 도망 갔다는 것은 알고 있었지만! — 그런데 여자랑 함께라니! — 이제 당신은 기쁘겠군요?

**노신사**

천만에, 기쁠 것은 없소; 다만 이 세상에 공정함이 살아 있다는 것을 보니, 내 마음이 좀 가라앉는 것 같은 기분인 것 뿐이지! 우리 인생이란 너무 빨리 달려가는군. 내가 처했던 자리에 벌써 당신이 와 있으니!

**예르다**

겨우 내 나이 스물에 열 여덟 살짜리 애에게 당하다니 — 내가 늙은 거야. 그에게 난 너무 늙은 거라구!

**노신사**

모든 것은 상대적이겠지, 나이라는 것까지도! 그런데 이건 다른 문제지만! 지금 당신 딸아이는 어디에 있는 거요?

**예르다**

내 딸아이라구! 깜빡 잊고 있었잖아! 내 딸! 하느님 맙소사! 도와 줘요! 그 사람이 내 아이를 데려갔다구요; 그는 안-샬롯을 자기 자식처럼 사랑했으니까… 경찰서에 가줘요… 제발 나와 함께 가주세요!

**노신사**

나 말이요? 지금 당신은 너무 과한 요구를 하는 것 같구려!

**예르다**

제발 도와줘요!

**노신사**

(우측 문쪽으로 간다.)

카알 프레드릭, 이리 와서 마차를 한 대 불러주게; 그래서 이 사람과 함께 경찰서로 가주게 — 왜, 내키지 않나?

※

**동생**

(들어온다.)


물론, 그래야겠죠! 주님의 이름 안에서, 우린 모두 형제자매들
이니까요!


**노신사**

서두르게! 스타르크 씨에겐 아무 말도 말게; 아무튼 모든 것이
제자리로 바로 돌아오게 될 테니까. 불쌍한 양반 — 불쌍한 사
람이야! — 서두르게 어서들!


**예르다**

(창밖을 내다본다.)


비가 내리기 시작하는군. 우산 좀 빌려줘요… 열 여덟 살이라니
— 겨우 열 여덟 살짜리 어린애잖아! — 빨리 가요!


(동생과 함께 나간다.)


**노신사**

(혼자 남는다.)


노년의 평온함이 이런 건가! — 내 딸애가 한 바람둥이의 수중
에 들어가 있다니! — 루이스!

**루이스**

(들어온다.)


**노신사**

이리 와서 나랑 장기나 한 판 두도록 하자구!


**루이스**

영사님께선 어디 가셨나요…?


**노신사**

볼일이 있어 나갔어… 아직도 비가 내리고 있는 건가?


**루이스**

아뇨, 이제 그쳤어요!


**노신사**

그럼 밖에 나가 시원한 바람이나 좀 쐬고 와야겠군. − 침묵. − 넌 착하고 총명한 애지; 제과점 딸애를 잘 알고있니?


**루이스**

네, 아주 조금은!


**노신사**

그 애가 예쁘게 생겼나?

**루이스**

네-에!

**노신사**

위층에 사는 남자를 알고 있어?

**루이스**

한 번도 본 적이 없어요!

**노신사**

회피하고 싶은 게로군!

**루이스**

전 이 집에서 입이 무거워야 한다는 것을 배웠으니까요.

**노신사**

귀머거린 척 하는 것도 정도가 지나치면, 아주 생명에 위협을 느끼게 된다는 것을 말해주고 싶구나. 차 준비를 하도록 해라, 그 동안 나가서 시원한 공기를 좀 마시고 올 테니 — 아가야, 한 가지 더 말해 두지, 지금부터 이곳에서 일어나는 일을 보게 되더라도 나에게 아무 것도 묻지 말아주면 좋겠구나.

**루이스**

제가요? 절대로 그런 일은 없을 거예요, 주인님, 전 아무 관심도 없는 걸요.

**노신사**

고맙군!


막이 내린다.

## 3:o

건물의 정면이 1:o과 같다. 제과점으로부터 불빛이 새어나온다; 일층에 불이 켜있고, 창문이 열린 채 있고 룰가르딘(Rullgardin)[10]도 말아 올려져 있다.

**제과점 주인**

(자기 집 문밖에 서 있다.)

**노신사**

(초록 벤치에 앉아 있다.)

축복의 단비가 조금 내렸군요.

**제과점 주인**

정말 축복이었죠; 이제 다시 산딸기가 곧 나오겠지요…

---

10 햇빛 차단을 위한 감아 올리는 커튼.

**노신사**

그럼 몇 리터 정도는 미리 주문해 둬야겠습니다. 우린 잼을 만
든다는 것이 지겨워졌어요 — 손도 대지 못하고 그대로 발효가
되어버려 결국 곰팡이가 생기고 말더군요…

※

**제과점 주인**

그래요. 저도 그런 경우를 알고 있어요; 마치 장난꾸러기 아이
들을 잘 건사하듯 잼을 담는 병을 잘 다뤄야 하죠. 살리실산
(salicyl 酸)[11]에 담궈 두는 사람들도 있지만, 그것은 나로선 동의
할 수 없는 새로운 비법에 지나지 않죠…

**노신사**

살리실산이라니! 그래요. 그건 병균을 막는 방부처리제로군요
— 그건 아주 좋은 생각이요…

**제과점 주인**

그렇긴 하죠. 그런데, 그 맛이 글쎄… 그게 교묘하게도…

---

11 살균작용을 하고 방부제로 쓰임.

**노신사**

그런데, 스타르크 씨 댁은 전화가 있나요?

**제과점 주인**

아뇨, 전화 같은 건 없어요…

**노신사**

그렇군요!

**제과점 주인**

그건 왜 물으시죠?

**노신사**

그저, 가끔씩은 전화가 필요하다는… 생각이 들어서요… 주문을 한다든지… 전달할 중요한 말이 있다든지…

**제과점 주인**

그럴 수도 있겠죠; 그렇지만 때론 ─ 전달해야 할 말을 전하지 않는 편이 더 좋을 수가 있지요…

**노신사**

옳은 말씀이요! 정말 옳은 말씀이지! 그 말이 맞소! 전화벨이 울릴 때면 난 항상 심장이 두근거린단 말씀이요. 무슨 말을 듣게 될지 모르는 일이니까… 난 평온하게 지내고 싶어요… 그 무엇보다도, 내겐 평온함이 제일이지요!

**제과점 주인**

저 역시 그래요!

**노신사**

(시계를 본다.)

곧 가로등에 불이 켜지겠군요!

**제과점 주인**

큰 길가는 이미 환한데… 가스등에 불을 붙이는 사람들이 우리 동네 쪽은 잊었나 봅니다.

**노신사**

아마 곧 오겠지요! 다시 가스등이 켜지는 것을 본다는 것은 정말 흥미로운 일이지요…

(거실에 전화벨이 울린다; 그 안에 루이스의 모습이 보인다; 노신사는 일어나며 가슴에 손을 올려놓고 들으려고 노력하지만 대화 내용은 들리지 않는다.)

(침묵.)

**루이스**

(화단을 통해 걸어 나온다.)

**노신사**

(불안해 한다.)

무슨 새로운 소식이라도 있나?

**루이스**

아뇨!

**노신사**

내 아우였나?

**루이스**

아뇨, 마님이었어요!

**노신사**

원하는 게 뭐였나?

**루이스**

주인님과 얘길 나누고 싶어하셨어요!

**노신사**

난 할 얘기가 없어! 나의 사형집행인을 내가 위로해야 한단 말인가? 옛날엔 그랬었지. 그렇지만, 지금 난 그런 일이라면 지긋지긋해! — 저 위를 좀 쳐다보렴! 그들은 저 밝은 불빛으로부터 떠나갔어. 불 켜진 방은 어둠에 싸인 방보다 더 끔찍한 거야…

헛것들이 보이니까. −목소리를 높여.− 제과점의 아그네스 말인데, 그 양반이 뭔가 눈치를 챈 것은 아닐까?

**루이스**

제과점 아저씨와 이 '침묵의 집'에 사는 사람들은 아무도 자신의 근심을 말하지 않아, 뭐라고 말씀드리기가 어렵군요.

**노신사**

그 양반에게 말해주는 것이 좋을까?

**루이스**

아녜요, 절대 그러시면 안 돼요…

**노신사**

물론, 그 애가 아버지에게 걱정거릴 안겨주는 것이 처음이 아닐테지?

**루이스**

아저씨는 딸에 대해 절대로 말씀을 하지 않으세요…

**노신사**

끔찍한 일이군! 결과가 어떻게 되는지 곧 보게 되겠지!

(거실에 전화벨이 울린다.)

또 전화벨이 울리는군! 받지 않는 것이 좋겠어! 난 아무 것도 알고 싶지 않으니까! — 단지 내 딸애가 어떻게 됐는지! 그따위 인간과 함께 있다니 끔찍하군! 바람둥이와 매춘부 같은 것들! — 끝이 없군! 불쌍한 예르다!

**루이스**

어떻게 됐는지 좀 알아보는 것이 좋겠어요 — 안으로 들어가 볼께요 — 주인님께서 무슨 방도를 찾으셔야만 할 것 같아요!

**노신사**

난 어쩔 도리가 없구나… 받아들이는 것은 할 수 있지만, 또다시 인연을 끊는다는 것은 절대로 두 번 다시 못할 짓이니까!

**루이스**

우리가 어떤 위기에서 벗어나면 계속해서 그것은 우리에게 파고들어요. 그렇다고 우리가 대항하지 않으면, 결국 짓밟히고 말죠!

**노신사**

그리고 우리가 뭔가 시작하지 않으면 손이 닿을 수 없게 되어 버리지!

**루이스**

손이 닿을 수가 없다고 하셨어요?

**노신사**

괜히 우리가 개입해서 모든 것이 뒤죽박죽이 되게 하지 않는다면, 모든 것은 더 잘 해결될 거야. 그곳엔 아주 격렬한 열정이 휘몰아치고 있는데, 어떻게 사람들은 내가 그런 것에 개입해서 조종해 주길 원한단 말인가!

내가 그들의 고통을 제압할 수도, 그렇다고 삶의 방향을 바꿔 놓을 수도 없는데 말이야.

**루이스**

그럼 따님은 어쩌나요?

**노신사**

난 그 애에 대한 나의 모든 권리를 내 줬어… 그리고 다른 모든 것들도 — 솔직히 말해, 내겐 중요한 것이 못 되는 거야 — 그녀가 이곳에 나타나 나의 추억 속에 살아있는 모습들을 모두 파괴시켜버린 지금은, 전혀 관심밖의 일이지; 내 가슴속 깊이 감추고 살아왔던 그 모든 아름다운 추억을 강탈해 가버렸으니, 내게 남아 있는 것이라곤 아무 것도 없단다.

**루이스**

그건 바로 해방이란 거죠!

**노신사**

저 안이 아주 텅 빈 듯이 보이는군! 마치 이사 나간 집같이… 저 위엔, 마치 화염이 휩쓸고 간 뒤처럼 아무 것도 남아 있는 것이라곤 없을 거야!

**루이스**

저기 오고 있는 사람이 누굴까요?

※

**아그네스**

(등장, 화가 난 모습에 겁에 질려있다. 자신을 억제하며 대문으로 향한다.
그곳에 제과점 주인이 앉아있다.)

**루이스**

(노신사에게.)

아그네스예요! 저 모습은 무엇을 의미하는 걸까요?

**노신사**

아그네스라구! — 그럼 해결되기 시작한 거야.

※

**제과점 주인**

(전혀 동요가 없다.)

별일 없니, 애야. 어딜 다녀오는 거냐?

**아그네스**

그냥 밖에서 여기저기 돌아다니다 왔어요!

**제과점 주인**

네 엄마가 널 얼마나 찾았는지 모른단다.

**아그네스**

그랬나요! 그럼, 이제 왔으니 됐잖아요!

**제과점 주인**

내려가서 화덕에 불지피는 걸 도와드리도록 하거라!

**아그네스**

엄만 내게 화가 나 있어요?

**제과점 주인**

네게 화를 내다니 무슨 소릴!

**아그네스**

아니긴요. 화가 났지만, 아무 말도 하지 않는 거겠죠.

**제과점 주인**

아가야, 야단을 맞지 않게 됐으니 정말 다행이구나!

**아그네스**

(들어간다.)

※

**노신사**

(루이스에게.)

도대체 저 양반은 알고 있는 거야, 모르고 있는 거야?

**루이스**

아마 모르고 계시는 것 같아요…

**노신사**

그런데 무슨 일이지? 분명 뭔가 부숴지는 소리가 났어! ―제과점 주인을 향해.― 스타르크 씨, 무슨 소리가 들리지 않았소?

**제과점 주인**

무슨 소리가 났나요?

**노신사**

그랬던 것 같긴 한데… 혹시 조금 전 여기서 누가 나가는 것을 못 보셨소?

**제과점 주인**

얼음 배달부와 우체부를 본 것 같은데요.

**노신사**

그래요! ──루이스에게.─ 글쎄 실수였는지 모르지 ─ 우리가 잘못 들었을 수도 있을 거야 ─ 난 어째 뭐라고 말할 수가 없군그래… 어쩌면 그 양반이 시치미를 떼는 건지! 마님은 전화로 뭐라고 하시던?

**루이스**

주인님과 얘길하고 싶으시다고 하지 않았던가요?

**노신사**

목소리는 어땠나? 화가 난 것 같던가?

**루이스**

네.

**노신사**

이런 문제를 내게 부탁한다는 것은 뻔뻔스러운 일이지…

**루이스**

그럼 따님은 어떻게 되나요?

**노신사**

내가 계단에서 딸애를 만났다는 것은 놀라운 일이야. 그리고 그 애에게 나를 알아보는지 물어보았더니 글쎄, 그 애가 나를 아저씨라고 부르잖아. 그리고 저 위에 아버지가 있다고 말해주더군… 그자는 계부일 뿐인데, 내 딸에 대한 모든 권리를 갖고 있으니 — 그들은 둘러앉아 나에 대한 중상모략을 해대며 나라는 존재를 송두리채 말살시켜버린 거야…

**루이스**

저쪽 모퉁이에 마차 한 대가 서는 것 같아요!

(제과점 주인이 안으로 들어간다.)

**노신사**

제발 그들이 다시 돌아오지 않아야 할 텐데, 그렇게 되면 내게 부담이 커질 거야 — 생각해 보라구, 내 딸애가 다른 사람을 아버지라고 칭찬하는 소릴 듣는다는 것을 — 그리고 그 옛날 일들이 다시 시작된다는 걸: "당신은 왜 나와 결혼을 한 거죠?" — "그건 당신이 잘 알고 있지; 그런데 왜 당신은 날 원했죠?" "그건 당신이 잘 알고 있지" 죽는 날까지 이런 대화나 되풀이 하게 될 테니.

**루이스**

영사님께서 오시는군요!

**노신사**

어떤 것 같으냐?

**루이스**

전혀 급하신 것 같지 않으신데요.

**노신사**

무슨 말을 할 것 같은지 짐작해 보렴; 만족해 보이냐?

**루이스**

그것보다도 침착하신 것 같은데요…

**노신사**

그렇겠지… 항상 그런 편이지; 내 동생은 그녀 곁에 가까이 갔다 하면 그 모양이니까, 그래서 내 동생이 나에 대한 의리를 져버리게 되는 거란다… 그 사람은 모든 사람들을 매혹하는 특별한 재주가 있어. 나를 제외하고 말이야! 나에게는 거칠고, 비천하고, 정직하지 못하고, 어리석지만 다른 사람들에겐 섬세하고, 상냥하고, 아름답고, 지적인 사람이니까! 내가 지닌 독립성에 대해 증오를 하던 모든 사람들이 그녀에게로 모여들어 나를 매도했던 그녀에게 끝없는 동정을 했었어. 그 자들은 결국 그 사람을 통해, 나를 억압하면서 영향력을 미치고, 상처를 주면서,

결국엔 나를 생매장시켜 버릴 길을 모색했었지!

**루이스**

이제 가서서 전화기 앞에서 지키고 계세요 — 분명히 그런 분노도 가라앉게 되실 거예요!

**노신사**

인간들이란 독립적인 사람을 견디지 못해; 그들은 자신들에게 순종하길 원하지; 모든 나의 고용인들은 공장의 경비까지도 내가 그들에게 순종하길 원했으니까; 그러나 내가 순종하지 않았을 때, 그들은 나를 폭군이라고 불렀어. 우리 집 하녀들까지 내가 그들에게 순종하길 원했고 데운 음식이나 먹게 했어. 내가 그들의 뜻에 따르지 않으면, 그들은 집사람을 부추겨서 나를 괴롭혔으니까. 게다가 결국엔 집사람은 내가 내 딸한테까지 순종하길 원하더군, 그래서 난 떠나버렸지. 결국 그 일은 폭군에 대한 음모가 된 셈이고, 그 폭군이 바로 나라는 거야! 루이스, 지금 곧장 서둘러 안으로 들어가도록 해라! — 여기서는 모든 패륜 행위들이 다 터져 나오는 걸 보게 될 테니까!

**동생**

(좌측에서 들어온다.)

**노신사**

거두절미하고 결과만 말하게! — 자세한 것은 알고 싶지 않으니!

**동생**

피곤하니 우리 좀 앉도록 하죠…

**노신사**

벤치가 비에 젖어 있으니 어쩌나…

**동생**

형님께서 거기 앉아 계셨으니, 제가 못 앉을 것도 없겠죠!

**노신사**

좋을 대로 하게 ― 헌데 내 딸애는 어디 있나?

**동생**

자초지종을 처음부터 말씀드릴게요!

**노신사**

어서 시작하게!

**동생**

(천천히 시작한다.)

제가 그녀와 함께 역으로 갔을 때 ― 매표구 앞에 서 있는 그 자와 아그네스를 발견했죠…

**노신사**

아그네스가 함께 있었단 말인가?

**동생**

네, 그리고 조카까지도! — 그녀는 밖에 있고 제가 그들에게 다가 갔죠. 바로 그 순간 그 자가 아그네스에게 표를 주더군요. 그런데 그 애가 3등칸 기차표라는 것을 확인한 순간, 그 자의 얼굴에 표를 내동댕이치고는 밖에 서 있는 마차에 올라타고 휑하니 가버렸어요.

**노신사**

그럴수가!

**동생**

그와 동시에 제가 그 자에게 다가가, 어떻게 된 영문인지 설명을 하라고 요구하고 있는 바로 그때, 그녀가 급히 달려와 조카를 데리고 인파 속으로 사라져 버렸죠…

**노신사**

그 자는 뭐라고 하던가?

**동생**

글쎄요; 아시다시피 한쪽 말만 들어선 모르는 것 아니겠어요. 또 다른 쪽 말도 들어봐야죠!

**노신사**

말해 보게! — 물론 그 자는 우리가 생각했던 것처럼 그렇게 나쁜 사람은 아니겠지. 그 역시 나름대로 좋은 면이 있을지도 모르는 일이니까…

**동생**

바로 그 점이죠!

**노신사**

짐작이 가는군! 설마 자넨, 내가 여기 앉아 내 원수에 대한 달콤한 말을 듣길 원한다고 생각하는 건 아니겠지!

**동생**

…아니죠, 달콤한 말이 아닌 화해의 분위기를 원하시는 건 아닌지요…

**노신사**

내가 자네에게 우리 부부에 대한 진실을 올바르게 들려주려 했을 때, 내 말에 귀를 기울인 적이 있는 건가? 그렇지, 자넨 내 말을 듣고 못마땅해서 입을 꼭 다물어 시위를 했었다. 마치 내가 앉아 거짓말이나 하고 있다는 듯이 말이야. 자넨 항상 옳지 못한 편에 서서, 오직 거짓말만 믿었으니까. 그건 — 자네가 그 사람을 사랑하고 있었기 때문이겠지. 게다가 또 다른 동기도 있긴 있지만…

**동생**

형님, 그 일은 더 이상 거론하지 마시죠! — 형님께선 오직 형님 입장에서만 보시는 겁니다!

**노신사**

어떻게 자네는 내가 우리 부부관계를 적대관계에 있는 사람의 입장에서 보길 원하는 건가. 그렇다고 스스로 나 자신을 향해 주먹다짐을 할 수는 없지 않겠나?

**동생**

전 형님의 적이 아닙니다.

**노신사**

아니긴 뭐가 아닌가. 나를 부당하게 취급한 사람과 친구가 됐을 때는 적이나 다름 없는 것이 아닌가!--- 도대체 지금 내 딸애는 어디에 있는 건가?

**동생**

모른다니까요!

**노신사**

그러면 역에서 있었던 일은 어떻게 끝이 났나?

**동생**

그 자는 혼자서 남쪽으로 가버렸어요!

**노신사**

그럼 나머지 사람들은?

**동생**

사라졌다고 말씀드렸잖아요!

**노신사**

그럼 내가 그들을 다시 거둬야 한단 말은 아니겠지!

(침묵.)

그들이 그 자를 뒤따라 간 걸 보지는 못했나?

**동생**

천만에요. 분명히 그 자는 혼자 떠났어요!

**노신사**

그럼 적어도 뭔가 명백해지는 것 같군! 두 번째는! 내 딸애와 그
애 엄마가 — 다시 제자리로 돌아오게 되는 거야!

**동생**

왜 저 위층에 불이 켜져 있죠?

**노신사**

그들이 불 끄는 걸 잊어버렸기 때문이겠지!

**동생**

제가 가보도록 하죠…

**노신사**

아니야, 가지 말게! ─ 제발 그들이 다시 돌아오지 않아야만 해!
아니면 내가 짊어져야 하는 모든 숙제를 다시 풀어나가야만 하
니까. 끔찍하게도 그렇게 되고 말테지!

**동생**

그렇지만, 이미 시작이 된 것 같은데요…

**노신사**

가장 힘든 일이 아직 남아있지… 자넨 그들이 돌아올 거라고 생
각하나?

**동생**

루이스 앞에서 형님의 명예회복을 시켜주었으니, 그녀는 그럴
수가 없을 거예요.

**노신사**

잠시 그걸 잊고 있었군! 그녀의 질투가 내게는 정말 영광이었
어! 이 세상이 공평하단 생각이 드는군!

**동생**

허긴 아그네스가 자신보다 어리다는 사실을 알게 됐으니!

**노신사**

불쌍한 사람! 이런 경우엔 공평하다는 것이 말하자면 인과응보의 법칙 속에 존재한다고 사람들은 말할 수 없을 거야. 그건 인간들이 공평한 것을 좋아한다는 것은 새빨간 거짓말이기 때문이지! 사람들은 그들의 비행에 대해 미화시키려고만 하니까! 그녀는 복수의 여신 네메시스(Némésis)[12]에 지나지 않아 — 복수는 자신을 위한 것이 아닌, 오직 다른 사람을 위한 것이지!… 전화가 울리는군. 진동하는 벨소리가 마치 방울뱀 소리 같이 들리는군!

※

**루이스**

(전화 앞에 그녀의 모습이 보인다.)

※

(침묵.)

---

[12] 그리스 신화에 등장하는 네메시스(그리스어: Νέμεσις)는 인과응보, 복수의 여신으로, 이길 수 없는 강한 상대, 천벌, 응보(應報), 인과(因果) 등의 뜻이 있다.

**노신사**

(루이스에게.)

독사 같은 그녀에게 물린 거야?

**루이스**

(창 곁에서.)

주인님께 드릴 말씀이 있어요.

**노신사**

(창쪽으로 간다.)

말해 봐!

**루이스**

따님과 함께 마님께서 달라–나(Dalarna)[13]의 어머님 댁으로 가
셨대요!

---

**13** 스웨덴 지방 이름.

**노신사**

(동생에게.)


모녀가 시골로 갔다는군. 제대로 된 가정이란 곳으로 말일세!
이제야, 모든 일이 회복되었군 그래! 휴우!


**루이스**

마님께서 위층으로 가서 아파트 불을 끄라고 하셨어요!


**노신사**

루이스, 당장 그러도록 하렴. 우리 눈에 띄지 않도록 커튼도 쳐
버리도록 하고!


**루이스**

(간다.)


※


**제과점 주인**

(다시 밖으로 나온다.)


※

**제과점 주인**

(위를 쳐다본다.)

악천후는 지나간 것 같군.

**노신사**

정말 날이 청명해진 것 같소. 그럼 달빛을 볼 수 있겠는데 그래!

**동생**

축복 받은 비였어요!

**제과점 주인**

정말 상쾌하군요!

**노신사**

드디어, 가로등에 점등하는 사람이 오는군!

※

**가로등에 점등하는 사람**

(들어와 가로등의 가스에 불을 붙인다.)

**노신사**

첫 번째 가로등이군! 이제 가을이야! 가을은 우리 남자들의 계절이지! 어둠이 깔리기 시작하면, 사람들이 잘못된 길로 들어서지 못하게 하기 위해 갓을 씌운 등을 밝혀주는 거야.

**루이스**

(위층 창문을 통해 그녀의 모습이 보이자, 곧 깜깜해진다.)

**노신사**

(루이스에게.)

창문을 닫도록 하고 커튼도 내리도록 하렴. 그럼 모든 기억들이 사라질 것이고, 평온함 속에 잠들 수 있을 테니까! 노년의 평온함이 있는 곳에서! 그리고 난 가을이 되면 이 침묵의 집에서 이사를 할 생각이란다.

OPUS II

타버린 대지
BRÄNDA TOMTEN

# 등장인물

**염색공장 사장**; 루돌프 봘스트룀

**낯선 방문객**; 봘스트룀의 남동생, 아르비드 봘스트룀

**벽돌공**; 정원사의 동서, 안데르쏜

**노파**; 안데르쏜의 아내

**정원사**; 구스타프쏜, 벽돌공의 동서

**알프레드**; 구스타프쏜의 아들

**석공**; 영구마차를 모는 마부의 육촌 형제, 알베르트 에릭쏜

**마틸다**; 석공의 딸

**영구마차 마부**; 스텐휴가른의 육촌 형제

**형사**

**화가**; 세블름

**베스테르룬드 부인**; 〈마지막 못〉의 여주인, 염색공장 사장의 옛 간호사

**부인**; 화가의 부인

**학생**

# 무대배경

무대 왼편의 절반은 완전히 재로 변한 단층집의 담벼락이 차지하고 있다; 벽지와 벽난로들이 보인다.

그 너머로 꽃들이 만발한 과수원이 보이고, 바깥 뜰에는 탁자와 긴의자가 놓여 있고, 오른편의 작은 정자에는 여관의 간판과 함께 화환이 걸려 있다. 무대 앞의 왼쪽에는 정돈되지 않은 가구와 가사 도구들이 산더미처럼 쌓여있다.

**화가**가 여관 창문의 안쪽 면을 닦으며 주변 이야기들에 귀를 기울이고 있다. **벽돌공**은 잿더미 속을 파헤치고 있다. **형사** 한 사람이 들어온다.


**형사**

완전히 꺼진 것 같습니까?


**벽돌공**

적어도 연기가 나는 곳은 이제 없는 것 같소.


**형사**

그럼, 몇 가지 질문을 더 해야겠습니다. −침묵.− 벽돌공은 이 마을에서 태어났나요?


**벽돌공**

그렇소! 이 거리에서 칠십 다섯 해를 살았소; 내가 태어나기도 전에 이 집은 이미 지어져 있었고, 우리 선친이 이 집 담벼락을 쌓았지요…

**형사**

그럼 이 주변에 사는 사람들을 잘 알겠군요?

**벽돌공**

잘 알다마다, 특히 이 거리는 뭔가 특별한 것이 있는 것 같소; 이곳에 한 번 정착한 사람들은 절대 떠나질 않아요. 다시 말해, 이사를 간 사람들까지도 언젠가는 다시 돌아와, 저기 이 길 끝자락에 있는 공원묘지에 묻힐 때까지 이곳에서 사니까요…

**형사**

그럼 이 동네는 특별한 이름이라도 있나요?

**벽돌공**

모두들 서로 증오하고, 의심하며, 중상모략이나 해 대고, 서로를 괴롭히며 살고 있으니… 생지옥이라고 부르지요.

(침묵.)

**형사**

그건 그렇고, 화재가 발생한 시간은 밤 10시 반이었소; 그 당시 문은 잠겨 있었나요?

**벽돌공**

그랬군요, 글쎄요, 난 모르지오, 이 집 이웃에 사니까요…

**형사**

어디서 화재가 발생한 겁니까?


**벽돌공**

학생이 살고 있는 다락방인 것 같소.


**형사**

그 학생은 집에 있었나요?


**벽돌공**

글쎄요, 극장에 가고 없었던 걸로 알고 있소.


**형사**

그럼 등잔불을 켜 놓은 채로 나갔단 말인가요?


**벽돌공**

글쎄요, 잘 모르긴 하지만…


(침묵.)


**형사**

그 학생은 집주인과 친척뻘이 되나요?


**벽돌공**

글쎄요, 아닌 것 같아요. ― 신사 양반은 경찰이요?

**형사**

어떻게 여관에는 화염이 옮겨 붙지 않았을까요?

**벽돌공**

사람들이 화재 방지용 모포를 덮고 물을 뿌렸으니까요!

**형사**

그 열기 속에서도 사과나무들이 타지 않았다니 참 이상도 하지요.

**벽돌공**

그 나무엔 봉우리가 맺혀 있었고 낮엔 비가 내렸소. 그러나 좀 이르다고는 말할 수 있겠지만, 그 열기로 밤 사이에 꽃이 핀 걸 거요. 이제 곧 서리가 내릴 텐데, 정원사 양반이 모든 걸 잃었으니 걱정이요.

**형사**

정원사는 어떤 사람이죠?

**벽돌공**

구스타프쏜이란 사람인데…

**형사**

어떤 남잡니까?

**벽돌공**

이것 보시오, 신사양반. 내 나이 칠십하고도 다섯이요… 구스타프쏜에 대해 나쁜 것이라곤 아는 것이 없소. 설사 아는 게 있다 해도, 아무 말을 하지 않을 거란 그 말이요!

(침묵.)

**형사**

집주인 이름은 봘스트뢤이고 도색공으로 60살 정도에 기혼자가 아닌지…

**벽돌공**

혼자서 실컷 계속하시오! 난 더 이상 쏟아 내놓을 것이 없으니.

**형사**

방화란 생각이 들지 않아요?

**벽돌공**

모든 화재란 그런 생각이 들기 마련이지요.

**형사**

그럼 짐작이라도 가는 사람이 있어요?

**벽돌공**

재미있는 것이 화재보험회사란 언제나 화재가 나면 의심을 해

댄다는 말이야; 그래서 난 보험에 들지 않아.

**형사**

영감님은 이곳 발굴 작업에서 뭔가 찾아낸 것이 있나요?

**벽돌공**

문짝들의 열쇠를 찾아냈지요. 눈앞에 불이 붙고 있는데, 어떤 사람도 뭘 건져보겠다는 생각을 하진 않아요. 가끔은 예외가 있긴 하지만, 말하자면… 물건들을 찾아 챙기는 사람들이 있긴 있단 말이요.

**형사**

이 집에는 전기불을 사용하지 않나요?

**벽돌공**

이 오래된 집에서 그럴리가 있겠소. 정전이 잦다고 불평을 해댈 수도 없으니, 오히려 없는 편이 나아요.

**형사**

불평이라구요? 바로 그 점이죠! — 들어보세요…

**벽돌공**

유도심문으로 나를 함정에 빠뜨리려는 거요? 아마 그러지 않는 것이 좋을 거요. 그럼 난 그 말을 취소하겠소.

**형사**

취소를 한다구요? 그러진 못할 걸요!

**벽돌공**

못하다니?

**형사**

못하지요!

**벽돌공**

맘대로 하시오, 증인도 없으니까!

**형사**

없다구요?

**벽돌공**

없지 않구!

**형사**

헛기침을 한다.

※

**증인**

(좌측에서 등장.)

**형사**

여기 증인 한 사람이 있소!

**벽돌공**

이런 교활한 사람 같으니라구!

**형사**

자고로 자신이 갖고 있는 지혜를 잘 써 먹어야 하는 거죠. 아직 일흔 다섯은 안 됐지만! −증인에게.− 이제 우리 정원사에 대한 얘길 계속하도록 하죠.

(좌측으로 간다.)

**벽돌공**

지금 내가 걸려들어도 아주 제대로 걸려든 게야! 그래, 그렇게 말하면 되지 뭘!

※

## 노파

(음식이 든 보자기를 들고 등장.)

## 벽돌공

당신이 와서 정말 다행이오.

## 노파

영감, 이제 우리 아침이나 먹자구요. 이런 엄청난 일을 하신 영감이니 얼마나 배가 고프시겠수. 그 양반은 온실을 시작해서 이제 겨우 땅을 일구려던 참이었는데, 이런 큰일을 당하고 제대로 회복이나 할지 걱정이라우, 자 어서 들어요. 저기 셰블룸 화가는 벌써 나이프를 들고 그림을 그리기 시작했구려. 그런데 베스테르룬드 부인이 화염 속에서 그렇게 빠져 나올 수 있었다는 것은 놀라운 일이지 — 안녕하시오, 셰블룸 씨. 일거리가 생긴 게로군요 —

(베스테르룬드 부인이 여관에서 나온다.)

안녕하시우, 괜찮으시우, 베스테르룬드 부인. 그 끔찍한 일에서 용케도 벗어났구려, 어떠시우…

## 베스테르룬드 부인

내가 오늘 잃어버린 것에 대한 보상을 누가 해줄 것인지를 생각 중이었어요. 공원묘지에서는 성대한 장례식이 거행되고 있고, 난 내 물건들과 유리잔들을 치워야 하니 과연 나에게 최고의 날인 건지…

**노파**

오늘 그런 장례식이 있었던 게로군. 많은 사람들이 세관을 통과해 나오는 것을 보았는데, 그저 화재를 구경하러 오는 것이려니 했다우…

**베스테르룬드 부인**

장례식 같진 않고 사람들이 주교의 무덤에 기념비를 세우는 것 같았어요 — 이미 알고 계시겠지만, 어처구니 없는 것은 석공의 딸이 정원사의 아들과 결혼식을 올리려 한다는 거예요. 지금 정원사는 자신의 재산이란 재산을 몽땅 잃어버리고 말았잖아요. 그런데 그 아들이 시내에 있는 한 가구점에서 일하고 있는데, 글쎄 그곳에 있는 가구들이 몽땅 정원사의 것이라죠?

**노파**

염색공장의 물건들도 있더라구요. 눈 깜짝할 사이에 정신없이 밖으로 끌어냈나 보우. 도대체 지금 염색공장 사장님은 어디 있는 거요?

**베스테르룬드 부인**

저 아래 경찰서에서 경위서를 쓰고 있나봐요.

**노파**

그렇군, 그래! 그렇구먼… 저기 영구마차 마부인 내 사촌이 오는군. 저 사람은 집에 가는 길에 항상 한 잔하고 들어가거든…

※

**영구마차 마부**
안녕하시오, 말비나 누님. 지난 밤 누가 이 동네에 불을 질렀다고 들었는데, 아주 정돈이 잘 되어 있구려, 이럴 때 누님이 새 빌라를 한 채 얻을 수 있으면 좋을 텐데…

**베스테르룬드 부인**
오, 하느님 이 일을 어쩌나! 지금 누구의 시체를 실어나른 거란 말이죠?

**영구마차 마부**
그 사람 이름을 내가 알게 뭐요. 관 위에 화환 하나 없는, 그저 삭막한 마차였는데…

**베스테르룬드 부인**
아무튼 그 시신은 적어도 해방된 몸이로군요… 그곳은 아직 정리가 되지 않아 엉망이긴 하지만, 뭐라도 한 잔 하고 싶으면 부엌으로 가세요. 구스타프쏜 씨가 화환들을 이곳으로 가지고 올 거예요. 오늘 공원묘지에서 사용하게 될 것들이죠…

**영구마차 마부**

맞아요, 그 사람들은 주교님의 추모비를 세울 건가 봅니다. 그 분은 곤충채집은 물론이지만 책도 썼던, 곤충 수집가라고 사람들이 말해주더군요.

**베스테르룬드 부인**

그게 뭐죠?

**영구마차 마부**

주교님은 콜크 위에 파리들을 올려놓고 바늘을 꽂는 다나요⋯ 우린 그런 건 이해가 되지 않지만⋯ 그런데 그것은 사실이겠지요⋯ 이제 부엌으로 가 봐야겠소!

**베스테르룬드 부인**

뒷편으로 가 봐요. 그럼 술 한 잔 얻어 마실 수 있을 테니⋯

**영구마차 마부**

그런데 내가 떠나기 전에 염색공장 사장과 얘기를 하고 싶소. 아시다시피 내 육촌인 석공집 근처에 말들을 매어두었죠. 잘 아시겠지만, 난 그를 좋아하지는 않아요. 하지만 우린 함께 사업을 하고 있는 거나 마찬가지니 어쩌겠소. 말하자면 제가 그에게 묘지 하나를 추천했거든요. 그래서 가끔 그의 뜰에 우리 말들을 풀어둘 수 있는 거죠. 그가 이곳에서 염색공장을 하지 않은 것이 천만다행이지⋯ 염색공장 사장이 오시면 내게 말을 좀 해줘요.

(여관의 뒷편으로; 간다. 베스테르룬드 부인이 문으로 들어간다.)

※

**벽돌공**

(식사를 끝내고 다시 파기 시작한다.)

**노파**

뭘 좀 찾아냈수?

**벽돌공**

못들이랑 문의 경첩들을 찾긴 찾았지; 모든 열쇠를 문기둥에 하나로 묶어 걸어두었더군…

**노파**

전에도 그곳에 걸려 있었는지, 아니면 영감이 그것을 전부 모아서 거기에 걸어둔 거유?

**벽돌공**

내가 왔을 때, 처음부터 거기 걸려 있었어.

**노파**

그것 참 이상하네. 그럼 불이 나기 전에 누군가 모든 문들이란

169

문은 이미 채우고 열쇠들을 빼냈단 말인데!

**벽돌공**

듣고보니 이상하긴 하네. 맞아, 그래서 진화와 구조작업이 힘들었던 거야. 그래 맞아! 그런 거라구!

(침묵.)

**노파**

내가 염색공장 사장의 아버지 집에서 일을 했었잖수. 일을 한 게 벌써 사십 년 전이라우. 그러니 난 그 사람들을 잘 알고 있을 수밖에요. 게다가 페인트 공장 사장과 미국으로 떠나고 없는 그의 동생까지 잘 알고 있지오. 사람들은 떠났던 동생이 돌아왔다고 말하긴 하지만 어떻게 알겠수; 그들의 아버지는 훌륭한 남자였는데, 그 아들들은 그저 그랬다우 — 그 두 형제는 정말 사이가 좋지 않아 언제나 치고 박고, 하찮은 일들로 말다툼이나 해댔는데 그런 일이 있을 때면 베스테르룬드 부인이 루돌프 사장님을 잘 돌봤죠 — 내가 산 증인이지, 바로 내가; 이 집은 산전수전을 다 겪었어. 너무나 많이 겪어서 이 집이 재가 되어버릴 때가 됐다는 생각이 들 정도였으니까 — 어휴! 그런 끔찍한 집이 이 세상에 또 어디 있을까! 하나가 오면 다른 하나는 가버렸다니까. 그런데 그 둘 다 돌아와 여기서 죽고, 여기에서 태어나고, 이곳에서 결혼하고 이혼을 했었지 — 게다가 미국에 있다는 아르비드 도련님은 은행에서 전혀 유산을 빼내가지 않았으니, 오래 전에 죽은 것 같다는 소문이 들리기도 하더군. 그런데 사람들 말로는 그가 다시 돌아왔다는 거야. 아무도 그를 본 사람이 없는데 말이요 — 정말 사람들은 말이 많아! — 저기 경찰서에서 돌아오는 염색공장 사장을 좀 보라구요!

**벽돌공**

기분이 그리 좋아보이지 않는데 그래, 그걸 기대할 수 없는 일이긴 하지만… 그건 그렇고, 저 위의 다락방에 있던 학생은 누구야? 여기에 뭔가 그들의 운명이 엉켜 있는 것이 아닐까?

**노파**

글쎄 잘 모르겠소. 그 학생은 밥도 같이 먹고 애들을 가르치기도 했으니까!

**벽돌공**

그럼 부인도 집에 함께 있었나?

**노파**

아니죠. 함께 테니슨가 뭔가를 하는 것 외에는 서로 으르릉 대기만 했죠; 이 동네는 모두들 싸우기나 하고 서로서로 해칠 궁리나 하고 있다우…

**벽돌공**

맞아. 학생의 방문을 부수고 들어 갔을 때 방바닥에서 머리핀을 잔뜩 발견했다더군. 그것이 드러났음에도 불구하고, 먼저 화재부터 조사를 해야만 하니…

**노파**

염색공장 사장은 아닌 것 같아요. 저기에 내 동생 구스타프쏜 같은데…

**벽돌공**

저 사람은 항상 화가 나 있는 건 알지만, 오늘은 다른 때보다 더 심한 것 같군. 이제 분명히 이곳으로 와서 내게 화재로 잃어버린 것들에 대한 것을 청구하겠지…

**노파**

말 같지도 않은 소린 하지도 말아요!

※

**정원사**

(넓은 바구니에 장례식 화환들과 장례용품들을 들고 등장.)

오늘 좀 팔 수 있을지 모르겠군요. 그래야 행사가 끝난 뒤에 음식을 사 먹을 수 있을 것 아니오, 그렇지 않소?

**벽돌공**

그럼 보험에 들지 않았단 말인가?

**정원사**

아뇨, 온실의 유리보험은 들었죠. 사실 올해는 기름종이만 사용하면서 구두쇠 짓을 좀 했거든요. 짐승만도 못한 인간이 나라구요! ㅡ자신의 머리를 쥐어 뜯는다.ㅡ 그러니 보상을 받을 수가 없게 됐죠. 600장이나 되는 종이를 잘라 붙이고 기름칠을 해야만 하는 신세니! 그래 그들은 언제나 내가 일곱 형제 중에 가장 아둔한 인간이라고 말했어요. 멍청이 당나귀라든지 새대가리가 바로 나라구요! 그래서 어제 술을 퍼마신 거요. 제기랄 내가 왜 하필이면 바로 어제 술을 마셨단 말이람? 오늘 정신을 똑바로 차려야 하는 날인데 말이죠. 석공집에서 오늘 저녁에 아이들의 결혼식을 올리자고 청해 왔거든요. 그때 거절을 했어야 했는데! ㅡ 시키고 싶지 않은 결혼이었거든요! 나란 인간은 제대로 거절도 못하는 한심한 놈이라니까! 글쎄 그들이 오면 내게 돈도 빌려 달라고 할 텐데, 이 불쌍한 등신 같은 놈은 그것도 거절을 못할 게 뻔해요! 게다가 질문 공세로 나를 함정에 빠뜨리려 하는 그 형사까지 있었으니! 거기에 있던 화가처럼 그 입을 놀리지 말았어야 했어요. 그런데 또 이 주둥이를 다물지 못하고, 그게 그렇다고 말해 버렸지 뭐요. 그러자 형사는 내가 말한 것을 몽땅 써내려가더군요, 그러니 이제 나는 증인 심문에 출두해야만 하는 신세가 된 거라구요!

**벽돌공**

처남은 뭐라고 말하던가?

**정원사**

그것은 정신 질환 — 같은 짓이라는 생각이 든다고 말했죠! 불을 지른다는 것은!

**벽돌공**

그렇게 말했나?

**정원사**

내가 판단력이 부족했던 거요. 돌대가리란 것을 자처한 거죠!

**벽돌공**

그럼 도대체 누가 불을 질렀다는 거야? — 화가에게 신경 쓸 것 없어. 우리 마누라는 쓸데없이 소문 같은 것은 퍼트리고 돌아다니지 않으니까.

**정원사**

누가 불을 질렀냐구요? 그 학생 방에서 불이 나기 시작했으니, 물론 학생이겠지…

**벽돌공**

아니지, 그의 방밑이라니까!

**정원사**

그 방밑에서 난 거라구요? 그렇다면 내가 무슨 짓을 한 거람… 난 이제 큰일났군; 그의 방밑이었다구요? 그럼 그 밑엔 뭐가 있는 거요? 부엌인가?

**벽돌공**

아니, 옷장이었어; 저길 직접 보라구! 그건 가정부의 옷장이야.

**정원사**

그럼, 그 여자겠군!

**벽돌공**

그것을 직접 보진 않았으니, 임자는 모르는 게야!

**정원사**

어제 가정부에게 대하는 석공의 태도가 어째 좋지 못하더라니. 그는 뭔가 많이 알고 있는 듯이 보이더라구요, 그 사람은…

**노파**

제발 부탁이니 영감은 석공의 말에 솔깃하지 말아요. 감옥에 갔다 온 사람을 어떻게 믿을 수 있겠수…

**정원사**

에이, 그건 벌써 옛날 일이지 않소. 그건 그렇고, 언제나 야채 값을 터무니없이 깎아대는… 그 가정부라는 여자는 아주 사나운 여자더라구요.

**노파**

경찰서에 갔던 염색공장 사장이 지금 돌아오고 있구려… 이제 그만 조용히 하도록 해요!

※

**낯선 방문객**

(검은 띠를 두른 긴 프록코트 차림에 높은 모자를 쓰고 손에는 지팡이를 들고 등장.)

**노파**

페인트 공장 사장이 아니네, 그런데 많이 닮았어!

※

**낯선 방문객**

이런 화환은 얼마나 합니까?

**정원사**

오십 전이요!

**낯선 방문객**

비싸진 않군.

**정원사**

그럼요. 난 짐승 같은 인간이 아니니 바가지를 씌울 수가 없지요.

**낯선 방문객**

(주위를 돌아본다.)

이곳에… 화재가… 났었나요?

**정원사**

그렇소, 어제 저녁에.

**낯선 방문객**

오, 하느님 맙소사!

(침묵.)

**낯선 방문객**

그럼 이 집 주인은 누구죠?

**정원사**

공장주, 봘스트룀 씨죠.

**낯선 방문객**

염색공장 말이요?

**정원사**

그렇소, 그가 염색공장 사장이지요!

(침묵.)

**낯선 방문객**

지금 그 사람 어디에 있는지 알고 있소?

**정원사**

조금 있으면 올 거요.

**낯선 방문객**

그럼 난 이곳을 좀 돌아보고 올 테니, 그때까지 이 화환을 좀 맡아주지 않겠소. 그건 나중에 공원묘지로 갈 거니까요.

**정원사**

그럼 신사 양반께서는 주교님의 추모비를 세우는 행사에 가실 겁니까?

**낯선 방문객**

어느 주교님 말인가요?

**정원사**

내가 알기로는 한림원의 스텍센 주교님이죠.

**낯선 방문객**

그분이 돌아가셨나요?

**정원사**

그럼요, 벌써 오래 됐죠!

**낯선 방문객**

그랬군요! — 화환을 부탁하겠소.

(좌측으로 간다. 불 난 곳을 자세히 살펴본다.)

※

**노파**

보험회사에서 나온 사람 같지 않수?

**벽돌공**

글쎄, 그런 것 같진 않아; 그렇다면 분명 다른 방법으로 질문을
했을 테지.

179

**노파**

아무튼 그 양반은 염색공장 사장이랑 닮은 데가 있다우.

**벽돌공**

그렇지만 키가 더 큰 것 같던데 그래!

**정원사**

오늘 저녁 내 아들 녀석 결혼식에 참석해서 신부 부케를 준비해야만 했는데, 깜빡했잖아. 그런데 부케를 만들 꽃도 없고 검정 예복은 불타버렸으니, 이건 정말 환장할 노릇이지… 다행히 베스테르룬드 부인께서 신부 화관을 만들라고 도금양 꽃을 주실 거요. 그분은 신부의 대모니까, 도망간 염색공장 사장의 첫 부인이 던진 부케를 그 집 가정부가 받았던 것도 도금양 꽃으로 만든 것이었죠. 아무튼 오늘 난, 그것을 만들었어야 하는데, 그만 깜빡 했으니 ─ 이 세상에서 가장 한심한 돌대가리가 바로 나지 나야 ─

(여관의 문을 연다.)

베스테르룬드 부인, 지금 도금양 꽃을 주시면, 신부 화관을 준비하도록 할게요! 도금양 꽃을 주실 수 있냐고 여쭤봤잖아요! ─ 부케도 같은 걸로 하실는지… 글쎄 충분할까요? ─ 아니라구요? 그럼 난 이 결혼식은 상관하지 않겠어요. 그게 전붑니다! ─ 그냥 목사님께 가서 간단하게 식을 올려 달라고 부탁할 게요. 아마 석공은 굉장히 화를 내겠죠 ─ 그럼 제가 어쩌란 말인가요? — 아무튼 그럴 순 없어요 — 간밤에 뜬눈으로 새웠다구요! — 그건 사람으로선 못할 짓이죠 — 아무튼, 내가 몹쓸 놈이지요. 나를 내가 잘 알아요, 실컷 욕이나 하시죠 — 저기 화분을요. 그러죠, 고마워요. 그러려면 가위가 있어야 하는데 남아 있는 게 없답니다. 그리고 철사와 묶는 실도 있어야 하는데, 그것들을 어디서 꺼내오면 될까요? — 그 누가 들어온 일거리를 마다하겠어요. 그렇구말구요! — 지금 모든 상황이 죽을 지경이라구요. 오십 년을 허덕이며 일해 온 것이 그만 전부 잿더미로 변해 버렸으니; 다시 시작할 기운조차 없어요; 그렇게 한꺼번에 전부 들이닥치다니, 엎친 데 겹친 격이죠; 내가 결혼식에 못 가는 이 마음을 누가 알겠어요…

(나간다.)

※

**염색공장 사장**
(등장, 흐트러진 차림새로 충격을 받은 모습, 손에는 멍이 들어있다.)

안데르쏜 씨, 현재 우린 한 식구죠?

**벽돌공**
현재 우린 한 식구고말구요!

**염색공장 사장**

오늘 낮에 무슨 일이 있은 거요?

**벽돌공**

있었다 뿐이겠어요? 옛 속담에 "낮가리고 아웅"이란 말이 있지 않소.

**염색공장 사장**

안데르쏜 영감, 도대체 무슨 뜻이요?

**벽돌공**

그래 봤자 파 헤치려 드는 사람이 결국엔 찾아낸다는 말이지요.

**염색공장 사장**

화재가 어떻게 발생했는지 설명할 만한 단서를 찾긴 찾았소?

**벽돌공**

글쎄요, 그런 건 아니지만!

**염색공장 사장**

그럼, 우리 모두가 아직도 의심의 대상이겠군요!

**벽돌공**

설마 난 아니겠죠?

**염색공장 사장**

무슨 말씀을! 부적절한 시간에 안데르쏜 씨가 다락방에 있었던 것이 눈에 띈 모양이요.

**벽돌공**

깜박하고 안 가져온 내 연장을 찾으러 가는데, 적절한 시간에 맞춰 갈 수만은 없는 것이 아니겠소. 학생 방의 벽난로를 고치러 갔을 때, 그곳에다 망치를 깜박하고 왔던 것 뿐이요!

**염색공장 사장**

지금 우리 모두가 의심을 받고 있소. 석공, 정원사, 베스테르룬드 부인, 화가, 학생, 가정부까지, 그 중에서도 내가 가장 주목을 받고 있는 것 같소. 그게 글쎄, 그 전날 보험료를 지불했으니 망정이지, 그러지 않았으면 정말 난처하게 될 뻔했지요 — 생각을 해봐요. 석공은 방화죄로 의심을 받고 있어요. 한 치의 잘못을 저지르는 것도 두려워하는 그런 사람이 말이요; 요즘 그 사람은 너무나 소심해서, 누가 몇 시냐고 물어도 시계가 제대로 가지 않는다고 대답할 정도니까요. 실은 대답을 하고 싶지 않은 거죠. 우린 그가 2년간 형을 살았다는 것을 잘 알고 있지만, 지금은 바르게 사는 사람같이 보이던데, 아무튼 이 동네에서 그 사람이 가장 정직한 사람이라고 난 맹세할 수 있을 것 같소.

**벽돌공**

그렇지만, 그가 발을 잘못 들여놓은 적이 있고… 또 공민권을 상실했기에 경찰은 그를 의심하고 있는 것 같아요.

**염색공장 사장**

그래요, 그게 그렇게 다른 거요. 그렇게 다르다구요. 사물을 보는 시각이란 그렇게 다른 거라구요. 그렇구 말구! 오늘 저녁 결혼식에 참석해야 할 테니, 아무튼 이제 영감님은 돌아가보도록 하시죠!

**벽돌공**

그렇군요, 그 결혼식이… 그건 그렇고, 금방 누가 사장님을 찾더군요. 곧 다시 오겠다고 했어요.

**염색공장 사장**

누구라고 하던가요?

**벽돌공**

그런 말은 없었어요!

**염색공장 사장**

그럼 형사였소?

**벽돌공**

글쎄요, 그런 것 같진 않던데요! ― 아, 저기 오고 있군요!

(노파와 함께 퇴장한다.)

※

**낯선 방문객**

(등장.)

**염색공장 사장**

(호기심에 찬 눈으로 그를 주시한다. 그런 후 깜짝 놀란다; 도망 가려 하지만 할 수가 없다.)

아르비드!

**낯선 방문객**

루돌프 형님.

**염색공장 사장**

자넨가?

**낯선 방문객**

그렇소!

(침묵.)

**염색공장 사장**

아니 살아 있었단 말이야?

185

**낯선 방문객**

그래요, 어떤 의미에선! — 삼십 년 만에 미국에서 돌아왔지요. 뭔가 나를 끌어당기는 것이 있었던 것 같아요. 유년시절의 집을 다시 찾아봐야겠다는 생각 같은 것 말이요--- 그런데 이렇게 잿더미가 된 폐허만 발견하게 됐으니 어이가 없군요.

(침묵.)

어젯밤에 잿더미로 변해 버렸단 말이 사실이요?

**염색공장 사장**

맞아! 자네가 적절한 시기에 맞춰 온 거야!

(침묵.)

**낯선 방문객**

(천천히.)

저기 빈터만 남았군; 이렇게 조그만 장소에서 그 수많은 운명이 얽혀 있었다니! 집을 떠나 멀리 떨어져 살다보니 벽화가 그려진 식당방과 붉은 장미빛 하늘 아래에 서 있는 야자수 나무들, 사이프러스 나무, 그리고 사원을 그리며 그런 세상을 꿈꾸었지요! — 조개 껍질에서 뻗어나온 엷은색의 꽃들이 그려진 벽난로 — 아연으로 만든 덧문이 붙은 벽의 장식대 — 어렸을 때 기억으로는 우리가 이 집에 이사를 왔을 때, 아연으로 만들어진 덧문에 그려놓은 이름 하나가 있었어요 — 그때 외할머니는 그 이름의 주인공인 남자가 이 방에서 죽었다고 했어요 — 난 곧 그 사실을 잊어버렸지만, 세월이 지난 후 그 살해 당한 사람의 조카딸과 결혼을 하게 되었죠. 나의 운명은 마치 예전부터 저 금속 위에 써 있었던 것과 비슷하다는 생각이 들더군요 — 물론 형님은 그런 것을 믿지 않겠지만! 어쩌면 내 결혼이 어떻게 끝장 났는지도 아실 텐데요!

**염색공장 사장**
그럼, 들었지…

**낯선 방문객**
아마 저곳이 아이들 방이었을 거야! 틀림없어!

**염색공장 사장**
우리가 이 잿더미로 변한 폐허를 파헤치고 있는 것을 자제해야겠어!

**낯선 방문객**
왜 그러면 안 된다는 거죠? 잿더미로 변해 버렸으니, 어린 시절 우리가 벽난로의 재 속을 뒤졌듯이… 잿더미 속의 모습이 어떨지 상상해 보는 어린애들의 놀이를 해 봐야지 않겠어요.

**염색공장 사장**
이리 와서 탁자에 좀 앉지 그래!

**낯선 방문객**

이게 왠 말이야? 식당 이름이 '마지막 못'이라니. 저기 영구마차의 마부가 들어오는군. 이곳은 옛날에 범죄자들이 교수대가 있는 언덕에 오르기 전에 마지막 한 잔을 마시던 곳이었지… 지금 이곳은 누가 운영하고 있는 거요?

**염색공장 사장**

우리 보모였던 베스테르룬드 부인이지.

**낯선 방문객**

베스테르룬드 부인이라! 그녀를 기억할 것 같아요… 마치 이 의자가 푹 꺼져 내려앉는 기분이 들기도 하고, 지난 시간 속으로 빨려들어가는 것 같기도 하군요. 육십이란 나이에, 다시 어린 시절로 되돌아가는 기분이란 말이요 — 아이들의 방 냄새와 내 가슴을 짓누르던 일들이 새삼스럽게 느껴져 오는군. — 어른들이 내 가슴을 짓눌렀던 적이 있단 말이오. 그리고 어른이란 사람들이 끔찍하게도 떠들어 대어, 난 항상 공포에 질리곤 했으니까; 겁에 질려 정원에 몸을 숨기곤 했지만, 그런 나를 찾아내어 채벌을 하곤 했죠. 매를 맞긴 맞았는데, 왜 매를 맞는지 말해 주지를 않았으니, 그 이유는 아직도 모르고 있지요! — 그래도 우리 어머니는…

**염색공장 사장**

그만해!

**낯선 방문객**

맞아. 형님은 인기가 있었고 항상 총애를 받았지… 그 후에 우리 집에 계모가 들어왔고 — 그 여자 아버지는 장의사였어: 우리는 마차를 끌고 이 길을 지나가는 그를 수년간 봐 왔었지… 그는 우리를 알아보고는 고개를 끄덕하며 마치 "내가 와서 분명히 너희들을 데려 갈 거야"라는 듯이 기분 나쁜 웃음을 보내곤 했거든. 그러던 어느 날 그 자는 이 집에 들어와서 할아버지라고 불려졌지! 우리 아버지가 그 사람 딸과 재혼을 했으니까.

**염색공장 사장**

그런 건 뭐, 그리 대단한 일도 아니잖아!

**낯선 방문객**

그럴지도 모르죠. 아무튼 이곳은 나와 타인의 운명이 온통 뒤엉켜 짜여지고 있으니 놀랍기만 하지요…

**염색공장 사장**

세상살이가 다 그렇고 그런 게 아니겠냐구…

**낯선 방문객**

정말 옳은 말이오. 어디 할 것 없이 다 그렇고 그런 것이겠죠… 젊었을 적엔 베틀 위에서 직물이 어떻게 짜여지는 것을 지켜보기만 했어요; 부모님, 친척들, 친구들, 교제하던 사람들, 하인들은 날실이었소; 그런데 인생을 길게 살다보면 그 특징을 보게 되더군요; 현재의 운명이란 베틀의 양쪽 각에 걸려 있는 날실이

앞뒤로 왔다갔다 하며 운명의 베를 짜고 있는 게 아니겠소; 가끔씩 그 작업 속엔 결점들이 생기고, 실이 뒤엉키기도 하면서 베를 계속 짜 나가는 거요; 베틀의 북이 당겨지면서 씨실과 날실은 짜여져 도투마리 속에 모여 베틀 위에 완성된 직물이 놓여 있는 거요. 노년이 되어 마음의 눈을 뜨게 되면, 이름의 약자, 장식, 고대 이집트 상형문자 같은 베틀이 짜낸 각양각색의 무늬를 비로소 처음으로 해석할 수가 있게 되더군요: 그것이 인생이지요! 베틀 앞에서 세상살이를 짜는 여신[1]이 우리의 인생을 짜내는 것이 아니겠소!

(침묵.)

(일어선다.)

저기 쓰레기더미 속에서 우리 가족 앨범이 보이는군 ─가서 쓰레기더미 위에서 앨범 하나를 집어 올린다.─ … 우리들 인생의 앨범이 여기에 있었군! 친할아버지, 외할머니, 아버지와 어머니, 형제들, 친척들, 다정하게 지내던 사람들, 혹은 친구들이라 불리던 사람들, 동창들, 하녀들, 대부들… 그런데 기이하게도 미국이나 호주, 콩고, 또 내가 홍콩에 갔을 때도 그곳에서 우리나라 사람을 발견하게 되더군요. 최소한 한 사람은, 그리고 캐고 들어가

---

1 견신론자인 Madame Blavatsky(1831~1891): 다양한 종교와 신지학을 강령술과 신비주의 등을 혼합하여 뉴에이지의 시조인 신지학 창시자. 운명: 마치 베를 짜듯 출생에서 죽음까지 자신이 행한 모든 것이 자신의 운명을 만든다.

보면 그 사람은 우리 친척 아니면 적어도 대부나 하녀, 한마디로 서로가 잘 아는 한 사람은 꼭 알고 있더라구요. 게다가 중국의 포르모사 섬[2]에서는 친척들을 만나기도 했으니까…

**염색공장 사장**
어떻게 그런 생각을 다 하게 됐나?

**낯선 방문객**
어떻게 우리 인생행로가 만들어지는 것인지를 통해서지요 — 난 부자도 가난뱅이도 되어 봤소. 높고 낮은 지위에도 있어 봤고, 조난과 지진도 경험해 봤기에 인생을 어떻게 살던지, 언제나 그 삶 속에서 연관성과 반복이란 것을 발견하게 되더군요 — 그런 상황에서 지나간 과거사의 결과를 볼 수 있었으니까요; 내가 어떤 사람을 우연히 만나게 될 때 과거의 한 사람을 떠올리게 되고, 게다가 내 인생행로의 이루 헤아릴 수 없이 많은 순간순간들이 떠오르더군요. 그래서 나 자신에게 이런 일들은 전에도 겪었던 일이었다고 자주 말하곤 했어요. 도대체 예정에도 없었고 나로선 피할 수도 없는 사건들이 일어나기 마련이었으니까.

**염색공장 사장**
그 많은 세월을 뭘 하며 보냈지?

---

2 포르투칼 항해자들이 타이완을 발견했고 포르모사(Formosa), 즉 아름다운 섬이란 뜻으로 타이완을 불렀다.

**낯선 방문객**

이런 저런 많은 세상살이를 하며 보냈죠! 방방곳곳 구석구석에서 인생이 무엇인지 많은 경험을 해보았지요. 위에서 아래로 아래에서 위로도, 그런데 항상 모든 것은, 마치 나를 위해 특별히 마련된 무대 같더라구요; 그것을 보면서 결국 내 과거의 일부와 화해를 하게 되더군요. 그리고 다른 사람들과 자신의, 소위 말해 잘못이라고 하는 것을 용서할 수 있게 되었소 — 예를 들어 형님과 나 사이에는 말할 수 없이 많은 감정의 응어리들이 남아 있었지 않소…

**염색공장 사장**

(안색이 어두워지며 움츠린다.)

**낯선 방문객**

그러지 마세요. 이제 와서 두려워할 것 없어요!

**염색공장 사장**

결코 난 두려워한 적이 없어!

**낯선 방문객**

저렇게 변한 게 없으니!

**염색공장 사장**

그런 넌 어때!

**낯선 방문객**

나 말이요? 그것 참 흥미로운 얘기군! — 그렇겠지, 형님은 자신이 아주 용감하다는 망상 속에서 살고 있으니까; 형님이 그 헛된 고정관념을 갖게 됐던 때를 나는 아주 잘 기억하고 있어요; 형님이 수영교실에서 다이빙을 한 적이 있었지. 그때 우리 어머니는 이렇게 말씀하시더군; 그렇지, 루돌프는 정말 용기가 대단해. 루돌프는 정말 용감해! 그 말은 내게 들으란 소리였소. 그 사건은 나의 용기와 자신감을 송두리째 앗아가 버리고 말았으니까. 또 그 후 어느 날, 사과를 훔친 소위 형이란 자는 뒤에 닥칠 일을 감당할 자신이 없어 내 탓으로 돌려버리더군.

**염색공장 사장**

그 일을 잊지 않고 있는 거야?

**낯선 방문객**

잊진 못하지만 용서는 했소 — 이곳에 앉아, 바로 그 사과나무들을 바라보고 있으니, 아주 뚜렷하게 기억할 수밖에. 저기 있군. 골덴사과가 풍성하게 열리는 큰 나무지 — 잘 살펴보면, 크게 잘려나간 가지의 자국을 찾아볼 수 있을 거요 — 그게 어떻게 해서 생긴 것이냐 하면, 내가 억울하게 채벌을 당하고 나서, 당신에게는 화를 못 내고, 오히려 저 나무에 대고 저주를 퍼부으며 화풀이를 했었지 — 이 년 후에, 바로 그 큰 가지가 말라 죽어서 쳐내버리게 된 거요. 그때 난, 우리의 구원자이신 하느님이 옛날에 무화과 나무를 저주한 것이 떠오르더군. 감히 내가 주제 넘게 어떻게 결론을 내릴 수 있었겠소 — 지금 난, 모든 과

일 나무란 나무는 다 외울 수가 있을 정도요; 내가 쟈마이카에
서 열사병에 걸려 누워 있었을 때, 이 모든 나무의 수를 세어보
았으니까! 거의 남아 있군! 저기 빨간 줄무늬가 있는 사과가 열
려 있는 조나 골드 나무; 거기에 되새 둥우리 하나가 있군; 저기
우리 집 다락방 창문 밖에 서 있는 추광 사과나무도 보이잖아;
난 저곳에서 공부를 해서 기술자 자격증을 땄었지; 저기에 회홍
나무, 저 건너편엔 국광나무, 조그만 피라미드형 포플라잎과 닮
은 서양배나무, 또 저 너머에는 절대로 익지 않아 잼을 만드는
돌배나무가 있었는데; 그 나무를 우린 아주 싫어했지만, 어머니
는 가장 소중하게 여기셨어; 그리고 그 늙은 나무엔 뻐꾸기가
살고 있었는데, 그 새는 목청을 높여 텃세를 부리기 위해 아주
시끄럽게 울어댔었지… 그게 벌써 오십 년 전의 일이었다니 놀
랍기만 하군!

**염색공장 사장**

(기분이 상하여.)

도대체 하고 싶은 말이 뭐야?

**낯선 방문객**

의심 많고 고약한 근성의 뻐꾸기 같은 성격은[3] 변하지 않은 것

---

3 탁란성 뻐꾸기는 부화되자마자 원래 둥지에 낳아놓은 다른 새의 알을 밀어 둥지 밖
  우로 떨어뜨려 자신의 생존력을 극대화 한다. 이것은 환경에 따른 훈련이 아닌 선
  천적인 행동이다.

같군요! 그것 정말 흥미롭군! — 난 내가 하는 말에 별 의도없이, 다만, 추억들이 떠올랐을 뿐이라구요⋯ 언젠가 우리가 과수원을 임대해준 적이 있었는데, 그곳에 들어가 산보를 해도 좋다는 허락을 받은 기억이 나는군. 나에겐 그 일이 마치 파라다이스에서 추방당한 것 같은 느낌이었소 — 그리고 나무 한 그루 한 그루 뒤엔 유혹하는 자가 서 있는 것 같기도 했지! 가을이 깊어져 탐스럽게 익은 사과들이 땅 위에 떨어져 있을 때, 난 그만 그 유혹에 넘어가버리고 말았죠. 그건 저항할 수 없는 것이었으니까⋯

**염색공장 사장**
너도 훔쳤단 말이야?

**낯선 방문객**
물론! 하지만 형님의 탓으로 돌리진 않았으니까! — 그 후 내가 사십이 됐을 때, 남부에 있는 작은 레몬농장을 임대한 적이 있어요. 그래, 하루가 멀다 하고 과수원에 도둑이 들더군; 난 잠을 잘 수가 없었죠. 그러다보니 차츰 병이 들어 쇠약해져 갔지요⋯ 그때 난 이곳에 사는 그 가난한 정원사 구스타프 영감이 생각나더군요! —

**염색공장 사장**
아직 살아 있어!

**낯선 방문객**

글쎄, 그 사람도 어린 시절 사과를 훔쳤을까요?

**염색공장 사장**

두 말할 것 없지!

**낯선 방문객**

손은 왜 그렇게 검은 거요?

**염색공장 사장**

염색재료를 만져 그렇겠지… 무슨 다른 뜻이라도 있나?

**낯선 방문객**

그게 무슨 말이죠?

**염색공장 사장**

결백하지 못하다는 말이지!

**낯선 방문객**

글쎄요!

**염색공장 사장**

어쩌면 유산에 대해 생각하고 있는지도 모르겠군!

**낯선 방문객**

소심하긴! 어쩌면 여덟 살 때의 형님과 그렇게 꼭 같단 말이요!

**염색공장 사장**

넌 어쩌고. 여전히 태평이고, 철학적이고, 어리석은 건 마찬가지로구먼!

**낯선 방문객**

그것 참 이상하기도 하지! — 지금 이렇게 앉아 얘기를 하고 있는 것과 꼭 같이, 우린 이런 말을 얼마나 수없이 해 댔었는지 알긴 알아요?

(침묵.)

지금 형님의 앨범을 보고 있어요… 우리 형제들이군! 다섯이나 죽었지.

**염색공장 사장**

그렇지!

**낯선 방문객**

학교 친구들은 어떻소?

**염색공장 사장**

남아 있는 사람도 있고 저승사자가 된 사람도 있지!

**낯선 방문객**

캐롤리나 남부에서 우연히 악셀 에릭쏜을 만난 적이 있죠 — 그를 기억할 수 있겠어요?

**염색공장 사장**

여부가 있나!

**낯선 방문객**

그는 긴긴 밤을 기차를 타고 가며 좋은 평판을 받고는 있었지만, 오직 악당들로 구성된 존경받던 우리 가족사에 대한 얘기를 해주더군요. 우리 재산은 세관의 눈을 피해 가며 밀수를 해서 모은 것이고, 또 이 집은 그 밀수품들을 숨기기 위해 이중으로 벽을 쌓아 올렸다고 하더라구요; 이중 벽을 본 적이 있소?

**염색공장 사장**

(실망한다.)

그게 그래서 — 옷장이 여기저기 많이 있는 게로군!

**낯선 방문객**

우리 아버지를 잘 알던 에릭쏜의 아버지가 그 당시 세관에서 일을 했다나 봐요. 그리고 그 내막을 듣고는 내 머리 속의 모든 상상의 세계가 뒤죽박죽이 되어버렸으니까…

**염색공장 사장**

그때 왜 그 인간을 두들겨 패주지 않은 거야?


**이방인**

내가 왜 그 사람을 두들겨 패줘야 한단 말이요? — 아무튼 그날 밤 난, 머리가 백발이 다 되어버렸소; 내 모든 인생살이에 대해 새로운 시각을 갖게 되었으니까. 우리는 서로서로 칭찬만 하면서 살았다는 것을 잘 알 거요. 우리 집안이 최고란 듯이, 특별히 우리 부모님들은 거의 종교적 차원에서 숭배를 받던 수준이었으니까. 지금 난 여기 앉아 그들의 얼굴을 그려보고 옷을 끄집어 내리고 발가벗겨 내 기억 속에서 지워버리려고 애를 쓰고 있어요. 끔찍한 일이죠! 그 후 그들은 유령이 되어 나타나더군요; 갈기갈기 찢어진 인간 조각들의 짝을 맞춰보려고 애를 썼지만 헛일이었소. 결국 그것들은 왁스로 만든 괴물들의 인형 진열장 속에 들어가 버리고 말았죠. 우리 집에 모여 노름이나 하고 밤참이나 축내던, 소위 아저씨들이라 불리던 그 백발의 남자들은 모두 밀수꾼들이었고, 그들 중에 몇 명은 쇠고랑을 찼다고 하더군… 그 사실을 알고 있소?


**염색공장 사장**

(완전히 궤멸된 상태다.)


그럴 수가! —

**낮선 방문객**

염색공장 전체는 단지 밀수한 염색된 실타래의 은닉처에 불과
했던 거요 — 난 항상 구역질이 날 것 같은 달콤한 냄새가 풍기
는 염색용 액체를 끔찍하게 싫어했던 기억이 생생하죠…

**염색공장 사장**

왜 그런 일을 지금 모두 털어놓아야만 하지?

**낮선 방문객**

내가 왜 입을 다물어야 한단 말이요. 그토록 존경받는 우리 집안
을 자랑할 때, 형님이 조롱거리가 되도록 내버려둬야만 하겠소?
그들이 형님을 비웃고 있다는 것을 느껴 본 적은 없는 거요?

**염색공장 사장**

전혀!

(침묵.)

**낮선 방문객**

저 쓰레기더미 속에 우리 아버지의 책장이 보이는군; 그것은 항
상 잠겨 있었던 것을 기억할 거요. 그런데 어느 날, 아버지가 집
을 비웠을 때, 난 열쇠를 찾아냈죠. 유리문을 통해 앞쪽에 진열
되어 있는 책들을 살펴보았더니 — 그곳엔 설교집들과 대 문호
들의 작품들, 정원에 관한 책들, 관세에 저촉되는 법률에 관한
규정집, 우리나라 헌법책이 있더군. 그리고 외국 동전들에 관한

책도 있었지. 후일 나의 진로를 결정하게 만든 기계학에 관한 책 한 권도; 그때 난, 그 책들 뒤에 다른 것을 위한 공간이 있다는 것을 발견하고 관찰을 해보았거든: 거기엔 먼저 등(藤)이 있었어 ─ 용의 피라고 하는 진홍색 염색 성분을 갖고 있는 열매를 맺는 것 말이요. 지금은 그 떫은 식물을 잘 알고 있죠.. 정말 이상한 일이었어! ─ 그 옆에 청산가루라고 쓰여진 상자도 있었으니까…

**염색공장 사장**
분명 그건 염색공장에서 필요한 것이었겠지…

**낯선 방문객**
어쩌면 다른 것일 수도 있을 거요! ─ 이제 그것에 대한 얘길 하도록 하죠: 포장지의 절반에 삽화가 그려져 있는 꾸러미가 놓여 있는 것이 나의 흥미를 불러일으켰어요--- 그랬었지. 머리말도 없는, 어떤 유명한 자서전적 프랑스 소설 《포블라 기사의 사랑》[4]이라는 책이었어 ─ 난 그것들을 꺼내고는 책장문을 잠궈 버렸소. 그리고 저기에 있는 저 큰 참나무 아래로 가서 그 책을 읽어 내려 갔죠. 우린 그것을 '생명나무'[5]라고 부르지 않소, 얼 라잇 (all right). 그 후에 어린 시절의 파라다이스로부터 떠나 아무도 모르게 동정을 잃게 되었죠. 너무 이르긴 했지만… 아암. 이르구 말구!

---

**4** Jean Baptiste Louvet de Courray(1787–90)의 소설 《Les Amours du chevalier de Faublas》의 스웨덴 번역
**5** 구약 성경, 창세기 2:9의 […]생명나무와 선과 악을 알게 하는 나무[…]를 암시.

**염색공장 사장**

너도 역시?

**낯선 방문객**

그럼 형님 역시!

(침묵.)

그건 그렇고 — 이제 우리 화제를 바꾸도록 하죠. 저기에 있는 모든 것이 재로 변해 버리고 말았는데 — 보험은 들어 있는 거요?

**염색공장 사장**

(화를 낸다.)

방금 묻지 않았었나?

**낯선 방문객**

기억이 잘 안 나는군요; 내가 하고 싶어했던 말과 내가 한 말을 자주 혼동하니까요, 그렇게 된 이유는, 내가 너무 집중적으로 생각을 하기 때문이겠지요, 그런 일이 있은 뒤에 바로 그날, 난 옷장에 목을 맸었죠.

**염색공장 사장**

무슨 말을 하는 거야?

**낯선 방문객**

내가 옷장에 목을 맸다고 했소!

**염색공장 사장**

(천천히.)

우리 형제들은 그 누구도 알 수 없었던, 그 선족(跣足) 목요일[6] 저녁에 일어났던 그 사건 말이야? 자네가 병원에 실려갔던 그 일 말인가?

**낯선 방문객**

(천천히.)

그렇소! ─ 안타깝게도 사람들은 자신의 가장 가까운 사람들과 자기 가정이나, 자신의 삶에 대해 정말 조금 밖에 모르고 있다는 사실을 알기나 하는지 모르겠소.

**염색공장 사장**

도대체 왜 그런 짓을 한 거야?

**낯선 방문객**

내 나이 열 두 살이었건만 산다는 것이 괴로웠으니까요! 그것은 마치 어둠 속을 헤매는 것과 같았죠… 도무지 이곳에서 해야 할

---

**6** 부활절 직전의 목요일.

일이 무엇인지 모르겠더라구요… 그리고 세상이 정신병원 같다는 생각이 들었으니까! — 어느 날 난, 학교가 우리들에게 봉화불과 플래카드를 들고 '나라를 망친 사람'[7]을 축하하러 내보냈을 때 그것을 발견할 수 있었죠. 그 당시에 읽은 책 한 권이 있는데, 거기에 나라를 통치하는 가장 저속한 인간이 나라를 망치는 사람으로 묘사되어 있었어요 — 지금도 우린 그런 인간에게 찬사와 갈채를 보내고 있다니 한심한 일이지!

(침묵.)

**염색공장 사장**
병원에서는 무슨 일이 있었나?

**낯선 방문객**
이것 보세요, 형님. 난 시체실에 완전히 시체처럼 누워 있었다구요… 그때 내가 죽었었는지는 나도 모르겠소 — 아무튼 깨어났을 때, 내 과거에 대한 것은 거의 잊어버린 상태였으니까. 그리고 새로운 삶이 시작되었지요. 그렇지만, 그런 연유로 당신네들은 나를 이상한 인간으로 취급을 해버리더군 — 그건 그렇고 재혼은 했소?

---

7 국왕 Karl XII 의 서거일인 11월 30일은 전통적으로 그를 기리는 날로, '나라를 망친 사람'은 국왕 Karl XII를 뜻한다.

**염색공장 사장**

아내와 아이들이 있긴 있겠지! 어딘가에!

**낯선 방문객**

내가 의식을 되찾았을 땐, 나 자신이 다른 사람같이 느껴졌으니까; 삶을 아주 냉소적으로 차분하게 받아들이게 되더라구요; 사실 그래야만 하죠! 삶이란 힘들면 힘들수록 더 흥미롭게 느껴지는 법이니까… 말하자면 나 자신을 마치 타인처럼 관찰해 보게 되었죠. 주의해서 살펴보며, 그 타인이란 인물과 그의 운명을 연구해 나가면서 나 자신의 고통을 무감각하게 만들었소. 그러니 난, 죽음 속에서 새롭게 숙련된 셈이 되었단 말이요… 나는 인간들을 통하여 나의 삶을 보았고, 그들의 생각을 읽었고, 또 그들의 의도가 무엇인지를 들었죠… 내가 그들과 함께 있을 때, 그들의 발가벗은 모습을 보았지요… 불은 어디에서 난 거요?

**염색공장 사장**

글쎄, 그걸 모르겠단 말이야!

**낯선 방문객**

그런데 신문에는 학생의 다락방 밑에 있는 옷장에서 불이 붙기 시작했다고 써 있던데, 도대체 그 학생이란 누구요?

**염색공장 사장**

(전율한다.)

신문에 그렇게 써 있었단 말인가? 오늘은 신문을 읽을 시간이 없었어. 또 뭐라고 써 있었나?

**낯선 방문객**
모든 것이 써 있었지요.

**염색공장 사장**
모든 것이라니?

**낯선 방문객**
이중 벽과 존경 받던 밀수업자 가족, 쇠고랑과 머리핀까지…

**염색공장 사장**
머리핀은 또 뭐람?

**낯선 방문객**
난 모르지요. 다만 거기에 그렇게 써 있더라구요. 형님은 알고 있소?

**염색공장 사장**
내가 어떻게 알겠어!

**낯선 방문객**
백주에 모든 것이 다 들어났으니, 이제 드러난 그 비극의 정체에 입을 벌리고 다물지 못할 세상의 무리들만 기다리고 있겠지요.

**염색공장 사장**

하느님 맙소사, 이를 어쩌나! 그럼 네 가족이 수치를 당하는 것이 널 기쁘게 만드는 일이란 말이야?

**낯선 방문객**

내 가족이라니? 난 결코 당신네들이랑 한 가문이라고 느껴 본 적이 없을 뿐더러, 이웃이나 나 자신에 대해서도 어떤 감정도 느껴 본 적이 결코 없단 말이요. 다만 당신들을 지켜보는 것이 재미있는 일이라고 생각할 뿐… 그런데 형수님은 어떤 인물이요?

**염색공장 사장**

그 사람에 대해서도 써 있었나?

**낯선 방문객**

그녀와 학생에 대해.

**염색공장 사장**

잘 됐군! 그럼 내가 문제를 제대로 다룬 거라구! 어디 두고 보라지! 기다리기만 하라구! — 저기 석공이 오는군!

**낯선 방문객**

그를 알아요?

**염색공장 사장**

너도 알아! 동창이니까! 바로 알베르트 에릭쏜이야!

**낯선 방문객**

아버지가 세관에서 일했다는 그 사람이군요. 그리고 내가 기차에서 우연히 만나 우리 가족사에 대해 아주 잘 알려준 사람이바로 그의 동생이죠.

**염색공장 사장**

그렇다면 저 악당이 신문에다 제보를 한 게 분명해.

※

**석공**

(곡괭이를 들고 들어와 타다 남은 잔해를 살펴본다.)

※

**낯선 방문객**

이건 정말 끔찍한 사건이 분명해…

**염색공장 사장**

저 인간도 역시 감옥에서 2년을 살고 나왔지… 저 인간이 무슨짓을 저질렀는지 알아? 내가 다른 사람과 계약한 것을 변조해 버렸다니까…

**낯선 방문객**

형님이 그를 감옥에 쳐 넣었으니, 이번엔 그가 형님에게 복수를 한 셈이로군요!

**염색공장 사장**

그런데 이상한 것이, 현재 저 인간은 이 동네에서 가장 존경 받는 인물이 되어 있다는 거야; 저 악당은 순교자나 거의 성인처럼 취급되어 사람들은 저 악당을 감히 건드릴 용기조차 없다는 거야.

**낯선 방문객**

그것 참 흥미롭군!

※

**형사**

(등장; 석공에게.)

석공은 이 벽을 허물어 줄 수 있겠소?

**석공**

옷장 쪽에 있는 것 말인가요?

**형사**

그렇소!

**석공**

바로 그곳에서 화재가 발생했어요. 또 거기에 촛불이나 등잔불
이 있었던 것이 분명해요; 난 그 사람들을 잘 알아요. 암 내가
알고말고!

**형사**

그럼 부수도록 해요!

**석공**

옷장 문은 완전히 타버렸어요. 그리고 안쪽의 천정도 다 내려
앉아버렸소. 그곳은 우리가 조사를 하고 확인할 수가 없었던 곳
이긴 하나 이제 뭔가 찾아내도록 해봅시다!

(곡괭이로 부순다.)

해보자구! — 해봐야지! — 길고 짧은 건 어디 두고 봐야겠지!
— 뭔가 보이나요?

**형사**

아직은!

**석공**

(전과 같이.)

이제 뭔가 보이는군! ─ 등잔은 터져버렸지만 밑받침은 남아 있군! ─ 이 물건을 알고 있는 사람이 있소? ─ 내 생각엔 염색공장 사장이 이곳에 놓아둔 것 같은데!

**형사**

맞아, 그가 거기에 놓아두었던 거야! ─등잔 밑받침을 집어 보여준다.─ 사장님은 자신의 등잔을 알아보겠소?

※

**염색공장 사장**

그런데 그건 내 것이 아니라 가정교사의 것이요.

**형사**

학생 말이요? 그는 어디 있죠?

**염색공장 사장**

저 아래 시내에 있을 거요. 그의 책이 거기 놓여 있으니 분명 곧 돌아오겠지요.

**형사**

어떻게 그의 등잔이 가정부의 옷장에 있는 거요? 그 둘 사이에 애정관계라도 있어요?

**염색공장 사장**

아마도!

**형사**

그가 이 등잔이 자기 것이라고 인정만 한다면, 바로 구속이야. 사장님은 이 일에 대해 어떻게 생각하시오?

**염색공장 사장**

내가요? 뭘 어떻게 생각하냐고 했소?

**형사**

그렇소, 그는 무슨 동기로 남의 집에 방화를 했을까요?

**염색공장 사장**

그건 나도 모르지요! 흉악하고 사악한 것이 인간이니 그 속을 알 수가 없지 않겠소… 글쎄 그가 뭔가를 숨기려고 했는지도 모르는 일이기도 하고…

**형사**

오늘 해묵은 모든 치부들이 다 드러나긴 하겠지만, 그건 아주 졸렬한 방법이었소. 그가 사장님께 원한을 품고 있는 것이라도 있나요?

**염색공장 사장**

그럴 수도 있겠죠! 왜냐면 한 번은 곤경에 빠진 그를 도와준 적이 있어요. 물론 그 후로 나를 증오하기 시작하더군요!

**형사**

물론이라구요? - 침묵. - 그럼 도대체 그 학생이란 자는 어떤 인물인가요?

**염색공장 사장**

부모가 누군지도 모르는 영아원 출신이죠.

**형사**

사장님은 성인이 된 딸이 있지 않나요?

**염색공장 사장**

(화를 낸다.)

그렇소, 물론 있지요.

**형사**

그래요!

(침묵.)

**형사**

(석공에게.)

당장 직원 12명을 데려와서 모든 벽을 허물도록 해요. 그래서 오늘 뭔가 새로운 것을 밝혀 내보도록 합시다.

(나간다.)

**석공**

그런 것쯤은 눈 깜작 할 사이에 할 수 있는 일이죠! ―나간다.

(침묵.)

**낯선 방문객**

정말 보험료는 지불한 거요?

**염색공장 사장**

물론이지!

**낯선 방문객**

직접 했소?

**염색공장 사장**

아니, 평소와 같이 사람을 시켜 보냈지!

**낯선 방문객**

다른 사람을 — 보냈다니! 형님다운 짓을 했군요! — 잠시 과수
원으로 가서 사과나무나 좀 볼까요? —

**염색공장 사장**

그러지 뭐, 무슨 일이 일어날지는 조금 있다 보게 될 테니까.

**낯선 방문객**

이제 흥미로운 일이 일어나겠군!

**염색공장 사장**

만일 자네가 관련된다면, 아마 그렇게 흥미로운 일이 아닐 걸.

**낯선 방문객**

내가요?

**염색공장 사장**

누가 알아?

**낯선 방문객**

이런 복잡하기 짝이 없는 기구한 운명이라니!

**염색공장 사장**

그렇지, 자넨 영아원에 애를 맡기지 않았던가?

**낯선 방문객**

신의 가호가 있기를!… ― 아무튼 과수원에나 가도록 하죠!


막이 내린다.

동일한 무대, 그러나 벽들이 헐려 있어, 서양 팥꽃나무, 데이지, 나팔수선화, 수선화, 튤립, 앵초, 기타 등등 봄꽃들이 피어 있는 정원이 훤히 보인다. 게다가 모든 과일나무들이 꽃을 피우고 있다.

**석공, 노파**와 함께 있는 **벽돌공, 정원사, 영구마차 마부, 베스트룬드 부인, 화가**가 한 줄로 서서 빈터를 주시하고 있다.


**낯선 방문객**
(등장.)

저 작자들은 이곳에 서서 남의 불행을 기뻐하고 있군 그래. 희생자를 기대하고 있는 거겠지. 더욱 중요한 것은 희생자를 만들어 내고 싶어 한다는 사실이야. 그들이 이번 화재가 방화라고 생각하고 있다는 것은 하나의 엄연한 사실이니까. 아마 그것은 그러길 원하고 있기 때문이기도 하겠지! ─ 저 모든 악당들은 나의 청소년 시절의 친구들이었고 동지들이었어; 영구마차를 끄는 마부는 시체를 처리하는 아버지를 둔 우리 계모 덕분에 친척이 되었으니까--- -가까이 있는 사람들에게.- 이 착한 사람들아, 지하실에 다이나마이트가 설치되어 있을 수도 있는 일이니

거기에 서 있지 말아요. 그건 언제라도 폭발할 수 있는 거니까.

(군중들은 흩어져 사라진다.)

## 낯선 방문객
(쓰레기더미에서 책들을 찾는다.)

이건 학생의 책들이잖아! — 내 젊은 시절의 것과 마찬가지로 하잘 것 없는 것들이군 — 리비우스(Livius)라면 로마의 역사가야. 그가 한 말은 하나 같이 거짓말 투성이지 — 저기 형님이 수집한 책들 중에 한 권이 있군! — 크리스토퍼 콜럼버스, 아니면 아메리카 대륙의 발견일 테지! — 내 이름은 삭제해 버렸으니 남아있지도 않지만, 그건 1857년에 크리스마스 선물로 받은 내 책이야. 말하자면, 내가 도둑을 맞은 거지. 그런데 난 하녀 하나를 의심해서 쫓아내버리도록 했어! 그렇게 해서 그 사건은 깨끗이 처리된 셈이지만, 그 하녀는 도둑이란 오명 속에서 살았겠지! 벌써 오십 년 전의 일이야! 천을 꼬아 만든 액자 속에 가족 사진이 들어 있군: 목에 쇠고랑을 찼던 우리의 위대한 밀수업자 할아버지; 속이 다 시원한 일이었지! — 그런데 내가 여기서 무엇을 보고 있는 거야? 마호가니 침대의 머리잖아 — 내가 저 위에서 태어났으니! 제기랄! — 계속 뒤져보자구: 식탁 다리군 — 그건 아버지 집안으로부터 대물림한 거였어 — 맞아! 그건 흑단으로 만든 거라고 했지. 그런 것들이 찬사를 받았던 시절이었으니까. 오십 년이 지난 지금에 와서, 비로소 염색한 단풍나무로 만든 것이라는 것이 나로 인해 폭로되는군 — 우리 집의 모든 더러운 것은 알아볼 수 없도록 모두 염색을 했단 말이야. 또 우리 애들의 옷까지도 염색을 한 거였어. 그러니 우리는 몸까지 염색이 되었는지도 몰라! 허위와 흑단(黑檀)! ― 여기 벽시계가 있군. 이것 역시 두 세대에 걸쳐 우리 집안을 배불리 먹여 살렸던 밀수품이지. 매주 토요일, 우리는 말린 대구와 욀수파(Ölsupa)[8]를 저녁식사로 먹을 때, 이 시계추의 태엽을 감아주곤 했었으니까. 총명한 이 시계는 누군가 죽었을 때는 시간을 멈추었어. 그런데 내가 죽었을 때는 계속해서 시간을 알려주더란 말이야 ― 어디 옛 친구의 속내가 어떤지 좀 살펴보도록 할까 ― ―시계에 손이 닿자 떨어지며 부숴진다.― 거센 것을 견디지 못하는군! 그 어떤 것도 영원히 소유할 수는 없는 것이 인생인 거야. 아무 것도! 헛되고 헛되며, 헛되고 헛되니 모든 것이 헛되도다![9] ― 저 아래에 놓아두었어야 할 지구본인데도 불구하고 저 위에 놓여져 있었군! 인간이 모여 사는 작은 지구라는 별! 모든 행성 중에 가장 비좁고, 가장 무거운 별, 그래서 너는 그토록 무거운 짐을 지고 사는 게로구나. 너무 무거워 숨쉬기조차 어렵고, 모든 세상살이를 혼자 짊어지고 가기엔 힘이 드는 거야; 십자가는 너의 상징이건만, 마치 환상이나 미치광이 세상의 어릿광대의 모자거나 구속복이 되어버린 것 같구나! ― 창조주 하느님! 당신이 창조하신 이 지구는 우주의 공간에서 길을 잃은 것일까요? 단지 겉모습을 바라볼 뿐 사실 속에 감추어진 진실, 그 자체를 볼 능력이 없기에 당신의 자녀들

---

**8** 지밀에 맥주나 음료수를 섞어 만든 음식.
**9** 구약 성경, 코헬렛 1:1–2: "허무로다, 허무! 코헬렛이 말한다. 허무로다, 허무! 모든 것이 허무로다!"를 암시한다.

의 머리는 혼란해지고 이성을 잃었건만, 어떻게 이 세상은 이토록 정신없이 돌아만가는 것일까요?

※

**학생**

(등장; 누군가를 찾는 것 같아 보인다.)

**낯선 방문객**

부인을 찾는 것 같은데! 알고 있는 모든 것을 말해 보도록 하게. 눈에 보였던 것은 하나도 빠짐없이! 젊음이란 행복한 것이지! ─ 누굴 찾고 있나?

**학생**

(당황한다.)

제가 찾는 건 다름 아닌⋯

**낯선 방문객**

젊은이 실토하게. 아니면 입을 다물든지! 아무튼 난, 자네를 아주 잘 이해하니까!

**학생**

영광스럽게도 제가 말씀을 나누고 있는 분은 누구시죠?

**낯선 방문객**

나와 얘기를 하는 것이 영광스런 일이 못 된다는 것을 자넨 모르고 있는 모양이군. 한때 난, 빚을 지고 미국으로 도피를 한 사람이니까…

**학생**

그건 잘 하신 일이 아닌 것 같군요…

**낯선 방문객**

잘했건 잘못했건, 하나의 엄연한 사실이니까. 자넨 이집 안주인을 찾았던 것 같은데, 개미떼들처럼 화재가 난 장소로 몰려간 모든 사람들과 마찬가지로 그녀가 이곳에 있겠냐구. 곧 이곳으로 돌아올 거야.

**학생**

— 촛불이 있는 곳으로 갔겠죠!

**낯선 방문객**

자넨 그렇게 말하는군, 그러나 난 더 완벽한 표현을 선택하기 위해 등잔불이라고 말하고 싶네 — 젊은이, 만약 할 수만 있다면 되도록 자신의 감정을 숨기도록 하게. 나는 얼마든지 그럴 수 있으니까! — 우린 등잔불에 대해 말하는 거야. 그런 거라구!

등잔불은 어땠었나?

**학생**

등잔불이라니 무슨 말씀이시죠?

**낯선 방문객**

그렇지, 그래! 무엇이든지 부정하고 전부 거짓말로 둘러대란 말이야! — 가정부의 옷장에 있던 등잔불이 이 집에 불을 낸 거야.

**학생**

저는 전혀 아무것도 모르는 일인 걸요.

**낯선 방문객**

어떤 사람들은 거짓말을 할 땐 얼굴이 붉어지지. 또 다른 사람들은 코가 하얗게 되기도 하고 — 이번엔 전혀 다른 새로운 모습을 발견하게 되는군!

**학생**

영감님께선 자기 자신에게 말씀을 하고 계신가요?

**낯선 방문객**

내게 그런 악습이 있긴 있지! — 부모님은 살아계신가?

**학생**

아뇨, 안 계세요!

**낯선 방문객**

잘 알지도 못하면서 지금 또 거짓말을 하고 있군!

**학생**

거짓말 같은 건 절대로 하지 않아요!

**낯선 방문객**

이 짧은 순간에 세 번씩이나 했지 않나. 난 자네 아버지를 알고 있단 말이야.

**학생**

믿을 수가 없어요!

**낯선 방문객**

그것이 나에게는 더 나을지도 모르지! — 자네는 이 머플러에 꽂힌 장식핀이 보이나? 이건 너무나 아름다워, 암, 그렇지! 그런데 모든 사람들이 그것을 즐기고 있는 동안, 나 자신은 그것을 볼 수가 없었으니, 그 아름다운 핀이 이것에 꽂혀 있다는 것은 도무지 기쁘지가 않아! 이건 최소한 이기적인 생각인지 모르겠지만 난, 그 핀이 어떤 사람의 머플러에 꽂혀 있는 것을 보고 감탄하고 싶었던 순간이 있었지. 자넨 이 핀을 갖고 싶나?

**학생**

무슨 말씀인지 도무지 모르겠어요… 방금 말씀하셨듯이, 아마 없는 편이 더 나을지도 모르죠!

**낯선 방문객**

글쎄, 그럴지도 모르지! — 그렇게 안절부절하지 말게. 그녀가 곧 돌아올 테니까! — 젊음이란 것이 부러워할 만한 대상이라고 생각하나?

**학생**

아뇨, 전 그런 것 같지 않아요!

**낯선 방문객**

인간이 자신을 통제한다는 건 쉬운 일이 아니야. 타인의 빵으로 살아가고, 가진 돈도 없고, 결코 사교모임에서 대화를 나눠 보지도 못하고, 멍청이로 취급 받으며 결혼도 할 수 없는 처지에서는 닥쳐올 모든 위험한 일들을 감수하면서까지 다른 사람의 아내나 넘보고 하는 법이지. 그런 것이 모두 젊음의 속임수라는 거야!

**학생**

사실 다 맞는 말씀이예요! 우리가 어린애일 때는 어서 자라길 원하죠. 다시 말해 열 다섯이 되길 원하는 거죠. 성인이 되는 거니까; 그 후엔 또 어서 어른이 되었으면 하죠. 스물한 살 말이예요! 그러니 아무도 젊음으로 남아 있는 걸 원하지 않는다는 겁니다!

**낯선 방문객**

사람이란 정말 늙게 되면 죽는 것이 소망이야. 그땐 그다지 많

은 바람직한 것들이 남아 있지 않잖아? — 자네가 구속될 것이
라는 것은 알고 있나?

**학생**
제가요?

**낯선 방문객**
그렇다네, 방금 형사가 말하더군!

**학생**
저를요?

**낯선 방문객**
그 말이 놀라운가? 우리들 인생이란 항상 모든 것에 대비하고
살아야만 한다는 것을 모르는 것 같군!

**학생**
아니 내가 무슨 짓을 했다고 그러죠?

**낯선 방문객**
구속된다는 것이 꼭 무슨 짓을 했을 필요는 없는 법이야; 단지
의심을 산 것으로 충분하니까!

**학생**
그렇다면 모든 사람들이 구속될 수도 있단 말이군요!

**낯선 방문객**

정말 옳은 말이야, 그렇고말고! 만일 오로지 정당성만 생각한다면, 모든 집안 식구들을 궁지에 빠뜨리게 할 수도 있겠지. 그러나 그러고 싶지가 않아! 정말 소름 끼치는 우리 식구들이지. 추하고, 힘들고, 악취를 풍기는 사람들이란 말이야; 깨끗하지 못한 수건, 더러운 구멍 난 양말, 동상으로 시퍼렇게 얼은 흉터들, 티눈들, 어휴 끔찍해! 아니지, 꽃을 피운 저 사과나무들이 인간들 보다 훨씬 더 아름다운 거야; 대지 위에 피어 있는 백합들을 보라구. 그런 꽃들은 이곳 우리 집에서는 결코 찾아볼 수가 없으니, 단지 향기가 어떤지 상상만 해보라구!

**학생**

영감님은 철학자신가요?

**낯선 방문객**

아주 대단한 철학자지!

**학생**

농담하시는 건가요?

**낯선 방문객**

자넨 이곳을 벗어나고 싶어서 하는 소리겠지! 가 보게! 어서 서두르게!

**학생**

이곳에서 누군가를 기다리고 있었어요!

**낯선 방문객**

그렇겠지, 그럴 것이라 생각했으니까 — 분명히 말해 두겠는데 가서 만나보는 것이 최선의 방법일 거야!

**학생**

그녀가 영감님께 그렇게 말하던가요?

**낯선 방문객**

그런 말은 필요가 없는 거야.

**학생**

만약 그렇다면… 놓칠 수가 없겠군요…

(나간다.)

※

**낯선 방문객**

정말 저 애가 내 아들이란 말인가? 나 역시 어린애였을 때 최악의 상태에 처한 적이 있었지만, 그것은 놀라운 일도 즐거운 일도 아니었어! 더 이상 뭐가 남아있단 말인가? 그것 외에… 혹시 누가 알아?— 이제 베스테르룬드 아주머니에게 가서 인사나 해야겠군 — 아주머니는 우리 아버지 집에서 일했던 적이 있어. 의리 있고 좋은 성격을 가진 사람이었지. 그리고 10년을 일했을 때 충성스런 인물이라는 명예로운 이름을 얻기도 했지.

(탁자 곁에 앉는다.)

여기 털갈매나무로 만든 구스타프쏜의 화환이 놓여 있군 — 그 사람은 이것을 월귤나무라고 팔고 있으니까, 게다가 사십 년 전과 마찬가지로 화환을 아무렇게나 만들었어. 그가 하는 모든 짓이란 짓은 무성의하거나 한심스럽기만 했으니까. 그러니 그 사람이 무슨 일을 하던 제대로 되는 일이 하나도 없었던 게지. 자업자득인 게야! 가끔 그는 모자를 벗고 머리나 긁적이는 짐승보다 못한 불쌍한 인간이라고 말하곤 했지. 저기 도금양이 있잖아 –그는 화분을 두들긴다.– 물론 물을 주지 않았겠지 — 항상 물 주는 것을 잊어버렸으니까. 짐승보다 못한 불쌍한 인간 같으니라구… 그런 식으로 식물들이 자라길 바랬단 말이야.

**화가**

(모습이 보인다.)

**낯선 방문객**

화가는 또 왠 말인가? 그 역시 이 곤경의 상황에 처해 있단 말인가. 하긴 내 인생 속 어딘가에 한 가닥이 꼬여 있을지도 모르

는 일이지! ─

**화가**

낯선 사람을 빤히 쳐다본다.

**낯선 방문객**

그래, 나를 알아보는 건가?

**화가**

혹시 ─ 아르비드 씨가 ─ 아닌가요?

**낯선 방문객**

만약 그렇게 생각한다면, 그 사람이었고 동일 인물이오.

**화가**

실은 당신에게 나쁜 감정을 갖고 있어요.

**낯선 방문객**

무엇인지 말해 보시오! 그렇지만 이유가 뭔지 그것만은 좀 알아야겠소! 그러면 해결이 될 수도 있으니까요.

**화가**

기억할지 모르겠지만---

**낯선 방문객**

불행히도 난 너무 좋은 기억력을 갖고 있소!

**화가**

당신은 로베르트라는 청년을 기억하고 있나요?

**낯선 방문객**

하구 말구. 그림을 잘 그렸던 건달이었지!

**화가**

(천천히.)

그래서 그 청년은 아티스트인 화가가 되기 위해 미술대학에 입학하려 했지요. 그런데 그 당시엔 — 색맹인 사람이 많았어요. 그때, 엔지니어였던 아르비드 씨는 그의 부친이셨던 사장님이 나를 미술대학에 보내길 원하시자, 그 전에 내 눈 검사부터 하더군요… 그는 염색공장에서 두 개의 실타래를 갖고 왔죠; 하나는 붉은 계통이었고, 다른 하나는 초록 계통이었어요; 그리고 질문을 하더군요. 난 그것을 붉은 초록, 그리고 다른 것은 반대로 말했어요. 그렇게 되어 내 인생행로는 엉망진창이 되어버리고 말았죠…

**낯선 방문객**

사실 그렇게 했던 건 정당한 일이었지!

**화가**

천만에요! — 문제는 색깔은 구별할 줄 알았지만, 이름을 구별할 줄 몰랐다는 거죠. 내가 서른 일곱이 되던 해에 비로소 처음으로 그 사실을 알게 됐으니⋯

**낯선 방문객**

그것 참 유감스런 이야기군. 그렇지만 내가 어떻게 그것을 알 수가 있었겠나, 그러니 날 용서해 주게!

**화가**

어떻게 내가 그럴 수 있을까요!

**낯선 방문객**

모르고 한 짓은 용서할 수 있는 게 아닌가! — 잘 들어보게! 내가 해군에 입대하려 했던 적이 있다네; 임시 해군사관생도로서 시범 항해를 했었지; 그런데 뱃멀미를 한 거야; 그래서 낙방했지! 사실인즉 뱃멀미 따윈 상관없는 것이었어. 실은 뱃멀미를 일으킨 원인은 내가 과음을 했기 때문이었으니까. 그렇게 되어 내 인생행로는 엉망진창이 되어버리고 말았지. 그래서 다른 길을 택할 수밖에 없었던 거야⋯

**화가**

나 하고 그 해군이 무슨 상관이 있단 말이요! 난 로마와 빠리에 대한 꿈을 갖고 있었는데⋯

**낯선 방문객**

그랬겠지. 젊었을 때는 꿈이 많기 마련이지. 허긴 늙어서도 마찬가지지만! 하지만, 그것은 아주 오래 전의 일인데, 무엇 때문에 이제 와서 그런 이야기를 하고 있나!

**화가**

어떻게 그렇게 말을 할 수가 있나요! 어쩌면 당신은 잃어버린 내 인생을 다시 내게 안겨주려고 하는지도 모르겠군요…

**낯선 방문객**

그럴 리가 없겠지! 자네 인생에 대해 빚진 것은 없으니까! 그 실타래에 대한 것은 내가 학교에서 배운 것 뿐이었어. 자넨 색깔의 이름 정도는 알고 있었어야 했겠지 — 지금이라도 갈 수 있는 데까지 꿈을 펼쳐 보라구 — 서투른 화가의 모자라는 점이 인류를 위해 선행을 할 수도 있는 거니까! — 저기 베스트룬드 아주머니가 오는군!

**화가**

말하는 것 좀 보라지! 언젠가 당신이 그것을 겪게 될 테니 두고 보라구!

※

**베스테르룬드 부인**

(무대에 등장.)

**낯선 방문객**

안녕하시오, 베스테르룬드 아주머니; 겁내지 말아요, 접니다,
아르비드 도련님이요; 미국에서 살았어요. 전 아주 좋습니다만,
어떻게 지내세요, 이곳은 불타버리고 남편은 돌아가셨더군요.
아마 경찰이셨죠. 신사분이셨던 걸로 기억하는데, 그분의 좋은
성격과 호의적인 태도를 좋아 했었지요. 결코 상처를 받지 않는
천진난만하고 유머가 있는 사람이었으니까요. 내 기억에 언젠
가 한 번은…

**베스테르룬드 부인**

오, 하느님 아버지! 내가 키웠던… 우리 아르비드 도련님이란
말이요.

**낯선 방문객**

아니죠. 내가 아니고 형이었겠죠. 하지만 상관 없어요. 나도 마
찬가지로 사랑을 받았으니까. 난 삼십오 년 전에 돌아가신 아주
머니의 남편을 좋아했어요. 친절한 분이셨죠. 내겐 특별히 좋은
친구였는데…

**베스테르룬드 부인**

그랬었죠. 그 사람은 이 세상 사람이 아니지요. −침묵.− 사실
난 별로 그렇다고 느끼지 못하긴 했지만 — 어쩌면 아르비드 도

런님이 착각을 하고 있는지도 모르겠군요.

**낯선 방문객**

착각이라니요··· 베스테르룬드 아저씰 아주 잘 기억하고 있어
요. 아저씨는 아주 좋은 분이셨어요···

**베스테르룬드 부인**

(천천히.)

여기 서서 이런 말을 한다는 것은 정말 창피한 일이긴 하지만,
사실 그 사람은 그토록 좋은 성격을 지닌 사람은 아니었죠.

**낯선 방문객**

아니었다구요?

**베스테르룬드 부인**

그럼요··· 그 사람은 사람들 비위를 잘 맞추는 수단 좋은 사람이
긴 했지만, 그가 했던 말들이 거짓은 아니긴 했죠!··· 뒤에서 험
담을 하거나 그러진 않았으니까···

**낯선 방문객**

그게 무슨 말이요? 그가 했던 말은 거짓은 아니긴 했다니오? 어
쩌면 그 분은 믿을 수 없는 사람이었다는 거요?

**베스테르룬드 부인**

부끄러운 일이지만, 내가 알기로는…

**낯선 방문객**

어쩌면 그 사람은 호인이 아니었나 보죠?

**베스테르룬드 부인**

글 — 쎄! 그러니까 — 그 사람은 — 조금 — 그렇긴 하지. 글쎄 그가 했던 말이 거짓은 아니긴 했다니까! 그래, 우리 아르비드 도련님은 어떻게 지냈나요?…

**낯선 방문객**

이제야 번뜩 스쳐 지나가는 것이 있군요! — 저런 악당 같으니라구! 난 삼십오 년을 한결같이 그에 대해 좋은 말만 하면서, 그를 그리워 했었소. 그가 세상을 떠난 것이 슬퍼서 견딜 수 없을 정도 였으니까. 난 내 쌈짓돈을 털어 그의 관 앞에 바칠 화환을 사기도 했는데…

**베스테르룬드 부인**

무슨 말이요. 그게 도대체 무슨 말이냐구요?

**낯선 방문객**

악당 같으니라구! -침묵 .- 그래요! 그는 '성회 수요일'[9] 직전 단식기간 중인 화요일에 나를 꾀어 속임수를 썼죠; 암탉들이 낳는 세 번째 계란을 훔쳐 숨기면 더 많은 알을 낳는다고 하더군요. 시키는 대로 한 나는 결국 매를 맞고, 하마터면 지방법원의 법정에 설뻔 했었다니까요… 그런데도 그를 제보자로 의심한 적이 결코 없었어요… 그리고 그가 불청객으로 부엌에 들어가 음식과 마실 것을 구걸 할 때면 — 놀란 하녀들이 구정물이 든 양동이를 뒤엎어 규율에 저촉되는 일을 저지르도록 하기도 했다구요 — 이제서야 그가 받아야 할 응징의 날들을 보게 되는군요! — 한심하게도 이제야 비로소 삼십오 년간 무덤 속에 누워 있던 사람에게 화를 내고 앉아 있으니! — 아무튼 그는 비꼬는 말을 잘 하는 사람이었죠. 그 당시엔 그를 이해하지 못했지만! 지금은 이해할 수 있을 것 같아요!

**베스테르룬드 부인**

그래요, 그 사람은 약간 꼬인 데가 있긴 있었죠. 그건 내가 잘 알구말구!

**낯선 방문객**

기억나는 것이 또 있소… 난 그 야비한 인간에 대해 삼십하고도 오년을 좋게 말해 왔던 거죠! 그의 장례식에 참석해 생전 처음으로 토디[10]를 마시기도 하고… 그가 내게 아첨을 떨며, 나를 교수님이라든지 한사(限嗣) 상속 부동산[11] 권리인이라고 부르던 것

---

**9** '재의 수요일' 이라고도 하는 사순절. 첫번째 주일 4일 전에 시작되는 수요일을 말하며, 참배자의 머리에 재를 뿌리는 중세의 관습으로 로마 카톨릭 교회에서 지속되어 왔다.

**10** 럼주, 위스키, 꼬냑 등의 알콜에 계란 노른자를 넣고 빨리 저어서 마시는 술의 한 종류로 주로 부활절 혹은 크리스마스에 마시는 술.

**11** 상속인 한정된 상속으로, 한사 상속부동산은 사사로 매매 혹은 저당할 수 없고 현재의 소유권자가 사망시 직계가족에게 소유권이 넘어가게 된다.

을… 기억하기도 해요… 어휴!--- 저기 석공이 오는군! 아주머니 들어가도록 하세요. 저 자가 청구서를 갖고 올 땐 분명 우리에게 시비를 걸 테니! 아주머니 어서 가세요! 나중에 다시 보도록 하죠!

**베스테르룬드 부인**

(들어간다.)

아니지, 우리가 다시 보게 되는 일은 없을 거요. 절대로 다시 만나는 짓은 하지 않아야 해 ― 옛날 같지가 않아, 그저 만나기만 하면 한 사람을 도마 위에 올려놓고 난도질을 해버리고 만다니까; 뭣 때문에 지난 얘기를 다하고 다녀야 한단 말이람, 그런 것이라면 나도 옛날엔 아주 잘 했었지.

(간다.)

※

**석공**

(등장.)

**낯선 방문객**
어서 오게!

**석공**

누구신지요?

**낯선 방문객**

무슨 말을!

**석공**

(뚫어지게 바라본다.)

**낯선 방문객**

내 장식핀을 보고 있는 건가? 그건 내가 런던의 채링 크로스 (Charing Cross)가에서 산 거라네 —

**석공**

난 도둑이 아니라구요!

**낯선 방문객**

그렇지만, 자네는 그 특출한 삭제 기술을 발휘했었잖아! 그것을 없애버리기도 했고!

**석공**

사실이긴 하지만, 그건 내 목을 조르고 있던 도둑놈 심보의 계약서였기 때문이었소.

**낯선 방문객**

그럼 사인 같은 건 왜 했나?


**석공**

그건 내가 곤궁에 처해 있었기 때문이었지요.


**낯선 방문객**

그것도 하나의 동기가 되긴 하겠군.


**석공**

지금 내가 보복을 당하고 있는 것이군요.


**낯선 방문객**

그것 참 시원한데 그래!


**석공**

이제 그것이 나를 감옥에 넣겠군!


**낯선 방문객**

개구쟁이 소년시절에 우리는 서로 싸운 적이 결코 없었나?


**석공**

없었죠. 그러기엔 내가 너무 어렸으니까!

**낯선 방문객**

피차 우리는 거짓말을 많이도 했었어. 아니면 상대방의 물건을 훔쳤거나, 혹은 서로의 인생행로를 엉망으로 만들어 버렸든지. 게다가 상대방의 여동생들을 유혹했던 적은 없었던가?

**석공**

글쎄, 우리 아버진 세관직원이었고, 당신 아버진 밀수꾼이었으니까…!

**낯선 방문객**

저것 봐; 항상 뭔가 할 말이 있지!

**석공**

우리 아버지가 밀수품을 몰수하지 못했을 때 해고를 당하고 말았다구요.

**낯선 방문객**

신사 양반의 아버지가 짐승만도 못한 인간이었기 때문에 신사 양반께선 내게 복수를 하려는 거군.

**석공**

방금 당신은 왜 지하실에 다이나마이트가 놓여 있다고 말했소?

**낯선 방문객**

이 신사 양반은 또 거짓말을 하는군! 난 거기에 다이나마이트가 놓여 있을 수도 있다고 말했을 뿐이야. 사실 모든 것은 가능한 일이니까.

**석공**

아무튼 지금 학생은 구속되었어요! 그를 알고 있소?

**낯선 방문객**

아주 조금; 그 애의 엄마는 아마 자네 집안의 하녀였을 걸. 그녀는 아름답고 착한 사람이었어. 내가 그녀에게 청혼을 했던 적이 있지; 그런데 약혼 중에 아이를 낳게 된 거야.

**석공**

그럼 당신이 그 애의 아버진가요?

**낯선 방문객**

아 – 아니! 약혼 중에 부권을 부정하는 행위는 위법이다 보니, 하는 수 없이 그만 계부가 되어버렸지!

**석공**

그럼, 그 여자가 당신에게 거짓말을 한 게로군요?

**낯선 방문객**

물론이지! 그건 아주 흔히 있을 수 있는 일이니까…

**석공**

바른 증언을 하겠다는 맹세를 했음에도 불구하고, 나는 당신에게 불리한 거짓증언을 했어요…!

**낯선 방문객**

말하면 뭣하겠어; 아무튼 그게 무슨 상관이 있겠나? 별것 아닌 것이 일을 야기시키는 법이니까! — 이제 우리 좋지 않은 과거사 얘기는 그만하자구 — 그렇지 않으면 연쇄반응으로 일어나는 일들이 끝도 없이 이어져갈 뿐이지! 그걸 부추겨 불을 지르는 거나 마찬가지니까!

**석공**

그런데 위증을 한 나를 생각해 보라구요…!

**낯선 방문객**

그렇겠지. 그건 유쾌한 일은 아니지만, 사실 그런 일은 얼마든지 일어날 수 있는 일이기도 하니까…

**석공**

끔찍한 일이죠! 산다는 것이 끔찍하지 않소?

**낯선 방문객**

(눈에 손을 갖다 댄다.)

그렇구말구! 그건… 모든… 표현을… 초월해서… 끔찍한 거요.

**석공**

난 더 이상 살고 싶지가 않아요…

**낯선 방문객**

살아야만 하지! ‒ 침묵. ‒ 암, 살아야만 해!

(침묵.)

들어보라구, 학생이 구속되었어. 풀려날 수 있을 거라고 생각하나?

**석공**

힘들 거요! ― 우리가 부드럽게 대화를 하고 있으니 얘기 하나해 주리다: 그는 죄가 없어요. 그런데도 풀려날 수가 없다는 거요; 그건 그의 결백을 설득력 있게 해명해 줄 유일한 증인이 그를 유죄쪽으로 증언할 수밖에 없었기 때문이죠.

**낯선 방문객**

그 머리핀의 주인인 여자 말인가?

**석공**

맞아요!

**낯선 방문객**

늙은 여자, 아니면 젊은 여자 어느 쪽인가?

**석공**

직접 생각해 보시구려; 그렇지만 가정부는 아니지요.

**낯선 방문객**

복잡하군! — 도대체 누가 그곳에 등잔불을 갖다 놓은 걸까?

**석공**

그의 철천지원수겠지요.

**낯선 방문객**

그의 철천지원수가 방화를 했단 말인가?

**석공**

그랬는지는 나도 모르죠! — 오직 벽돌공만은 알고 있겠지요!

**낯선 방문객**

벽돌공은 누군가?

**석공**

이 집안에서 가장 나이 많은 사람인데, 베스테르룬드 아주머니의 친척이지요. 이 집안의 비밀이란 비밀은 모두 다 알고 있는 사람으로, 더욱이 사장님과 관련된 비밀들은 몽땅 알고 있어요. 그러니 그가 증인으로 나설 수는 없는 거겠죠.

**낯선 방문객**

내 형수인, 지금의 안주인은 어떤 사람인가?

**석공**

글쎄요! ─ 전 부인이 집을 나갔을 때, 이 집의 가정교사였죠!

**낯선 방문객**

그 사람의 특징은 뭐요?

**석공**

흠! 특징이라? 그래요, 그게 무슨 말인지 통 모르겠군요. 직업을 뜻하는 거요? 이름과 직위는 신분증명서에 적혀 있죠. 물론 직업은 적혀 있겠지만 직위는 아닐 거요.

**낯선 방문객**

기질을 말하는 거라네!

**석공**

그렇군요. 하지만 기질은 변하는 거죠; 내 경우엔 누구와 말을 하느냐에 따라 달라지니까요. 점잖은 사람과 함께 있을 때는 나도 점잖아지고 못된 사람과 있으면 난 사나운 짐승이 되어버리니까.

**낯선 방문객**

우리는 일상생활 속에서 볼 수 있는 그녀의 기질에 대해 말하고 있지 않았었나?

**석공**

그렇긴 한데, 거의 모든 사람들처럼 별로 특별한 것이 없는 것
같소; 만일 누가 애를 먹이면 화를 내기도 하고 다시 좋아지기
도 하지요; 사람이 항상 같은 기분일 수 만은 없지 않겠소.

**낯선 방문객**

내가 말하는 뜻은 그녀가 밝은 사람인지, 아니면 어두운 사람인
지를 묻는 거요.

**석공**

다른 사람과 마찬가지로 일이 잘 풀리면 기뻐하고 또 잘못 풀리
면 슬퍼하거나 화를 내곤 하지요.

**낯선 방문객**

그렇지. 그런데 어떤 식으로 감정을 표현하나?

**석공**

그래요. 한 가지 생각나는 것이 있군요! ― 교육을 받은 사람이
라 교양이 있긴 하지만, 말을 하자면 성질이 날 땐, 그녀도 거칠
어지더라구요.

**낯선 방문객**

그런 것에 난 약삭빠르게 대처를 잘 못하지!

**석공**

(그의 어깨를 토닥거린다.)

신사 양반, 그래요. 사람이 교활하면 못 쓰지요!

**낯선 방문객**

자넨 정말 훌륭한 사람이야! ― 그럼, 내 형님인 사장님에 대해선 어떻게 생각하나?

**석공**

그렇죠. 그분은 매너가 좋은 분이죠! 그것 말고는 잘 몰라요. 숨기는 것이 있는지 없는지, 사실 그런 건 내가 알아낼 수 없는 것 아니겠소.

**낯선 방문객**

아주 좋아! ― 하지만! 그는 검은 손을 갖고 있지. 그렇지만 알다시피 그 안은 하얗거든.

**석공**

그럼 먼저 긁어내야겠죠. 하지만 그분이 그렇게 하도록 내버려두지 않을 걸요.

**낯선 방문객**

됐어! ― 저기 오고 있는 젊은이들은 어떤 사람들이지?

**석공**

오늘 저녁 결혼식을 올리려 했던 정원사 아들하고 내 딸이요. 그런데 화재 때문에 연기됐어요 — 이제 난 가 봐야겠소. 애들을 방해하고 싶지 않아서요 — 이런 시아버지 심정을 잘 알 거요 — 그럼 안녕히!

(나간다.)

**낯선 방문객**

(여관 뒤쪽으로 가고 있지만 관객에겐 그의 모습이 보인다.)

**알프레드와 마띨다**

(손을 잡고 등장.)

**알프레드**

난 이곳에 와서 불난 곳을 봐야만 해 — 난 꼭 그래야만 해 —

**마띨다**

뭘, 그런 걸 보겠다고 그래?

**알프레드**

난 이 집에 대해 악감정을 품고 살면서 수없이 이 집에 불이 나길 원했단 말이야⋯

248

**마띨다**

그래, 우뚝 선 이 집이 과수원에 그림자를 드리웠다는 것은 나도 알아. 이제 나무들이 더 잘 자랄 수 있게 됐어. 다만 그 사람들이 더 큰 집을 다시 짓지만 않는다면 말이야…

**알프레드**

이곳은 아름답고 평화로운 곳이야, 통풍이 잘 되고 햇살이 밝은 곳이지, 이곳에 길이 날 것이라는 걸 들었어…

**마띨다**

그럼 너흰 어쩜 이사를 갈지 모르겠구나?

**알프레드**

맞아, 우리 모두 이사를 가게 될 거야, 난 그게 좋아, 새로운 것이 좋거든, 사실 난, 방랑생활을 하고 싶어…

**마띨다**

휴우, 어쩜! 우리 집 비둘기가 이 집 지붕에 둥지를 쳤는데, 지난 밤 화재가 났을 때, 처음엔 주변을 날아다니다가 천정이 내려앉자, 글쎄 그 비둘기들이 불 속으로 날아들어가 버리잖아. --- 옛 집을 떠나선 살 수가 없었나 봐![12]

---

**12** 새의 종류에 따라 불을 보면 그 속에 끌려 들어가고 싶어 하는 새가 있다고 한다. 1878년 스톡홀름에 화재가 났을 때 그런 현상이 있었던 것을 상기 시킨 것.

**알프레드**

그렇지만, 우린 이곳으로부터 떠나야만 해 — 떠나야 한다구!
우리 아버지 말로는 이 땅엔 영양분이라고는 전혀 남아 있지 않
다고 하셨어…

**마띨다**

화재로 나온 숯은 시골로 가져가 땅을 개선시키는데 쓸 것이라
고 들었어…

**알프레드**

재 말이겠지…

**마띨다**

맞아, 재는 성분이 좋은 것인가 봐…

**알프레드**

새 흙이 더 좋은 거야---

**마띨다**

그런데 너희 아버지 말이야. 정원사 아저씨는 재산을 모두 잃으
셨을 텐데…

**알프레드**

전혀, 우리 아버진 은행에 돈이 많아! — 맞아, 모든 사람들이
불평을 하긴 하지만… 사실 우리 아버진 항상 너무 불평을 많이

하시는 편이야.

**마띨다**
돈이 있다니… 화재로 재산을 잃지 않으셨단 말이야?

**알프레드**
전혀! 스스로 돌대가리라고 부르긴 하지만… 아버진 교활한 늙은 능구렁이니까.

**마띨다**
이제 난 무엇을 믿어야 한담?

**알프레드**
아버진 벽돌공 아저씨께 돈을 빌려주셨고… 다른 사람들에게도 마찬가지야.

**마띨다**
내가 어디에 있는 거야? 꿈을 꾸고 있는 걸까? — 너희 아버지가 당한 불의의 사고와 미뤄진 결혼식 때문에, 우리가 아침 내내 얼마나 울었냐구…

**알프레드**
가여운 것! 오늘 저녁 결혼식을 올리게 될 거야…

**마띨다**

그럼 뒤로 미룬 게 아니란 말이야?

**알프레드**

아버지가 새 예복을 사 입을 때까지 두 시간 정도 미룬 것 뿐이라구…

**마띨다**

그런데 우린 그토록 울었다니…

**알프레드**

불필요한 눈물들이었지! 그 많은 눈물들이!

**마띨다**

그것이 불필요했다는 것이 나를 슬프게 만들어. 아무리 그렇지만… 어쩌면 시아버님이 그렇게 짓궂을 수가 있단 말이야…

**알프레드**

글쎄 말이야. 나쁘게 말해서 아주 큰 사기꾼이지 — 아버진 언제나 피곤하다고 말하셔. 그러나 그건 오직 나태해서 하는 소리에 지나지 않아. 아버진 아주 게을러, 정말 게으름뱅이지…

**마띨다**

이제 더 이상 아버님에 대해 나쁜 소릴 하지 말어 — 어서 여길 떠나도록 하자 — 나는 옷도 갈아 입어야 하고, 머리도 올려야 하잖아 — 아버님이 내가 생각한 그런 분이 아니라니 — 다니면서 그토록 연기를 하시고 사람들을 조롱하다니! — 어쩌면 너도 그런지 모르겠군 — 네가 어떤 사람인지 알 수 없는 것 아냐!

**알프레드**
후일 알게 될 거야!

**마띨다**
그땐 너무 늦었는지도 모르잖아!

**알프레드**
늦은 것이란 절대로 없는 거니까…

**마띨다**
이 농장에 사는 사람들은 아주 사악한 사람들이야… 지금 난 그 사람들이 무섭게만 느껴져…

**알프레드**
나도 마찬가진 걸…

**마띨다**
내가 무엇을 믿어야 할지 모르겠어… 넌, 너희 아버지의 경제사정이 좋다는 것을 왜 진작 말해주지 않았는지 모르겠어…

**알프레드**

널 시험해 보고 싶었지. 내가 가난해도 날 좋아하는지 보고 싶었으니까.

**마띨다**

사람들은 시험해 보려고 그랬다는 말을 나중에 하곤 하니까; 사실 그래서 난, 더 이상 인간을 믿을 수가 없다는 거야…

**알프레드**

이제 가서 옷이나 갈아 입도록 해! 난 마차를 예약해야 하니까!

**마띨다**

마차도 타게 되는 거야?

**알프레드**

물론이지! 그것도 지붕이 있는 마차라구!

**마띨다**

지붕이 있는 마차라구? 오늘 저녁에? 오오, 정말 행복해! 가자, 어서 가도록 하자구! 우리가 지붕이 있는 마차를 탈 거라니!

**알프레드**

(그녀의 손을 잡고 기뻐서 뛴다.)

나의 아가씨! — 넌 나를 얻은 행운아야!

※

**낯선 방문객**

브라보!

※

**형사**

(등장, 천천히 이방인에게 말을 하고 있다. 낯선 방문객은 거의 삼십 분 정도 진행하는 동안 같은 식으로 대답을 한다. 그런 후 형사는 퇴장한다.)

**부인**

(등장, 검은 옷을 입고 있다. 낯선 방문객을 뚫어지게 쳐다본다.)

혹시 우리 시동생이 아니신가요?

**낯선 방문객**

그렇소, 접니다! ―침묵.― 저에 대한 묘사나 혹은 과장된 표현이 맞아 떨어집니까?

**부인**

정직하게 말해서 아니에요!

**낯선 방문객**

사람들이란 보통 그렇지 않는 법이지요; 나 역시 방금 형수님의 특징을 들었지만 실물과는 같지 않다는 것을 고백하지 않을 수 없군요.

**부인**

그래요, 인간들은 서로를 바르게 보질 않아요. 각자 자신의 맘의 창으로 서로를 바라보는 법이죠…

**낯선 방문객**

인간들은 마치 무대감독처럼 역할 분배를 하지요; 어떤 사람은 그 역을 맡지만, 또 다른 사람들은 그 역을 되돌려주고 차라리 즉석에서 연기하길 좋아하기도 하니까요…

**부인**

그럼 주로 어떤 역을 맡았죠?

**낯선 방문객**

유혹하는 사람의 역할이라고나 할까! — 내가 특별히 잘난 사람이라고 하는 소리가 아니라, 처녀든 유부녀든 상관없이 절대로 누굴 유혹해 본 적이 없어요. 사춘기에 한 번 유혹을 당한 적은 있었어요. 그래서 내가 그 역을 맡은 거죠. 이상한 것은 그 역이 나를 억지로 그 역을 맡게끔 만들더군요. 그렇게 되어 그 역을 맡게 되긴 했지만; 이십 년 동안이나 양심의 가책을 받으면서도 유혹하는 사람의 길을 걸어온 거지요…

**부인**

그러니 죄가 없다는 말인가요?

**낯선 방문객**

그렇게 말할 수가 있겠죠!

**부인**

정말 특이하시기도 해라! 오늘 형님은 삼촌이 다른 사람의 아내를 유혹했기에 복수의 여신 '네메시스(Nemesis)'[13]가 삼촌을 괴롭히고 있다고 말하더군요.

**낯선 방문객**

그럴듯한 얘기긴 해요 — 그렇지만 형수님의 남편은 더욱 더 흥미로운 사례를 갖고 있다고 할 수 있죠: 그는 거짓말로 똘똘 뭉친 속성을 지닌 사람이고, 삶의 투쟁 속에서 얼마나 겁쟁인지 모른다구요, 그렇지 않소?

**부인**

그럼요, 그 사람은 겁쟁이구 말구요.

**낯선 방문객**

오로지 잔인한 것에만 용기를 내어 뽐내곤 하죠.

---

13 그리스 신화에 나오는 밤의 여신인 닉스(Nyx)의 딸로 율법의 여신이자 인과응보와 복수를 관장하는 여신.

**부인**

당신은, 아니 삼촌이야말로 정말 그 사람을 제대로 알고 있긴 있군요!

**낯선 방문객**

그렇기도 하고 아니기도 하지요! — 그러니 형수님은 항상 공경 받고 존경 받는 가정에 시집을 왔다는 믿음으로 살아온 것이 분명하시겠죠?

**부인**

그것이라면 오늘 아침까지 믿어왔는 걸요 —

**낯선 방문객**

그럼 한꺼번에 다 무너져내리겠군요! — 얼마나 많은 거짓들과 실수, 오해 투성이로 짜여진 인생이었는지 몰라요! 심각하게 생각해 볼 일이죠!

**부인**

삼촌도 그래요?

**낯선 방문객**

가끔씩은! 요즘은 아주 드물지만. 난 마치 몽유병 환자처럼 천장의 가장자리를 걸어다녀요 — 내가 자고 있다는 것을 알지만, 단지 누가 깨워주길 기다리고 있을 뿐이지 깨어 있는 거나 마찬가지인 걸요 —

**부인**

마치 다른 세상에 살다온 사람 같은 소릴하시는 군요…

**낯선 방문객**

나는 비통의 아케론(Acheron)강[14]에 다녀온 적이 있소. 그런데 그곳에서 모든 것이 어디론가 떠나는 것 외에는 기억 나는 것이라곤 전혀 없어요! 그것이 다른 점이죠!

**부인**

아무 것도 취할 것이 없게 됐을 때, 그땐 무엇에 의지해야만 한단 말인가?

**낯선 방문객**

그걸 모른단 말이요?

**부인**

말해 줘요! 부탁이니 제발 말해 주세요!

**낯선 방문객**

환난은 인내를 자아내고 인내는 수양을 만들기도 하구요. 수양은 희망을 자아냅니다. 그리고 희망은 우리를 부끄럽게 하지 않

---

**14** 그리스 신화에 나오는 이승에서 저승을 가기 위해 건너는 통로로 엽전 한 전이 없으면 소가죽 배를 타고 건너지 못하는 강.

습니다.[15]

**부인**

바로 그거예요, 희망이죠!

**낯선 방문객**

그렇소, 희망이지요!

**부인**

산다는 것이 재미있는 것이라고 생각해 본 적은 없나요?

**낯선 방문객**

물론 있구 말구요; 그러나 그건 환상일 수 있어요. 형수님, 당신
에게 말하겠는데, 우리가 태어날 때 눈에 얇은 막이 없이 태어
났을 땐, 우리는 인생과 인간을 있는 그대로 볼 수가 있었어
요… 그리고 애통함 가운데서 잘 지내기 위해서는 아첨꾼이 되
어야만 했죠 ― 그런 착각들에 싫증이 났을 때, 그때야 비로소
눈이 열리게 되어 영혼 속의 자신을 지켜보게 되는 거죠. 그곳
에는 정말 지켜볼 것이 존재하니까…

**부인**

그곳에서 무엇을 보나요?

---

15 신약 성경, 로마 신자들에게 보낸 편지 5:4-5. "인내는 수양을, 수양은 희망을 자
아냅니다. 그리고 희망은 우리를 부끄럽게 하지 않습니다. 우리가 받은 성령을 통
하여하느님의 사랑이 우리 마음에 부어졌기 때문입니다"를 암시한다.

**낯선 방문객**

자기 자신이죠! 본연의 자신을 보게 되면, 그땐 죽을 수밖에 없는 거죠![16]

**부인**

(두 손으로 눈을 가린다.)

(침묵.)

나를 도와줄 수 있으세요?

**낯선 방문객**

내가 할 수 있는 일이라면!

**부인**

노력해 주세요!

**낯선 방문객**

잠깐! ─ 아뇨, 할 수가 없어요! ─ 형은 죄없이 구속되어 있어요; 형수님만이 형님을 자유의 몸으로 되돌려 놓을 수가 있겠죠. 그렇지만 할 수가 없을 거예요. 인연의 고리들은 인간의 손

---

16 고대 북구의 마술에 배경을 둔 문구: 모든 사람들은 평생을 그림자처럼 따라다니는 개개인의 수호신이 있으나, 우연히 그 수호신을 보게 되면 죽는다고 믿었다. 즉 변신한 수호신의 보호 없이 자신을 있는 그대로 보게 된다는 것.

으로 맺어지는 것이 아니니까요…

**부인**
그 사람은 죄가 없어요.

**낯선 방문객**
그럼 누가 죄를 지었죠?

(침묵.)

**부인**
그 누구도!––– 그것은 실화(失火)에 불과해요!

**낯선 방문객**
알고 있소! ―

**부인**
난 어쩌면 좋죠?

**낯선 방문객**
고통을 받도록 하세요! 그것이 비록 헛된 것일지라도, 그건 곧 지나가기 마련이니까요!

**부인**
고통을 받으라구요?

**낯선 방문객**

고통을 받도록 하세요! 그러나 희망은 잃지 마세요!

**부인**

(손을 내민다.)

감사해요!

**낯선 방문객**

자신을 위로하며 버티도록 하세요.

**부인**

위로라뇨?

**낯선 방문객**

형수님이 죄없이 고통을 받는 것은 아니잖아요.

**부인**

(머리를 떨군 채 간다.)

※

**낯선 방문객**

(폐허 더미 위로 올라간다.)

※

**염색공장 사장**

(등장, 기쁨에 차 있다.)

이 폐허를 돌아다니며 기웃거리고 있는 거야?

**낯선 방문객**

유령은 폐허를 좋아하니까요 — 지금 형님은 기쁨에 차 있는 것 같군요?

**염색공장 사장**

지금 난 무척 기뻐.

**낯선 방문객**

용감하기도 하구요?

**염색공장 사장**

내가 누구를 두려워하며 또 무엇이 겁나겠어?

**낯선 방문객**

중요한 상황에 대해 전혀 모르고 있는 형님의 기쁨을 알 수 있을 것 같소 — 형님은 불행을 짊어지고 나갈 용기가 있긴 있는 거요?

**염색공장 사장**

그게 뭐란 말이야?

**낯선 방문객**

기억이 희미해진 거요?

**염색공장 사장**

내가?

**낯선 방문객**

아주 큰 불운이 닥칠지 몰라요!

**염색공장 사장**

어디 말해 보도록 해!

**낯선 방문객**

방금 형사가 여길 다녀갔소. 형님을 만나 얼굴을 마주 보고 얘기해야 할 일이라고… 전하라고 하더군요…

**염색공장 사장**

그게 뭐라는 거야?


**낯선 방문객**

보험료가 두 시간 늦게 지불되었다고 하더군요…


**염색공장 사장**

맙소사… 지금 무슨 말을 하고 있는 거야? — 분명히 내가 집사
람을 시켜 돈을 보냈는데!


**낯선 방문객**

그런데 형수님은 회계사를 보낸 것 같더군요… 그가 너무 늦게
간 거죠!


**염색공장 사장**

그럼 난 망했단 말인가!


(침묵.)


**낯선 방문객**

우는 거요?


**염색공장 사장**

내가 망하다니!

**낯선 방문객**

그런 거요! 그것을 견뎌 낼 수가 없단 말이요?

**염색공장 사장**

이젠 무엇을 먹고 산단 말이야? 무엇에 의지하고 살아야 한단
말이냐구?

**낯선 방문객**

일을 하면 되잖아요!

**염색공장 사장**

그러기엔 난 너무 늙었어; 어떤 친구들도 남아 있지 않다구…

**낯선 방문객**

이제부터 얻게 될지도 모르죠! 불행한 사람은 항상 매력이 있는
법이니까요; 그래서 나의 최상의 순간들은 불행 가운데 찾아볼
수 있었죠.

**염색공장 사장**

(사나워진다.)

난 망했단 말이야!

**낯선 방문객**

성공하고 행운이 따르던 날들은 나 혼자 남게 되더군요; 우정이

란 이름 하에 시기와 질투는 감출 수가 없없나보죠…

**염색공장 사장**

그럼 그 회계사 놈을 고소해야겠군!

**낯선 방문객**

그러지 마세요!

**염색공장 사장**

그가 한 일에 대해 대가를 치르도록 만들어야만 해…

**낯선 방문객**

어쩌면 그토록 형님다운 생각을 하는지 모르겠군요! 형님은 지금까지 인생도 제대로 배운 것이 없는데 살면 뭣하겠소!

**염색공장 사장**

그를 고소해야지, 악당 같은 놈, 언젠가 나한테서 뺨 한 대를 얻어 맞았기에 그놈이 나를 증오하고 있었던 거야…

**낯선 방문객**

내가 유산 상속을 포기했을 때, 내가 형님에게 그랬듯이, 그만 그를 용서하도록 하세요.

**염색공장 사장**

유산이라니 무슨 유산 말이야?

**낯선 방문객**

구제할 길 없는 사람! 몰인정한 사람! 겁보! 거짓말쟁이! 형님, 이제 제발 평안을 찾도록 하시죠![17]

**염색공장 사장**

도대체, 네가 말하는 그 유산이란 것이 뭐냐 말이야?

**낯선 방문객**

이것 보세요, 루돌프 형님. 아무튼 우리 어머니가 총애하셨던 아들, 당신은 석공을 감옥에 쳐 넣었어요. 그가 계약서를 없앴기 때문이겠지요… 좋아요… 그런데 당신도 크리스토퍼 콜럼버스인지 아메리카 대륙의 발견인지 하는 내 책을 없앴잖아요.

**염색공장 사장**

(충격을 받는다.)

뭐, 뭐, 뭐라구…? 콜럼버스?

**낯선 방문객**

그렇소, 당신 것이 된 내 책 말이요!

---

**17** 신약 성경, 마르코 복음서 5:34:"딸아, 네 믿음이 너를 구원하였다. 평안히 가거라." 를 비유한 문구.

**염색공장 사장**

(입을 다문다.)

**낯선 방문객**

그렇지! 형님은 학생의 등잔불을 옷장에 갖다 놓았겠지. 그걸 난 잘 알고 있소. 내가 모든 것을 알고 있다구요. 그건 그렇고 식탁이 흑단(黑檀)으로 만들어진 게 아니란 건 알고 있었소?

**염색공장 사장**

아니었다구?

**낯선 방문객**

그건 단풍나무로 만든 거였소!

**염색공장 사장**

단풍나무라구?

**낯선 방문객**

집안의 명예며 자랑이던 2,000크루누르[18]라는 거금의 가치가 있는 것 말이요!

**염색공장 사장**

그것도 그렇단 말인가? 그것도 허위였다고?

---

**낯선 방문객**

그렇소!

**염색공장 사장**

이를 어쩌면 좋담!

**낯선 방문객**

빚이란 상쇄되어 청산해야만 하는 거요! 증거 불충분으로 이 소
송사건은 기각되었으니 쌍방 모두 법정을 떠나도록 하는 것이
좋을 거요…

**염색공장 사장**

(급히 뛰어 나간다.)

난 끝났어, 끝장이 났다구!

**낯선 방문객**

(탁자에서 화환을 집는다.)

이 화환을 들고 공원묘지로 가서 부모님의 무덤을 찾아볼까 생
각했었지만; 오히려 이 화환을 내 부모님 집이 있었던 이 폐허
에 바쳐야겠군! 내 어린 시절의 집이었던 이곳에!

(묵념을 한다.)

자 — 방랑자여, 이제 또다시 더 넓은 세상으로 슬슬 떠나보도
록 하자구!

OPUS III

# 유령 소나타
# SPÖKSONATEN

# 등장인물

**노인**; 훔멜 사장

**학생**; 아르켄 홀츠

**우유배달 소녀**; (환영)

**여자 관리인**

**남자 관리인**

**사자(死者)**; 영사

**상복을 입은 여인**; 사자(死者)와 여자 관리인의 딸

**대령**

**미이라**; 대령 부인

**대령의 딸**; 훔멜 사장의 딸(아델르)

**스칸스코리**; 후작이라 불리며, 남자 관라인 딸의 약혼자

**요한쏜**; 훔멜 사장의 고용인

**벵트쏜**; 대령의 시종

**약혼녀**; 훔멜 사장의 옛 약혼녀, 지금은 백발의 노파

**여자 요리사**

# 1:o

길 모퉁이에 있는 현대식 건물의 아랫층과 계단의 일부가 보인다. 단 일층은 원형 거실로 마무리 되어 있고 이층의 발코니에는 국기 계양대가 보인다.

**일층** — 블라인드가 올려졌을 때, 열려진 거실 창문을 통해 젊은 여인의 형상인 흰 대리석 조각상 하나와 눈부시게 강렬한 햇살이 밝게 비치고 있는 야자수 나무 한 그루가 보이고, 왼쪽 창문엔 파랑, 하양, 분홍색 히아신스 화분이 놓여있다.

**이층** — 발코니 난간에는 실크 침대보 한 장과 하양 베개 두 개가 널려있고, 왼쪽 창틀엔 유해 안치소를 연상케 하는 하양 시트가 드리워져 있다.

**때** — 화창한 일요일 아침.

무대 정면의 맨 앞쪽엔 초록색 페인트칠을 한 벤치 하나가 놓여있다. 우측엔 우물이 있고, 왼쪽에 광고 기둥이 서 있다.

무대 좌측에 있는 출입문을 통해 흰 대리석 계단과 동(銅)으로 장식된 난간이 보인다. 길쪽으로 나 있는 문 양쪽에는 사각형 화분이 있고 받침 상자 속엔 월계수 나무 한 그루가 심어져 있다.

교차로를 향해 있는 원형 거실코너는 무대 안쪽으로 연결되어 있고, 일층 입구 좌측 창문엔 반사경(소문을 드러내는)이 부착되어 있다.

막이 오르며 멀리 사방으로부터 은은한 교회의 종소리가 들려온다.

집안의 모든 문들이 활짝 열린 채 막이 오른다; 굳은 듯이 꼼짝 않고 계단에 서있다.

**여자 관리인**이 입구를 쓸고 난 뒤, 동으로 만들어진 문의 손잡이를 닦은 후, 월계수 나무에 물을 준다.

광고기둥 옆에는 수염을 기른 **백발노인**이 휠체어에 앉아 안경을 끼고 신문을 읽고 있다; 우유병들이 담긴, 철사줄로 엮어 만든 바구니를 손에 든 **우유배달 소녀**가 한쪽 구석에서 등장한다; 여름옷을 입은 소녀는 밤색 구두에 검은 스타킹을 신고 베레모를 쓰고 있다.


**우유배달 소녀**

(베레모를 벗어 우물가에 건다. 이마의 땀을 닦고 물 한 바가지를 떠서 들이킨다. 손을 씻은 후, 자신의 모습을 우물에 비춰보며 머리를 손질한다. 통통배의 뱃고동 소리가 멀리서 들려온다.)

(때때로 가까운 교회로부터 들려오는 저음의 파이프 오르간 소리가 침묵을 깨뜨린다.)

(잠깐 동안 침묵이 흐른다. 소녀가 몸치장을 끝냈을 무렵 왼쪽에서 학생

이 등장. 수염도 깍지 않은 초췌한 얼굴에는 잠을 자지 못한 모습이 역력하게 드러나 보인다. 그는 우물의 왼쪽으로 걸어간다.)

(침묵이 흐른다.)

**학생**
물바가지 좀 빌려줄 수 있겠니?

**우유배달 소녀**
(물바가지를 바싹 끌어당겨 쥔다.)

**학생**
방금 몸단장을 끝낸 것 같은데?

**우유배달 소녀**
(끔찍하다는 듯이 그를 쳐다본다.)

**노인**
(혼자 중얼거린다.)

도대체 저 청년은 누구와 얘길하고 있는 거야? — 아무도 보이지 않는데. 머리가 좀 이상한가?

(놀라움을 감추지 못한 채 계속 주시하고 있다.)

**학생**

왜 그렇게 쳐다보는 거니? 내가 그렇게 끔찍하게 보여? ― 아마 그럴지도 모르지. 뜬눈으로 밤을 새웠으니까. 아마 넌, 내가 어젯밤에 어디서 흥청대며 실컷 놀았다고 생각하고 있겠지---

**우유배달 소녀**

(끔찍하다는 듯이 계속해서 그를 쳐다보고 있다.)

**학생**

내가 밤새 펀치를 퍼마셨다고 생각하는 게로군? 정말 내게서 펀치 냄새가 나는 거야?

**우유배달 소녀**

(같은 자세로 서 있다.)

**학생**

면도도 하지 않은 내 몰골이 어떻다는 건 나도 잘 알아. 아무튼 꼬마 아가씨, 물 한 바가지 주지 않을래? 이래 봬도 난 충분히 그럴 자격이 있는 사람이니까.

(침묵이 흐른다.)

그렇다면 어쩔 수 없지. 내가 부상자들을 돌보느라 밤새 그들의 병상을 지켰다는 사실을 설명해 줘야겠군. 어제 저녁 건물이 붕괴된 사고현장에 내가 있었단 말이야… 이젠 이해할 수 있겠니?

**우유배달 소녀**

(물바가지를 씻어 그에게 물을 건넨다.)


**학생**

고마워.


**우유배달 소녀**

(움직이지 않고 그 자리에 서 있다.)


**학생**

(천천히 말한다.)

그런데 — 부탁 하나 들어줄 수 있겠니?

(침묵이 흐른다.)

보다시피 내 눈은 염증으로 충혈되어 있어. 밤새 부상자와 시체들을 만졌던 이 두 손으론 도저히 위험해서 눈을 만질 수가 없어. 내 호주머니에 있는 손수건을 깨끗한 물에 적셔 이 아픈 눈을 좀 씻어줄 수 있겠어? — 그렇게 해줄 수 있겠지? — 부탁이니 나에게 친절한 간호사가 되어줄 수 없을까?


**우유배달 소녀**

(잠깐 망설인 후, 그가 원하는 대로 한다.)

**학생**

고마워, 꼬마 아가씨.

(그는 주머니에서 지갑을 꺼낸다.)

**우유배달 소녀**

(거절하는 몸짓을 취한다.)

**학생**

미안해. 내가 괜한 짓을 했나 보군. 실은 아직도 취기가 가시지 않아서…

**우유배달 소녀**

(퇴장한다.)

※

**노인**

(학생에게 말을 건다.)

불쑥 말을 거는 것을 용서하게. 듣자 하니 자네가 어제 저녁 바로 그 끔찍한 사고현장에 있었다지… 방금 그 사건에 대한 기사를 읽고 있던 중이었거든…

**학생**

아니, 벌써 신문에 보도되었단 말인가요?

**노인**

그렇다네. 자네 사진과 함께 상세하게 실렸더군. 사람들이 그 용감한 학생의 이름을 알 수 없어 안타까워하고 있는 것 같아.

**학생**

(신문을 들여다본다.)

그래요? 바로 저예요. 이럴 수가!

**노인**

방금 누구와 얘길 하고 있었나?

**학생**

영감님께선 보시지 못하셨단 말인가요?

(침묵이 흐른다.)

**노인**

용감하고 영광스런 자네 이름을 물어봐도 되겠나?

**학생**

왜 그러시죠? 제 이름이 공개되는 것을 좋아하지 않아요 — 유명세 뒤엔 비난이란 것이 필연적으로 따르기 마련이죠 — 인간 들은 타인을 끌어내리는 비상한 재주를 지니고 있으니까요 — 게다가 전 어떤 보상도 바라지 않아요…

**노인**
아마 부잔가 보군?

**학생**
**전**만예요… 그와 반대죠! 전 지독하게 가난한, 가난뱅이 대학생 이랍니다.

**노인**
아니 이거 무슨 소린가 --- 분명 어디서 저 목소리를 들은 적 이 있는 것 같아 --- 맞아, 소년시절의 내 친구가 있었지. 그 친구는 창문이란 발음을 못해서 항상 **장**문이라고 했었으니까 — 내 평생에 그렇게 발음하는 사람은 그 친구 밖에 없었어 — 자네 혹시 도매상 아르켄홀츠와 친척이라도 되는 거 아닌가?

**학생**
그 분은 바로 저의 선친이십니다.

**노인**
운명이란 정말 묘한 게야… 나는 자네가 갓난애였을 때 본 적이 있지. 그땐 자네 집안의 모든 상황이란 상황이 곤경에 빠져 있 었던 때였어.

**학생**

그렇습니다. 저희 집안이 몰락하여 곤경에 빠져 있을 때 제가 이 세상에 태어났던 것 같아요.

**노인**

그래, 자네 말이 맞아.

**학생**

영감님 존함을 여쭤봐도 될까요?

**노인**

훔멜 사장이라고도 부르지…

**학생**

저… 영감님께선 바로 그…? 이제 기억이 나는군요…

**노인**

자네 집안에서 가끔 내 이름을 들어본 적이 있나?

**학생**

네!

**노인**

혹시 비난을 하지 않았는지 모르겠군, 그런가?

**학생**

(침묵한다.)

**노인**

하긴, 말하지 않아도 충분히 짐작하고도 남아! — 분명 내가 자네 아버지를 몰락시켰다고 말들 했겠지? — 물욕에 눈이 어두워 재산을 탕진한 어리석은 자들은 엉뚱하게도 그들의 투기에 속아 넘어가지 않은 우리 같은 사람들에게 책임을 전가시키기 마련이니까. ─침묵한다.─ 실은 자네 아버지가 17,000크루누르(Kronor)[1]나 되는 엄청난 내 돈을 강탈해 갔었지. 그때 내가 지니고 있던 재산이란 재산을 송두리 채 탕진해 버렸단 말일세.

**학생**

그건 영감님의 일방적인 생각이시겠죠. 어떻게 같은 사실이 완전히 반대로 말해질 수가 있는 거죠?

**노인**

설마, 자네는 내가 거짓말을 한다고 생각하진 않겠지?

**학생**

제가 누구의 말을 믿어야 할까요? 우리 아버진 거짓말을 하실 분이 아니세요.

---

**1** 17,000 Kronor는 약 5억 2천만원으로 당시의 금액으로 상당한 거금이다.

**노인**

암 − 그렇겠지. 아버지란 절대로 거짓말을 하지 않으니까… 그러나 나 역시, 자네 부친처럼 누군가의 아버지가 아니겠나.

**학생**

도대체 영감님께서 원하시는 것이 무엇이죠?

**노인**

나는 절망에 빠져 있는 자네 선친을 구출해 주었건만, 그 은혜를 끔찍스런 증오로 보답하려 했다니… 결국 자신의 가족들에게 나를 매도한 셈이군.

**학생**

어쩌면 영감님께선 굴욕적이고 쓸데없는 도움으로 우리 아버지를 몰락시켜 은혜를 모르는 사람으로 만드신 장본인이 아니신지 모르겠군요.

**노인**

이 보게, 젊은 친구. 도움을 받는다는 그 자체가 굴욕적인 것이 아닌가.

**학생**

영감님께선 제게 무엇을 원하시는 건가요?

**노인**

절대로 돈을 원하는 건 아니니 걱정 말게. 다만 자네가 날 위해 작은 일을 한 가지만 해준다면 충분한 보상을 받은 것으로 생각하고 만족하겠네. 자넨 나를 불구자로 보겠지. 어떤 사람들은 나의 잘못이라고도 하고, 또 다른 사람들은 내 부모님의 잘못인 양 비아냥 거리기도 하지만, 곰곰이 생각해 보면 그건 우리 인생살이에서 흔히 일어날 수 있는 사소한 일에 불과한 거야. 그게 바로 업보라는 거지. 그래서 사람들이 난세를 피하려다 또 다른 난세 속으로 휘말려 들게 되는 법이야. 여우를 피하려다 호랑이를 만나게 되는 셈이지. 아무튼 나는 계단을 자유자재로 뛰어오르지 못할 뿐만 아니라, 현관문의 초인종도 누르지 못하니 이렇게 자네에게 도움을 청하고 있지 않은가!

**학생**

제가 할 수 있는 일이 뭐죠?

**노인**

먼저 저 광고를 볼 수 있게 이 휠체어를 좀 밀어주게. 오늘 저녁 공연이 무엇인지 보고 싶어서 그러네.

**학생**

(휠체어를 민다.)

영감님을 도와드릴 사람이 없나 보군요?

288

**노인**

물론 있지. 잠깐 심부름을 좀 보냈다네… 하지만 곧 다시 돌아올 거야… 자넨 의학도인가?

**학생**

아닙니다. 지금 언어를 공부하고 있습니다. 그렇지만 장래에 무엇을 할지는 아직 생각해 보질 않았어요.

**노인**

그런가! — 수학은 잘 하나?

**학생**

네, 꽤 잘 하는 편이죠.

**노인**

좋았어! 그런데 자네 취직하고 싶지 않나?

**학생**

물론이죠. 싫다고 할 이유가 어디 있겠어요?

**노인**

잘 됐군! – 포스터를 읽는다.– 오전에 봐그너(Wagner)의 오페라 '발키리(Valkyrie)'² 공연이 있군… 분명 대령과 그의 딸이 공연을 보러 갈 테고, 그들은 항상 일등석 여섯 번째 줄을 예약하거든. 나는 자네를 그들 곁에 앉히려는 계획을 하고 있지. 지금 곧 공중전화 부스로 가서 여섯째 줄 82번 자리를 예약하고 오게.

**학생**

오늘 저녁, 제가 오페라 구경을 꼭 가야만 한다는 말씀인가요?

**노인**

그렇다네! 자넨 내가 하라는 대로만 하면 돼. 그러면 좋은 일이 생길 테니까. 어서 서두르도록 하게. 난 자네가 부와 명예를 모두 갖추고 행복해지기만 바라는 사람이야. 자넨 지난 밤, 인명을 구한 용감한 사람으로 세상에 이름이 알려져서 내일이면 유명해질 테고, 앞으로 자네 이름은 그만한 진가를 발휘하게 될 거야.

**학생**

(공중전화 부스로 간다.)

정말 이상한 모험이군요…

**노인**

자넨 스포츠맨인가?

**학생**

네, 바로 그 점이 저의 불행이죠.

---

2 북유럽 신화를 모티브로 한 바그너(Wilhelm Richard Wagner; 1813-1883)의 4부작. 오페라 '니벨룽겐의 반지(Der Ring des Nibelungen)'의 2부 작품으로 발키리는 용맹한 여전사.

**노인**

그렇지만, 그 불행이 행운으로 바뀌게 될 테니 두고 보게! — 어서 지금 당장 전화하게!

(신문을 읽는다.)

(검은 상복을 입은 여인이 보도로 나와 여자 관리인과 얘기를 하고 있다. 노인이 귀를 기울인다. 그러나 관객들에겐 아무 소리도 들리지 않는다.)

**학생**

(다시 등장한다.)

**노인**

예약은 했나?

**학생**

했습니다.

**노인**

자네 저기 저 집이 보이나?

**학생**

저 집에 많은 관심을 갖고 계속 주시해 왔던 차에… 어제 이곳을 지나가는 순간, 태양이 저 집 유리창에 반사되었어요 — 그때 화려하고 아름다운 실내 분위기를 상상해 보았죠 — 전, 제 친구에게 이렇게 말 했어요. "아! 저 건물 4층에 근사한 맨션 한 채를 갖고 젊고 아름다운 아내와 슬하에 귀여운 자식을 두 명쯤 두고 200,000크루누르 정도의 연금을 보유할 수가 있다면 세상에 부러울 것이 없겠다." 라고 말이죠.

**노인**

자네가 그렇게 말했다구? 그것이 사실인가? 이것 보게, 나 역시 자네 생각과 같아. 저 집에 대한 나의 애착이란 이루 말할 수가 없거든…

**학생**

저 건물에 부동산 투자라도 하고 계신가요?

**노인**

글쎄 — 그렇다고 해 두지! 하지만 자네가 생각하는 그런 식은 아니야.

**학생**

저 건물에 사는 사람들을 잘 아세요?

**노인**

모두 다 알지. 내 나이쯤 되면 모든 사람들은 물론 그들의 아버지는 물론이고 증조부까지 알기 마련이지. 또 어떤 면에선 그들과 친척이 되기도 하니까 — 이제 내 나이 갓 여든이 됐지만 — 실제로 나를 아는 사람이라곤 아무도 없어 — 나는 인간의 운명에 많은 관심을 갖고 있는 사람이기도 하지…

(원형거실의 회전 블라인드가 올라간다. 실내에는 평복차림의 대령이 서 있다. 그는 창문 틀에 걸려 있는 온도계를 읽은 후 거실 안으로 되돌아와 대리석 조각상 앞에 멈춰 선다.)

**노인**
저길 좀 보게. 오늘 저녁, 자네 곁에 앉을 대령이야.

**학생**
대령 — 이라구요? 도무지 뭐가 뭔지 영문을 모르겠군요. 마치 동화 같은 이야기 같아서…

**노인**
젊은이! 내 인생이야 말로 한 권의 동화책 같다고 말할 수 있겠지. 동화란 비록 내용은 다를지라도 문제의 구성이나 줄거리를 이끌어가는 테마는 규칙적으로 반복되는 것이니까.

**학생**
저 집안에 있는 대리석 조각상은 누구의 형상인가요?

**노인**
물론 대령 부인이지…

**학생**

그토록 사랑을 받을 만한 가치가 있는 여인인가요?

**노인**

글 — 쎄! — 그럴지도 모르지!

**학생**

솔직히 말씀해 주세요!

**노인**

여보게, 젊은 친구! — 감히 인간이 어떻게 인간을 심판할 수 있겠나! 내가 지금 자네에게 이렇게 말한다면, 나를 미치광이 영감으로 생각할 수도 있겠지만, 어디 한번 들어보게. 한때 그녀는 대령 곁을 떠났고, 그런 그녀에게 대령은 심한 폭행을 가했었지. 그런데 어처구니 없게도 그녀는 다시 돌아와 그와 재결합을 했단 말이야. 바로 그녀가 지금 저 집안에서, 마치 미이라처럼 꼼짝 않고 한심하게도 자신의 조각상이나 숭배하며 살고 있다네.

**학생**

도무지 뭐가 뭔지 이해할 수가 없군요.

**노인**

그렇겠지! — 저것 보게, 히아신스가 있는 창문이야. 대령의 딸이 거처하는 방이지--- 그 애는 지금 승마를 하러 갔지만, 곧 돌아올 거야.

**학생**

관리인 아주머니와 얘기하고 있는 저 상복을 입은 여자는 누군
가요?

**노인**

흠! 설명을 하자면 끔찍하게도 복잡하지. 이 모든 것이 저 죽은
남자와 관련이 있으니까. 저것 좀 보게, 저 위에 하얀 시트가 보
이잖아…

**학생**

그 죽은 남자란 또 누구죠?

**노인**

우리와 같은 보통 사람이야. 허나 그에게서 아주 특기할 만한
것이 있다면 허영심이라고 말할 수 있겠지… 옛말에 의하면 일
요일에 태어난 사람[3]은 초자연적인 것을 볼 수 있는 능력을 지
녔다는데… 만약 자네가 일요일에 태어났다면, 잠시 후에 그 죽
은 자가 영사관의 조기를 확인하러 대문 밖으로 나오는 걸 볼
수 있겠지 — 그리고 화려한 색깔의 리본들을 무척이나 좋아했
으니까 —

---

3 스웨덴 전설에 의하면 일요일에 태어난 사람은 초자연적인 능력으로 요술과 미래
  를 예측하는 자라고 전해진다.

**학생**

영감님께서는 일요일에 태어난 사람에 대해 말씀하셨죠. 실은 제가 일요일에 태어난 것 같아요.

**영감**

이럴 수가! 자네가 일요일에 태어났다니? 어쩐지 그런 생각이 들었어… 자네의 두 눈빛 속에서 그것을 찾아볼 수 있었거든… 그러니 다른 사람들이 볼 수 없는 것을 자넨 볼 수가 있는 거야. 그런 걸 느낀 적이 있나?

**학생**

다른 사람이 무엇을 볼 수 있는지는 모르겠습니다만, 가끔은… 그렇죠, 그런 것을 함부로 말해선 안 되겠죠!

**노인**

난 그 점에 대해서는 거의 확신을 갖고 있다네. 내겐 말해도 괜찮아… 왜냐면, 난 — 그런 문제들을 모두 이해할 수 있는 사람이니까.

**학생**

좋아요. 예를 들면 어제 같은 경우죠… 전 갑자기 무엇에 끌리듯, 저도 모르게 허술한 골목길로 들어갔어요. 조금 후, 바로 그곳에서 건물이 무너져 내렸는데--- 이상한 건, 저도 모르게 끌리듯 그곳으로 가서 전혀 생소한 건물 앞에 제가 서 있었다는 점이죠. 그때 그 건물 벽에 금이 하나 간 것을 발견했고, 바닥이 갈라지는 소릴 들었어요; 전 반사적으로 뛰어들어 담벽 밑을 걸어가고 있던 어린애를 낚아챘죠. 바로 그 순간 건물이 무너져 내렸어요--- 저는 간신히 살아남을 수 있었고, 분명히 제 두 팔 안에 그 아이가 있다고 생각했었는데, 글쎄 아무 것도 없는 거예요.

**노인**

그렇다면 뭔가 납득이 가는 것이 있긴 있지. 한 가지 설명을 좀 해주게; 조금 전에 우물가에서 자네가 손짓을 하며 뭔가 말하고 있는 걸 보았는데, 왜 그렇게 혼잣말을 하고 있었나?

**학생**

영감님께선 저와 얘길 하고 있던 우유배달 소녀를 보시지 못하셨어요?

**노인**

(움칫 놀라며.)

우유배달 소녀?

**학생**

네. 제게 물바가지를 건네주던 소녀 말입니다.

**노인**

그래? 그게 그렇게 된 건가? — 그래, 알겠네, 내가 보지는 못했지만 상상은 할 수 있지.

(백발노파가 반사경을 든 채 창가에 앉아 있는 것이 보인다.)

**노인**
저기 저 창가에 앉아 있는 노파를 좀 보게. 그녀가 보이나? ─
아주 사랑스러웠지! 내 약혼녀였다네. 이미 육십 년 전의 일이
긴 하지만!--- 내 나이 스무 살 때 일이었지! ─ 겁낼 것 없어,
그녀는 나를 전혀 알아보지 못하니까! 옛날에 우린 영원한 사랑
의 맹세를 굳게 했음에도 불구하고 지금은 감정이라곤 티끌만
큼도 남아 있는 것 없이 이런 식으로 매일 만나고 있는 거야; 정
말 영원한 사랑의 맹세를 굳게 했었건만!

**학생**
옛날 사람들은 합리적이지 못했던 것 같아요. 요즘 우리 세대들
은 여자들과 그런 약속 따윈 아예 하지도 않죠!

**노인**
젊은이, 그것 참 묘한 얘기긴 하지만 나로선 할 말이 없군. 우리
세대들은 세상을 잘 모르며 살았는지도 모르지 ─ 그런데 한때
는 저 노파에게도 젊고 아름다운 시절이 있었다는 것을 상상이
나 할 수 있겠나?

**학생**
전혀 그렇게 보이지 않는군요! 그래요, 실제로 눈은 볼 수 없지

만 아름다운 시선을 지니고 있는 것 같기도 해요.

(여자 관리인이 바구니를 들고 밖으로 나와, 짧게 자른 솔잎을 현관문 주변에 뿌린다.)

**노인**

그렇지. 여자 관리인이로군! — 상복을 입은 여자는 관리인 노파와 저 죽은 남자 사이에서 태어난 딸이야. 그 덕분에 그녀의 남편은 관리인 자리를 얻을 수 있었으니까. 그런데 저 상복을 입은 여자에겐 애인이 있어. 허영심이 많은 그 작자는 부자가 되는 날만 학수고대하며 살고 있는 인간이야. 지금 본처와는 이혼 수속 중이지. 그의 아내는 그 자를 떨쳐버리기 위해 근사한 석조건물 한 채를 떼어주기로 했다는군. 그러니까 그 허영심 많은 구혼자는 저 죽은 자의 사위가 되는 셈이지. 저기 저 위의 발코니에 널어놓은 그의 침구들이 보이지 않는가… 정말 복잡하기 그지 없단 말이야!

**학생**

끔찍하게도 복잡해서 도무지 뭐가 뭔지 모르겠어요.

**노인**

그럴 테지. 비록 간단하게 보이지만 실은 뒤죽박죽인 거야.

**학생**

그렇다면 저 죽은 사람은 누구죠?

**노인**

그건 방금 자네가 물어서 내가 대답해 주지 않았나; 만약 자네가 그 집 모퉁이에 있는 뒷문 계단에서 지금 무슨 일이 일어나고 있는지 볼 수 있는 능력이 있다면, 저 죽은 자가 일시적으로 기분이 내키면 도와주곤 했던… 그 가난한 사람들을 볼 수 있을 거야…

**학생**

그분도 자비로운 사람이었군요?

**노인**

그렇지--- 가끔씩 기분이 내키면 그랬었지.

**학생**

항상 그랬던 건 아니구요?

**노인**

천만에!--- 바로 그런 게 인간들이지! 젊은 친구! 휠체어를 햇살 아래로 조금 더 밀어주게. 한기가 심하게 드는군. 거동을 하지 못하고 이렇게 앉아만 있으면 피가 잘 통하지 않지 — 아마 난, 얼마 살지 못할 거야. 내 명은 내가 잘 알아. 그렇지만 그 전에 꼭 해야만 할 일들이 있거든 — 내 손을 좀 잡아보게. 얼마나 찬지 느낄 수 있을 테니 —

**학생**

정말 얼음장 같이 차군요.

(물러서며 몸서리를 친다.)

**노인**

제발 내 곁을 떠나지 말아주게. 나로 말하자면 삶에 몹시 지친 외로운 사람이야. 그렇다고 해서 항상 그랬던 건 아니지만. 아무튼 이해해 주게. 내 인생을 돌이켜보면 정말 끝도 없이 길고 지루한 한 많은 인생살이였어 — 끔찍하게 길고도 지루한 삶이었지 — 나는 많은 사람들에게 고통을 주었고, 그들 역시 내게 많은 고통을 안겨줬어. 그렇게 우린 서로의 빚을 갚으며 사는 건지도 모르지 — 하여간 내가 죽기 전에 자네가 행복한 삶을 멋지게 사는 것을 정말 보고 싶거든… 자네 선친 덕분에 이미 우린 운명적으로 만나게 되어 있었던 게야 — 그리고 또, 더 다른 많은 일들도 있을 수 있겠지…

**학생**

제 손을 놓아주세요. 제 힘을 빼앗아가시고 제 몸을 차게 만드시는 것 같아요. 도대체 제게 원하시는 것이 뭔가요?

**노인**

조금만 참아주게. 그러면 일이 어떻게 돌아가는지 곧 알게 될 테고--- 이해도 하게 되겠지. 저기 저 집 딸이 오는군…

**학생**

대령의 따님 말인가요?

**노인**

그래. 그의 딸이라고 해두지. 그녀를 잘 살펴보게! — 자네는 저 처녀와 같은 명작을 본 적이 있나?

**학생**

그녀는 바로 저 원형 거실에 있는 대리석 조각상을 닮은 것 같은데요.

**노인**

당연하지. 그 조각상은 바로 저 애의 엄마를 조각한 것이니까.

**학생**

그렇군요, 영감님 말씀이 맞아요. 지금까지 저렇게 아름다운 창조물을 본 적이 없어요. 그녀와 결혼해서 둘만의 행복한 보금자리를 꾸미고 살 수 있는 행운아는 얼마나 행복하겠어요.

**노인**

자네는 그 애의 아름다움을 꿰뚫어보는 능력이 있잖아. 모든 사람이 그 애의 아름다움을 발견할 수 있는 건 아니지⋯ 그러니, 그렇게 될 수밖에 없는 일이겠지.

※

**딸**

(승마복 차림으로 좌측에서 나와, 아무 것도 주시하지 않고 천천히 문쪽으로 걸어간다. 그곳에 멈춰 서서 여자 관리인에게 몇 마디 던진 후 집안으로 들어간다.)

**학생**

(눈에 손을 갖다 댄다.)

**노인**

우는 거야?

**학생**

희망이 없는 것 앞에선 오직 절망감만 있을 뿐이니까요.

**노인**

내가 원하는 것에 협조해 줄 사람을 찾기만 한다면, 내 마음과 가진 것 모두를 다 줄 수 있지. 나를 도와주게. 그러면 자넨 세력을 떨칠 수 있게 될 테니.

**학생**

그것은 일종의 계약 같은 건가요? 그렇다면 제 영혼을 팔아야만 한다는 말입니까?

**노인**

영혼을 팔다니 무슨 말을 그렇게 하나? — 이것 보게 젊은이, 나는 내 평생 남의 것을 취하기만 했어. 이젠 뭔가 주고 싶다는 생각으로 가득 차 있지! 다시 말해 베풀고 싶단 말이야. 그런데 아무도 그것을 받아들이려 하지 않으니--- 나는 부자야, 그것도 굉장한 부자지. 하지만 내 뒤를 이을 후계자가 없으니… 아니지 아냐, 망나니 하나가 있긴 있지만… 글쎄, 그 몹쓸 놈은 내 생명을 단축시키고 있단 말이야--- 그놈 대신 자네가 내 아들이 되어주게. 당장 이 순간부터, 제발 부탁이야. 내가 살아있을 때 내 후계자가 되어주면 좋겠어. 그래서 한 번 멋진 삶을 추구해 보라구. 난 멀리서나마 자네의 풍요한 삶을 지켜보고 싶을 뿐이니까.

**학생**

도대체 제가 해야 할 일이 무엇이죠?

**노인**

먼저 오페라로 가게. 가서 봐그너의 '봘키리'를 감상하라구!

**학생**

그것이라면 이미 얘긴 끝난 것이죠 — 그 다음은 무슨 일을 해야 하는 거죠?

**노인**

자넨, 아마 오늘 저녁 저 원형 거실에 앉아있게 될 거야!

**학생**

제가 어떻게 그곳에 들어갈 수가 있단 말입니까?

**노인**

'뷀키리' 덕분이지!

**학생**

영감님께선 하필이면 왜 저를 선택하셨는지 모르겠군요. 그럼 영감님께선 이미 저를 잘 알고 계셨단 말인가요?

**노인**

암 — 물론! 나는 자네를 오래 전부터 계속해서 주시해 왔어… 저길 좀 보게. 하녀가 발코니에서 전직 영사를 추모하는 조기를 계양하고 있어. 또 침구도 뒤집고 있군… 저 푸른 이불이 보이나? 원래 저것은 2인용이었지만, 지금은 한 사람을 위한 것이 되어버렸지…

(옷을 갈아 입은 대령의 딸이 창가의 히야신스에 물을 주고 있다.)

저기 내 귀여운 딸이 보이는군. 저길 좀 보게. 저 애를 좀 보라구! — 저 애는 꽃들과 얘길 하고 있는 거야. 바로 저 애 자신이 푸른 히아신스를 닮은 것 같지 않아?… 히아신스에 물을 주고 있어. 아주 깨끗한 물이지. 저 생명의 물은 저기에 피어 있는 꽃들이 아름다운 색깔과 향기를 내도록 만들어주니까… 저것 좀 봐, 대령이 신문을 갖고 나타났어! — 그는 자기 딸에게 건물이 무너져 내린, 바로 그 사고 기사를 보여주고 있음이 분명해. 대령은 사진을 가리키고 있는 것 같아! 저 애도 관심이 없는 것 같지는 않아 보이는군… 그것 보라구! 자네의 그 용감한 행동에 대한 기사를 이미 읽고 있잖아. 날씨가 흐려지기 시작하는군, 곧 비가 내릴 것 같은데 요한손이 빨리 돌아오지 않으면, 난 여기서 비를 맞으며 꼼짝없이 앉아 있을 수밖에 없는 형편이지…

(날씨가 흐려지며 곧 어두워진다. 반사경을 든 노파가 창문을 닫는다.)

이제 내 약혼녀가 창문을 닫는군… 일흔 아홉 살이라… 그녀가 유일하게 곁에 두고 살아가는 물건이란 오로지 하나가 있지. 바깥세상 방방곳곳에서 들려오는 소문이란 소문은 다 들을 수 있지만 자신의 모습은 비춰 볼 수 없는 저 반사경이지. 걱정되는 건 세상 사람들이 그녀를 볼 수 있다는 점이야. 그런데 문제는, 어리석게도 그녀는 전혀 그것을 인식하지 못하고 있다는 거야… 아무튼 귀여운 여인이 아닌가.

(흰 천으로 염을 한 시체가 문밖으로 나오는 것이 보인다.)

**학생**
어휴 맙소사, 지금 내가 무엇을 보고 있는 거야?

**노인**
도대체 뭐가 보이나?

**학생**

영감님은 아무 것도 보이지 않으세요? 시체도 문도 아무 것도 보이지 않는단 말씀인 가요?

**노인**

그렇다네, 내 눈엔 아무 것도 보이지 않아. 그렇지만 내가 자네에게 기대하던 것이 바로 그 점이야. 설명 좀 해주게.

**학생**

(큰 길로 걸어 나간다… ─침묵.─ 그는 머리를 돌려 깃발을 쳐다본다.)

**노인**

그 자는 틀림없이 화환 수나 세고 방명록을 훑어볼 거라고 말했잖아… 그러니 문상 오지 않은 사람들에겐 분명히 재앙이 닥치게 될 테니 두고 보라구!

**학생**

지금 그 사람이 길모퉁이를 돌아가고 있어요.

**노인**

그 자는 뒷문 통로 계단에 모여든 불쌍한 거지들이 몇 명이나 되는지 세어보려는 것이 분명해… 그 불쌍한 거지들이 그 자의 마지막 가는 길을 아주 근사하게 장식해 주게 될 테니까. 그러니까 아주 많은 사람들이 그의 명복을 빌어주는 셈이 되는 거지. 명복을 빌어주는 그런 인사치레 따위 나한테서 기대하면 안

될 거야! — 나와의 관계에선, 그 작자는 아주 지독한 사기꾼에 불과하니까.

**학생**

하지만 자비로운 분이시잖아요.

**노인**

자비로운 탈을 쓴 사기꾼일 뿐이지. 그가 염두에 두는 건 오로지 근사한 장례식 밖에 없었으니까… 그 자는 죽음이 임박해 오는 것을 느꼈을 때, 정부로부터 오십만 크루누르를 갈취했었지. 지금 그 자의 딸은 다른 가정을 파괴하고 있으면서, 어떻게 하면 재산상속을 받을 수 있을지 궁리만 하고 있다는 거야… 문제는 저 날강도 같은 놈이 우리 얘길 모두 다 엿듣고 있다는 거야. 어디 그래 보라지! — 저기 요한손이 오는군!

(요한손이 왼쪽으로부터 등장한다.)

**노인**

어서 보고를 하도록 해!

**요한손**

(관객들이 알아들을 수 없게 말을 한다.)

**노인**

뭐야? 집에 없다구? 이 멍청한 놈 같으니라구! — 그래 전보는?

— 아무 것도 없다구? — 계속해… 오후 여섯 시라구? 알았어. 특별석은 예약했어? 그의 이름 석자도 분명하게 잘 말했겠지? 학생이고 이름은 아르켄홀츠 생년월일… 부모는… 좋았어. 비가 내릴 것 같구면… 도대체 그가 뭐라고 하던가? 그래? 그래? 그가 원치 않더란 말이지? 하지만 아마 해야만 할 걸, 두고 보라지. 저기 저명인사인 Mr. 허영이 오는군. 휠체어를 저쪽 구석으로 밀도록 해. 저 불쌍한 거지들이 뭐라고 떠들고 있는지 좀 들어봐야겠으니까… 아르켄홀츠! 자넨 여기서 나를 기다리고 있게… 알아들었나? 서둘러, 어서!

(요한손이 휠체어를 황급히 밀며 건물 모퉁이를 돈다.)

※

**학생**
(그대로 남아 화분의 흙을 긁어내고 있는 대령의 딸을 주시하고 있다.)

※

**저명 인사**
(상복을 입고 등장, 길거리에 나가 있는 상복 입은 여인에게 말을 건다.)

아니, 그럼 나더러 어쩌란 말이요? 우리 조금만 더 기다려 보도록 합시다.

**여인**

난, 더 이상 기다릴 수 없어요.

**저명 인사**

그래? 그렇다면 우리 시골에나 내려가버리자구.

**여인**

시골엔 가고 싶지 않아요.

**저명 인사**

제발 이러지 말아요. 우리가 무슨 말을 하는지 저 사람들이 다 듣겠소.

(그들은 광고판 기둥 뒤로 몸을 감추고 관객에게 들리지 않게 얘기를 계속한다.)

※

**요한손**

(오른쪽에서 등장, 학생에게로 간다.)

영감님이 부탁했던 일을 잊지 말라는 당부를 전하라고 하셨어.

**학생**

(천천히.)

그런데, 그보다 먼저 설명을 좀 해주시죠. 도대체 영감님은 어떤 분이세요?

**요한손**

흐음 — 그 양반에 대해 말을 하자면 너무나 길어. 그야말로 경력이 다양한 사람이니까.

**학생**

생각이 깊은 분이신가요?

**요한손**

글쎄, 뭐라고 하면 좋을까? 일생 동안 일요일에 태어난 사람을 찾는다고 주장하지만, 그건 사실이 아닐 수도 있지…

**학생**

그 분이 원하시는 게 뭐죠? 탐욕스런 사람인가요?

**요한손**

한마디로 지배하고 싶은 사람이지… 봐이킹 족 사이에 가장 인기가 높았던 토르(Tor) 신을 알고 있나? 천둥의 신으로 막강한 힘으로 우주의 질서와 조화를 유지시키는 봐이킹족 신들 중의 하나지… 그 토르 신이 자신의 마차를 이끌 듯 영감은 온종일 휠체어에 앉아 마치 자기가 토르 신이라도 된 듯이 착각 속에서 여기저기 휘젓고 돌아다닌다니까. 그 양반은 건물들을 샅샅이 조사하기도, 헐어버리기도 하고, 또 길을 개통시키거나 광장을 만들기도 하니까. 게다가 창문으로 들어가 가택 침입도 서슴지 않고 할 뿐 아니라, 그의 운명을 조정하는 적들을 죽여버리니까, 절대로 그들을 용서할 줄 모르지 — 사실 여자들이 그를 버리긴 했지만… 저 불쌍한 절름발이 노인이 바람둥이 돈 후앙 (Don Juan) 이었다는 사실을 상상이나 할 수 있겠어?

**학생**

어떻게 그럴 수가?

**요한손**

글쎄 말이야. 그 양반은 여자들에게 싫증을 느끼게 되면, 그 수 많은 여자들이 스스로 떠나도록 만드는 비상한 재주를 지닌 위 인이야--- 지금은 마치 인간시장의 소도둑놈과 다를 바가 없긴 하지만, 문자 그대로 다양한 수법으로 내 권리까지도 도둑질 했다니까. 허긴, 나도 눈먼 짓을 하긴 했지만. 흠… 다만, 그 사실을 저 영감만이 알고 있거든… 그런 약점을 잡아 나를 감옥에 보내는 대신 자신의 영원한 노예로 만들어 버렸으니까… 보수 한 푼도 받지 못하고 그저 입에 풀칠을 하기 위해 비참하게도 그의 노예 노릇을 하며 살고 있는 형편이야; 그 몇 푼 되지 않는 빵 한 조각을 얻기 위해서 말이야…

**학생**

그런데 영감님은 이 집에서 무엇을 하시겠다는 거죠?

**요한손**

무엇을? 그 문제라면 난 정말 말하고 싶지 않아! 복잡하기가 이루 말할 수 없으니까.

**학생**

전 이런 모든 복잡한 문제에서 아예 손을 떼는 것이 상책이라는 생각이 들어요.

**요한손**

저것 좀 보라구. 아가씨가 창문 밖에 팔찌를 떨어뜨렸어.

(대령의 딸이 열려져 있는 창문에서 팔찌를 떨어뜨린다.)

**학생**

(천천히 다가가서 팔찌를 주워 대령의 딸에게 건네 준다. 대령의 딸은 움직이지 않고 목례로 감사함을 표시한다.)

(학생은 요한손에게 돌아온다.)

**요한손**

그렇겠지. 포기하고 싶은 모양이지만… 일단 영감이 던진 그물에 걸려들면 벗어난다는 것은 생각만큼 쉬운 일이 아니지… 더군다나 영감은 천하에 무서울 게 하나도 없는 사람이니까… 아냐, 꼭 한 가지 있긴 있어. 아니 한 사람이라고 해야겠지.

**학생**

잠깐, 알 것 같기도 하군요.

**요한손**

그걸 어떻게 알 수 있다는 거야?

**학생**

그저 추측일 뿐이지만! 저 — 혹시… 영감님이 두려워하시는 사람이란 우유배달 하는 작은 소녀가 아닌가요?

**요한손**

그래 맞아. 우유배달 차를 보기만 하면 서둘러 등을 돌려 가버리곤 하지… 또 잠꼬대까지 한단 말이야. 언젠가 함부르크에 살았던 것 같기도 하고…

**학생**

사람들이 저런 영감님을 믿을 수 있나요?

**요한손**

믿을 수 있지 — 모든 것을!

**학생**

도대체 영감님은 지금 저 모퉁이에서 무엇을 하고 계신 거죠?

**요한손**

불쌍한 사람들의 말을 듣고 있는 거야… 적당히 한마디씩 내던져 주고는 숱한 모래 속에서 보석을 찾아내듯 중요한 정보들을 하나씩 하나씩 빼내겠지. 저 건물이 무너져 내릴 그 순간까지… 물론 이건 비유해서 하는 말이지만… 말하자면 그렇다는 거지. 너도 느꼈는지 모르겠지만, 나 역시 교육을 받은 사람이야… 한땐 서점을 경영하기도 했으니까. 그럼 넌 포기하고 이대로 떠나겠다는 말이야?

**학생**

은혜를 저버리는 인간이 되어선 안 되겠죠… 저분은 옛날에 저의 아버님을 구해 주셨던 은인이세요. 바로 그 은인이 지금, 작은 보답을 바라고 있으니 어쩌겠어요.

**요한손**

도대체 그 작은 보답이란 것이 뭐야?

**학생**

봐그너의 오페라 '봘키리'를 감상하러 가는 겁니다.

**요한손**

도대체 무슨 말인지 이해할 수가 없단 말이야… 허긴 그 양반

머리 속은 항상 기발한 생각이 번득이고 있으니 그 속을 누가 알겠어… 저기 좀 보라구. 지금 우리 영감이 경찰과 얘길하고 있는 게 보이지… 저렇게 항상 경찰들과 잘 어울리거든. 그들을 철저히 이용하고, 편의를 도모해 주고, 환심을 사고, 거짓 약속과 허망된 기대감으로 그들을 꽉 묶어놓고선, 그들로부터 필요한 정보를 맘껏 빼내는 거야 — 오늘 밤이 되기 전에 저 원형거실에 모습을 드러낸 영감을 볼 수 있게 되겠지!

**학생**

영감님이 그곳에서 원하시는 건 뭘까요? 혹시 대령님과 무슨 관계라도 있는 건가요?

**요한손**

암——— 있을 거야. 있다고 생각되지만… 글쎄 어떻게 된 영문인진 잘 모르겠어! 그곳에 가거든 직접 느껴 보도록 해 봐!———

**학생**

아마, 그곳에 들어 갈 기회는 결코 없을 거예요.

**요한손**

그건 너 하기에 달렸겠지! — 봐그너의 오페라 '빨키리'를 보러 가면 되는 거잖아.

**학생**

그 과정을 꼭 거쳐야만 하나요?

**요한손**

물론, 우리 영감이 그렇게 결정한 순간부터는 어쩔 수 없는 일이야 — 저것 좀 봐. 전투차에 타고 있는 위풍당당한 영감의 모습을 좀 보라구. 주린 배를 채우기 위해 한 푼도 얻지 못한 저 불쌍한 거지들이 의기양양하게 버티고 앉아있는 영감의 전투차를 끌고 있잖아. 아마 저 거지떼들은 우리 나으리가 슬쩍 윙크만 해도 그를 위해선 무덤까지라도 따라 갈 걸!

(거지 한 명이 끄는 휠체어에 우뚝 서서 노인이 의기양양하게 등장하고 그 뒤로 다른 거지들이 줄줄이 따른다.)

**노인**

어제 사고현장에서 죽음도 불사하고 많은 인명을 구해낸 용감한 청년 만세! 아르켄홀츠 만세!

**거지들**

(모자를 벗지만 소리 내어 만세를 부르지는 않는다.)

**대령의 딸**

(창문가에 서서 손수건을 흔든다.)

**대령**

(자기 방의 창문에 서서 밖을 주시하고 있다.)

**노파**

(자신의 방 창 곁에서 일어선다.)

**하녀**

(조기였던 국기를 테라스에 높이 게양한다.)

**노인**

시민들이여! 박수를 칩시다. 분명 오늘은 안식일인 주일입니다. 그러나 우물에 빠진 소와 밀밭의 이삭이 우리에게 죄의 사면을 해줍니다.[4] 난 비록 일요일 태생은 아니지만 미래를 예견할 수 있는 영감과 의술도 타고났소. 함부르크에서였지만, 언젠가 익사한 사람을 소생시킨 적도 있는 사람이요… 그때도 지금 이 순간처럼 주일 오전이었소…

※

**우유배달 소녀**

(등장, 학생과 노인에게만 보인다. 소녀는 물에 빠진 사람처럼 두 팔을 들

---

**4** 신약 성경, 루카 복음서14:5: "너희 가운데 누가 아들이나 소가 우물에 빠지면 안식일일지라도 바로 끌어내지 않겠느냐?" 그리고 마르코 복음서 2:23-28: 안식일에 제자들이 밀 이삭을 뜯는 이야기로 […] "안식일이 사람을 위하여 생긴 것이지, 사람이 안식일을 위하여 생긴 것은 아니다. 그러므로 사람의 아들은 또한 안식일의 주인이다."를 암시하는 대사.

어 허우적거리고 노인이 구해 준다.)

※

**노인**

(털썩 주저앉는다. 그리곤 겁에 질려 몸을 움츠린다.)

요한손! 어서 나를 데려가도록 해, 어서!
아르켄홀츠군, 오페라 발키리를 잊어선 안돼!

**학생**

어떻게 되어가는지 도무지 알 수가 있어야지.

**요한손**

어떻게 되어가는 건 두고 보면 알게 되겠지! 어디 한 번 지켜보
도록 하자구!

막이 내린다.

# 2:o

원형거실의 중앙 안쪽에는 추가 달린 시계와 화려하게 장식된 촛대 두 개가 놓여 있는 하얀 벽난로가 있고 그 위에는 커다란 거울 하나가 걸려 있다.

오른쪽 복도와 마호가니 가구로 장식된 초록색 방이 보인다. 왼쪽엔 야자수가 드리워져 그림자를 만들고, 그 아래엔 휘장에 가려진 대리석 조각상이 보인다. 왼쪽 안쪽으로 히아신스 방의 문이 보이고, 그 방에는 **대령의 딸**이 앉아 책을 읽고 있다. 초록색 방에 앉아 무엇인가 열심히 쓰고 있는 대령의 뒷모습이 보인다.


**벵트손**
(정복 차림에 하얗고 긴 머플러를 두른 요한손과 함께 현관 입구로부터 등장.)

내가 옷 시중을 들 동안, 자네는 식탁 시중을 좀 맡아주게.

**요한손**
자네도 알다시피 난 온종일 전투차를 끌고 다니다가, 저녁이 되면 손님들 저녁 시중까지 들어야만 하는 지경이야. 나는 이 집에서 일하는 것이 내 꿈이었어… 헌데 왠지 이 집 사람들은 모두가 정상이 아닌 사람들 같다는 생각이 들어. 그렇지 않아?

**벵트손**
그게 — 그렇지. 약간 정상이 아니라고 말할 수 있지.

**요한손**
작은 음악회, 아니면 무슨 모임인 거야?

**벵트손**
별일 아니야. 우리 끼리는 그저 이례적인 '유령들의 만찬' 이라고 부르지. 그들은 함께 차를 마시면서도 서로 한마디 말도 나누지 않고 대령 혼자서만 떠들어대지. 그들 모두가 동시에 작은 빵을 갉아먹는데, 그 소리는 마치 다락방에 쥐들이 모여 있는 것 같다니까.

**요한손**
왜 '유령들의 만찬' 이라고 부르는가?

**벵트손**
그들의 모습이 꼭 유령 같으니까… 이 모임은 이십 년 동안 계속되고 있는데, 모이는 사람들은 항상 같은 사람들 뿐이야. 그들은 앵무새처럼 같은 말을 반복하거나 창피를 당하지 않으려고 침묵이나 지키고 앉아 있거든.

**요한손**

이 댁에도 안주인이 안 계신 건가?

**벵트손**

천만에, 물론 있긴 있지. 그렇지만 정신병자야. 벽장 안에만 틀어박혀 있으니까… 두 눈이 강한 빛을 견디지 못하기 때문이라고 말은 하지만, 사실 그 벽장 안에 자신을 감추고 있는 거나 마찬가지야…

(그는 벽지와 같이 도배된 벽장문을 가리킨다.)

**요한손**

저 벽장 안에?

**벵트손**

그렇다니까, 그들은 정상이 아니라고 이미 내가 말했을 텐데…

**요한손**

도대체 어떤 모습을 하고 있는 건가?

**벵트손**

마치 미이라 같아… 왜, 보고 싶은가?

(그는 벽장 문을 연다.)

322

이쪽으로 와 봐. 저기 앉아 있잖아.

**요한손**

아이쿠, 하느님 맙소사…


※


**미이라**

(마치 어린애처럼 재잘거린다.)

저 인간은 도대체 왜 문을 여는 거야? 절대로 문을 열면 안 된다고 말해 두었을 텐데…

**벵트손**

(마치 어린애에게 말하듯 얘기한다.)

타, 타, 타, 타! — 미친 년, 좀 얌전히 있으라구, 그럼 맛있는 걸 줄 테니! — 우리 이쁜 앵무새!

**미이라**

(앵무새 소리를 내며.)

우리 이쁜 앵무새! 오! '야콥' 그곳에 있나요? 꾸르르르르!

**벵트손**

그녀는 자신이 앵무새라고 생각하는 거야. 허긴, 어쩌면 전생에 앵무새였는지도 모르는 일이지. ─미이라에게 말한다.─ 〈폴리〉! 우릴 위해 한 번 울어보렴!

**미이라**

(앵무새 소리를 내며 운다.)

**요한손**

내 평생에 별별 일들을 다 보고 겪었지만, 이런 해괴망측한 일은 난생 처음이라니까!

**벵트손**

이것 보라구, 답답하긴. 집이 오래 되어 낡게 되면 그 집엔 곰팡이가 쓸기 마련이고, 인간들 역시 오랫동안 함께 있다 보면 서로서로 고통을 주기 마련이지. 그러다 보면 결국 모두 미쳐버리고 말아. 이 집 안방마님 좀 보라구. 조용히 해, 폴리! 어쨌거나 이 미이라는 이곳에서 지겹게도 사십 년이나 살아왔으니까. 같은 남편, 같은 가구, 같은 친인척, 그리고 꼭 같은 친구들과 함께 지겹게도 살아왔지.

(그는 미이라를 벽장에 둔 채 문을 닫아버린다.)

사실 나도 이 집에서 무슨 일이 있었는지 아무 것도 몰라… 이 조각상을 잘 살펴보라구, 안주인의 젊었을 때 모습이야!

**요한손**

하느님 맙소사! ─ 아니, 이 조각상이 저 미이라란 말이야?

**벵트손**

그렇다말다! ─ 통탄할 일이지! ─ 그런데 부인은 말 많은 앵무새의 특징을 갖고 있어. 그것이 상상력 때문인지, 아니면 어떤 다른 이유가 있는지 잘 모르겠지만. 예를 들자면 노인들과 병약자를 아주 싫어해… 그래서 병든 자기 친딸도 참고 봐주질 않는다니까.

**요한손**

딸이 아프단 말이야?

**벵트손**

모르고 있었나?

**요한손**

전혀!--- 그런데 대령 말이야, 어떤 사람이야?

**벵트손**

차츰 알게 될 거야!─

**요한손**

(조각상을 신중하게 살펴본다.)

끔찍한 일이군… 지금 안주인은 몇 살이나 된 거야?

**벵트손**

실은 아무도 몰라.––– 그렇지만 사람들 말에 의하면 서른 다섯 때 열 아홉 살 정도로 보였다더군. 그리고 실제로 자기 나이를 대령이 열아홉 살로 믿도록 그럴 듯한 거짓말로 둘러댔다는 소문도 있긴 있지만… 이 집이야 말로 도깨비집이야… 저 일본식 가리개는 무엇에 사용하는지 알아? — 긴 의자 곁에 세워둔 것 말이야. 사람들은 저것을 죽음의 가리개라고 불러. 그건 영안실에서 하는 것과 꼭 같이 누군가 숨이 넘어가기만 하면 즉시 가져다 펼쳐놓기 때문이지…

**요한손**

끔찍한 집이군. 헌데 이 끔찍한 곳을 파라다이스로 착각한 그 학생은, 그토록 이 집안과 친분을 맺고 싶어했으니 참 딱하기도 하지…

**벵트손**

그 학생이라니? 아 그래, 누군지 알겠어. 오늘 저녁 이곳에 초대 받은 바로 그 청년 말이군! 대령님과 따님이 오페라에서 그를 만났다고 하시더라구. 그런데 이 집 부녀는 그 청년에게 완전히 반한 것 같더군… 흠!––– 이제 내가 질문을 해야 할 차례

인 것 같은데; 자네가 모시는 사람은 도대체 누구야? 휠체어에
앉아 있는 그 늙은 사장?

**요한손**

그래! 맞아! ― 그 양반 역시 이곳에 초대 받았어?

**벵트손**

천만에, 초대받을 리가 없겠지.

**요한손**

하지만 자기가 꼭 하고 싶다고 생각하면, 아마 불청객으로도 당
당히 나타날 걸!

※

**노인**

(검은 프록코트에 영국 신사풍의 높은 모자를 쓰고 목발에 몸을 의지하고
복도에 나타나 집안 동정을 살피기 위해 문쪽으로 미끄러지듯 다가간다.)

**벵트손**

그 영감은 늙은 여우같이 교활한 불한당이라 알고 있는데, 그렇
지 않아?

**요한손**

상습적이고 고질적인 불한당이지!

**벵트손**

그의 모습은 바로 악마 그 자체더군!

**요한손**

또한 기가 막히는 요술쟁이기도 하지! ― 물샐틈없이 굳게 잠겨
진 문을 거침없이 통과해서 들어가기도 하니까.


※


**노인**

(들어오면서 요한손의 귀를 잡아당긴다.)


망나니 같은 놈! 조심하라구! ―벵트손에게 말한다.― 대령에게 내
가 왔다고 전해!

**벵트손**

저 실은… 죄송하지만, 저희는 지금 만찬에 초대 받은 손님들을
기다리고 있는 중 입니다만…

**노인**

알고 있어! 내가 이렇게 온 것이 반갑지는 않겠지만, 모두들 이
불청객이 나타날 것을 예상하고는 있을 거야.

**벵트손**

죄송합니다, 그런 줄 몰랐습니다! 존함이 어떻게 되시는지요?
혹시 훔멜 사장님…?

**노인**

바로 맞혔어! ―

**벵트손**

(현관 복도를 지나 초록색 방으로 들어가고 문은 닫힌다.)

※

**노인**

(요한손에게 소리를 지른다.)

여기서 당장 꺼지지 못해! ―

**요한손**

(망설인다.)

**노인**

귀가 먹었어? 꺼지라니까!

**요한손**

(서둘러 현관 복도로 사라진다.)

※

**노인**

(방안을 찬찬히 둘러본다. 그는 조각상 앞에 멈춰서며 깜짝 놀란다.)

아말리아!--- 그래, 바로 그 사람이야!--- 그녀야!

(그는 방안을 배회하며 물건들을 손가락으로 만져보기도 하고 거울 앞에 서서 가발을 매만진다. 그런 후 다시 조각상 앞으로 되돌아간다.)

**미이라**

(벽장 안으로부터.)

귀여-운 앵무새!

**노인**

(소스라치듯 놀라며.)

이건 또 뭐야? 방안에 앵무새가 있단 말이야! 그런데 아무 것도 보이지 않잖아!

**미이라**

'야콥'! 거기 있어요?

**노인**

유령이 있나 보군!

**미이라**

'야콥'!

**노인**

이거 원, 소름 끼치는군!--- 바로 이거야. 이 집에 숨겨진 비밀이란 것이 바로 이런 것이었구면!

(그림 하나를 주시하다 벽장 쪽을 향해 몸을 돌린다.)

바로 그 사람이야! 그 사람이 틀림없어!

※

**미이라**

(벽장에서 나와 노인 뒤에 다가가서 그의 가발을 벗긴다.)

꾸르르-르! 당신이었구먼, 꾸르르르!

**노인**

(기겁을 하며 놀란다.)

하느님 맙소사! 이게 누구지?

**미이라**

(사람의 목소리로 말한다.)

야콥이죠?

**노인**

내가 야콥이요. 정확하게 맞췄소---

**미이라**

(감정의 동요를 일으키며.)

아말리아예요!

**노인**

아니, 이럴 수가. 어찌 이럴 수가 있단 말인가… 하느님 맙소사,

내가 꿈을 꾸고 있는 건가…

**미이라**

그래요! 지금 내 늙은 모습이 이래요! — 예전엔 저 조각상 같았지만! 인생이란 교화적인 것이니까요 — 나는 거의 벽장 속에서 살아요. 인간들 꼴이 보기도 싫고, 나를 보이고 싶지도 않아서죠… 그건 그렇고, 야콥 당신은 이곳에서 무엇을 찾고 있어요?

**노인**

내 딸아이요! 아니, 우리 딸이지---

**미이라**

그 애는 저 곳에 앉아 있어요.

**노인**

어디 말이요?

**미이라**

저기, 저 히아신스 방에요!

**노인**

(자세히 대령의 딸을 주시한다.)

맞아, 바로 우리 딸이야!

(침묵이 흐른다.)

저 애의 아버지는 뭐라고 하던가? 내 말은 당신 남편인 대령은
그 사실을 알고 있는 거요?

**미이라**
어느 날, 그에게 몹시 화가 치밀었던 적이 있었어요. 그때, 그를
괴롭히기 위해 의도적으로 모든 사실을 다 털어놓았죠.

**노인**
그래서, 그 자가 뭐라고 했소?

**미이라**
물론 믿지 않았죠. 다만 "대체로 모든 여자들은 자기 남편을 죽
이고 싶은 심정이 들 땐 그런 말들을 내뱉곤 하지" 라고 말했을
뿐 거기에 대해선 일언반구도 하지 않더군요. 어쨌건 그 사실은
그 사람에겐 끔찍한 일이었겠죠. 평생을 속아 살아왔으니까요.
그뿐이겠어요? 그 집안의 족보도 마찬가지죠. 가끔씩 귀족들의
족보를 들쳐보았거든. 그때마다 이런 생각을 해요; "네 딸은 마
치 하녀처럼 살며, 가짜 신분증을 갖고 살아가고 있어"하고 말
이죠. 말이야 바른 말이지, 그 일은 스핀휴스(Spinnhus)[5]에 가
고도 남을 기막힌 사건이잖아요.

---

**5** 옛날 여자 죄수들의 전용 형무소로 1825년 현대적으로 개선한 감호소로 그곳에서
방적작업을 시켰다고 하여 스핀휴스(Spinnhus: 방적하는 집이란 뜻)라 불렀다.

**노인**

그 애 혼자만 그런 것이 아니라, 그와 같은 상황에 처해 있는 사람들은 이 세상에 얼마든지 많이 있소; 내 기억엔 당신 나이도 틀린 것으로 알고 있는데…

**미이라**

그건 우리 어머니가 그렇다고 가르쳐 주셨으니… 내 잘못이 아니죠!--- 그것이 누구의 잘 잘못이든, 우리 둘이 지은 죄에 대한 가장 큰 책임은 바로 당신에게 있어요.

**노인**

천만에! 바로 당신 남편이 이런 죄악을 불러일으킨 장본인이지. 바로 그 자가 내 약혼녀를 빼앗아가 버렸으니 말이요! — 원래 내 천성이 그런 자를 벌하기 전에는 용서를 못하는 성미라, 그것이 내게 주어진 임무라고 생각하니까. 그래서 난 일생을 그렇게 살아올 수밖에 없었소!

**미이라**

당신이 이 집에서 찾고자 하는 것이 뭐죠? 도대체 뭘 원하는지 모르겠군요. 어떻게 이 집에 온 거죠? — 내 딸아이 문제 때문인가요? 만약 그 아이에게 손끝 하나라도 대기만 하면, 그날이 바로 당신 초상날인 줄 아세요!

**노인**

내 딸을 필사적으로 찾고 싶은 건 당연지사가 아닐까?

**미이라**

그렇담, 당신도 현재 그 애의 아버지를 용서해야죠!

**노인**

그렇게는 못해!

**미이라**

그렇다면 당신은 죽어줄 수밖에 없어요; 바로 이 방에서. 여기 바로 이 가리개 뒤에서 말이죠.

**노인**

하는 수 없는 일이지. 하지만 누군가 나를 짓밟는다고 해도 절대로 가만히 밟히고만 있지 않아. 나란 사람은 결코 그 사실을 잊어버리질 않는단 말씀이야.

**미이라**

당신이 내 딸애와 그 학생을 결합시키려 하는 이유가 뭐죠? 그 청년은 인물도 별로 신통치 않고 게다가 재산도 없는 빈털터리인데.

**노인**

내가 그 젊은이를 틀림없이 부자로 만들 것이니 당신이 염려할 일이 아니지!

**미이라**

그건 그렇고, 당신은 오늘 저녁 만찬에 초대를 받았나요?

**노 인**

초대? 천만에. 이 몸 스스로 이곳 '유령들의 만찬' 에 불청객으로 참석하기로 결정한 거요!

**미이라**

당신은 어떤 사람들이 올 것인지 알고 있나요?

**노인**

정확하게는 모르지만.

**미이라**

우리 윗집에 사는 남작이 올 거예요. 낮에 장인의 장례식을 치른 바로 그 사람이죠.

**노인**

오! 바로 그 작자군. 관리인의 딸과 결혼하기 위해 이혼할 거라더군… 그래 맞아, 한때는 당신의 정부였었지!

**미이라**

당신의 옛 애인도 오기로 되어있어요. 한때는 내 남편이 그 여자를 유혹한 적이 있긴 하지만…

**노인**

정말 환상적인 모임이군.

**미이라**

하느님, 우리 모두가 죽을 수만 있다면 차라리 죽는 편이 정말 났겠어요. 주여! 이 죄인들에게 죽음을 내려주시옵소서!

**노인**

서로 그런 관계를 잘 알고 있으면서 도대체 당신네들은 왜 계속해서 이런 모임을 갖는 거요?

**미이라**

우리들이 지은 죄와 많은 비밀들, 그리고 서로에게 진 빚들이 우릴 서로 묶어놓고 있기 때문인지도 모르죠! 우린 수없이 인연을 끊고 헤어졌다가도 누가 먼저랄 것 없이 또다시 서로를 찾으니까요.

**노인**

저런, 대령이 오는 것 같군.

**미이라**

그렇다면 난 아델르에게 가 봐야겠어요.

(침묵이 흐른다.)

야콥! 당신이 지금 무슨 짓을 하고 있는지 다시 한 번 생각해 보도록 해요. 제발 그를 용서해 줘요. 부탁이에요.

(침묵이 흐른다.)

(그녀는 퇴장한다.)

※

**대령**
(냉정하고 거만한 태도로 등장한다.)

자! 앉으시지요!

**노인**
(천천히 앉는다.)

(침묵이 흐른다.)

**대령**
(노인을 주시하며 말한다.)

바로 이 편지를 쓰신 장본인이신가요?

**노인**

그렇소!

**대령**

훔멜 씬 가요?

**노인**

그렇소!

(침묵이 흐른다.)

**대령**

그렇다면, 내가 저지른 행위에 대해 당신이 화가 나 있다는 것을 잘 알고 있소. 그러니 이렇게 당신의 두 손을 잡고 진심으로 묻겠소. 원하시는 것이 뭡니까?

**노인**

나는 어떤 방법으로든지 보상을 받아야겠소.

**대령**

그 방법이 어떤 것인지 물어봐도 될까요?

**노인**

아주 간단하지 ─ 돈에 관해서는 말하지 않기로 합시다 ─ 다만 당신 집에서 나를 손님으로 정중하게 대접해 주길 바랄 뿐이오!

**대령**

그것이 당신께 조금이나마 기쁨이 될 수 있다면 기꺼이 그러도록 하지요.

**노인**

고맙소!

**대령**

또 다른 것이라도?

**노인**

'벵트손'을 해고하시오.

**대령**

왜 그래야 하죠? 그는 내 집에서 충실한 하인으로 평생을 보낸 사람이요 — 게다가 성실하고 신의 있는 고용인에게만 주는 충성의 메달도 받았소. 그런 사람을 왜 해고해야 한단 말이오?

**노인**

듣기엔 참 그럴 듯 하지만, 그 자에 대한 모든 생각은 당신의 환상에 지나지 않소. 사실 그 자의 참 모습은 겉보기완 다르니까!

**대령**

아니, 실제로 겉보기와 실체가 일치하는 사람이 존재한다고 생각하시오?

**노인**

(어깨를 으쓱한다.)

그 말이 맞긴 맞소만, 어쨌건 뱅트손은 이곳을 떠나야만 해!

**대령**

도대체 무엇 때문에 당신이 내 집안 일에 이래라 저래라 하는 거요?

**노인**

정말 알고 싶은 건지! 이곳에 보이는 모든 것의 주인이 바로 나니까. 가구에서부터 커튼, 수저, 수건이나 시트를 넣어두는 장까지도… 그리고 기타 등등 더 있지!

**대령**

기타 등등 더 있다니요?

**노인**

모든 것! 현재 이곳에서 우리 눈에 보이는 것, 이 모든 것이 전부 내 것이란 말이오!

**대령**

좋소. 모든 것이 당신 것이라고 한다면 어쩔 수 없지 않겠소! 그러나 우리 가문의 방패와 이름만은 내 소유가 아니겠소!

**노인**

천만에, 천부당만부당한 말씀이요!

(침묵.)

당신은 귀족이 아니지요!

**대령**

좀 부끄러운 줄 아시오!

**노인**

(주머니에서 종이를 꺼내며.)

당신이 이 귀족의 족보 내용을 잘 살펴보면 알겠지만, 당신 성을 가진 가문은 이미 옛날 몇 백 년 전에 이미 그 족보에서 삭제 되었소!

**대령**

(읽는다.)

실은 나 역시 그런 소문을 다소 듣긴 했지만… 아무튼 나는 분명히 내 부친의 성을 물려 받은 것 뿐이요… ─계속 읽는다.─ 그렇군요; 당신 말이 맞아요… 내가 귀족 신분이 아니란 것이! 그럼 이것도 아니잖아! 그렇다면 내 손가락에 끼고 있는 이 기사 반지도 빼버려야겠지. 당신 말이 맞아요. 이 기사반지도 당신 것인 것 같아요. 여기 있소, 돌려 받으시오!

(대령은 기사반지를 노인에게 건네 준다.)

**노인**
(반지를 손가락에 낀다.)

자, 그럼 우리 계속하도록 합시다! 당신은 대령의 신분도 물론
아니란 말이오!

**대령**
대령도 아니라 했소?

**노인**
그렇소! 당신은 아메리카의 지원선발대에서 대령이란 계급을
얻었지 않소. 그런데 쿠바 전쟁과 군대 재편성 이후로 옛날 계
급의 칭호들은 모두 없어져 버렸단 말이요.

**대령**
그것이 사실이요?

**노인**
(손을 주머니에 넣는다.)

읽어보시겠소?

**대령**

사양하겠소. 그럴 필요가 없을 것 같아요! 도대체 당신은 누구란 말이요. 어떤 대단한 사람이길래 내 집에 앉아 이런 식으로 나를 발가벗기는 권리를 가졌단 말이오?

**노인**

차차 알게 될 거요! 참, 발가벗긴다고 하니 말인데--- 당신의 참 모습을 알고나 있는 거요?

**대령**

당신은 부끄러운 점이 없는 사람이요?

**노인**

그 가발을 벗어버리고 거울을 들여다보시오. 그 틀니도 빼버리고 콧수염도 밀어버려요. 그리고 당신 심복인 그 벵트손을 불러 철로 만든 코르셋을 풀라고 하시오. 그런 다음, 당신 집 하인들이 지금의 당신을 알아보는지 어디 한 번 두고 보도록 합시다. 옛날의 당신이란 어떤 식당의 웨이터였으니까 말이오.

**대령**

(탁자 위에 있는 종을 든다. 노인이 저지하는 손짓을 하며 막는다.)

**노인**

종에 손대지 마시오. 벵트손을 부르지 말란 말이요. 그렇지 않으면 곧 그 자를 체포하도록 할 거요. 드디어 손님들이 오시는

345

군. 자, 이제 우리 진정하도록 합시다. 그리고 아무 일도 없었다는 듯이 계속해서 우리들의 역할을 잘 연출해 나가도록 해야지 않겠소!

**대령**

도대체 당신의 정체가 뭐죠? 당신 눈빛이나 음성이 낯설지 않은 것 같은데…

**노인**

뭔가 캐내려고 애쓰지 마시오. 그저 조용히 내 명령만 따르도록 하는 게 좋을 거요!

※

**학생**

(등장하여 대령에게 인사한다.)

대령님! 안녕하세요!

**대령**

젊은 친구, 어서 오게. 환영하네; 그 대형 화재에서 보여준 자네의 용감한 행동은 장안의 큰 화제거리가 되고 있지. 자네 같은 훌륭한 청년을 내 집에서 만날 수 있게 되어 나로서는 대단한 영광이야.

**학생**

대령님! 비천한 출신인 제가 대령님같이 높은 명성을 지니시고 훌륭한 귀족 가문의…

**대령**

훔멜 사장님! 대학생인 아르켄홀츠 군을 소개드립니다. 자! 어서 이리 들어오게, 젊은 친구! 여기 계신 부인들께도 인사드리도록. 그럼 사장님과의 대화는 이쯤에서 그만 중단해야겠습니다.

**학생**

(히아신스 방에 들어온다. 그곳에 서서 수줍어 하며 대령의 딸과 얘기하고 있는 것이 보인다.)

※

**대령**

노래도 잘 하고 시도 쓰는 아주 다재다능한 청년이지요. 그가 귀족 출신이거나 집안이 우리 가문과 비슷하기만 해도, 그 아이와의 혼사에 아무런 문제가 없을 텐데…

**노인**

무슨 말이오?

**대령**

내 딸아이 말입니다.

**노인**

당신 딸아이라! 말이 나왔으니 말인데, 도대체 저 아이는 왜 저렇게 자기 방에만 틀어박혀 꼼짝 않고 지내는 거요?

**대령**

그 애는 외출할 때가 아니면, 항상 히아신스 방에서만 지내지요! 그것이 제 딸아이의 특이한 점 중에 하나지오. 자, 저기 계신 베아트 본 홀스타인크로나 양을 소개하겠습니다. 아주 유명한 귀족 가문 출신에다 대단히 매력적인 여인이죠. 미혼이시지만 생계나 사회적 체면 유지를 위한 충분한 연금도 받고 계시는 분입니다.

**노인**

(혼잣말로.)

내 약혼녀잖아!

※

**약혼녀**

(백발노파에 정신이상자 같이 보인다.)

**대령**

홀스타인크로나 양! 이 분은 훔멜 사장님이십니다.

**약혼녀**

(목례를 하고 자리에 앉는다.)

※

**저명 인사**

(상복 차림으로 등장한다. 뭔가 비밀이 많은 듯한 묘한 표정으로 자리를 잡고 앉는다.)

**대령**

스칸스코리이 남작…

**노인**

(한쪽 곁에서 일어나지 않고 말한다.)

아니, 저잔 보석도둑이잖아. ─대령에게 말한다.─ 미이라를 불러 들이도록 하시오. 그래야만 기막힌 조화를 이뤄 환상적인 완벽한 모임이 될 것 같지 않소.

**대령**

(히아신스 방을 향해 소리친다.)

폴라!

※

**미이라**

(새소리를 내며 등장한다.)

쿠르르르…

**대령**

저 두 청춘 남녀도 부를까요?

**노인**

아니오! 젊은이들은 그만 내버려 두도록 합시다! 제발 그들은
봐주도록 하자구요.

(그들은 모두 둥그렇게 둘러앉아 침묵을 지킨다.)

※

**대령**

차를 들여오라고 할까요?

**노인**

그것이 무슨 의미가 있겠소. 그 누구도 차 같은 것은 좋아하지도 않는데, 그렇지 않소? 우리 공연히 여기 앉아 차나 즐기는 문화인인 척 거드름이나 피우는 위선적인 행동은 그만두도록 합시다.

(침묵.)

**대령**

그럼 대화를 나누도록 할까요?

**노인**

(천천히 쉬었다 띄엄띄엄 말한다.)

누구나 다들 알고 있는 날씨 얘기나 하고, 또 우리 늙은이들은 아픈 곳이나 늘어놓을 것이 뻔한데, 차라리 침묵을 지키는 편이 낫지 않겠소. 그러면 적어도 명상에 잠기기도 하고 과거라도 돌이켜 볼 수 있을 테니. 많은 말들로 많은 것을 감출 수는 있겠지만, 침묵은 어떤 것도 숨길 수가 없는 법이니까. 며칠 전에 언어에 대한 기사를 읽었는데, 언어의 다양성이란 사실 야만인 사이에서 생겨난 것이라 했소. 말하자면, 한 종족의 비밀을 다른 종족들로부터 지키려는 의도에서 시작됐다는 주장이더군. 결국 모든 언어는 암호란 뜻이겠지요. 누구든 그 암호를 풀기 위한 열쇠를 찾는 자가 있다면 그 사람은 세계의 모든 언어를 다 이해할 수 있을 것이오. 그렇지만 어떤 비밀들은 열쇠의 도움 없이도 밝혀 낼 수 있는 것도 있지요. 한 예를 들자면 생부 친자권에 관한 문제 같은 건 특히 그렇소. 이 경우 법정의 판사 앞에서는 엉뚱한 판결이 나올 수도 있는 문제지만. 자, 이것을 보시오. 두 명의 엉터리 증인들이 증인대에 서서 거짓 증언을 하는 순간, 엄청나게 잘못된 판결이 내려질 수도 있다는 거요. 내가 말하고 싶은 것은, 이런 유형의 일들엔 증인을 내세우지 않는 것이 좋다는 말이지요. 자연 그 자체가 인간의 내부에 부끄러움이란 감정을 갖도록 만들었으니까요. 인간의 자연스럽고도 영원한 본성이란, 무엇인가 창피하다고 느끼는 것은 꼭 숨기려고 하지요. 그 때문에 때때로 우리는 원치도 않는 뜻밖의 상황에 휘말려들 수가 있지 않겠소? 바로 그런 상황에서 가장 깊숙이 숨겨져야 될 비밀이 폭로되는 법이요. 그때 사기꾼들의 가면이 벗겨지고 도둑들도 백일하에 드러나게 되어 있는 법이요.

(침묵을 지킨 채 모두 서로서로를 주시한다.)

**노인**
찬물을 끼얹은 듯이 조용하구먼!

(오랜 침묵이 흐른다.)

**노인**
예를 들자면 온통 세간의 부러움과 존경을 한 몸에 받고 있는
이 집에서 말이요. 그러니까 외모로 보나 문화적으로 보나, 또
사회적 위치로 보나 그럴듯한 사람들이 함께 모여 이토록 조화
를 이루는 바로 이런 분위기 안에서겠지요---

(오랜 침묵이 흐른다.)

이곳에 앉아 있는 우리 모두는 스스로 자신이 어떤 사람들인지
잘 알 것 아니오. 그렇지 않소? 내가 지금, 새삼스레 그것에 대
한 얘기를 하나하나 늘어놓을 필요는 없겠지요. 비록 모른 척하
고 있지만, 당신네들은 나를 너무나 잘 알고 있을 것이오.
나 역시 당신들과 마찬가지니까. 저기 저 방에 내 딸아이가 있
소. 내 딸애 말이요. 당신네들은 이미 그 사실을 잘 알고 있다고
믿어요. 그 아이는 이미 오래 전에 생의 의욕을 상실했소. 그 이
유가 무엇인지는 나도 모르는 일이지만. 그러나 분명한 건, 내
딸아이가 소위 세인들에게 선망의 대상인 이 훌륭한 집안에서
죽어가고 있다는 사실이요. 범죄, 사기, 그리고 모든 종류의 허
위란 허위가 똘똘 뭉쳐진 이 집안의 오염된 공기를 마시며, 차
츰차츰 죽어가고 있단 말씀이요. 그래서 나는 내 딸을 위해 좋
은 친구 한 사람을 찾아냈소. 그 친구 곁에서 내 딸아이는 따뜻
한 정을 느낄 수 있을 것이고 그의 품위 있는 행동에서 희망을
가질 수 있을 것이라 믿기 때문이요.

(긴 침묵이 흐른다.)

이것이 바로 내가 이 집에서 해야만 할 나의 사명이요. 들어들 보시오. 잡초를 뽑아버리고 죄악들을 폭로시켜 정리함으로써, 저 두 젊은이들이 내가 마련한 이 보금자리에서 새로운 인생을 시작하도록 하자는 것이 나의 바램이니까!

(긴 침묵이 흐른다.)

자, 여러분들, 이제 한 사람 한 사람씩 질서 정연하게 이 자리를 떠나주시면 좋겠소. 만약, 이대로 계속 남아 있는 사람이 있으면 누구를 막론하고 모두 감옥에 쳐 넣어버릴 테니까!

(긴 침묵이 흐른다.)

저 똑딱대는 시계소리를 들어보시오. 당신들은 저 시계소리가 뭐라고 말하는지 들을 수 있어요? 죽음을 알리는 저 똑딱 소리는 "시간이 되었다" "시간이 되었다" 라고 말하고 있는 거요! 잠시 후 시계가 울리면 그땐, 당신들에게 주어진 시간은 벌써 끝난 거요. 그러니 당신들은 돌아가야만 한단 말이요. 허나 그전엔 그럴 필요가 없겠지요. 먼저 시계가 시간을 알리기 전에 어떤 무서운 일이 닥쳐올 것인지 그 징조를 잘 보여줄 테니! 잘 들어보시오! 지금 시계가 우리에게 경고를 하고 있소; "곧 시계가 울릴 것이다"라고. 나 역시 마찬가지요. 나 또한 경종을 울릴 수 있을지도 모르니까.

(그는 자신의 목발로 탁자를 친다.)

듣고 있소?

(침묵.)

※

## 미이라

(시계 가까이 가서 추를 멈춘다. 분명하고 심각한 목소리로 말한다.)

나로 말하자면 시간의 흐름을 멈추게 할 수 있어요. 또 과거지
사를 '무'로 만들어버릴 수도, 우리가 행한 많은 행위들을 없
었던 것으로 할 수도 있죠. 그렇지만 절대로 뇌물이나 협박 같
은 것은 사용치 않아요. 단지 고통과 번민 속에서 벗어나지 못
하도록 만들 뿐이지! ─그녀는 노인을 향해 걸어간다.─ 우리 인간
들은 참으로 불쌍한 존재들이죠. 우리 스스로가 그 점을 잘 알
고 있지 않나요? 누구랄 것도 없이 우리들은 모두 배신과 과오
를 수없이 범하며 살아왔어요. 우리란 존재는 근본적으로 표면
상에 나타난 그런 인격체들이 아니니까요. 그건 인간의 근본적
인 본성이 현실에 닳고 닳은 우리들 그 자체보다는 나은 것이
기 때문이겠죠. 그렇기 때문에 우리 모두는 자신이 저지른 행
위를 혐오하는 거라구요. 그런데 야콥 훔멜! 가명을 쓰고 있는

당신이 가증스럽게도 감히 우리들의 심판관이 되려 하다니. 바로 그런 점이 당신이란 사람은 불쌍한 우리들보다 더 형편 없는 인간이란 것을 증명해주는 것이죠! 당신 역시 겉으로 나타나 보이는 그런 인격자가 못 되잖아요! 인간 도둑이니깐. 왠지 말해 볼까요? 한때, 당신은 그 수많은 거짓 약속들로 나를 현혹시켜 가졌으니까요; 오늘 장례식을 치르는 그 영사도 차용증서를 미끼로 그의 목을 조인 거나 다름없죠. 게다가 순진한 저 학생을 도둑질까지 했어요. 그 청년의 아버지가 당신한테 진 빚이 있다는 거짓말로 그 순진한 학생을 꼼짝 못하게 묶어놓았더군요. 실상 그의 아버지는 당신에게 한 푼의 빚도 없는 사람이잖아요.

**노인**

(몸을 일으켜 무엇인가 말하려 했지만, 그만 의자에 털썩 주저 앉으며 몸을 움츠린다. 시간의 흐름에 따라 점점 더 몸이 움츠려 드는 모습으로 변한다.)

**미이라**

아직 세상에 드러나지 않은 당신 삶의 한 부분이 또 있어요. 나도 그것이 무엇인지 정확히는 모르지만 짐작은 할 수 있죠. 내 생각엔 벵트손, 그래 그는 그것을 잘 알고 있는 것 같더군!

(탁자 위의 종을 울린다.)

**노인**

안 돼! 벵트손! 그자만은 제발 부르지 말아요!

**미이라**

아하! 그것 보라지. 알긴 아시는군! −종을 다시 울린다.−

(현관문 안에 우유배달 소녀의 모습이 보인다. 그러나 공포에 질려 있는 노인을 제외한 다른 사람들의 눈에는 우유배달 소녀의 모습이 보이질 않는다. 우유배달 소녀가 사라진다. 그때 벵트손이 등장한다.)

**미이라**

벵트손! 이 사람을 알고 있나?

**벵트손**

그럼요! 잘 알죠. 저 노인 역시 저를 잘 알고 있을 겁니다. 알다시피 인생이란 돌고 도는 것이니까요. 한때 저는, 저 노인 집에서 일을 했었죠. 그런데 그 역시 우리 집에서 일했던 적이 있기도 했구요. 좀 더 자세히 말씀드리자면, 우리 집에서 2년간 주방장으로 일했었죠. 그의 퇴근시간은 세 시인데, 항상 저녁준비를 2시에 끝내버렸죠. 그래서 우리 식구들은 저 짐승 같은 자가 퇴근한 뒤, 그가 만든 쇠고기 요리를 데워 먹어야 하는 곤욕을 치러야만 했답니다. 그는 요리를 할 때, 고기의 진국이란 진국은 먼저 다 마셔버리고는 물을 대신 부어 놓았어요. 마치 흡혈귀처럼 부엌에 숨어 집안의 모든 자양분을 모두 다 빨아 먹어치워, 결국 우리 식구들은 뼈만 앙상하게 남게 되었죠. 거기다 저 자는 우리가 가정부를 도둑으로 몰았을 때 앞장 서서 우리 식구 모두를 형무소에 처넣으려 했어요!

얼마 후 저는 이 끔찍한 자를 독일의 함부르크에서 우연히 다시 만났습니다. 그때 저 작자는 가명을 쓰고 있는 고리대금업자였어요. 아니 남의 피를 빨아먹는 거머리 같은 인간이었다고 말하는 것이 더 정확하겠죠. 끔찍하게도 저 자는 그곳에서 한 소녀를 얼음판 위로 유인해 물에 빠뜨려 죽인 혐의로 고발당한 상태였어요. 물론 그 소녀는 저 인간이 저지른 범죄를 알고 있는 유일한 증인이었기 때문에 자신의 죄가 폭로될까 봐 두려웠던 거겠죠.

**미이라**

(노인의 얼굴에 손을 댄 채.)

그래, 벵트손의 말이 맞아. 바로 그게 당신의 실체야! 자, 이제 그 어음들과 유언장을 내놓도록 하시지!

**요한손**

(문에 모습을 드러내고 흥미진진하게 그 광경을 주시한다. 그에게 있어 이 순간은 드디어 하인 노릇의 마지막이 되는 것이기 때문이다.)

**노인**

(주머니에서 종이 한 뭉치를 꺼내 탁자 위에 던진다.)

**미이라**

(그의 등을 토닥거려준다.)

오오! 귀여운 앵무새! 야콥! 거기에 있어요?

**노인**

(마치 앵무새처럼 말한다.)

야콥! 거기에 있어요? ― 쿠르르! 쿠르르!

**미이라**

시계를 울려도 될까요?

**노인**

(앵무새처럼 쿡쿡 댄다.)

시계를 울리도록 해! ―뻐꾸기시계 흉내를 낸다.― 뻐꾹, 뻐꾹, 뻐꾹!

**미이라**

(벽장문을 연다.)

이제 시계가 울렸어요! ― 어서 일어나 벽장 속으로 들어가도록 해요. 나는 이십 년 동안이나 그 속에 갇혀, 우리들이 저지른 행위를 후회하고 속죄하며 살았어요. 그 안에는 밧줄 하나가 걸려 있어요. 그 밧줄은 당신이 윗집 영사의 목을 졸라 죽인 사건과,

당신 은인의 목까지 조일 생각을 했던 것을 상기시켜 줄 거예요. 자, 어서 들어가시지!

**노인**

(벽장 안으로 들어간다.)

**미이라**

(벽장문을 닫아버린다.)

벵트손! 어서 병풍을 갖다 쳐요! 죽음의 병풍을!

**벵트손**

(벽장문 앞에 병풍을 친다.)

**미이라**

이제 모든 것이 완벽하게 해결되었군! 하느님 아버지!⁶ 저 가련한 영혼을 불쌍히 여겨주옵소서!⁷

(모두 함께.)

아멘!

---

**6** 신약 성경, 요한 복음서19:30; [⋯] "다 이루어졌다" 이어서 고개를 숙이시며 숨을 거두셨다. 를 비유한 대사.
**7** 구약 성경, 시편 41:5; "[⋯]주님, 저에게 자비를 베푸소서. 저를 고쳐 주소서. 당신께 죄를 지었습니다"를 암시한 대사.

(긴 침묵이 흐른다.)

※

(히아신스 방에서 학생의 시 낭송에 맞춰 하프를 연주하고 있는 처녀의
뒷모습이 보인다.)

(전주곡과 함께 노래한다.)

오! 생명을 주관하시는 태양의 신이여!
그대가 발산하는 광휘로운 빛으로 인해
이 두 눈은 어지럽지만,
그 빛 가운데 유일한 구세주이신
당신의 모습을 보았습니다.
인간은 자신이 뿌린 씨앗은
스스로 거두어들여야 하는 것
마음이 화로 얽매여 있을 때는
아무 것도 사실 그대로 볼 수 없으니
어리석음으로 인한 무지한 행위는
선량함만이 구제할 수 있는 법.
자비심에 안주하는 자는
아무 것도 두렵지 않은 경지에 이르나니.
고뇌의 근원은 고(苦)라는 결과를 낳는 것이며

소멸의 방법을 실천하는 것은
고(苦)가 끝나는 도달점에 선행하는 것이니
악행을 멈추고 선행을 배우며
자신의 마음을 깨끗이 닦아야 하는 법.
깨끗하고 순수한 믿음과 거룩한 행동은
존재하는 최고의 안식처가 되리라.[8]


막이 내린다.

---

**8** 중세, 아이스란드(Island)의 서정시 태양의 노래(Sólarljóð)를 의역한 것.

# 3:o

동양풍으로 장식된 특이한 분위기의 방. 사방에 각양 각색의 히아신스가 가득하다. 벽난로 뒤에는 아스칼론(Ascalon)의 둥근 뿌리를 무릎에 올려 놓은 커다란 부처상이 있다. 그 아스칼론의 둥근 뿌리에서 뻗은 줄기에는 둥근 모양의 꽃받침이 있고, 그 위엔 별같이 반짝이는 하얀 꽃들이 피어 있다.

무대 우측엔 원형거실로 통하는 문이 있다. 그곳에서 관객들은 **대령과 미이라**가 침묵을 지키며 멍하니 앉아 있는 것을 볼 수 있고, '죽음의 가리개' 하나가 보인다;

무대 좌측엔 식당과 부엌으로 통하는 문이 있다.

**학생**과 **대령의 딸**이 탁자 곁에 있다; **대령의 딸**은 하프를 연주할 자세로 앉아 있고, **학생**은 서 있다.


**대령의 딸**

나의 꽃들을 위해 노래를 불러주세요!


**학생**

이 꽃들은 당신의 영혼의 꽃인가요?

**대령의 딸**

그래요, 나의 유일한 것이죠. 히아신스를 좋아하세요?

**학생**

저는 다른 어떤 꽃보다 히아신스를 좋아해요. 둥근 뿌리 위로 줄기 하나가 늘씬하게 쭉 뻗어 우뚝 솟아 있는 청초한 모습을 좋아하기 때문이죠. 그 둥근 뿌리는 물 위에서 차분히 휴식을 취하며 오염되지 않은 맑고 깨끗한 물 속에서 깨끗하고 하얀 실 뿌리를 하늘하늘 움직이고 있어요; 난 이 모든 자연의 색깔들을 좋아하죠; 백옥 같은 순결함과 눈빛 같이 순수한 맑음, 황금빛의 꿀 같은 감미로움, 젊음의 분홍빛, 원숙함의 붉은 빛, 그리고 희망의 푸른색, 깊은 물속같이 짙은 푸른색, 정숙함의 푸른색들을--- 게다가 그런 모든 종류의 푸른 색깔들을 다 좋아해요. 그 모든 종류의 히아신스를 황금이나 진주보다도 더 좋아한답니다. 어렸을 때부터 그랬죠. 모든 색깔의 히아신스를 좋아하며 경탄해 하는 이유는, 제게 부족한 모든 아름다운 특징들을 이 꽃이 모두 지니고 있기 때문이죠… 그렇긴 하지만!…

**대령의 딸**

그렇긴 하지만이라고 했나요?

**학생**

그렇긴 하지만, 제 사랑엔 메아리가 없군요. 그것은 저 아름다운 꽃들이 저를 증오하고 있기 때문인지도 모르죠.

**대령의 딸**

무슨 뜻인가요?

**학생**

녹아 내리는 눈 위를 스쳐가는 첫 봄바람이 실어다 주는 깨끗하고 강한 향기가 제 정신을 어지럽혀 영혼을 마비시키고 현혹시켜 이 방에서 탈출하고 싶은 강한 충동을 일으키게 해요. 그리고 독 묻은 화살이 제 심장에 꽂혀 상처를 입히는 듯, 제 머리가 불덩어리처럼 달아올라요! 당신은 저 꽃에 담긴 전설을 모르시나요?

**대령의 딸**

애기해 주세요!

**학생**

그전에 먼저, 그 꽃이 상징하는 뜻부터 말하는 것이 좋겠군요. 물에 떠 있거나 혹은 흙 속에 묻혀 있는 둥근 뿌리는 지구를 상징하고, 곧게 뻗은 줄기는 지구축을 상징하는데 여섯 개의 실 모양의 별꽃들이 그 줄기의 맨 위 끝부분에 고고히 앉아 있어요. 이 꽃의 뿌리는 우주를 상징하는 것이고 히아신스 꽃은 소우주를 상징하는 것이랍니다. 다시 말해 지구와 우리의 현실 세계를 의미하는 것이죠.

**대령의 딸**

지구 위에 떠 있는 별꽃들! 어쩜! 그렇게 클 수가. 어디서 그것을 찾아낼 수 있었나요? 어디서 그것을 볼 수 있었죠?

**학생**

잠깐 생각할 여유를 주세요! 당신의 눈동자 속에서 본 것 같아요! 다시 말해 그것은 소우주를 상징하는 모습이죠. 그래서 부처님은 이 세상을 상징하는 둥근 뿌리를 무릎 위에 올려놓고 앉아 계신 것입니다. 잠시도 쉬지 않는 자비로운 눈길로 그 뿌리가 위를 향해 쭉쭉 자라 하늘에서 변모해 가는 것을 지켜보고 계신 거죠. 우리 같은 불쌍한 중생들이 사는 지옥 같은 이 세상이 극락으로 변신하는 것입니다! 부처님은 그 열반의 세계에서 중생들을 기다리고 계시는 거죠!

**대령의 딸**

이제 저도 조금은 알 것 같아요. 눈의 결정체 역시 히아신스처럼 육각형이잖아요?

**학생**

그렇게 말할 수 있군요! 이 세상에 떨어져 내리는 눈송이들은 바로 별들이 떨어져 내리는 것이랍니다.

**대령의 딸**

눈꽃이라 불리는 식물은 눈 속의 별이겠죠. 눈 속에서 자라니까요.

**학생**

황금빛과 붉은빛을 지닌 천왕성이라 불리는 시리우스는 창공의 별들 중에서 가장 크고 가장 아름다운 별이죠. 그것은 마치 천체의 궤도 안에 하얀 별들을 흩뿌려 놓은 듯 하답니다.

**대령의 딸**

당신은 아스칼론 뿌리가 꽃을 피운 것을 본 적이 있나요?

**학생**

그럼요, 물론 본 적이 있죠! 그 뿌리는 둥근 꽃받침에 꽃을 담고 있어요. 마치 하늘에 떠 있는 지구본을 닮은 둥근 봉우리에서는 하얀 별들을 흩뿌려 주고 있는 거죠…

**대령의 딸**

하느님 맙소사, 그렇게 대단한 것일 수가! 그런 생각을 누가 했을까요?

**학생**

바로 당신이죠!

**대령의 딸**

아니에요, 그건 당신이죠!

**학생**

그럼, 우리들의 생각이군요! 그렇다면 우리는 둘이서 함께 무엇인가 탄생시켰어요. 우리는 남편과 아내가 된 거로군요.

**대령의 딸**

아직은 아니에요.

**학생**

아직도 무엇이 남았나요?

**대령의 딸**

기다림이죠. 시험을 거쳐야 하고 많은 인내가 필요해요!

**학생**

좋아요! 그렇다면 나를 시험해 보도록 해요!


(침묵.)


말해 주세요! 왜 당신 부모님은 한마디 말도 없이 저 안에서 죽은 듯이 앉아만 있는 거죠?

**대령의 딸**

그들은 서로 나눌 얘기가 없으니까요. 게다가 서로 상대방의 말을 믿지 않기 때문이기도 해요. 아버진 이렇게 "말을 한다는 것이 무슨 소용이 있겠어. 아무튼 우리는 서로를 기만하고 있는데?"라고 심정을 털어 놓으시더군요.

**학생**

듣기만 해도 끔찍해요.


**대령의 딸**

저기 요리사가 와요. 돼지같이 살찌고 덩치가 큰 저 여자의 모습을 좀 보세요.


**학생**

그녀가 원하는 것이 뭐죠?


**대령의 딸**

저녁식사에 대한 걸 묻겠죠. 실은 어머니께서 병드신 후론 제가 대신 집안 일을 돌보고 있거든요.


**학생**

우리가 부엌일까지 신경을 써야만 하나요?


**대령의 딸**

먹고 살아야만 하니까요. 요리사를 좀 보세요. 더 이상 저 여자의 꼴도 보기 싫은 걸요.


**학생**

저 거인 같은 여자는 어떤 사람이죠?

**대령의 딸**

흡혈귀 훔멜 씨 가족의 일원이죠; 아마 저 여자는 우리들을 다 잡아먹어 치울 거라구요.

**학생**

왜, 해고시키지 않아요?

**대령의 딸**

절대 떠나지 않으니까요! 우린 저 여자를 감당할 수가 없어요, 저 여자는 우리가 지은 죄 때문에 이곳에 보내진 사람이예요, 다시 말해 우리의 업보죠. 당신은 우리가 쇠약해져 가고 점점 기력을 잃어가는 것을 눈치채지 못하셨는지 모르겠군요.

**학생**

그렇다면, 저 여잔 당신 가족들에게 음식을 해주지 않는다는 말인가요?

**대령의 딸**

해주긴 하죠. 보기엔 그럴 듯한 많은 음식을 우린 받아 먹지만, 기력은 다 빠져버린 걸요. 고기를 삶으면 우리에겐 진국이 다 빠진 고기를 물에 타서 주고, 그 고기국물은 저 여자가 모두 마셔 버린다니까요. 또 스테이크를 할 때도 고기를 너무 오랫동안 구워 고기즙은 다 빼내버리죠. 우리에게 내놓기 전에 소스와 고기즙은 먼저 마셔버린다니까요. 그러니 진국이라곤 다 빠져버린 스테이크가 되는 거예요. 영양가 없는 음식이 그저 눈 깜짝

할 사이에 만들어지는 거죠. 자신은 갓 빼낸 커피를 마시지만 우리는 그 남은 찌꺼기로 뺀 커피를 마시죠. 게다가 포도주 한 병을 다 마셔버리고는 물을 대신 채워두기도 하구요.

**학생**

쫓아내버려요!

**대령의 딸**

우린 그렇게 할 수가 없는 걸요.

**학생**

왜 그렇죠?

**대령의 딸**

우리도 알 수가 없어요. 어쨌건 저 여잔 절대로 떠나지 않는다는 것만은 분명해요. 아무도 맞서 대항할 수도 없어요. 명백한 것은 저 여자가 우리의 모든 기를 다 빼앗아버렸다는 사실이죠.

**학생**

제가 그녀를 쫓아내버릴까요?

**대령의 딸**

안 돼요! 그냥 그대로 내버려두는 편이 좋아요!
지금 여기로 오고 있군요! 분명 저녁식사 메뉴는 무엇으로 할 것인지 물을 것이고, 저는 이것저것 대답하겠죠; 그렇지만 제가 말한 것과는 정반대로 결정해서, 결국 식사는 저 여자가 원하는 대로 되어버리고 말아요.

**학생**

그렇다면, 처음부터 그 여자 맘대로 결정하도록 내버려 두면 되잖아요?

**대령의 딸**

그것 또한 저 여자는 원치 않아요.

**학생**

정말 이상한 집이군요. 유령들이 살고 있는 집인가요?

**대령의 딸**

맞아요! 그런데 이상하게 저 여자가 당신을 보자마자 등을 돌려버리는군요!

※

**요리사**

(문에 서 있다.)

무슨 말을 하는 거야. 그런 게 아니지!

(이를 들어내 보이며 킥킥거린다.)

**학생**

썩 꺼져버려!

**요리사**

누구 마음대로? 내가 가고 싶을 때 가는 거야.

(침묵.)

이제 기분이 내키는데! 가 봐야지!

(사라진다.)

**대령의 딸**

흥분하지 마세요! ― 인내심을 기르세요; 저 여자는 우리가 이 집에서 꼭 거쳐 가야만 하는 시험의 대상에 속해요! 그리고 가정부가 있는데, 그 여자가 스치고 지나간 자리란 자린 모두 우리가 다시 청소를 해야만 하는 걸요!

**학생**

지금 나의 영혼이 송두리채 빠져나가 버리는 것 같아요! 꼬르 인 애테르(Cor in aether)![10]우리 노래를 불러요!

---

**10** 라틴어: 마음을 드높히!

**대령의 딸**

기다리세요!

**학생**

우리 노래를 불러요!

**대령의 딸**

인내심을 가지세요! 우리 이 방을 '시험의 방'이라 불러요. 겉보기엔 아름다운 방이죠. 그렇지만 이 안은 온통 뭔가 오류 투성이로 뒤죽박죽이라니까요.

**학생**

믿을 수가 없군요; 우리 마음을 좀 더 넓게 가져봅시다! 이 방은 정말 아름다워요, 약간 춥긴 하지만. 그런데 왜 불을 지피지 않는 거죠?

**대령의 딸**

연기가 안으로 새어들어오기 때문이죠.

**학생**

굴뚝소제를 하면 되잖아요?

**대령의 딸**

소용이 없는 걸요! 저기 책상이 보이죠.

**학생**

정말 아름다운 책상이군요.

**대령의 딸**

실은 저것도 온전치 못해요. 다리가 흔들거려요. 매일 책상다리 밑에 코르크 조각을 갖다 대죠. 그런데 가정부가 청소를 할 때 그것을 치워버려요. 그러면 나는 다시 새로운 코르크 조각을 갖다 대야만 하구요; 매일 아침, 펜꽂이와 책상이 온통 잉크로 얼룩져 있어 그것을 제가 손수 닦아야만 한답니다. 매일매일 날이 밝았다 하면 말이에요--- -시간이 흐른다.- — 당신이 알고 있는 것 중에서 가장 끔찍스러운 것은 무엇인가요?

**학생**

빨래를 세는 일이죠! 생각만 해도 끔찍해요!

**대령의 딸**

정말 그래요. 바로 그것이 제일 지겨운 것이라니까요! 정말 끔찍해요!

**학생**

당신이 겪어야만 할 고행이 더 남아있나요?

**대령의 딸**

물론이죠. 곤히 잠을 자다 한밤중에 일어나 창문고리를 걸어야만 해요. 가정부가 잊어버렸으니까요.

**학생**

또 남았나요?

**대령의 딸**

사닥다리에 올라가 가정부가 깨트려버린 바람문의 조절판을 고쳐야 하죠.

**학생**

그리고 또!

**대령의 딸**

그 여자가 지나간 자리는 다시 빗질을 해야만 해요. 먼지를 닦아내야 하고 벽난로에 불도 지펴야 하죠. 그 여자는 벽난로 속에 나무만 갖다 놓으니까요. 또 난로의 조절판을 살펴야 하고, 유리잔도 깨끗이 닦아야만 해요. 식탁도 다시 정리해야 하고 흩어져 있는 술병들도 치워야 하구요; 창문을 활짝 열어 환기를 시킨 뒤, 제 침대를 다시 정리 정돈해야만 하죠. 물병에 초록색 이끼가 끼어 있을 땐, 물병들을 깨끗이 씻어 놓아야 하고, 항상 찾을 때면 보이지 않는 성냥과 비누를 사다 둬야만 하며, 램프의 유리도 닦아야 하지만 램프에 연기가 일지 않도록 심지를 잘라주기도 해야 하구요. 게다가 손님들이 계실 때 불이 꺼지지 않도록 심지까지 갈아 끼워야만 한다니까요. 이 모든 일들을 제가 해야만 하는 거예요.

**학생**

노래를 부르도록 해요!

**대령의 딸**

기다려 주세요! 먼저 고행을 해야만 해요. 인생의 불손하고 더러운 것에서 멀어지기 위해 고행의 길을 걸어야만 하는 거죠.

**학생**

그렇지만, 당신 집안은 아주 부자고 일하는 사람이 둘씩이나 있잖아요!

**대령의 딸**

아무런 도움이 되지 않아요! 우리가 고용인을 셋씩이나 두고 있다 해도 마찬가지 일 거예요! 산다는 것, 그 삶 자체가 힘든 고행의 길인 걸요. 저는 가끔 몹시 피곤함을 느껴요. 그런데 우리가 결혼해서 아기방까지 하나 더 있다는 것을 생각해 보세요!

**학생**

그것보다 더 큰 기쁨은 없겠죠.

**대령의 딸**

그것은 가장 비싼 대가를 치르는 일이죠. 과연 이렇게 수 많은 고통을 겪어야 할 만큼 산다는 것이 가치가 있는 걸까요?

**학생**

그것은 고행 뒤에 따르는 대가에 관한 문제겠군요. 저는 당신으로부터 결혼 승낙을 받기 위해 어떤 고통 앞에서도 굴하지 않을 겁니다.

**대령의 딸**

그런 말은 하지 마세요! 당신은 저와 절대로 결혼할 수 없어요!

**학생**

이유가 뭐죠?

**대령의 딸**

제발 그 이유만은 묻지 말아주세요.

(침묵한다.)

**학생**

당신이 팔찌를 창문 밖에 떨어뜨렸더군요.

**대령의 딸**

떨어뜨린 것이 아니라 제 팔이 아주 가늘어져 저절로 빠져버린 거예요.

**요리사**

(일본 간장병을 든 요리사가 보인다.)

**대령의 딸**

저곳에서 저 뚱보가 저를 먹어 치우고 있어요! 아니 우리 모두를 먹어 치워버릴 거예요!

**학생**

저 여자가 손에 들고 있는 것은 뭐죠?

**대령의 딸**

그것은 뱀 글씨 같은 것이 쓰여진 염색병인데, 일본 기꼬망 간장이 분명해요! 그 간장으로 맹물이 고기국으로 변하고 소스도 만들어지고, 양배추 스프가 아주 그럴듯한 거북이 스프가 되기도 하죠.

**학생**

당장 꺼져버려!

**요리사**

너희들은 우리들의 자양분을 빨아먹고, 우리들은 너희들의 것을 빨아먹는 것 뿐이야; 우리가 너희들의 피가 되는 영양분을 빨아먹고 그 대신 너희는 물을 공급받는 거지. 간장으로 염색이 된 물이야. 인간들이란 서로 상처를 주고 상처를 받기 마련인 거야. 인과응보라고나 할까! 자, 이제 하고 싶은 말을 다 했으니 가봐야겠군. 그렇지만, 누가 뭐라고 하든지 난, 이 집을 떠나지 않아. 내가 원하는 그날까지 떠나지 않을 거란 말이야!

(그녀는 퇴장한다.)

(침묵.)

**학생**
벵트손은 왜 훈장을 달고 있죠?

**대령의 딸**
아마 그가 세운 수많은 공훈을 치하해서 내려진 훈장일 거예요.

**학생**
그럼 그에겐 아무런 잘못도 없단 말인가요?

**대령의 딸**
웬걸요. 그 역시 다른 사람과 마찬가지로 많은 과실을 범했지만, 과실을 위한 훈장이란 건 없으니까요.

(그들은 웃는다.)

※

**학생**
이 집은 정말 비밀이 많은 것 같군요.

**대령의 딸**
다른 집들과 마찬가지겠죠. 우리 집안의 비밀은 우리만이 간직
하도록 내버려 두세요!

(침묵.)

**학생**
진실을 좋아하나요?

**대령의 딸**
그럼요, 적당히.

**학생**
가끔 제가 생각하는 모든 것을 사실대로 말하고 싶은 강한 욕구
를 느끼긴 하지만, 만약 우리 인간들 한 사람 한 사람이 정말로
진실하다면 세상은 몰락해 버릴 것이라는 것을 알아요.

(침묵.)

어느 날, 교회에서 거행되는 한 장례식에 참석한 적이 있어요.
그 장례식은 아주 장엄하고 눈부실 정도로 아름다웠어요!

**대령의 딸**
훔멜 사장님의 장례식 말씀인가요?

**학생**

맞아요! 저의 가짜 후원자였죠. 그의 시체가 뉘어져 있는 관의 머리쪽엔 고인의 옛 친구 한 분이 꽃장식이 된 상장(喪章)을 들고 있었죠. 바로 그는 장례식을 거행한 목사였어요. 특히 목사님의 아주 위엄있는 태도와 감동적인 말씀은 저를 사로잡았죠. 저는 흐르는 눈물을 참을 수가 없었답니다. 그곳에 참석한 모든 사람들도 역시 저처럼 많이 울더군요. 장례식을 거행한 뒤, 모두들 식당으로 갔어요. 그곳에서 상장을 들고 있던 사람이, 한때는 고인의 아들을 사랑했었다는 사실도 알게 되었어요.

(대령의 딸은 그 말의 뜻을 모르겠다는 듯 그를 뚫어지게 쳐다본다.)

**학생**

고인은 아들의 옛 애인으로부터 돈을 빌렸는데…

(침묵.)

다음날 그 존경스럽던 목사님께서 경찰에 체포되셨다는 거예요. 교회의 공금을 횡령했기 때문이라고 하더군요. 기가 막히게 아름다운 얘기죠?

**대령의 딸**

(한숨 짓는다.)

휴우…

(침묵.)

**학생**

지금 제가 당신에 대해 무슨 생각을 하고 있는지 알아요?

**대령의 딸**

제발 부탁이니 더 이상 아무 말도 하지 말아주세요. 그러지 않으면 전, 죽어버릴지도 몰라요!

**학생**

꼭 해야만 해요. 그러지 않으면 제가 죽을 지경인 걸요!

**대령의 딸**

정신병원의 모든 환자들은 자신의 생각을 무엇이든지 모두 말해 버리더군요.

**학생**

맞아요, 당신 말이 정말 옳아요. 우리 아버님도 정신병원에서 운명하셨으니까요.

**대령의 딸**

아버님께서 환자셨나요?

**학생**

아뇨, 아버님은 육체적인 병은 없었어요. 실은 정신병자였죠.

어느 날 극한 상황에서 정신발작을 일으키셨어요. 모든 사람들과 마찬가지로 제 아버님 역시 친분관계가 있는 지인들이 많이 있었어요. 사실 아버님은 그들을 그저 편리한 대로 친구들이라 부르셨죠. 물론 그들 중 대부분은 오합지졸들이긴 했지만, 아버님은 어쩔 수 없이 그런 부류의 사람들을 만나야만 했어요. 왜냐구요? 혼자 있는 것을 견디지 못하셨거든요. 계속하죠. 관례에 의하면 다른 사람에 대한 생각은 발설하지 않는 것이 미덕이라 생각들 하죠. 저의 아버님 역시 그런 종류의 말들은 아예 입밖에 내지도 않아요. 그렇지만 아버님은 소위 친구들이란 자들이 얼마나 위선자라는 것을 잘 알고 계셨어요. 아버님께선 그들의 수치스런 행위들에 대해 혐오감을 느끼고 있었지만, 현명하신 분이셨고 또 아주 가정교육을 잘 받으신 교양 있는 분이셨답니다. 그래서 아버님은 항상 몸가짐이 단정하고 예의가 바르신 분이셨죠. 그런데 어느 날 저녁, 우리 집에서 웅장하고 화려한 파티가 열렸어요. 아버님께선 하루의 힘든 일과에다 파티의 주인 노릇까지 하시느라 너무 신경을 곤두세워 긴장하고 있었기에 극도로 지쳐 있는 상태였어요. 한편으론 침묵을 지키는 예의를 갖추어야 했고, 또 다른 한편으론 어쩔 수 없이 손님들과 마음에도 없는 부질 없는 대화나 하고 계셔야만 했죠.

**대령의 딸**

(놀란 표정으로 귀를 기울인다.)

**학생**

본론을 얘기하자면, 아버지께선 한 손에 잔을 든 채 손님들에게 조용히 해 달라는 부탁을 하고 무엇인가 얘기를 하실 모양이었어요. 그런데 재갈이 풀어지듯 억제하고 있던 자신의 감정에 그만 시동이 걸리고 만 거죠. 아버지는 그곳에 있던 모든 사람들의 실체를 낱낱이 드러내놓기 시작해, 한 사람 한 사람의 위선을 폭로하느라 정신이 없었어요. 마지막엔 지칠 대로 지쳐 식탁 위에 털썩 주저앉더니 모두 지옥에나 떨어지라고 소리쳤어요!

**대령의 딸**

그런 끔찍한 일이 있을 수가…

**학생**

저도 그 자리에 있었어요. 그 뒤에 일어났던 일은 결코 잊을 수가 없어요! 우리 부모님은 서로 치고 받고 싸우기 시작했고, 손님들은 서로 떠밀다시피 도망을 가버렸죠.

그 누구 한 사람 싸움을 말리려드는 사람이라곤 없었어요. 그것이 이 세상 인심이더군. 그 후, 아버님은 강제로 정신병원에 끌려가셨죠. 결국엔 그곳에서 운명 하셨어요!

(침묵.)

사람들이 서로 너무 오랫동안 침묵을 지키다보면 고요한 물이 형성되고 차츰 시간이 흐름에 따라 그 물은 썩기 마련이죠. 이 집이 바로 그런 경우의 하나인 것 같아요. 지금 이곳에선 무엇인가 썩어가고 있어요. 당신을 처음 보았을 때, 그리고 이 집에 처음 들어왔을 때, 여기가 파라다이스인 줄 착각했죠. 어느 일요일 아침, 저는 장문으로 이 집의 내부를 들여다보고 있었어요. 그때 대령 한 분을 보았는데 우리가 흔히 상상할 수 있는 그런 모습이 아니었어요. 게다가 제게는 귀족 출신의 후견인이 있었는데, 그분은 거짓투성이의 위선자였고, 결국 강요에 견디지 못해 목매달아 자살하고 말았어요. 게다가 분명히 미이라를 보았는데 진짜 미이라가 아니었을 뿐만 아니라 순결한 사람도 아니었어요. 말이 나왔으니 말인데 순결이란 것이 도대체 어디에 존재하는 거죠? 또 아름다움이란 어디에서 찾아볼 수 있는 건가요? 그것은 주일날 교회를 가기 위해 정장을 차려 입을 때나, 거대한 자연 속이 아니면 나의 정신 속에서나 존재할 뿐인 걸요! 또 명예나 진실이란 것은 어디서 찾아볼 수 있는 건가요? 동화 속이나 어린이를 위한 아동극에서나 볼 수 있을까요? 약속을 하고 그것을 이행한다는 것은 어디에 존재할까요? 단지 나의 환상 속에서나 찾아볼 수가 있겠죠! 이젠 당신의 꽃들이 나를 중독시켜 버렸어요. 그리고 저는 당신에게 그 독소를 돌려주었어요. 저는 당신에게 나의 아내가 되어 달라고 청혼을 했어요. 우리는 함께 시를 읊고, 노래를 부르고, 연주를 하며 행복한 시간을 보내고 있었어요. 그런데 요리사가 들어왔던 거죠. 쑤르쑴 꼬르다(Sursum Corda)![11] 다시 한번 더 노력해 보도록 해요. 그리고 그 감미로운 하프를 연주하도록 해요. 노력할 수 있겠죠? 당신 앞에 무릎을 꿇고 이렇게 빌겠어요. 그럴 수 없다구요? 그렇다면 제가 직접하도록 해보죠!

---

11 라틴어; 마음을 드높여.

(하프를 연주하지만, 하프의 선은 아무런 소리를 내지 않는다.)

이것은 귀머거리에 벙어리잖아! 가장 아름다운 꽃들은 독소를 지니고 있다고 하더군요. 그것도 지독히 유해한 독소를! 이 세상에 존재하는 모든 창조물과 우리 인간의 삶은 저주 받은 것 같아요. 왜 당신은 저와 결혼하는 것을 거부하는 건가요? 당신의 육체에서 생명의 근원 자체가 병 들었기 때문인지도 모르겠어요. 지금 부엌의 흡혈귀가 나의 피를 빨아 먹기 시작하는 것을 느껴요. 인간의 살과 피를 먹고 사는 밤의 귀신 라미아(Lamia)[12]가 어린아이들에게 젖을 주는 것과 같아요. 그것은 바로 가족 중에 가장 죄 없고 순진한 어린아이들의 건강이 부엌에서 일하는 사악한 인간들의 행위로 인해 훼손되는 법이죠. 적어도 침실에서는 그런 일이 일어나지 않으니까요. 독소 중엔 당신의 눈을 멀게 하는 것이 있고, 또 어떤 것은 당신 눈을 활짝 열게 하는 것도 있어요. 다행스럽게도 전 후자로 태어났죠. 왜지 아세요? 전 흉측한 것을 아름답게, 또 나쁜 것을 좋게 볼 수가 없으니까요. 그렇게 할 수가 없어요. 예수 그리스도가 이 세상에 태어났다는 그 자체가 지옥에 첫 발을 들여놓은 것과 다를 바 없죠. 이 땅에 태어났다는 그 자체가 예수님의 고뇌에 찬 삶의 방황이죠. 정신병원, 강제노동소, 시체 공시장 등 수없이 많이 있죠. 미치광이들이 그를 죽였어요. 그렇지만 죄 많은 불한당 같은 놈들은 풀려날 수 있었으니까요. 항상 그런 것 같아요. 사악하기 그지없는 놈들

---

**12** 그리스 신화의 갓난아기를 잡아 먹는 귀신.

은 어떤 식으로던 동정을 얻어 빠져 나가기 마련이니까요. 정말 불행한 일이죠. 아! 아! 우리 모두에게 재앙 있으라! 온 천지의 만물을 주관하시는 구원자시여, 우리를 불쌍히 여겨 구원해 주시옵소서. 우리는 이대로 죽어가고 있나이다!

### 대령의 딸

(대령의 딸이 쓰러진다. 죽어가는 듯하다. 대령의 딸이 식탁의 종을 울린다. 벵트손 등장)

서둘러요. 어서 가리개를 가져 와요. 어서요!
내 생명이 끊어지고 있어요!

### 벵트손

(퇴장하여 가리개를 가지고 다시 등장하여 대령의 딸 앞에 가리개를 펼쳐 놓는다.)

### 학생

그대에게 열반의 세계가 다가온 것이오!
친구여!
이제 걱정할 것도 탄식할 것도 없을 것이오!
열반의 세계는 더 없는 환희의 세계일지니
마음이 안주된 당신의 얼굴은 고요하고 평화롭기만 하구려!
고이 잠드소서.
아름답고 박복하기 그지 없는 순결한 나의 여인이여!
이 삶의 비애를 극복하기 위해

그것으로 인해 흘린 고통의 눈물!
암흑 같은 세상에서 죄없이 당한 당신의 고통!
이제 그 모든 속박의 굴레에서 벗어나리라.
자유로운 그대여!
당신은 등불이 꺼지는 듯
마음의 해탈을 이루었으니
두려움에 쫓기지 말고
깊고 깊은 화평 가운데 고이 잠드소서.
죽음이 당신의 새로운 삶으로 인도될 땐,
당신은 강렬한 태양빛이 아닌
더없이 고요한 세계인
밝고 깨끗한 극락에서
진리의 이치를 깨달은 마음들과
순화된 사랑의 힘에 의해 반겨질 것이요.
대자대비하신 부처님,
그 높은 곳에 앉아 이 암흑 같이 무지한
인간 세상의 중생들이 번뇌에서 벗어나
열반에 이르는 것을 기다리시는
자비로우신 부처님이시여!
당신은 무상이라는 삶의 실상을 통해
생의 비애를 극복하는 것을 가르쳤습니다.
욕망의 모습을 있는 그대로 관찰하여
세속적인 욕심에 대한 집착을
남김없이 끊으라 가르쳤습니다.
당신의 가르침은

무지한 우리 중생들에게
진리를 보게 함으로서
괴로움에 번민하는 중생들을
구원하여 주셨습니다.

(하프의 선이 가느다랗게 울리기 시작하자, 하얀 밝은 빛이 방안을 가득
채운다.)

오! 생명을 주관하시는 태양의 신이여
그대가 발산하는 광휘로운 빛으로 인해
이 두 눈은 어지럽지만,
그 빛 가운데 유일한 구세주이신
당신의 모습을 보았습니다.
인간은 자신이 뿌린 씨앗은
스스로 거두어들여야 하는 것
마음이 화로 얽매여 있을 때는
아무 것도 사실 그대로 볼 수 없으니
어리석음으로 인한 무지한 행위는
선량함만이 구제할 수 있는 법.
자비심에 안주하는 자는
아무 것도 두렵지 않은 경지에 이르나니.
고뇌의 근원은 고(苦)라는 결과를 낳는 것이며
소멸의 방법을 실천하는 것은
고(苦)가 끝나는 도달점에 선행하는 것이니.
악행을 멈추고 선행을 배우며

자신의 마음을 깨끗이 닦아야 하는 법.
깨끗하고 순수한 믿음과 거룩한 행동은
존재하는 최고의 안식처가 되리라.


(가리개 뒤에서 탄식하는 소리가 들린다.)


고독했던 나의 친구여!
욕망, 고통, 죄악, 죽음이 존재하는 세계,
무상, 무아, 번뇌의 허망하고,
암흑 같은 세상에 태어난 불쌍한 생명이여,
부처님의 자비로운 가르치심이
당신의 영혼을 인도하리라.


(무대 위에는 히아신스 방이 사라지고 그 대신 아르놀트 뵈클린(Arnold böcklin)[13]의 그림, '죽음의 섬(Die Toten-insel)' [14]이 배경에 나타난다.)


(멀리 섬으로부터 고요하고 감미롭고 애조를 띤 음악이 잔잔하게 들려온다.)



## 막이 내린다.

---

**13** 스위스 상징주의 화가 아르놀트 뵈클린(Arnold Bocklin, 1927-1901)은 죽음을 다룬 암울한 주제를 다루며 형이상학적 미술이론에 심취했다.
**14** 바다 한가운데 단단한 암벽으로 둘러쌓인 바위섬에 몇 그루의 사이프러스 나무가 높게 서 있다. 섬을 향해 움직이는 죽음의 조각배는 죽음의 섬을 향해 미끄러져 들어간다. 뱃머리에는 흰옷을 입은 사람과 관이 놓여 있다. 낭만주의적 회의를 표현한 죽음을 통해 영원에 도달하려는 도상학적인 해석을 필요로 하는 작품.

아르놀드 뵈클린(Arnold Böcklin, 1827-1901)의 〈죽음의 섬(Die Toten-insel)〉
《유령 소나타》의 마지막 장면.

OPUS IV

# 펠리컨
# PELIKANEN

# 등장인물

**어머니**; 엘리제, 과부
**아들**; 프레드릭, 법학도
**딸**; 예르다
**사위**; 악셀, 예르다의 남편
**마그렡**; 가정부

# 1:a

살롱; 무대 안쪽에는 다이닝 룸으로 통하는 문과 발코니 문이 무대의 한 쪽 코너만 관객에게 조금 보인다. 쉬폰예, 책상, 가장자리에 주름이 잡힌 와인색 울로 만든 침대 커버가 덮여 있는 침상과 흔들의자가 있다.

**어머니**

(상복차림으로 등장. 의자에 멍하니 앉아 있다. 가끔씩 불안한 듯 귀를 기울인다.)

(밖으로부터 쇼팽의 작품 66, 즉흥환상곡이 들려온다.)[1]

**마그렐**

(무대 안쪽으로부터 가정부가 등장.)

---

1 폴란드 태생, 프레데릭 프랑수아 쇼팽(Frédéric François Chopin, 1810-1849)이 빠리에서 작곡한 곡으로 사후 발표 됨. 첫 악장은 Ciss-moll의 Allegro agitato의 템포로 폭풍이 몰아치듯 열정적인 선율. 그 뒤를 이어 2 악장에서는 Dess-moll의 allegro moderato로 감미로운 멜로디. 3 악장은 트리오를 거쳐 첫 악장이 반복되며 선율이 저음부에 회상되는 코오다로 여운이 오래 남는 작품.

**어머니**

문 좀 닫아줘요.

**마그렐**

혼자 계신 거예요?

**어머니**

문 좀 닫아줘요— 누가 연주를 하고 있는 거죠?

**마그렐**

오늘 저녁은 날씨가 아주 고약하군요. 이렇게 비바람이 세차게 불다니…

**어머니**

방부제 냄새와 강한 그란리스(granris)[2] 향기가 견디기 힘들군… 문 좀 닫아 달래잖아요.

**마그렐**

마님, 저 역시 그래요. 그래서 주인어른의 시신을 그라브코렛(gravkoret)[3]으로 모셔야 한다고 말씀드렸던 거예요.

---

**2** 크리스마스 트리의 전나무 가지.
**3** 큰 교회당 안에 명사들의 시신을 안치한 곳.

**어머니**

다 아이들 때문이었죠. 아이들이 집에서 장례식을 하고 싶어하니 난들 어쩌겠어요.

**마그렐**

마님은 왜 이사를 가지 않고 이곳에 남아 계세요?

**어머니**

집주인이 이사를 못하게 하니, 우린 꼼짝할 수가 없는 거잖아요… –침묵.– 침상의 붉은 커버는 왜 걷어 치워버린 거죠?

**마그렐**

세탁소에 맡겨야 해서요. –침묵.– 마님은 잘 아시잖아요, 그래요, 주인어른께선 저 침상에서 마지막 숨을 거두셨어요; 그러니 저 침상도 없애버리시는 게 좋을 것 같아요.

**어머니**

채무관계로 인한 재산 조사가 끝나기 전엔 집안의 물건에 손을 대거나 흠집을 내면 큰일나니, 내가 이곳에 갇혀 꼼짝 못하고 앉아 있는 거라구요… 다른 방에도 들어 갈 수조차 없으니…

**마그렐**

그게 무슨 말씀이세요?

**어머니**

이 끔찍한 냄새들도 그렇지만… 이곳의 모든 것이 불쾌한 기억들일 뿐이지… 우리 아들이 연주를 하고 있는 건가?

**마그렐**

그래요! 이 집에서 도련님은 행복하지 않은 것 같아요; 항상 불안하다는 말을 하니까요…

**어머니**

그앤 태어날 때부터 허약했으니까.

**마그렐**

젖을 뗀 후에는 제대로 된 유아식을 먹고 자란 아이가 튼튼하게 성장하는 법이죠.

**어머니**

(날카롭게.)

뭐라구? 그럼 뭔가 부족한 게 있었다는 말인가?

**마그렐**

꼭 그렇다는 건 아니구요. 그렇지만, 아무튼 마님이 자식들을 그토록 싸구려와 저질스런 물건으로 키우지 않으셔야 했어요; 치코리[4] 한 잔과 빵 한 조각만 달랑 들려 학교에다 떨어뜨려 놓는 게 아니었단 말이예요. 아무튼 그건 잘 하신 일이 아니었지요.

**어머니**

우리 아이들은 결코 음식에 대해 불평을 한 적이 없었어요.

**마그렐**

그래요? 마님껜 아니었겠지만, 천만의 말씀이예요. 그 애들은 감히 용기가 나지 않았던 것 뿐이지요. 그 애들이 성인이 되어선 부엌데기인 절 찾아와서 다 얘길 했을 정도였으니까요.

**어머니**

항상 우린 형편이 좋지 않았으니까.

**마그렐**

무슨 말씀을 그렇게 하세요! 주인님께선 때론 20,000크루누르에 대한 엄청난 세금을 낸 기사를 읽은 적이 있는 걸요…

**어머니**

그건 생활비로 족했죠!

**마그렐**

과연 그럴까요! 그런데 아이들은 허약하기만 하다니, 제가 말하고 싶은 것은 예르다 아가씨를 보아도 스무 살이나 된 대령의 딸이 제대로 성장을 하지 못했다는 거지요.

---

**4** 허브의 일종으로 뿌리를 커피 대용으로, 잎은 채소로 이용한다.

**어머니**

무슨 말을 그렇게 하고 있는 거죠?

**마그렐**

됐어요! -침묵.- 여긴 몹시 춥군요. 벽난로를 피워드릴까요?

**어머니**

무슨 말을, 돈을 태워버릴 만큼 우린 여유가 없어요.

**마그렐**

그렇지만 대학생 도련님은 하루 종일 떨고 지내는 걸요. 그러니 도련님이 밖으로 나돌던지 피아노를 쳐서 몸을 따뜻하게 하는 수밖에 없는 거죠.

**어머니**

그앤 유달리 추위를 탄다니까…

**마그렐**

어떻게 그렇게 되어버렸을까요?

**어머니**

이봐요, 말 조심해요. -침묵.- 밖에 누가 지나가고 있나요?

**마그렐**

아뇨, 아무도 지나가지 않아요.

**어머니**

내가 유령이 두려운 건가?

**마그렐**

글쎄요, 난들 어떻게 알겠어요!--- 아마 나는 이 집에 오래 머물 것 같지 않아요… 아이들을 돌보러 이 집에 발을 들여놓게 된 운명이었지만… 고용인들이 혹사 당하는 것을 보면서 벌써부터 떠나려고 마음을 먹고 있었죠. 하지만 그럴 수가 없었어요. 아니, 그러도록 내버려 두질 않더군요.
이제 예르다 아가씨가 결혼을 했으니, 내 임무도 다 끝난 것 같고 또 해방되어야 하는 순간이 왔다고 느껴지는군요. 그런데 지금은 때가 아닌 것 같기도 하구요.

**어머니**

무슨 말을 하고 있는지 도무지 이해를 할 수가 없군. 내가 어떻게 집안일을 꾸려나가며, 나를 완전히 희생하면서까지 애들을 위해 어미로서 해야 할 의무에 충실했는지는 세상이 다 알아요… 내게 불평을 하는 사람은 오로지 당신뿐이지, 그런 것쯤은 상관하지 않아. 언제든지 떠나고 싶을 때 떠나라구요. 우리 애들이 집으로 이사를 들어오면, 난 더 이상 아랫 것들을 두고 살 생각은 없으니까.

**마그렐**

아무쪼록 마님이 자식들과 함께 잘 지내시길 바랄 뿐이지요… 자식들은 천륜이란 것에 감사하지 않을 뿐더러 사위들은 장모가 돈이 없으면 관용을 베풀지 않는 답니다.

**어머니**

걱정하지 말라니까. 내 몫은 내가 지불할 거고, 또 집안 일도 도울 테니… 게다가 우리 사위는 다른 사위들과는 다르니까.

**마그렐**

그 가요?

**어머니**

그럼, 그렇다 말다! 그 사람은 나를 장모처럼 대하지 않고 누나 같이 생각하거든. 감히 여자 친구라고는 말할 수는 없을 테니까…

**마그렐**

(얼굴을 찡그린다.)

**어머니**

당신이 얼굴을 찡그리는 것도 무리가 아니지; 난 우리 사위를 좋아해. 그렇다고 하더라도, 또 그 사람은 그럴 가치가 있는 사람이기도 하지… 그런데 우리 남편은 사위를 좋아하지 않았어. 질투라고 말하긴 좀 그렇고 시기한다고 해 두자구. 그인 젊지도 않은 나를 자신의 질투 때문에 오히려 내 가치를 올려준 셈이 됐지 뭐야. 별뜻이 있는 게 아니고 사실이 그렇다는 거야… 뭐 라고 했죠?

**마그렐**

아무 말도 하지 않았다우! ― 누가 온 것 같았는데… 기침을 하는 걸 보니, 우리 대학생 도련님인 게로군! 불을 지피지 않아도 될까요?

**어머니**

그럴 필요 없다니까!

**마그렐**

마님! 난 이 집안에서 추위에 온몸이 얼어붙는 듯이 살았고, 굶주림에 시달렸어요. 그것은 그렇다고 하더라도 이 늙고 지친 사람에게 최소한 제대로 된 잠자리는 제공해 줬어야지요.

**어머니**

이제 당신은 떠나야 할 때가 된 것 같군…

**마그렐**

그렇지! 잊고 있었구먼! 헌데 이 집안의 명예를 위해서라도 수많은 사람들이 자고, 죽어나간 내 침구들을 모두 태워 버리도록 하세요. 그래야 새사람이 들어와도 망신을 당하지 않을 테니까. 그것도 혹시 오겠다는 사람이 있다면 말이지만!

**어머니**

아무도 필요없어!

**마그렐**

누가 들어온다고 해도, 이곳에 오래 남아 있지는 않겠죠… 50명이나 되는 하녀들이 떠나는 것을 이 두 눈으로 똑똑히 지켜봐 왔으니까요.

**어머니**

인간성이 그다지 좋지 않은 인간들이기 때문이겠지. 아래 것들은 하나 같이 모두 다 그런 거니까…

**마그렐**

그렇게 말해 주니 고맙군요!--- 그래요! 이제 마님의 전성시대가 온 것 같긴 해요! 누구나 다들 자신의 전성시대가 있기 마련이니까; 돌고 도는 것이 인생이잖아요!

**어머니**

곧 바로 당신 꼴을 그만 봐도 되겠지?

**마그렐**

그럼요. 곧! 바로! 아마 생각하는 것보다 더 빠를 거요!

(간다.)

※

**아들**

(책 한 권을 들고 기침을 하며 등장. 가볍게 더듬거린다.)

**어머니**

제발 문 좀 닫도록 해.

**아들**

왜요?

**어머니**

그렇게 말대꾸 할 거야? — 원하는 게 뭐야?

**아들**

내 방이 너무 추워요. 여기 앉아 책을 읽어도 될까요?

**어머니**

어떻게 된 애가, 넌 항상 그렇게 춥다고 야단이니.

**아들**

추울 땐 가만히 앉아 있으면, 더 춥게만 느껴지는 걸요!

(침묵.)

(먼저 책을 읽는 척 한다.)

채무 관계와 재산 상황 조사는 아직 끝나지 않았나요?

**어머니**

네가 그걸 왜 묻는 거야? 먼저 이 슬픈 고비를 넘기고 보자구. 도대체 넌 아버지의 죽음이 슬프지도 않아?

**아들**

슬프죠… 그렇지만 — 아버진 평안히 잠들어 계실 거예요 — 언제나 아버지께 평안한 휴식을 취하게 해드리고 싶은 맘이 가득했어요. 그런데 드디어 그 평안을 찾으신 걸요. 그러니 제가 어떤 입장에 처해 있는지 알려고 하는 것에 대해서는 막으려 하지 말아줘요 — 제가 은행에서 돈을 빌리지 않고도 졸업할 때까지 생활을 해 나갈 수 있는지는 알아야겠어요.

**어머니**

너도 알다시피 아버지가 남긴 것이라곤 아무 것도 없어. 글쎄 빚이나 남기고 가지 않았는지 모르겠군…

**아들**

그렇다 하더라도 회사 자체는 뭔가 돈 가치가 있지 않겠어요?

**어머니**

재고품이나 돈 될만한 물건은 하나도 없는데, 그게 회사는 무슨 회사야, 알겠냐구!

**아들**

(먼저 생각을 해 본다.)

그런데 회사 자체와 회사 이름, 고객들은…

**어머니**

손님들을 팔 수는 없는 것 아냐…

(침묵.)

**아들**

물론, 그렇겠죠!

**어머니**

변호사 사무실에 갔었단 말이야? – 침묵.– 넌 그런 식으로 네 아버지를 애도하는 건가!

**아들**

아니, 그렇게 말씀하시면 안 되죠! 각자 모두가 자기 나름대로 사는 방식이 다른 거니까요! — 누나와 매형은 어디 있죠?

**어머니**

아침에 신혼여행에서 돌아와 지금 팬션에 묵고 있어!

**아들**

그럼 적어도 배불리 실컷 먹을 수가 있어 좋겠군!

**어머니**

항상 넌 음식 타령이야; 그럼 내 음식에 대해 불만이라도 있다는 거야?

**아들**

아뇨. 그래선 안 되는 거잖아요!

**어머니**

한 가지만 말해 봐! 요 근래, 내가 이혼하고 혼자서 살고 있을 때를 기억하겠지. 한때, 넌 혼자서 아버지에게 간 적이 있잖아 — 그때 아버지 사업 상태에 대해 뭔가 들은 것이 전혀 없어?

**아들**

(책에 푹 빠져 있다.)

아아뇨, 별로!

**어머니**

네 아버진 마지막 해에 20,000크루누르 씩이나 되는 엄청난 돈을 벌었는데, 유산이라고는 한 푼도 남기지 않은 것에 대해 어떻게 설명할 수가 있을까?

**아들**

난 아버지의 사업에 대해선 아무 것도 몰라요; 그렇지만 건물의 가격이 상당히 나가는 것이라고는 말씀하셨어요! 또 최근에 이 가구들을 새로 사 들이셨다고 하시더군요!

**어머니**

그랬군. 그렇게 말했어? 빚이 있을 것 같지 않니?

**아들**

모르겠어요! 빚이 있었어도 모두 갚았을 거예요.

**어머니**

그 많은 돈이 어디로 갔단 말이야? 유서는 남겼어? 네 아버진 날 증오했어. 그리고 몇 번씩이나 나를 허허벌판에 내쫓아버릴 것이라고 협박을 했었지. 저축한 그 많은 돈을 어디다 몰래 감출 수가 있었을까?

(침묵.)

밖에 누가 지나갔니?

**아들**

아아뇨, 무슨 소리가 들린다고 그러세요!

**어머니**

내가 장례식이다, 회사다 하는 일들로 요즘 무척 예민해져 있는 가 봐 — 아무튼, 네 누나와 매형이 이 아파트를 물려 받을 것이라는 사실을 알고 있겠지. 그러니 너는 시내에 있는 방 한 칸을 알아보는 것이 좋을 거야!

**아들**

그럼요, 잘 알고 있죠!

**어머니**

넌, 네 매형이 싫은 거야?

**아들**

사실, 동정심이라곤 없는 사람이니까요!

**어머니**

하지만 착하고 우수한 청년이야! 넌 매형을 좋아하게 될 거다. 그 사람은 그럴 가치가 있는 사람이기도 하니까!

**아들**

그는 절 좋아하지 않아요 — 무엇보다 아버지께 난폭한 행동을 했잖아요.

**어머니**

그게 누구의 잘못이었지?

412

**아들**

아버진 난폭한 분이 아니셨어요.

**어머니**

아니라구?

**아들**

바깥에 누가 지나가고 있는 것 같아요!

**어머니**

불은 두 개만 켜도록 해! 단 두 개만!

**아들**

(전기 촛대에 불을 밝힌다.)


(침묵.)

**어머니**

벽에 걸려 있는 아버지 초상화를 네 방으로 가져가 주지 않으련?

**아들**

왜 제가 그래야 하죠?

**어머니**

보기도 싫으니까; 눈이 아주 사납게 생겼단 말이야.

**아들**

전혀, 그런 것 같지 않은데요!

**어머니**

아무튼 치워버려; 그렇게 높이 평가하는 너니, 너나 가지면 될
거 아냐!

**아들**

(초상화를 떼어낸다.)

알았어요! 못할 것도 없죠!

(침묵.)

**어머니**

난 악셀과 예르다를 기다리고 있는 중이야… 그 애들을 만나고
싶어?

**아들**

글쎄요! 그다지 보고 싶지가 않군요. 그러니 제 방으로 가는 편
이 좋겠죠… 다만 벽난로에 불씨만이라도 조금 얻을 수 있으면
좋겠어요.

**어머니**

우리에겐 돈을 태워 버려야 할 그런 여유가 없어…

**아들**

그 소리를 이십 년 동안이나 들어왔다구요. 우린 으시대고 싶어서 가는 한심스런 그 따위 외국여행은 갈 여유가 있는 데 말이죠… 아니면 장작 네 묶음 상당의 100크루누르 씩이나 하는 호화판 저녁식사를 레스토랑에서 했었잖아요; 저녁 한 끼가 땔감 네 묶음 값이었단 말이에요!

**어머니**

잘도 지껄여대는군!

**아들**

그래요. 우리 집은 뭔지는 모르겠지만, 미친 것 같아요. 그렇지만, 그것도 이제 끝장이 났으니… 오직 결판날 일만 남았군요.

**어머니**

그건 또 무슨 뜻이야?

**아들**

채무관계로 인한 재산조사 말고도 또 다른 것이 있겠죠.

**어머니**

또 다른 뭐가 있다는 거야?

415

**아들**

빚더미와 마무리 짓지 못한 일들이지 뭐가 있겠어요.

**어머니**

허긴 그렇겠지!

**아들**

아무튼, 울로 만든 따뜻한 옷을 좀 사주지 않겠어요?

**어머니**

지금 어떻게 그런 걸 요구할 수 있단 말이야? 이젠 곧 네 스스로 벌어서 써야 한다는 것을 생각할 때도 된 것 같은데.

**아들**

졸업이나 한 뒤의 일이겠죠!

**어머니**

그럼 다른 애들처럼 돈을 빌려서 살도록 해!

**아들**

누가 제게 돈을 빌려주겠어요?

**어머니**

누군 누구야, 네 아버지 친구들이지!

**아들**

아버진 친구들이 없었어요! 독립성이 강한 남자는 친구들이 없는 법이죠. 우정이란 상호간에 지속적으로 격려하며 관리를 해나가야 하는 법이니까요.

**어머니**

넌 참으로 박식하기도 하구나, 그런 건 아마 네 아버지로부터 배운 거겠지!

**아들**

맞아요, 아버진 박식한 분이셨죠 — 가끔 어리석은 짓을 하긴 하셨지만.

**어머니**

아니 하는 말 좀 들어보라지! — 아무튼, 넌 결혼할 생각은 있는 거야?

**아들**

사양하겠어요! 그저 젊은 남자에게 어울리는, 적당히 데리고 놀 여자나 곁에 두고 매춘부와 관계를 할 때 적절하게 보호할 것에 주의하고, 가장 친한 친구에 대해 방어태세를 갖추면 되는 거죠. 다시 말해 전쟁터에서 만난 최악의 원수같은 게 부부 사이인데⋯ 결혼은 무슨 결혼, 날 지켜야죠!

**어머니**

아니, 내가 지금 무슨 말을 듣고 있는 거야? — 네 방으로 썩 꺼지지 못해! 오늘은 이것으로 족하니까! 네가 취하긴 제대로 취한 모양이지?

**아들**

난 매일 조금이나마 술을 마셔야만 해요. 기침 때문이기도 하지만, 그것보다 포만감을 느끼기 위해서라구요.

**어머니**

또 음식이 잘못 됐다는 말이야?

**아들**

잘못 됐다는 것이 아니라, 제 맛이 나질 않는단 말이죠!

**어머니**

(놀란다.)

이제 그만 가보래잖아!

**아들**

음식들은 후추를 아주 많이 뿌렸거나 소금을 많이 쳐서, 그것 때문에 공복감을 느끼는 건지도 모르죠! 짜고 매운맛이 제대로 된 맛이라고 말할지도 모르겠지만!

418

**어머니**

넌 취했어! 썩 꺼지지 못해!

**아들**

그래야죠! 가도록 해야죠! 하고 싶은 말이 많이 있긴 있지만, 오늘은 이 정도로 해 두죠! — 그렇게 하자구요!

(간다.)

※

**어머니**

(불안한 듯 마루를 서성대며 탁자의 서랍을 연다.)

※

**사위**

(급히 들어온다.)

**어머니**

(반갑게 맞이한다.)

드디어 왔구나! 우리 사위! 보고 싶었어. 그런데 예르다는?

**사위**

조금 있다 올 거예요! 어때요. 건강하시죠?

**어머니**

이리와 앉아봐. 먼저 물어볼 게 있어. 결혼식장에서 본 것이 마지막이었잖아 — 그런데 왠일로 이렇게 빨리 집에 돌아온 거야, 8일 예정이었을 텐데. 이제 겨우 3일 밖에 지나지 않았잖아?

**사위**

글쎄, 너무 지루해서요. 아시겠지만 할 말을 실컷하고 났더니 외로움이 밀려들더군요. 게다가 장모님과 함께 있는 것이 습관이 돼서 그런지, 우린 장모님이 그리웠어요.

**어머니**

정말이야? 그래 맞아. 우리 셋은 그 힘든 고비를 넘기는 동안 똘똘 뭉쳤으니까. 내가 너희들에게 쓸모가 있다는 생각이 드는구나.

**사위**

예르다는 인생의 예술을 이해 못하는 철부지에 지나지 않아요. 그녀는 편견이 심한 데다 고집이 세고 어떤 때는 마치 광신자 같기도 해요.

**어머니**

그건 그렇고 결혼식은 어땠어?

**사위**

상상 외로 대성황이었죠! 정말 상상 밖이었다니까요. 제가 읽은 시는 어땠어요?

**어머니**

나에게 바친 시란 말이야? 진정이야? 그렇구나 — 자기 딸 결혼식에 그런 시를 받아본 장모는 이 세상에 나 밖에 없을 거야… 넌 펠리컨이 자신의 피를 새끼들에게 주는 것[5]을 알고 있는지 모르겠군. 내가 얼마나 울었는지, 정말 많이 울었단 말이야…

**사위**

제 시가 먼저였죠. 그래요, 그 다음이 춤이었구요. 장모님은 정말 춤을 너무 잘 추시더군요. 예르다가 질투를 할 정도였다니까요…

**어머니**

맙소사. 그건 처음 있는 일도 아니니까 괜찮아; 그앤 내가 상복을 입고 올 것을 원했지만, 그런 것쯤은 개의치 않고 넘겨버렸

---

5 어미 새 발톱으로 새끼들을 심하게 만져 죽게 되면, 아버지 새가 어미 새 때문에 새끼 새들이 죽었다고 가슴을 쥐어 뜯어 가슴에서 피가 흘러 죽어있던 새끼 새들이 그 피를 받아 먹고 다시 살아난다는 일화로 펠리컨은 가슴에서 흐르는 피로 새끼 새들을 키운다고 전해진다.

지. 내가 내 새끼들한테 순종을 해야만 하겠어?

**사위**

물론 그런 것쯤은 개의치 않아도 되겠죠. 제가 여자들을 쳐다보기만 하면, 가끔 예르다는 미친여자로 돌변해 버린다니까요.

**어머니**

무슨 말이야? 그럼 너희는 행복하지 않단 말이야?

**사위**

행복이라구요? 아니, 그게 뭐죠?

**어머니**

그런 거야? 그럼 벌써 싸웠단 말이야?

**사위**

벌써? 우린 약혼 중에도 다투는 것 외에는 한 짓이라곤 없었어요… 지금 저는 해군중위로 예비군에 입대하기 위해 작별인사를 나누려고, 이곳에 온 것 뿐이에요… 또 이상한 것이, 그녀는 제가 민간인이란 것이 맘에 들지 않는 것 같아요.

**어머니**

그럼 왜 유니폼을 입고 다니지 않는 거야? 민간복을 입은 너를 거의 알아볼 수가 없다는 건 나 역시 부정할 수가 없어 — 정말 딴 사람 같다니까.

**사위**

근무를 하거나 퍼레이드를 하는 날들이 아니면 유니폼을 입는 것이 금지되어 있어요.

**어머니**

입으면 안 된단 말이야?

**사위**

그럼요, 그건 규칙이니까요.

**어머니**

아무튼 예르다가 불쌍해. 그 애는 해군 중위랑 약혼을 했건만 결혼은 회계사와 했으니!

**사위**

어쩔 수 없지 않겠어요? 먹고 살아야지! 살아야 한다고 하니 말인데요. 저희 집의 사업 상태는 어떤가요?

**어머니**

솔직히 말해 난, 아는 게 아무 것도 없어! 그 반면에 프레드릭이 의심스럽다는 생각이 들기 시작했어.

**사위**

무슨 말이에요?

**어머니**

오늘 저녁 그 애가 이상한 말을 하더라구…

**사위**

그 바보 멍청이 녀석이…

**어머니**

그들은 교활한 것들이야. 그러니 집안에 유언장이나 예금통장 같은 것은 없을 것이라고 누가 장담하겠어.

**사위**

조사는 해 봤어요?

**어머니**

그 사람의 모든 서랍들을 뒤져 봤지만…

**사위**

그 녀석의 것도 말입니까?

**어머니**

물론이지. 난, 그 녀석이 편지를 써서 찢어버리곤 하는 휴지통을 언제나 살펴보니까…

**사위**

그건 아무 것도 아니죠. 그런데 아버님의 쉬폰예도 조사해 보셨어요?

**어머니**

그럼, 물론이지…

**사위**

제대로 살펴보긴 했나요? 모든 서랍들을?

**어머니**

이 잡듯이 모두!

**사위**

쉬폰예에는 비밀 서랍이 따로 숨겨져 있기 마련이죠.

**어머니**

그건 미처 생각 못했어!

**사위**

그곳을 조사해 봐야겠어요!

**어머니**

안 돼, 손대면 안 돼. 그건 채무관계로 구성된 진상 조사단에 의
해 봉인이 되어 있는 상태야.

**사위**

봉인을 뜯어볼 수는 없는 건가요?

**어머니**

안 돼! 큰일난다구!

**사위**

안 되긴요. 모든 비밀 서랍은 뒤에 있기 마련이니 뒤쪽 합판을 떼어내면 되잖아요.

**어머니**

연장을 써야 하잖아…

**사위**

무슨 말씀을! 그런 것 없이도 되는 수가 다 있어요.

**어머니.**

그렇지만 예르다가 알아서는 절대로 안 돼.

**사위**

그럼요, 여부가 있겠어요--- 그랬다간 동생한테 바로 고자질을 할 걸요.

**어머니**

(문을 잠근다.)

만일을 생각해서 문을 잠궈야만 해…

**사위**

(쉬폰예의 뒷면을 살펴본다.)

아니, 누군가 벌써 여기에 손을 댔잖아… 손이 들어갈 정도로…
뒷면의 나무판이 느슨해져 있어요.

**어머니**

그 녀석의 짓이 분명해… 그것 보라구. 내가 의심했던 것이 맞
아 떨어진 거야. 어서 서둘러! 누가 오고 있어!

**사위**

여기 종이가 있는데요.

**어머니**

서둘라니까, 누가 오고 있다잖아…

**사위**

서류봉투 하나가 있어요.

**어머니**

예르다가 오는군! 종이를 이리 줘… 어서!

**사위**

(커다란 편지 한 장을 넘겨주자, 어머니는 그것을 감춘다.)

그것 봐요. 내가 그랬잖아요! 어서 몸을 숨겨요!


※


(먼저 문을 잡아 당겨보고 그런 뒤 두들긴다.)

**사위**

당신이 문을 잠궈야 한다고 했잖아… 이제 우리는 끝장이야!

**어머니**

조용히 좀 해!

**사위**

아무튼 돌대가리라구!––– 어서 열어! — 그러지 않으면 내가 열 테니까! — 어서 몸을 숨겨!

(그는 문을 연다.)

**예르다**

(기운없이 들어온다.)

428

둘이서 왜 문을 잠그고 있는 거죠?

**어머니**
아가야, 먼저 인사부터 해야지. 결혼식에서 본 것이 마지막이잖아; 여행은 즐거웠는지 모르겠구나. 그렇게 찡그리고만 있지 말고 얘기 좀 해 보렴.

**예르다**
(풀이 죽어 의자에 앉는다.)

둘이서 왜 문은 잠그고 있었냐니까?

**어머니**
그게 자동으로 그렇게 된 거겠지. 매번 사람들이 나갈 때마다 계속 잔소리를 해야 하니 정말 지겨워. 이제 너희들이 이곳에 살 것이니 이 아파트에 있는 모든 가구들을 어떻게 할 건지 생각해 보는 것이 좋겠지?

**예르다**
그래야 겠죠--- 사실 난 상관 없어요— 여보, 자긴 어떻게 생각해요?

**사위**
그럼, 이대로도 괜찮은 것 같아… 장모님도 그다지 나쁘다고 생각하시진 않으실 테죠--- 아주 조화가 잘 돼 있으니…

**예르다**

그럼 엄만 어디서 사실 건가요?

**어머니**

아가야, 어디긴 어디야 여기지. 난 그냥 침대 하나만 들여놓으면 되니까!

**사위**

당신은 살롱에다 침대를 들여놓겠다는 말인가요?

**예르다**

('당신'이란 말에 주의를 기울인다.)

나 말인가요?

**사위**

장모님이라 부르려던 것이 그만… 아무튼 잘 될 거야… 서로 돕고 살아야지. 우린 장모님이 내시는 돈만으로도 충분히 생활을 할 수가 있을 테니…

**예르다**

(밝아진다.)

그럼 가사일도 도움 받을 수 있겠네…

**어머니**

아가야, 그렇지 않구… 그렇지만 설거지만은 하고 싶지 않아!

**예르다**

어떻게 그런 생각을 다 하실 수가! 아무튼 저 혼자 우리 그이만 독차지 할 수 있다면, 아무 문제가 없을 거예요! 아무도 우리 남편을 쳐다보지 못하게 할 거야…
그곳 팬션에 있던 사람들이 한결같이 그랬으니까. 그래서 신혼여행도 짧아진 거라구요… 그렇지만, 그이를 어떻게 해보겠다고 애쓰는 사람이 있으면, 아마 내 손에 죽고 말 걸! 이제 다들 알겠죠! —

**어머니**

이제 우리 밖으로 나가서 가구들을 옮기도록 해야지.

**사위**

(어머니를 빤히 쳐다본다.)

그것 좋죠! 예르다는 여기서 시작을 하도록 해…

**예르다**

왜요? 난, 이 집에 혼자 남아 있고 싶지 않아요… 먼저 말해 두지만, 우리가 이사를 한 뒤엔 그 누구에게도 방해받지 않고 조용히 살고 싶어요…

431

**사위**

장모님과 당신은 어둠을 무서워하니, 우리 셋이서 꼭 붙어 다니도록 하면 되겠군…

(세 사람 모두 나간다.)

※

무대는 비어있다; 밖엔 바람이 세차게 불어 창문과 벽난로에서 윙윙대는 소리가 난다; 무대의 문짝이 부딪치기 시작한다. 책상 위에 놓여 있던 종이들이 날리며 방안에 흩어진다, 콘솔 위에 놓여있던 야자수가 광란하듯 흔들린다. 벽에 걸려 있던 사진 하나가 떨어진다. 아들의 목소리가 들린다:

"엄마!"—그런 후 곧—"창문을 닫도록 해!"—침묵.—흔들의자가 움직인다.

**어머니**

(등장, 손에 든 종이를 읽으며 펄펄 뛴다.)

이건 또 뭐야? 흔들의자가 움직이고 있잖아!

**사위**

(뒤 따라서).

뭐예요? 뭐라고 써 있어요? 어디 좀 보자구요! 유언장인가요?

**어머니**

어서 문을 닫도록 해! 날아가버리면 어쩌냐구. 하지만 냄새 때문에 창문 하나는 열어두도록 해야 할 거야! 이건 유언장이 아니잖아 — 아들 놈에게 보내는 편지라구. 그 인간이 나와 너를 기만한 것이 적혀 있군 그래!

**사위**

어디 좀 봐요!

**어머니**

안 돼, 그러면 악감정만 생기게 될 거야. 그 녀석 손에 넘어가는 행운 따윈 없도록 찢어버려야만 해…

(그녀는 종이를 찢어 벽난로에 던져 버린다.)

그 사람이 무덤에서 일어나 말을 한다고 생각해 보라구 — 그 인간은 죽지 않았어! 난 결코 이 집에서 살 수가 없어 — 내가 그를 죽였다고 써 놨더군… 난 절대로 죽이지 않았어! 그는 뇌졸중으로 죽은 거라구. 의사가 그렇게 진단을 내렸음에도 불구하고… 그 인간은 모든 것을 거짓말로 또 다른 얘기를 꾸며대고 있는 거야! 내가 그를 망하게 했다는 거지!… 이것 봐 악셀, 한시 바삐 우리가 이 아파트에서 벗어날 궁리를 좀 해보라니까, 난 더 이상 견디지 못하겠어! 약속해 줘! — 저 흔들의자를 좀 보라구!

**사위**

그건 바람에 흔들리는 것 뿐이라구요!

**어머니**

제발 여기서 벗어나도록 해 줘! 약속해 줘!

**사위**

난, 그럴 수가 없어요… 당신이 유산을 미끼로 나를 유혹했기에, 그것만 믿고 있었죠. 그렇지 않았으면 이 결혼은 절대로 하지도 않았다구요. 다 망해버린 마당에 이제 그만 닥치는 대로 받아들일 수밖에 없지 않겠어요. 그러니 나를 그냥 당신 사위로 생각해 줘요! 우린 살아남기 위해 함께 뭉쳐야해요! 절약을 해야만 하니까요. 당신은 가사일을 돕도록 해요!

**어머니**

네가 하고 싶은 말은 다시 말해 내가 내 집에서 하녀로 취직하란 말이야? 그런 건 절대로 할 수 없어!

**사위**

가난에는 법도 없다잖아요.

**어머니**

악당 같으니라구!

**사위**

부끄러운 줄 알라구, 이 할망구야!

**어머니**

네 하녀가 되라니!

**사위**

어디 한 번 당신의 하녀들이 굶주림과 추위에 떨며, 어떻게 힘들게 살아왔는지 느껴보시지 그래, 당신이라고 그런 걸 피할 수 있을 것 같아!

**어머니**

난 종신연금이 있으니까…

**사위**

아마 그건 다락방 하나 얻을 값도 못될 걸. 그렇지만, 그 돈이라면 이곳에선 충분하겠지. 모두들 조용히 지낸다면 몰라도 만약 식구들이 귀찮게 굴면, 난 떠나고 말테니까!

**어머니**

예르다 곁을 떠난다구? 그럼 넌 그 애를 사랑했던 적이 결코 없었다는 말이잖아 ─

**사위**

그런 건 당신이 나보다 더 잘 알겠지. 당신은 내 가슴에서 당신 딸을 빼앗아가버렸어. 차츰 당신은 예르다가 대물림한 침실에 들어와서 그녀를 밀어내버렸으니까… 아마 애가 생겼다면 그땐 그녀에게서 애마저 빼앗아버렸을 거야… 아직 예르다는 눈치도 못 챘을 뿐만 아니라 아무 것도 몰라. 그렇지만 예르다는 몽유병에서 깨어나기 시작한 것 같기도 해. 당신 딸이 눈을 뜰 때는 조심해야 할 걸!

**어머니**

악셀! 우린 뭉쳐야만 해… 우린 헤어져선 안 돼. 난 혼자선 살 수가 없다구; 모든 것을 받아들이고 참을게 ― 그렇지만 소파에서는 잘 수가 없잖아…

**사위**

잘 수가 없다니! 거실에 침실을 만들어 우리집의 분위기를 파괴시키고 싶진 않아, ― 무슨 말인지 잘 알 텐데, 그래!

**어머니**

제발 다른 침대를 들여놓게 해 줘…

**사위**

무슨 말을 하고 있는 거야, 우린 그럴 여유가 없어 ― 이게 얼마나 근사한 소파냐구!

**어머니**

휴우! 이건 정말 피비린내 나는 도살장과 마찬가지야!

**사위**

말은 잘도 하는군… 싫으면 다락방이나 종교단체, 아니면 무위
탁 시설로 들어가 외롭게 살던지.

**어머니**

내가 포기할 수밖에 없겠군!

**사위**

잘 생각한 거야…

(침묵)

**어머니**

생각해 봐. 그 인간은 우리 아들에게 자기가 살해당했다고 편지
를 썼단 말이야.

**사위**

당신 수법은 법을 피해 갈 수 있는 장점이 있긴 하지만… 죽이
는 방법은 여러가지 있으니까!

**어머니**

우리라고 말해! 너도 함께 도왔으니. 네가 그의 속을 뒤집어 화
나게 만들었고, 또 절망 속으로 몰아넣었잖아.

**사위**

그는 벽에 꼼짝달싹 하지 않고 달라붙은채 전혀 피할 생각을 하지 않더군! 그러니 난 그를 떠밀 수밖에 없었으니까.

**어머니**

다만 널 비난하고 싶은 것은, 네가 나를 유혹했다는 거야… 그날 밤을 절대 잊을 수가 없어. 너희 집에서 보낸 그 첫날밤을 설마 잊진 않았겠지. 그때 우린 화려하게 차려진 식탁 앞에 마주 앉아 형무소 운동장이 아니면 정신병원에서 들려오는 소릴 거라고 믿으며, 농장 아래에서 들려오는 아우성 소리를 들었잖아… 기억해? 그건 그 사람이 비바람 부는 암흑 속을 헤치고 저 아래 담배농장으로 달려가 사라진 아내와 자식을 그리워하며 울부짖던 소리였어…

**사위**

그 얘길 왜 이제서야 하고 있는 거야? 그게 그 인간이었다는 것을 당신이 어떻게 알아?

**어머니**

그 사람 편지에 써 있었으니까!

**사위**

그래, 그게 우리와 무슨 상관이 있단 거야? 그는 천사가 아닌 것만은 분명한 사실이니까.

**어머니**

그럼, 천사가 아니구말구. 그렇지만, 가끔 그 사람은 인간적인 측면도 있긴 있었지. 맞아, 너 보다는 조금 더 있은 편이었어⋯

**사위**

동정심이 뒤집히기 시작하시는군⋯

**어머니**

제발 화 좀 내지 말어! 우린 평화를 유지해야만 해!

**사위**

우린 그런 운명이니까⋯ 꼭 그래야만 하겠지.

(안에서 쉰 목소리로 부르는 소리가 들린다.)

**어머니**

이건 무슨 소리지? 이것 봐! 그 사람이야⋯

**사위**

(난폭하게.)

그 사람이라니 뭐야?

**어머니**

(귀를 기울인다.)

**사위**

누구지? — 그 녀석인가! 그놈은 분명 또 술에 취했을 거야!

**어머니**

프레드릭이란 말이야? 내가 보기론 그 사람과 너무 닮았어---
더 이상 견딜 수가 없어! 그 녀석에게 무슨 일이 있는 거야?

**사위**

어서 가 보시지! 그 건방진 놈은 분명히 만취 상태일 테니!

**어머니**

함부로 말하지 마! 아무튼 그앤 내 아들이야!

**사위**

아무튼 당신 아들이니까! ——시계를 꺼낸다.

**어머니**

왜 시계를 보고 그래? 저녁은 먹지 않을 거야?

**사위**

사양하도록 하죠, 차나 마시고 썩은 냄새가 풍기는 안쵸비나…
아니면 죽 따윈 절대로 먹지 않을 거야… 게다가 난, 회의에 참
석도 해야 해서…

**어머니**

회의라니?

**사위**

당신과는 아무 상관 없는 비지네스니까! 이젠 장모처럼 행동하고 싶은 모양이지?

**어머니**

친정에서 신혼 첫날밤인데, 아내 곁을 떠난단 말이야?

**사위**

그것도 당신과는 아무 상관이 없는 일이겠지!

**어머니**

내 자식들과 나에게 어떤 일이 닥칠지 이제야 알 수 있을 것 같아! 이제야 말로 네 정체가 들어나기 시작했군 그래.

**사위**

말하면 잔소리지!


막이 내린다.

## 2:a

동일한 무대장식.

밖에서 연주하는 소리가 들린다: **벤자민 고다르(Benjamin Godard)**[6]의 오페라 **죠슬랭(Jocelyn)**에 나오는 자장가.[7]

**예르다**

(책상 앞에 앉아 있다.)

(오랜 침묵이 흐른다.)

**아들**

(들어온다.)

**혼자야?**

---

**6** 프랑스 태생의 벤자민 고다(Benjamin Louis Paul Godard, 1849-1895)는 작곡가 이자 바이올리니스트.

**7** 4막 오페라 Jocelyn에 나오는 테너곡. 〈죠슬랭의 자장가(Berceuse de Jocrlyn), 1880〉.

**예르다**

응! 엄마는 부엌에 계셔.

**아들**

누나 남편은?

**예르다**

회의에 갔어… 프레드릭, 우리 앉아 얘기 좀 하자꾸나. 제발 나와 함께 있어 줘!

**아들**

(앉는다.)

그러지 뭐. 그러고 보니 우린 대화를 나눈 적이 없는 것 같아. 서로 피해 다녔잖아. 서로에 대한 배려라곤 없었으니까.

**예르다**

항상 넌 아버지 편이었잖아, 난 엄마 편이었구.

**아들**

어쩌면 변할지도 모를 걸! — 누난 아버지를 제대로 알긴 알아?

**예르다**

넌 이상한 질문을 다 하는구나! 난, 오직 엄마가 보는 눈으로만 아버지를 볼 수 있었으니까.

**아들**

그렇지만, 아버지가 누나를 사랑하셨다는 걸 지켜봐 왔잖아!

**예르다**

아버진 왜 내 약혼을 파기하고 방해를 하셨을까?

**아들**

그잔 누나가 의지할 만한 적합한 인물이 못 된다고 생각하셨기 때문이야!

**예르다**

엄마가 아버질 떠난 것은 아버지가 벌을 받은 거라구.

**아들**

그건 누나 남편이 엄마를 꼬득여서 아버지를 떠나게 만든 게 아니구?

**예르다**

그이와 내가 둘이서 함께 한 거야! 아버지가 내게서 약혼자를 떼어놓으려 했을 때, 아버지 역시 헤어진다는 것이 어떤 아픔인지 느껴보라고 그랬던 거야.

**아들**

어쨌거나 그 사건이 아버지 생명을 단축시켰어… 내 말을 믿어 보라니까. 아버진 정말 누나가 잘 되기만 바라셨어!

**예르다**

늘 넌 아버지 곁에 있었잖아. 아버진 뭐라고 하셨어. 어떤 분이셨지?

**아들**

아버지께서 그 고통을 어떻게 다 표현할 수가 있으셨겠어…

**예르다**

그럼 엄마에 대해선 뭐라고 하셨어?

**아들**

아무 말도 없으셨어!… 모든 것을 지켜본 나로서는 결혼 같은 건 절대로 하지 않을 작정이야!

(침묵.)

누난, 행복해?

**예르다**

그럼! 원하는 남자를 얻었는데, 행복하지 않구!

**아들**

그럼, 그 자는 왜 첫날밤부터 누나 곁에 없는 거야?

**예르다**

사업상 회의가 있어서.

**아들**

레스토랑에서?

**예르다**

무슨 말을 하는 거야? 네가 그걸 어떻게 알아?

**아들**

난 누나가 알고 있는 줄 알았지!

**예르다**

(두 손에 얼굴을 묻고 운다.)

오 하느님! 난 어쩌면 좋을까요!

**아들**

미안해, 누나의 맘을 아프게 하려 한게 아닌데!

**예르다**

그래, 너무 아파! 아프단 말이야! 아니, 차라리 죽어버렸으면 좋
겠어!

**아들**

왜 신혼여행 가서 더 있다 오지 않은 거야?

**예르다**

그인 사업 걱정을 했었어. 또 엄마를 만나고 싶어했구. 그 사람
은 엄마를 떨어져서는 살 수가 없는 것 같애⋯

(둘은 서로를 빤히 쳐다본다.)

**아들**

그런 거야?

(침묵.)

그런 일 말고는 행복해?

**예르다**

물론이지!

**아들**

불쌍한 우리 누나!

**예르다**

무슨 말을 하는 거야?

**아들**

말해 줄게. 엄마가 호기심이 많다는 것은 누나도 잘 알고 있는 일이지만, 기가 막히게 전화를 잘 이용하는 짓은 엄마를 따라 갈 사람은 아무도 없다는 걸 알고 있는지 모르겠군!

**예르다**

무슨 말이야? 그럼 엿들었단 말이야?

**아들**

항상 그랬지. 아마 문 뒤에 숨어 통화하는 소릴 엿들었을 걸…

**아들**

넌 엄마에 대해 항상 나쁘게만 생각하는 경향이 있어.

**아들**

누나도 마찬가지지! 이런 일이 어떻게 일어날 수가 있겠어? 엄마가 어떤 사람이라는 건 누나도 잘 알면서 그래…

**예르다**

글쎄! 그렇지만, 난 알고 싶지가 않아…

**아들**

알고 싶지 않다는 건 다른 문제겠지; 그러나 누나가 관심을 갖고 있는 것은 따로 있을 텐데…

**예르다**

입 닥쳐! 내가 몽유병 환자라는 걸 나 자신도 알고 있지만 깨어나고 싶지 않단 말이야! 그럼 난, 살 수가 없을 테니까!

**아들**

그렇다면 누난, 우리 모두가 몽유병 환자라고 생각지 않아? ― 알다시피 난 정당한 소송절차를 공부하는 법학도란 말이야. 그래서, 어떻게 그렇게 되어버리고 말았는지를 모르고 있는 중범죄자들을 공부하는데… 그들의 범죄가 밝혀질 때까지, 그들은 자신이 정당한 행동을 했다고 생각하더라구. 그런 후, 모든 사실이 밝혀지고 나서야 겨우 정신을 차리더군! 그것은 꿈을 꾼 것이 아니라 잠을 잤던 것이 분명해!

**예르다**

자도록 내버려 둬! 내가 언젠가는 깨어날 것이라는 것을 난 알아. 그러나 거기까진 먼 길이야! 휴유! 짐작은 가지만, 이 모든 것이 뭐가 뭔지 도무지 모르겠어! 어렸을 때 일이 기억 나는데… 사람들은 누가 사실을 사실대로 말을 하면 성질이 못된 사람이라고 부르더라구… 내가 나쁜 것을 나쁘다고 말을 하면, 난 아주 성질이 고약하다는 말을 듣곤 했으니까. 그래서 난 입을 다무는 법을 배웠지. 그러니까 착한 태도로 사랑을 받게 되더군; 그렇게 해서 난, 그런 뜻으로 말한 게 아니라고 하는 말을 배우게 됐어. 바로 그때 어떻게 인생을 살아야 하는지 배우게 된 셈이지.

**아들**

(무관심하게.)

대체로 사람들은 자신의 잘못이나 약점을 숨기려 드니까, 그건 사실이야… 그러나 그 다음 단계는 참견과 아부라고 하는 걸 하더군… 사실, 올바른 태도를 어떻게 취해야 하는지 안다는 건 어려운 일이니까. 그렇지만, 가끔은 하고 싶은 말을 해야만 하는 것이 인간의 의무가 아닐지…

**예르다**

입 닥쳐!

**아들**

조용히 있을 테니 걱정 말라구!

(침묵.)

**예르다**

아냐, 말을 계속하는 게 좋겠어. 그렇지만, 그것에 대한 말만은 하지 말아 줘! 침묵 속에서도 네 생각들을 다 읽고 있으니까! 사람들은 모였다 하면 떠들어 댄단 말이야. 자신의 생각을 숨기기 위해 끝도 없이 수다를 떠는 거라구… 잊기 위해서, 귀머거리가 되기 위해서… 사람들은 다른 사람들에 대해 새로운 것을 듣고 싶어하지만 자신의 일은 숨기려고만 들거든!

**아들**

불쌍한 누나!

**예르다**

가장 큰 고통이 어떤 것인지 넌 알아? ─침묵.─ 극도로 행복한 순간에 허무함을 보는 것이야!

**아들**

이제야 바른 말을 하는군!

**예르다**

한기가 들어, 우리 불을 좀 지피도록 하자꾸나!

**아들**

누나도 추위를 탈 줄 알아?

**예르다**

난 항상 춥고 배가 고픈 걸!

**아들**

누나도 그렇군! 우리 집은 정말 이상한 집이야! ─ 내가 땔감을 찾으로 밖으로 나간다면, 소동이 나겠지─ 최소한 8일 동안은 말이야!

**예르다**

어쩌면 벽난로 안에 나무가 들어 있을지도 몰라; 엄마가 우리 눈을 속이려고 땔감을 그 속에 넣어놓곤 했으니까---

**아들**

(벽난로 앞으로 가서 문을 연다.)

정말 여기 막대기 몇 개가 있긴 있군! -침묵.- 그런데 이게 뭐지? 편지잖아! 갈기갈기 찢겨져 있어. 이건 태워도 되겠지…

**예르다**

프레드릭, 태우지 말어. 그러면 우리는 끝없이 지긋지긋한 잔소리를 듣게 될 거야. 이리 와서 앉아, 얘기나 하자꾸나…

**아들**

(가서 앉는다, 곁에 있는 탁자에 찢어진 편지를 올려 놓는다.)

(침묵.)

**예르다**

아버지는 왜 그토록 내 남편을 증오했는지 알고 있니?

**아들**

알지 않구. 그 자가 나타나 딸과 아내를 빼앗아 가버렸으니. 아버진 외로운 신세가 되신 거야; 또 사위가 자신보다 더 좋은 음식을 대접 받고 있다는 사실도 눈치 채셨지; 당신네들은 살롱에 문을 걸어 잠그고 앉아 음악을 들으며 책을 읽곤 했었지. 그런 일들이 우리 아버지에 대해 얼마나 비정한 짓이었는지 알아; 아버진 밖으로 내동댕이쳐진 꼴이 되었지. 자신의 집에서 쫓겨난 거니까. 결국 아버진 술집을 찾아 나설 수밖에 없으셨던 거야.

**예르다**
우리가 무슨 짓을 했는지 전혀 생각조차 못했어… 불쌍한 우리 아버지! —
좋은 평판과 명성을 지닌 나무랄데 없는 부모님을 갖고 있다는 것은 정말 좋은 일이고 감사해야 하겠지… 그토록 덕담을 나누고 시를 받으신 우리 부모님의 은혼식을 기억하고 있겠지!

**아들**
기억하지 않구. 그 지옥 같은 결혼생활을 했으면서, 마치 행복한 부부란 듯이 축하연을 베푸는 것이 꼴불견이란 생각이 들긴 했지만…

**예르다**
무슨 소릴 그렇게 하는 거야!

**아들**
그렇지만 어쩔 수가 없어. 부모님이 어떻게 살았는지는 누나가 더 잘 알잖아… 엄마가 창문에서 뛰어내리려 했을 때, 우리가 매달려 붙들었던 것을 잊은 모양이군.

453

**예르다**

그만해!

**아들**

이혼의 배경에는 우리가 모르는 이유가 있었지… 내가 아버지를 돌보았을 때, 여러 번 하고 싶으신 말이 있으셨던 것 같아. 그러나 결코 입밖에 내시지 않더군… 요즘 가끔 아버지가 꿈에 보이곤 해…

**예르다**

나도 그래! ― 내가 보는 아버지는 서른 살 정도야… 나를 자상하게 쳐다보시는 거야. 뭔가 뜻하는 것이 있으신 것 같은데, 도무지 뭘 원하시는지 이해를 못하겠어… 가끔은 엄마도 함께 있곤 해; 아버진 엄마에게 화를 내시지 않아, 그건 아버지가 엄마를 사랑했기 때문이겠지. 아무튼 은혼식이 끝날 때까지도 아버지는 엄마에게 감사한 맘을 전달하셨던 걸 기억하겠지. 모든 것이 허사긴 했지만…

**아들**

허긴, 모든 것이 허사였지! 너무 극단적인 말인지 모르겠지만, 그래도 그건 아무 것도 아닌 거야.

**예르다**

아무튼 아주 근사했었어! 엄마는 큰 일을 한 거야. 우리 가정을 잘 꾸려 나갔으니!

**아들**

그래, 그것이 아주 큰 문제지!

**예르다**

무슨 말을 하는 거야?

**아들**

그랬어. 여자들은 모두 똘똘 뭉쳤었지! 단 하나, 가사일을 돌보는 것만 봐도 여자들은 모두 한편이었으니까… 그것은 마치 프리뮤레리(Frimureri)[8] 내지는 카모라(Camorra)[9]와 같다니까. 게다가 난, 내 편인 마그렡 할머니에게 우리 집의 경제 사정에 대해 물어보다가, 도대체 왜 이 집에서는 배불리 먹을 수가 없는지 물어본 적이 있었지… 그때 그 수다쟁이 할머니까지도 입을 다물고 말더군! 입을 다물고 괴로워 했지. 뭐라고 설명해 줄 수 있겠어?

**예르다**

(짤막하게.)

글쎄!

---

**8** 현재 다양한 형태로 전 세계에 존재하는 기원이 확실치 않은 프리메이슨(Free-Maisons)으로, 16세기 후반부터 17세기 초에 결성된 비밀결사 단체. 여성회원은 없다고 전해진다.
**9** 이탈리아의 4대 비밀결사단 중의 하나로, 나폴리를 중심으로 활동하는 마피아.

**아들**

누나도 역시 프리뮤레리의 한 사람이라고 들었어!

**예르다**

네가 무슨 말을 하고 있는지 도무지 이해할 수가 없구나!

**아들**

가끔 난, 아버지가 알고 있었다고 생각하는 그 카모라에게 희생 당하지 않았나 하는 생각이 들곤 했어.

**예르다**

너는 가끔 정신 나간 사람처럼 말을 한단 말이야…

**아들**

가끔 아버지가 농담을 하실 때 그 카모라라는 말을 쓰시던 것을 기억하고 있어. 그렇지만 마지막엔 입을 다무셨거든…

**예르다**

여긴 마치 무덤 속의 냉기처럼 끔찍히도 춥구나…

**아들**

그럼 돈이 얼마나 들든지 말든지 나 같으면 정말 불을 지폈을 텐데!

(그는 찢겨진 편지를 든다, 처음에는 무심코 보다가, 잠시 후 그의 시선이

머문다. 그리고 읽기 시작한다.

이게 뭐지?— – 침묵.– 내 아들에게!… 아버지 글씨야! – 침묵.–
그렇다면 나에게!

(그는 읽어 내려간다! 의자에 무너지듯 내려앉아 침묵을 지키고 있다.)

**예르다**
뭐야, 뭘 읽고 있는 거야?

**아들**
끔찍하군!

(침묵.)

너무나도 끔찍해!

**예르다**
말 좀 해 보라니까, 뭐냐구!

(침묵.)

**아들**
이건 해도 해도 너무 심하군… –예르다에게.– 돌아가신 아버지
로부터 온 편지야. 내게 말이야! –계속 읽는다.– 내가 이제야 잠

에서 깨어나는군!

(그는 소파에 몸을 던지고 고통스러운 신음 소리를 내며 종이를 주머니에 넣는다.)

**예르다**
(무릎을 꿇고 그의 곁에 앉는다.)

무슨 일이야, 프레드릭? 말 좀 해 보라구. 무슨 일이야! — 귀여운 내 동생, 어디 아픈 거야. 말해 봐, 말해 보라니까!

**아들**
(일어난다.)

난 더 이상 살 수가 없어!

**예르다**
그러니 말을 해 보래두!

**아들**
도무지 믿을 수가 없는 일이야! −몸을 가다듬고, 일어난다.

**예르다**
뭔지 모르겠지만, 그건 사실이 아닐 수도 있잖아!

**아들**

(약이 오른다.)

그게 아니지 누나. 아버진 무덤 속에서 거짓말을 하시지 않아…

**예르다**

병적인 망상들에 쫓기고 있을 수도 있는 거야…

**아들**

카모라! 또 다시 시작하는군; 그럼 그걸 읽어주지!――― 똑똑히 들어!

**예르다**

벌써부터 알고 있었던 것 같기도 해; 하지만 난 믿고 싶지 않아!

**아들**

믿고 싶지 않겠지! ― 어쨌거나, 그게 이런 거야! 우리를 낳은 여자는 도둑 중에도 아주 큰 도둑이라구!

**예르다**

무슨 말을 그렇게 해!

**아들**

우리 엄마 말이야. 그 여잔 생활비를 떼어먹었어. 가짜 영수증이나 만들어 내고, 제일 싸구려 물건을 사면서 제일 비싼 것이라고 속이고, 오전 중에는 부엌에서 좋은 것이란 것은 모두 혼자서 다 먹어 치우고, 우리에겐 영양분이 다 빠진 것이 아니면, 먹다 남은 음식이나 데워주었지; 우유에 지방은 모두 제거해 버렸어. 그래서 우리 어린애들은 항상 병에 시달려야 했고 굶주려 약하디 약했던 거야; 심지어는 땔감 살 돈까지도 떼어먹어, 우린 추위에 떨어야만 했던 거라구. 아버지가 그 사실을 발견했을 때 주의를 주셨지. 그러면 다시는 그러지 않겠다고 약속을 했지만, 제 버릇 개 주겠냐구. 거기다 간장과 고춧가루라는 고유한 특별 창작품까지 고안해 냈지!

**예르다**
도무지 네 말은 한 마디도 믿을 수가 없어!

**아들**
카모라! ─ 그럼 아주 최악의 것을 들어보라구! 그 더러운 인간, 지금은 누나 남편이지. 누나, 그 인간은 엄마를 사랑했지 누나를 사랑했던 적이 결코 없었어!

**예르다**
말도 안 돼!

**아들**
아버지가 그 사실을 알게 되자, 누나 남편이 누나 엄마한테서, 그래 우리 엄마지. 돈을 빌린후 그 사기꾼은 누나에게 프로포즈를 하여 그 구린 냄새를 숨기려 했던 거야! 이건 획기적인 사실에 불가해. 자세한 것은 누나 스스로 잘 생각해 보도록 하는 게 좋겠지.

**예르다**

(손수건을 얼굴에 대고 흐느낀다; 그런 후.)

그건 벌써부터 알고 있었어. 난 알면서도 인정하고 싶지 않았을 뿐이야… 그건 너무나 끔찍한 일이었기에, 전혀 가슴에 와 닿지 않았어!

**아들**

이 모든 굴욕감에서 벗어나려면, 이제부터 어떻게 해야 한단 말인가?

**예르다**

이제 가 보도록 하렴!

**아들**

어디로?

**예르다**

모르겠어!

**아들**

아무튼 기다려보자구. 그리고 어떻게 이 일이 진전되는지 어디

한 번 지켜볼 수밖에 없잖아!

**예르다**

자기 엄마에 대해 무방비 상태였던 것은 당연한 일이지; 엄만
정말 좋은 사람인데…

**아들**

무슨 개같은 소리야!

**예르다**

그런 말하면 못써!

**아들**

그 여잔 마치 짐승같이 교활했어. 자기 연민이 종종 자신의 눈
을 멀게 한 거라구…

**예르다**

우리 여기서 도망치지 않을래!

**아들**

어디로? 아니지, 남아 있어야만 해. 그 악당이 그 여자를 집에
서 내쫓을 때까지는! ― 조용히 해, 지금 그 악당이 돌아오고 있
어! ― 조용히! ― 누나, 우린 지금 두 개의 프리뮤레리가 되는
거야! 내가 누나에게 말을 할게! 아니 구호를! "그 자가 결혼 첫
날 밤에 누나를 때렸다!"고 말이야.

**예르다**

자주 그 말을 상기시켜 줘! 그러지 않으면 난 그만 잊어버리고 마니까! 사실은 기꺼이 잊어버리고 싶어!

**아들**

우리 인생은 파멸이야… 아무 것도 우러러보거나 존경할 것이 없으니… 그렇다고 잊어버릴 수도 없는 일이잖아… 그래도 아버지의 명예를 회복시켜드리기 위해서는 꼭 살아있어야만 해. 더욱이 아버지에 대한 추억을 위해서라도!

**예르다**

정의를 구현하기 위해서!

**아들**

복수라고 말해야겠지!

※

**사위**

(들어온다.)

**예르다**

(연기를 한다.)

잘 다녀왔어요! — 회의는 즐거웠나요. 맛있는 것도 많이 먹었어요?

**사위**
취소됐어!

**예르다**
문이 닫혔다구요? 그렇게 말했나요?

**사위**
취소됐다고 말했어!

**예르다**
그럼, 이제 슬슬 집안 정리를 시작할까요?

**사위**
프레드릭이 즐거운 동반자가 된 걸 보니, 오늘 저녁 어째 당신 좀 이상한 것 같은데!

**예르다**
우린 프리뮤레리 놀이를 했어요!

**사위**
그런 놀이는 조심해야만 하는 거야!

**아들**

그럼 대신에 카모라 놀이를 하면 되잖아! 아니면 뽠데따
(Vendetta)[10]를 하는 그런 것을 하던지!

**사위**

(불쾌해 하는 표정이다.)

너희들 아주 이상하게 말을 하는데, 무슨 일이지. 비밀이라도
있는 거야?

**예르다**

당신이란 사람은 자기의 비밀은 말하지 않는 사람이잖아요. 그
렇지 않은가, 아니면 비밀이 전혀 없는 건가요?

**사위**

무슨 일이 있는 거야? 여기 누가 왔었어?

**아들**

누나와 난 심령가가 되었죠. 죽은 영혼이 우릴 찾아왔더라구요.

**사위**

이제 농담은 그만두도록 하지. 길면 재미없으니까! 여보, 이렇

---

**10** 거친 삶 속의 시칠리아인들이 가족의 불명예를 반드시 피로 갚는다는 전통의 피
의 복수를 뜻함.

게 화사한 옷을 입고, 그토록 화난 얼굴을 하면 되겠어… ─그는 예르다의 뺨을 토닥거린다, 그러나 그녀는 몸을 피한다.

**사위**
내가 무서워?

**예르다**
(떨어져 나온다.)

천만에! 소름 끼치긴 하지만 무섭진 않아요. 표정보다 더 강하게 전달되는 몸짓이란 것도 있는 법이라구요. 아무튼 몸짓이든 표정이든 숨기고 있는 의도는 다 드러낼 수가 있는 거니까…

**사위**
(경악하며 책꽂이를 가르킨다.)

**아들**
(흔들의자에서 일어난다. 의자는 어머니가 들어올 때까지 흔들거린다.)

엄마가 죽을 갖고 오는군!

**사위**
그건 사람이 먹을 것이 못 되는 거야…

※

**어머니**

(들어온다, 움직이고 있는 흔들의자를 보고 겁에 질린다. 그러나 진정한다.)

이리들 와서 죽 좀 먹지 그래!

**사위**

사양하죠! 귀리로 만든 것일 테지. 그건 사냥개들 한테 주시고, 또 다른 것이 있으면, 그래 호밀이라면 당신 부스럼에나 붙이시도록 하시지…

**어머니**

우린 가난뱅이이야, 그러니 절약해야지…

**사위**

20,000크루누르란 거금을 갖고 있는 사람은 가난뱅이라 부르지 않죠.

**아들**

아니지. 떼어먹을 사람한테 돈을 빌려주면 그럴 수밖에 없겠지!

**사위**

이거 또 뭐야? 이 놈 미친 것 아냐?

**아들**

당신이 그런 게 아닌가!

**어머니**

너희들 올 거야, 안 올 거야?

**예르다**

자, 어서 가자구! 남자분들 제발 힘을 내라구요. 샌드위치와 비
프스텍을 제공할 테니…

**어머니**

네가?

**예르다**

그럼요. 우리 집에서… 이 몸이 그럴 거라구요

**어머니**

해가 서쪽에서 뜨겠군!

**예르다**

(문을 향해 몸짓을 한다.)

남자분들, 자 어서 가시지!

**사위**

(어머니에게.)

이게 무슨 일이죠?

**어머니**

낌새를 챈 거겠지!

**사위**

분명히 그런 것 같군! —

(모두 문쪽으로 간다.)

**어머니**

(사위에게.)

흔들의자가 흔들리는 것 봤어? 그 사람의 흔들의자가?

**사위**

아뇨, 못 봤어요! 하지만 다른 것은 봤죠!

막.

## 3:e

동일한 무대.
**페라리(Pierre Frerraris)**[11] 작곡의 왈츠 '그 이는 내게 말했죠' 가 흐르고
있다. **예르다**가 책 한 권을 들고 앉아있다. **어머니**가 들어온다.

**어머니**
아는 곡이지?

**예르다**
왈츠요? 그럼요!

**어머니**
네 결혼식 날 내가 밤새도록 추었던 왈츠잖아!

---

**11** 프랑스 작곡가 Pierre Ferraris가 1903년에 작곡한 느린 왈츠, Opus 23〈Il me
disait〉

470

**예르다**

난 어땠었지? — 악셀은 어디 있죠?

**어머니**

나와 무슨 상관이람?

**예르다**

저런! 벌써 그이와 싸운 건가?

(침묵. 멍한 표정이다.)

**어머니**

애야, 무슨 책을 읽고 있는 거야?

**예르다**

요리책! 얼마동안 끓여야 한다는 건, 왜 써 있지 않을까?

**어머니**

경우에 따라 다 다르니까. 그것 봐, 사람들의 입맛이란 모두 다르단다. 이 사람은 이렇고, 저 사람은 저렇고…

**예르다**

난 이해가 안 돼요; 음식이란 분명히 만들었을 때, 바로 차려 먹어야지. 그렇지 않으면 다시 데워야 하잖아. 그럼 결과적으로 신선하지 않은 거죠. 예를 들자면, 어제 엄만 뇌조(雷鳥)를 3시

간 씩이나 스테이크를 했잖아; 처음엔 온 집안에 맛있는 냄새가
진동을 했지; 그런 후 부엌이 조용해지더군요; 그런데 음식이
나왔을 땐 냄새도 맛도 없는, 마치 공기 같은 것이었어!
그것에 대해 설명해 줄 수 있을까요!

**어머니**
(당황한다.)

난 무슨 말인지 도무지 모르겠구나!

**예르다**
왜 진국이 다 빠져 버리고 없었는지 설명해 보라구요. 어디로
가버렸는지, 누가 먼저 그걸 다 먹어치워 버렸을까?

**어머니**
난 아무 것도 모른다니까!

**예르다**
지금 난, 나 자신에게 물어봤어요. 또 많은 것을 알아보기도
했구요.

**어머니**
(저돌적으로..)

그런 것쯤은 모두 알고 있다구. 그러니 네가 나를 가르칠 일은

없을 거야. 오히려 내가 가사일도 예술이란 것을 네게 가르쳐야
겠지…

**예르다**

간장과 고춧가루를 뜻하는 것이라면, 그 정도는 이미 난 할 줄
안다구요. 그리고 아무도 좋아하지 않는 음식들만 가려가며 손
님 초대를 해야겠죠. 그래야 남은 음식을 다음 날 또 먹을 수 있
을 테니까… 아니면 식료품 저장실에 상한 것이 가득찼을 때,
손님들을 초대해야 하구요. 그런 것쯤은 이제 나도 할 줄 알죠,
그래서 이 순간부터 모든 가사일은 내가 맡아서 하려구요!

**어머니**

(격노한다.)

내가 네 하녀가 되란 말이야?

**예르다**

난 엄마와 그리고 엄마는 나와, 그렇게 상부상조하는 거죠! —
이제야, 그이가 오는군!

※

**사위**

(들어온다. 손엔 두툼한 지팡이가 들려있다.)

아아니 침상이잖아? 그래 어떠세요?

**어머니**

그게, 그렇지 뭐…

**사위**

(기침을 하며.)

맘에 들지 않아요? 무슨 문제가 있나요?

**어머니**

이제야 알 것 같군!

**사위**

그래요!--- 아무튼 이 집에서는 배불리 먹을 수가 없으니, 예르다와 나는 우리 끼리 식사를 따로 하려고 해요.

**어머니**

그럼 난 어쩌란 말이야?

**사위**

당신은 큰 드럼통같이 뚱뚱하니, 그다지 먹을 필요가 없겠군.;

474

건강을 위해서라도 살을 좀 **빼는** 것이 좋아요. 우리가 당한 것처럼… 아—무—튼—, 예르다 잠깐 자리를 비워주면 좋겠군. 그래, 그동안 벽난로에 불이나 지피도록 하라구!

(예르다가 나간다.)

**어머니**
(분해서 몸을 떤다.)

저기에 땔감이 있어…

**사위**
아니겠지. 막대기 몇 개 남았겠지. 아무튼 이제 가서 땔감을 갖고 오도록 하시지. 벽난로에 가득 차도록!

**어머니**
돈을 태워버리겠다는 거야?

**사위**
글쎄, 그렇긴 하지만 따뜻하게 하려면 땔감을 태울 수밖에 없겠지! 빨리!

**어머니**
(시간을 끈다.)

**사위**

하나, 둘, ─ 셋! ─지팡이로 탁자를 두들긴다.

**어머니**

땔감이 다 떨어진 것 같은데…

**사위**

드디어 거짓말을 하는군. 그게 아니면 돈을 떼어먹었거나 … 그 저께 땔감을 한 자루 사들이지 않았단 말인가!

**어머니**

이제야, 네 본색을 드러내기 시작하는군…

**사위**

(흔들의자에 앉는다.)

만일 당신의 연륜이나 경험으로 내 젊음을 망가뜨리지 않았다 면, 진작에 보여줄 수 있었을 텐데 말이야… 빨리, 나가 봐! 어 서 땔감을 가져 오라니까, 그렇지 않으면…

(지팡이를 들어올린다.)

**어머니**

(나간다. 곧 이어 땔감을 들고 돌아온다.)

**사위**

이제 제대로 불을 지피도록 하시지. 하는 척만 하지 말고! ― 하나, 둘, 셋!

**어머니**

지금 넌, 우리 영감과 꼭 닮았군! 그 사람 흔들의자에 앉아 있는 꼬락서니하구!

**사위**

불이나 지펴!

**어머니**

(억누른다. 그러나 격노한 상태다.)

한다구, 한다니까!

**사위**

이제 우리 부부가 식당방으로 가서 식사를 즐기는 동안, 불이 제대로 잘 타고 있나 지켜 보도록 하라구…

**어머니**

그럼 난 뭘 먹으란 말이야?

**사위**

아마 예르다가 부엌에다 죽을 좀 준비해 뒀을 걸.

**어머니**

영양가가 다 빠진 푸르스름한 탈지유와 함께…

**사위**

크림을 다 없애버렸으니 어디 한 번 영양가 없는 우유를 마셔 보도록 하라구, 그건 옳은 짓이 아니지! 그래야 모두에게 공평 해지는 게 아닌가!

**어머니**

(분명하지 않게.)

그렇담 난, 내 갈 길을 가야겠군!

**사위**

내가 당신을 가둬버릴 테니, 그럴 수가 없을 걸!

**어머니**

(속삭인다.)

그럼 창문에서 뛰어내려 버릴 테야.

**사위**

그러는 편이 났겠군! 진작 그러지 그랬어. 그랬다면 우리 네 사 람의 생활비가 많이 절약됐을 텐데! 어서 불을 지펴! — 불어! — 그렇지! 우리가 돌아올 때까지 꼼짝 말고 여기 앉아 있도록 하라구.

(간다.)


※


(침묵.)

**어머니**
(먼저 흔들의자에 앉는다; 그런 후 문쪽으로 가서 엿듣는다; 그런 뒤 벽난
로에서 땔감을 조금 꺼내어 소파 밑에 숨긴다.)

**아들**
(들어온다. 좀 취한 상태다.)

**어머니**
(놀라서 달려간다.)

너였어?

**아들**
(흔들의자에 앉는다.)

그래요!

**어머니**

잘 지내니?

**아들**

분명히 곧 끝장이 날텐데, 그럴 리가 있겠어요!

**어머니**

그건 단지 망상일 뿐이야! — 그렇게 흔들지 말라구! — 이 나이에 이 모양, 이 꼴이 된⋯ 나를 좀 쳐다봐. ⋯ 난, 노동과 내 자식들, 그리고 우리 가정을 지키기 위한 의무, 그런 일들에 파묻혀 살아왔었지. 내가 그렇게 살았잖아?

**아들**

글쎄요! — 펠리컨은 자신의 심장에서 내뿜는 피를 절대로 남에게 주지 않는다죠. 그런데 그것이 거짓이라고 동물학책에 써 있더라구요.

**어머니**

말해 보렴. 무슨 불만이 있는 거야?

**아들**

이것 봐요, 어머니. 내가 제 정신이라면 솔직하게 대답하겠죠. 그러나 힘이 없는 걸요. 그러나 지금은 내가 아버지의 편지를 읽었다는 것도 말할 수 있답니다. 엄마가 훔쳐서 벽난로 속에 찢어 던져버린 편지 말이죠…

**어머니**

무슨 말을 하고 있는 거야. 편지는 무슨 편지?

**아들**

거짓말이라면 이력이 난 사람이군! 엄마가 처음으로 내게 거짓말을 가르쳤던 때가 기억나요. 내가 제대로 말도 하지 못하던 때였어; 기억하시겠죠?

**어머니**

글쎄다, 난 전혀 기억이 나지 않는 걸! 흔들지 말라니까!

**아들**

처음으로 내게 거짓말을 했던 때를 모른다구요? 난, 어린시절에 있었던 일까지도 모두 기억하고 있는 걸요. 내가 피아노 밑에 숨어 있었을 때, 어떤 아주머니가 놀러왔었죠; 그 사람에게 엄마는 세 시간 동안이나 거짓말을 하더군요. 난 그걸 다 들었으니까요!

**어머니**

세상에 그런 거짓말을!

**아들**

왜 내가 이토록 망가졌는지 알아요? 난 유리 젖병이 아니면 애 보는 하녀 젓이나 먹었지 모유를 먹어본 적이 없어요; 조금 자랐을 때는 하녀를 따라 창녀인 그녀의 언니 집에 놀러갔었죠; 그곳에서 어린 나는 발정기의 개들이 길에서 교미하는 것과 같은 은밀한 장면들을 지켜보게 됐죠. 네 살배기 어린애가 말이죠. 부도덕한 그 집에서 무엇을 보았는지 엄마에게 말했을 때, 그때 엄마는 거짓말 하지 말라며 일축해 버렸죠. 게다가 마치 내가 거짓말쟁이란 듯이 나를 때리기까지 했어요. 사실을 말했음에도 불구하고 말이죠. 엄마의 승인 하에 격려를 받은 셈이 된 그 하녀는 내게 음밀하게 모든 것을 전수해 주더군요. 다섯 살 밖에 되지 않은 나에게… ─그는 흐느낀다.─ 그리고 아버지와 다른 식구들처럼, 난 굶주림과 추위에 떨기 시작했죠. 이제야 비로소 처음으로 엄마가 생활비와 땔감 살 돈을 횡령했다는 것을 알게 된 거라구요… 날 똑바로 보시죠, 펠리컨. 새가슴인 예르다 누나를 좀 쳐다보라구요! ─ 엄마가 우리 아버지를 어떻게 죽였는지는 엄마 자신이 잘 알겠죠. 아버지를 절망으로 몰아넣었던 때를, 그런 건 법의 처벌을 받지 않아도 되는 거니까; 또 내 누나를 어떻게 죽였는지는 엄마가 가장 잘 알고 있겠죠. 지금은 누나도 그 사실을 알고 있다구요.

**어머니**

흔들지 말라고 했잖아! ─ 도대체 누나가 뭘 안다는 거야?

**아들**

엄마가 더 잘 알잖아요, 그러니 내가 말할 필요가 없지 않겠어요! ―흐느낀다.― 내 입으로 이 모든 사실을 털어놓았다는 것은 끔찍한 일이죠. 그렇지만, 난 말해야만 했어요; 술이 깨고나면 통곡을 할 것이라는 것을 잘 아니까요; 그래서 난, 끊임없이 술에 취해 있는 거라구요; 차마 제정신으로는 살 용기가 없어서…

**어머니**

그래, 새빨간 거짓말을 실컷 더 해 보렴!

**아들**

언젠가 화가 난 아버지는 이 세상에서 유일하게 큰 사기꾼이 엄마라고 말한 적이 있었죠… 그리고 다른 아이들은 거짓말하는 것을 먼저 배우지 않고 말하는 것부터 배웠지만, 엄마는 우리에게 그렇게 가르치지 않았어요… 엄마는 가정을 지켜야 할 의무를 박차고 밖으로 나돌았어요! 예르다 누나가 사경을 헤매고 있을 때를 똑똑히 기억해요. 그날 저녁 엄만 오페레따를 보러 갔었죠 ― 난 엄마의 말을 생생히 기억하고 있어요: "인생이란 그 자체만으로도 힘든 것이니까, 더 이상 힘들게 살 필요가 없는 거야."라고 말했어요――― 또 그 여름은 어쩌구요. 아버지와 석 달씩이나 빠리에 가서 즐기고 온 덕분에, 우리 집은 빚더미에 올라앉았죠. 그때 누나와 난, 두 하녀와 함께 도심의 아파트에 갇혀서 지냈어요. 우리 부모의 침실에서는 왠 소방관이 우리집 하녀와 함께 동거를 하고 있더라구요. 결국 주인 부부의 침대를 그 믿을 만한 한 쌍이 잘 이용했던 거죠.

**어머니**

그런 걸 왜 진작 말해 주지 않았어?

**아들**

내가 그 사실을 말해 주면 진실을 들으면서도 엄만 즉시 거짓말이라면서 고자질과 거짓말, 그 두 가지를 혼동하여 엉뚱하게 내가 매를 맞았다는 사실을 잊어버렸나 보죠!

**어머니**

(마치 방금 붙들린 야생 동물처럼 방안을 서성거리며 돌아다닌다.)

세상에 아들이 엄마에게 그딴 소릴하는 것은 내 생전 들어본 적이 없어!

**아들**

사실 그런 건 그다지 흔한 일이 아니죠. 그것은 완전히 자연의 순리에 어긋나는 일이니까요. 나도 잘 알아요. 그렇지만 한 번은 사실대로 말을 해야만 하지 않겠어요. 엄만 잠에 취해 살았던 거예요. 그리고 깨어날 수가 없었던 거구요. 그러니 바뀔 수가 없었던 거죠. "만약 네 엄마를 고문대 위에 눕혀 놓고 취조를 해도 그 사람은 죄를 인정하거나 거짓말한 것을 자백하지 않을 능력을 갖고 있는 사람이야" 라고 아버진 말씀한 적이 있었죠.

**어머니**

아버지라구! 그 사람은 결점이 없다고 생각해?

**아들**

아버진 큰 결점이 있긴 있었지만, 아내나 자식들과의 관계에선 그렇지 않았어요! ─ 그런데 엄마의 결혼생활에는 다른 비밀이 있는 것을 짐작하고 의심을 했었지만, 절대로 인정을 하고 싶지 않았던 거죠… 그 비밀들을 아버지는 무덤으로 갖고 가셨어요. 그것도 단지 일부만!

**어머니**

이제 하고 싶은 말을 다 한 거야?

**아들**

이젠 슬슬 나가 술이나 마셔야겠군… 아무튼 난, 졸업같은 건 절대로 하지 않을 거라구요. 왜냐면 사법기관들을 믿지 않으니까; 법이란 중범죄자들에게 자유를 주기 위해, 그리고 도둑이나 살인자들을 위해 만들어진 것이지; 한 사람의 참된 증인은 아무 소용이 없지만, 두 명의 엉터리 증인이면 완벽한 증거가 된다구요! 11시 반이면 내 문제는 정당화가 되겠지. 그러나 12시가 지나면 내 권리를 잃게 될 테니 시한부 안에 판결이 나야겠죠; 내 진술서의 실수나, 다른 사소한 실수로 인해 죄없이 나는 감옥으로 끌려갈지도 몰라요. 내가 악당에게 자비를 베풀면, 오히려 그 악당은 나를 명예훼손으로 몰고 가겠죠. 인생, 인간애, 사회, 나 자신에 대한 환멸이 한도 끝도 없어서, 더 이상 살겠다고 안간힘을 쓰고 싶은 생각이 없어요…

(문쪽으로 간다.)

**어머니**

제발 가지 말아 줘.

**아들**

어둠이 무서워서?

**어머니**

불안해서 그래!

**아들**

자업자득이죠!

**어머니**

저 흔들의자가 나를 미치게 만들어! 항상 그건 마치 두 개의 분쇄기 같았어. 그 사람이 저기 앉아서… 내 심장을 갈아버리는 것 같았으니까.

**아들**

엄마는 그랬던 적이 없었나요!

**어머니**

가지 말아 줘! 더 이상 이곳에 머물 수가 없어. 악셀은 지독한 악당이야!

**아들**

나 역시 조금 전까지는 그렇게 생각했었죠! 지금은 오히려 그 인간이 엄마가 저지른 범법 행위의 희생양이었다는 생각이 드는 걸요… 맞아, 그자는 오로지 엄마에게 유혹을 당한 젊은 남자였으니까요!

**어머니**

나쁜 여자들과 놀다온 게로군!

**아들**

나쁜 여자라, 그래요. 나는 좋은 여자를 만나본 적이 결코 없었으니까!

**어머니**

제발 가지 말아 줘!

**아들**

여기서 내가 뭘 할 수 있다는 거죠? 가시돋친 말로 죽이고 싶도록 엄마에게 고통을 주는 것밖에 없는 걸요…

**어머니**

가지 말아 줘!

**아들**

이제 정신이 들어요?

**어머니**

그래, 이제야 겨우 정신이 드는구나. 아주 길고도 긴 잠에서 깨어난 것 같아! 정말 끔찍해! 사람들은 왜 진작 나를 깨워줄 수는 없었을까?

**아들**

아무튼 그것이 그 누구에게도 불가능한 건 아니었겠죠! 그런데 그것이 불가능 했을 때는, 아마 엄마의 책임은 아니었을 거예요.

**어머니**

그 말을 되풀이해 주렴!

**아들**

엄만 별다른 방법으로는 살아갈 수가 없었을 거예요!

**어머니**

(아들의 손에 슬라브 민족식으로 입을 맞춘다.)

한 번 더 말 해 주렴!

**아들**

난 더 이상 말을 계속할 수가 없어요! — 제발 부탁이니, 불쌍하고 비참한 처지가 되고 싶지 않으면 더 이상 이곳에 남아있지 말아요!

**어머니**

네 말이 맞아! 이 집을 나갈 테야!

**아들**

불쌍한 엄마!

**어머니**

나에게 동정을 하는 거니?

**아들**

(흐느껴 운다.)

그럼요, 물론이죠! 엄만 정말 나빠요. 그래서 불쌍하다고 그토록 말을 했었잖아요!

**어머니**

고맙구나! ― 프레드릭, 이제 가 보도록 하렴!

**아들**

이것도 도움이 되지 않았겠죠?

**어머니**

그래, 아무런 도움이 되지 않아!

**아들**

그래요, 그렇겠죠! ―도움이 안 되겠죠!

(나간다.)


※


(침묵.)


**어머니**

(홀로 남는다; 오랫동안 팔짱을 끼고 서 있다. 그런 뒤 창문쪽으로 가서 문짝을 열고 먼 아래쪽을 내려다 본다; 방 안쪽으로 되돌아온 뒤 뛰어내리려고 달려간다; 그러나 무대 안쪽의 문을 세 번 두드리는 소리가 나자, 마음을 고쳐 먹는다.)

누구야? 무슨 일이야? ─창문을 닫는다.─ 들어와!

(무대 안쪽의 문이 열린다.)

거기 누구야?

(아파트 안쪽에서 아들의 절규하는 소리가 들린다.)

담배농장의 그 사람이잖아! 그 사람이 죽지 않았단 말인가? 난 어떡하지? 무슨 대책을 세워야 하는게 아냐?

(쉬폰예 뒤로 몸을 숨긴다.)

(또다시 전과 같이 바람이 불기 시작하며 종이들이 사방으로 날아 흩어진다.)

프레드릭, 문을 닫아 줘!

(바람에 화분이 날려 떨어진다.)

창문을 닫아 줘! 얼어 죽을 것만 같아. 벽난로의 불씨도 꺼져가고 있어!

(그녀는 전기불이란 불을 모두 켠 후, 문들을 닫지만 곧 다시 열린다, 흔들의자가 바람에 흔들린다; 그녀가 침상에 배를 깔고 바짝 엎드리며 몸을 던져 쿠션에 얼굴을 묻을 때까지 방안을 이리저리 빙글빙글 돌고 있다.)

※

(밖에서는 '그이는 내게 말했죠'의 멜로디가 흐르고 있다.)

**어머니**

(조금 전과 같이 머리를 묻고 침상에 누워있다.)

**예르다**

(쟁반에 죽을 들고 들어와 내려놓는다; 그런 후에 전기불을 하나만 남겨 놓고 전부 끈다.)

**어머니**

(깨어나서 일어난다.)

끄지마!

**예르다**

무슨 말을, 우린 절약을 해야만 하잖아요!

**어머니**

악셀은 금방 돌아오겠지?

**예르다**

그럼요. 엄마가 없으면, 그인 재미가 없으니까.

**어머니**

그렇구나, 고마운 말이군!

**예르다**

여기 저녁 갖고 왔어요!

**어머니**

배고프지 않아.

**예르다**

그런게 아니지, 배는 고프겠죠. 하지만 죽이 먹기 싫은 거겠죠!

**어머니**

그런게 아니야, 허긴 가끔 그렇긴 하지만!

**예르다**

그럴 리가 있겠어요! 실은 그래서가 아니라, 매번 기분 나쁜 미소를 지으며 귀리죽을 끓여 우리에게 고통을 주던 짓, 그러면서 우리의 고통을 즐기던 짓… 또 우리가 먹는 것과 꼭 같은 음식을 사냥개에게 주었던 그런 악독한 짓에 대한 답례죠…

**어머니**

난 푸르스름한 그런 탈지유는 먹을 수가 없어. 그걸 먹으면 춥단 말이야!

**예르다**

11시에 마시는 엄마의 커피를 위해 지방은 모두 걷어 냈죠! ─ 자, 어서 드시지! ─ ─작은 탁자 위에 죽을 놓는다.

내가 똑똑히 지켜볼 테니, 어서 먹으라니까!

**어머니**
먹을 수 없어!

**예르다**
(몸을 아래로 굽혀 침상 밑에서 땔감나무들을 끄집어 낸다.)

만일 먹지 않으면, 엄마가 땔감나무를 숨겼다고 악셀에게 말할 테니까!

**어머니**
악셀이라구! 내가 함께 있어 주길 바라는… 그 애는 나를 아프게 하지 않아! 결혼식 때를 기억하지, 그 애가 나와 춤추던 것을… '그이는 내게 말했죠' 그 왈츠에 맞춰서! 저기 들리는군. ㅡ그녀는 두 번째 들리는 음악에 맞춰 콧노래를 부른다.

**예르다**
그 부끄러운 일을 다시는 상기시키지 않도록 조심하는 것이 좋을 텐데…

**어머니**
난, 헌시도 받았었지. 게다가 그 아름다운 꽃다발까지!

**예르다**

닥치지 못해!

**어머니**

네게 그 시를 읽어줄까? 암송할 수 있으니…

기니스탄에는---

기니스탄은 페르시아 말로 파라다이스인 에덴동산에 향기로운 사랑스런 페리가 살고 있었다는 뜻이지… 페리[12]는 오래 살면 살수록 더 젊어지도록 창조된 천재 거나 요정이야.

**예르다**

오, 하느님 맙소사. 자신이 페리라고 믿는 거란 말이야?

**어머니**

그런 게 아니라, 그게 이렇게 된 거라구, 빅토르 아저씨가 내게 프로포즈를 했어; 내가 재혼을 한다면 너희들은 뭐라고 하겠니?

**예르다**

불쌍한 엄마! 우리 모두가 그랬던 것처럼 엄만 아직도 잠에 취

---

12 Ginnistan 혹은 Djinnistan은 페르시아 신화로 영적세계를 의미한다. 그곳에 Djinner, 선하고 악한 영들이 살고 있다. 페리는 아름다운 요정이고 파라다이스의 환희에서 제외 된다. 그러나 그들은 빛의 왕국을 향해 배회하고, 공기 중 가장 높은 곳에 살며, 추방당한 요정이란 뜻으로 일반명사로 사용된다..

해 살아가고 있군요. 그렇다 하자구요, 절대로 깨어나지 않을 생각이예요? 사람들이 엄마를 비웃고 있는 것이 보이지 않아요? 악셀이 엄마를 모욕하고 있다는 것을 모르겠냐구요?

**어머니**

그 애가 말이야? 그앤 항상 너보다 내게 훨씬 더 예의바르게 대했는 걸…

**예르다**

그이가 엄마를 향해 지팡이를 휘두르는데도 말인가요?

**어머니**

나를 향해? 사랑하는 아가야, 그건 널 향한 거란다!

**예르다**

엄마, 지금 엄만 미친 거 아니에요?

**어머니**

저녁이 되면 그앤 나와 함께 있는 것을 그리워 하잖니. 언제나 우린 할 말이 많았거든, 유일하게 나를 이해해 주는 사람이지. 그 애에게 너는 단지 어린 철부지에 불과한 거야…

**예르다**

(어머니의 어깨를 붙잡아 흔든다.)

제발 정신 좀 차리라구요!

**어머니**

말은 바른 말이지, 넌 아직 완전한 성인이 아니야. 난 네 엄마고, 내 피로 널 먹여 살렸어…

**예르다**

아니겠죠. 엄만 내 입에 유리젓병과 공갈젖이나 물렸고, 내가 커서는 찬장에서 음식이나 훔쳐 먹게 만들었죠. 그러나 거기엔 겨자나 발라 먹었던 딱딱한 호밀 빵밖에 없었어요. 그 매운 맛이 내 목을 타게 만들었을 때, 식초를 들이켜야만 했다구요; 양념 놓는 곳과 빵바구니, 그것이 우리 집 식료품 저장실의 전부였으니까!

**어머니**

그렇군. 넌 이미 어린애 때부터 도둑질을 했었군! 그것 참 아주 훌륭한 짓이야. 그런데 그런 말을 내뱉는 것이 부끄럽지도 않은 모양이지? 그런 자식을 위해 내가 희생을 했다는 거야?

**예르다**

(운다.)

난 모든 것을 용서할 수 있어요; 그러나 엄마가 내 인생을 빼앗아간 것만은 못해요 — 그래요, 그인 내 인생 그 자체였어요. 난 그이와 함께 사람 사는 듯이 살기 시작했으니까요---

**어머니**

그 애가 날 유혹한 것은 내 책임이 아니지! 뭐라고 할까, 어쩌면 그 애가 나를 발견한 건지도 모르지. 뭐라고 하면 좋을까? 더 마음에 드는 것은 …

그래 그 애는 라이벌을 얻기 전에는 내 가치를 제대로 알지 못하던 네 아버지보다, 사람보는 수준이 훨씬 높긴 높았지---

(강하게 문을 두드리는 소리가 세 번 들린다.)

누가 저렇게 문을 두드려 대는 거야?

**예르다**

아버지에 대한 험담을 말라구요! 아버지에게 내가 했던 행동은 살아있는 동안 후회를 해도 모자랄 것 같아. 그건 엄마가 책임을 져야만 해요. 엄마가 아빠를 괴롭게 나를 부추겼으니까! 내가 아주 어렸을 때, 이해되지 않는 거칠고 나쁜 말들을 가르쳤던 것을 기억하겠죠? 그 아픈 화살을 맞고도 나를 벌주지 않은 것을 보면, 아버진 아주 사려가 깊은 분이셨어요. 아버진 누가 활을 당겼는지 이미 알고 계셨던 거죠! 내가 학교에서 쓸 새 책이 필요했을 때, 엄만 내가 아버지에게 거짓말을 하도록 가르쳤어. 그리고 우리가 아빠를 속여 받아낸 돈을 둘이서 나눠 가졌던 것을 기억하나요? ─ 어떻게 내가 이런 모든 과거를 잊어버릴 수 있겠어요? 무엇이든 강하고 독한 것이 있으면 마시고, 이 모든 것으로부터 벗어날 힘이 생기면 좋으련만, 그러나 프레드릭처럼 나 역시 힘도 의욕도 없을 뿐만 아니라 희생양에 지나지 않아요. 엄마의 희생양이란 말이에요… 엄마는 자신의 죄에 대해 전혀 가책을 느끼지 못하는 비정한 사람이죠!

**어머니**

나의 어린시절을 알고 있니? 넌, 내가 얼마나 불행한 가정에서, 어떤 사악한 것을 배우며 자랐는지 상상이나 하겠어? 그건 유전인 것 같아, 꼭대기에서부터, 누구로부터냐구? 아담과 이브로부터지. 동화책에도 써 있잖아. 어디 펼쳐 보라구… 날 비난하지 말어. 네가 그러면 어쩔 수 없이 난, 우리 부모들을 비난하지 않을 수 없으니까. 그렇게 인간들은 계속해서 대물림을 해나가는 거라구! 누구랄 것 없이, 어떤 가정이든지 가정이란 가정은 모두가 다만 타인들에게 자신들의 문제를 숨기고 있을 뿐이지, 다들 거기서 거기라니까…

**예르다**

그게 사실이라면, 더 이상 살고 싶지 않아. 만일 꼭 살아야 한다면, 난 귀머거리에 장님이 되어 이 불행을 헤쳐 나가고 싶어. 그러면 이승에서는 더 나은 삶이 기다리고 있을지도 모르잖아…

**어머니**

애야, 넌 너무 과장해서 말을 하는구나. 애를 하나 낳아보면 생각하는 것이 달라질 거야…

**예르다**

난 아이를 가질 수가 없는 걸…

**어머니**

그걸 네가 어떻게 알아?

**예르다**

의사 선생님이 그랬으니까요.

**어머니**

선생님이 잘못 알은 거겠지.

**예르다**

지금 또 거짓말을 하고 있군요. 난 불임이고, 프레드릭처럼 발육부진이잖아요. 그러니 난 살고 싶지가 않다니까요.

**어머니**

쓸데없는 소리…

**예르다**

만일 내가 맘 먹은 대로 나쁜 짓을 하려고 했다면, 지금 엄마의 존재는 있을 수 없어요! 나쁜 짓을 한다는 것이 왜 그토록 힘든 거죠? 엄마를 향해 불끈 쥔 이 주먹을 들어올리고 싶지만, 그땐 나 자신을 칠 것 같아서요!

**어머니**

저 애는 또 술을 마신 게로군!

500

**예르다**

불쌍한 프레드릭, 그렇겠지… 그 애가 할게 뭐가 있겠어?


※


**아들**

(만취되어 거의 제대로 걷지도 못하며 들어온다.)


부엌에… 서… 분명히… 여… 연기가 나고 — 있더라구!

**어머니**

무슨 말이야?

**아들**

내 생각에… 내… 생각에 불이 난… 것 같은데…

**어머니**

불이 났다구? 무슨 말이야?

**아들**

틀림없어. 내… 생각에…불이 나고 있는 것 같아!

**어머니**

(무대 안쪽으로 달려가 문들을 열어 재치자 붉은 화염에 부딪친다.)

불이야! — 어떻게 이곳을 빠져 나가야 한단 말이야! 난 불에 타 죽고 싶진 않아! — 그러고 싶지 않다구!

**예르다**

(동생을 품에 안는다.)

프레드릭! 빠져 나가야 해. 불이 덮쳐오고 있어. 빠져 나가야만 한다니까!

**아들**

난 그럴 힘이 없어!

**예르다**

그래도 빠져 나가야 해! 그래야만 한다구!

**아들**

어디로 간단 말이야?… 싫어, 난 그러고 싶지 않아…

**어머니**

창문으로 뛰어내리는 편이 훨씬 났겠어…

(발코니 문을 열고 급히 뛰어 나간다.)

**예르다**

오, 하느님 아버지! 우릴 도와 주세요!

**아들**

누나, 그 길밖에 없었어.

**예르다**

네가 그랬구나!

**아들**

맞아, 내가 어떻게 해야 했겠어? — 다른 방법이 없었는 걸! — 무슨 다른 방법이 있었겠어?

**예르다**

그래! 모든 것은 다 타 없어져야만 해. 그러지 않으면 우리는 이 곳에서 벗어나질 못해! 프레드릭, 날 끌어안도록 해. 가여운 내 동생; 내가 결코 엄마같은 사람이 되지 않았다는 것이 너무나 기쁘구나; 동이 트는군. 그토록 사악했던, 정말 사악했던 불쌍한 우리 엄마…

**아들**

가여운 누나, 불쌍한 엄마. 지금 따뜻한 것이 아주 기분이 좋아. 이제 난 더 이상 추위에 떨지 않아도 돼. 저 바깥에서 타닥거리며 불타고 있는 소리가 들리는군. 이제 낡은 것은 모두 타고 있어. 모든 아픔과 사악한 것, 추한 것들 모두가…

**예르다**

날 꼭 붙들어, 착한 내 동생. 악취에 숨이 막히겠지만, 타 죽지
는 않을 거야. 타는 냄새가 아주 좋다고 느끼지 않니. 그건 야자
수와 아빠의 월계관이 타는 냄새야. 이제 세탁물들이 들어 있는
서랍장이 타고 있어. 라벤드 냄새가 나는군, 그리고 지금은 장
미들이 타는 거야! 귀여운 내 동생! 겁내지 말어. 이제 곧 끝날
테니. 얘야, 주저 앉으면 안 돼. 불쌍한 엄마! 그토록 악했던 사
람! 날 꼭 붙들어, 종종 아빠가 말씀하셨던 것처럼 더 세게 끌어
안아보렴! 마치 크리스마스 이브같잖아. 우린 부엌의 식탁에서
고기국물에 빵을 찍어 먹으며 식사를 했었지. 우리가 배불리 먹
을 수가 있는 날은 오직 그날 하루 뿐이라고 아빤 말씀하셨어.
그 맛있는 냄새를 맡아봐. 차랑 커피, 조미료들, 계피, 향료로
가미된 식품이 들어 있는 장이 타고 있으니까…

**아들**

(무아지경의 상태.)

여름이잖아? 그럼 클로버 꽃이 피고, 여름 방학이 시작되겠군.
그럼 우린 하얀 증기선들이 정박해 있는 곳으로 내려가 배를 토
닥거려 주곤 했던 것을 누난 기억하겠지. 그 배들이 새 단장을
하고 우리를 기다리고 있었을 때 말이야. 그때 아빤 아주 즐거
워하셨어. 아빤, 사람 사는 것 같다고 말씀 하셨어. 그리고 리포
트 공책들도 다 써 버렸잖아! 아버진 사람 사는 것이 항상 이래
야 한다고 하셨어. 아버지는 분명히 펠리컨이셨어. 아버진 우리
들에게 먹이를 주워 모아다 주셨으니까. 우린 마치 백작의 자식

들처럼 생활하고 있을 때 아버진 바지의 무릎에 천조각이나 대어 수선한 바지와 우단 깃이 낡은 재킷을 입고 다니셨어… 예르다 누나, 어서 서두르자. 뱃고동이 울리고 있어, 엄만 어디선가 잡담이나 하고 앉아 있겠지. 그래, 우리와 함께 오지 않았어. 불쌍한 엄마! 엄마가 보이지 않아. 아직 해변에 남아 있는 거야? 엄마는 어디 계신 거야? 엄마가 보이지 않아. 엄마가 안 계시니 재미가 없는 걸. 저기 오시는군! −침묵.− 이제 드디어 여름 방학이 시작되는 거야!

(무대 안쪽의 문들이 열리자 강하게 타오르는 붉은 불꽃이 보인다.)

(아들과 예르다가 바닥에 꼬꾸라진다.)


막이 내린다.

OPUS V

검은 장갑
SVARTA HANDSKEN

# 등장인물

**부인**

**박제사;** 본문에서 '노인'이라 부름

**엘렌**

**크리스틴**

**관리인**

**톰텐;** 북구의 민간 신앙에 등장하는 농가의 요괴로, 헛간이나 광 등,
　　　어두운 곳에 살면서 가사를 돕기도 한다는 존재.

**크리스마스의 천사**

**노파**

# 1.

건물 앞.
Förstugan.

무대에는 우편함과 명패가 붙어 있는 현관문이 보인다; 우측엔 얼음상자 하나가 있고, 좌측엔 휴식을 취할 수 있는 긴 의자가 놓여있다. 문 위에는 하트 모양의 문양이 보이는 스텐글라스 창문이 있다.

현관 마루에는 검은 장갑 한 짝이 떨어져 있다.

※

(우측으로부터 노인이 등장, 의자를 닦고 앉는다. 마루에 떨어진 장갑을 보자 지팡이로 들어 올린다.)

**노인**

이건 뭐지? — 장갑 한 짝이라? 검은 색에 여자용, 사이즈가 6 이라. 저 안의 젊은 마님 것이 분명해. 반지 자국이 있군; 왼손 에 두 개의 매끈한 반지 자국과 다이아몬드 반지를 낀 약지라; 예쁜 손이야. 한데 붙잡는 것이 좀 센 것 같잖아; 부드러운 고양 이 발에 날카로운 발톱인 셈이군; 제대로 주인을 찾아가도록 얼 음상자 위에 올려놓는 게 좋겠군!

**관리인**

(좌측에서 등장.)

**노인**

좋은 아침, 관리인 양반! 메리 크리스마스!

**관리인**

메리 크리스마스, 박제사 영감님! 박제사 영감님이 맞으시죠?

**노인**

그렇소, 바로 내가 박제사요; 난 새와 물고기들, 그리고 곤충을 박제하지요. 그런데 나 자신을 박제할 수는 없군요 — 만일 나에게 비소를 바른다면 피부 안쪽은 주름이 생겨 쭈글쭈글해 질 테고, 머리는 낡은 물개가죽 여행용 가방처럼 탈색될 것이며, 이빨은 송두리째 빠져버릴 테니까…

**관리인**

마치 이곳의 전기 사정과 같군요. 새로 바꾸고 끊임없이 고쳐야만 하니까요.

**노인**

성탄절에 이렇게 어둠에 싸여 있다는 것은 불행한 일이지. 전기를 들어오게 하는 자가시설이 없는가요?

**관리인**

글쎄 그것이 아마 단전된 것일 거요. 곧 전기가 들어오겠죠 — 어디 여길 좀 살펴볼까요. - 콘센트를 눌러 본다; 하트 무늬가 그려진 색유리 창문이 밝아진다.- 그것 보라구요. 복도에 전기가 들어왔는걸요.

**노인**

어서 가서 집안의 불도 밝히도록 하세요.

**관리인**

난 어두운 지하실에서 살고 있지만, 석유 등잔이 단 하나 밖에 없어요.

**노인**

다른 사람을 위해 산다는 것은 훌륭한 일이지요! — 하느님 맙소사, 저 하트 모양은 정말 아름답군!

**관리인**

아름답구 말구요. 색깔이 좀 딱딱하긴 하지만! 꼭 강렬하다고 말하지 않으려면 말입니다!

**노인**

작은 마님 말이군! 그녀의 모습이 아름답듯이 사람도 좀 착했으면 좋으련만!

**관리인**

왠 장갑 한 짝이죠?

**노인**

현관에 떨어져 있더군요. 글쎄, 당신이 이걸 받아주지 않겠소?

**관리인**

가져 가서 저 아래 덧문에 걸어두도록 하죠. 그럼 분명히 주인이 나타날 테니! — 이제 위쪽으로 계속 올라가 봐야겠어요.

**노인**

난 조금 더 앉아 이 고달픈 80 인생을 좀 쉬도록 해야겠어… 즐거운 성탄절 보내도록 하시오!

**관리인**

(하트가 그려진 색유리 창의 불을 끄고 우측으로 나간다.)

즐거운 성탄절 되세요!

※

**엘렌**

(우측으로부터 등장하여 얼음상자를 열어 우유병들이 꽂혀 있는 받침대

를 꺼낸다.)

**노인**

좋은 아침이군, 엘렌. 메리 크리스마스!

**엘렌**

메리 크리스마스, 박제사 영감님!

**노인**

사랑스런 애들과 마님은 어떠신가?

**엘렌**

그럼요. 모두 함께 잘 있어요. 그 애들은 마치 카나리아새처럼
짹짹거리고 있어요. 그 소리가 여기까지도 들리는 걸요! 이건
오로지 은밀하게 드리는 말씀인데요--- 마님은 우리 같은 사
람들에게는 친절하지 않다는 사실을 믿으셔도 좋아요! 우리들
이나 관리인 아저씨가 크리스마스 정부 보조금을 받지 못할 거
래요. 우리가 짐승 같은 인간들이기 때문이라나요---

**노인**

그렇지만, 나같이 한 집 식구도 아닌 사람한테 그런 말을 함부
로 하는 게 아니란다 ― 그들은 내가 소문을 퍼뜨린다고 말할지
모르잖아---

**엘렌**

카나리아새 말이 나왔으니 말인데요… 마님의 새를 박제하셨나요?

**노인**

그럼! 했지! — 그러나 -뭔가 씹고 있다- — 돈을 주지 않겠다는구먼! — 그것 보라지. 지금 내가 고자질을 하고 있잖아!

**엘렌**

그러시겠죠. 그녀는 노동의 대가도 제대로 지불하지 않아요 — 주인어른께서 크리스마스 때 하인들을 위해 국가에서 나온 보조금을 우리들에게 나눠주려고 하셨을 때 — 그때 마님은 화를 많이 내셨죠 — 그래도 주인어른께서 우리에게 돈을 주셨을 때, 마님은 수돗물이 그냥 흘러내리도록 틀어놓고 전기는 밤 내내 켜 놨더랬어요 — 그렇게 뭐든지 자신의 의지대로 되지 않으면, 마님은 아픈 척하고 몸져 누워 — 죽는 시늉을 해댄다니까요. 그러면 주인님은 서둘러 교수님을 부르러 사람을 보냈죠; 박사님이 왕진을 오셔서 꾀병일 뿐 아무 것도 아니라고 말씀하셨을 때, 마님은 독약을 마시려 하며, 이 집을 공중 분해시켜버리기 위해 가스관을 틀어놓을 것이라고 협박까지 해댔다구요!

**노인**

오, 큰일이군! 이곳에서 그런 삶을 살고 있다는 거야?

**엘렌**

그렇지만 때로는 마님께선, 마치 평화의 천사 같기도 해요 —
그럼요. 자녀들과 함께 놀고 계실 때나, 아니면 크리스마스 선
물을 만들고 계실 때를 보면 말이죠. 바로 지금 그러고 있는 것
처럼 말이에요! — 그렇지만 자기 주장을 고수할 때, 그건 완전
히 악령에 휩싸인 사람 같아요; 어떻게 통제가 안 되는 것 같기
도 하구요. 가여운 사람이죠!

**노인**

그렇게 말하니 엘렌은 참 착하기도 하지. 난 그녀를 환자라고
부르고 싶은데! 실은 예전에 나도 그런 경우를 본 적이 있지! 그
들은 너무 잘 산단 말이야. 그것이 병이지; 남편은 아무 것도 하
지 안잖아. 그래도 그들은 부자거든!

**엘렌**

그분은 하루종일 쇼핑에 돈을 쓰고 다녀요; 올해만 해도 살롱에
새로운 가구를 셋씩이나 사들여 놨어요. 그 중의 하나는 은장식
이 있는  검정 배나무로 만든 가구죠. 그런데 멀쩡한 가구들을
모두 다락으로 올려버렸어요 — 말씀하셨듯이 그들은 너무 잘
살아요!

※

**크리스틴**

(우측으로부터 등장, 부드럽게 말한다.)

엘렌은 여기서 뭘 하고 있는 거야? 지금 마님은 완전히 제 정신이 아니라구. 반지가 없어졌다나…

**엘렌**

무슨 반지?

**크리스틴**

2,000크루누르나 되는 최고가의 파란보석 반지래[1] — 네가 보이지 않자, 마님 생각엔…

**엘렌**

뭘 생각했다는 거야?

**크리스틴**

네가 반지를 훔쳐 도망갔다고 생각하시는 거야.

**엘렌**

뭐야, 정말 어이가 없군. 내가? 크리스틴, 넌 어떻게 생각해?

---

1 현재 시가로 한화 약 8천만 원 상당의 반지.

**크리스틴**

난 분명히 네겐 죄가 없다고 생각하지 — 상대를 잘 알면, 그 사람이 죄가 있는지 없는지는 보지 않고도 다 말할 수 있는 법이니까.

**노인**

그것이 확실한 건가?

**크리스틴**

맹세할 일은 아니지만, 분명하다고 할 수 있는 거죠.

**엘렌**

난 이제 큰일 났잖아!

**크리스틴**

그건 마님의 고정관념에 지나지 않아…

**엘렌**

글쎄, 내가 도망가지 않은 것을 보고 있잖아!

**크리스틴**

그런 건 아무런 도움이 되지 않아!

**엘렌**

만일 반지를 찾으면, 그땐 내게 죄가 없으니 오히려, 나한테 악

521

감정을 품을 거야! 자신이 잘못했기 때문이지! 이 모든 것으로부터 도망칠 길은 없을까?

**크리스틴**
도망 가선 안돼. 그럼 마님은 확신을 갖고 경찰을 부를 테니까.

**엘렌**
우린 이 집에서, 아주 즐거운 성탄을 맞이할게 불 보듯 뻔하군!

**노인**
(일어선다.)

애들아, 기쁜 성탄절 보내도록 해라. 아무튼 두고 보자구 — 여태껏 언제나 비온 뒤에 땅이 굳어지기 마련이었으니까 — 그러니 이번에도 마찬가지겠지! 엘렌은 정직한 아가씬 건 분명해. 허나 인내를 배워야만 하겠지!

**엘렌**
내가 그것을 배우지 못했다구요?

**노인**
그게 아니지. 아직 완전히 습득하지 못했다는 뜻이야! — 이제 진심으로, 또 확실하게 한 번 더 말하도록 하지: 애들아, 메리 크리스마스!

(우측으로 퇴장.)

※

**엘렌**

오로지 바른 양심을 갖고 있다면, 아무튼 길은 있기 마련이지!

**크리스틴**

첩첩산중이겠지! 이제 들어가 보자. 폭풍이 몰아치면 부드럽게 그리고 참아야만 하는 거야!

**엘렌**

어떻게 내가 그럴 수가 있겠어?

**크리스틴**

그분을 보라구, 우리 주인님을! 그 반지에 관해선 그분도 역시 의심을 받고 있다니까.

**엘렌**

주인님이? 그분까지도?

**크리스틴**

그분까지도! 그렇지만 주인님은 화를 내지 않아. 나쁜 감정도

갖지 않고, 오직 슬프기만 하신가 봐! 이제 가자!

**엘렌**

주인님까지! 그렇다면 그런 것쯤은 내겐 무슨 모욕이라고 할 수나 있겠어; 난 견딜 수 있어!

**크리스틴**

이제 가 보자구!

(그들은 우측으로 나간다.)

※

**크리스마스의 천사와 톰텐**

(빗자루 하나를 들고 등장.)

지금 난, 엘렌과 크리스틴을 위해 쓰레기를 치워주려고 해, 그 애들은 착하니까; 그렇지만 이웃집 에바는 사악하니까 쓰레기들을 갖다 줄 거야; 벤치와 얼음상자를 닦아야 하고 놋쇠 그릇들도 윤이 나도록 잘 닦아 둬야만 해 — 그렇지만, 에바를 위해서는 하지 않을 거야! — 이제 됐어! — 저 안에서 그들이 뭘 하는지 어디 살펴보도록 할까! ―손 전등 하나를 킨다; 무대는 뒤에서부터 밝아온다. 그리고 복도가 보인다; 흰색 얼음상자와 그 위에 백색 거울이 보인다. 작은 의자 하나가 있고, 그 아래엔 고무로 만든 어린애의 덧신이 놓여있다. 안주인이 거울 앞에 서서 머리를 매만지고 있다.

아름다운 젊은 엄마, 당신은 자신의 재능에 실컷 감탄해 보세요. 그러나 우상처럼 떠받들진 말아요; 자식도 사랑해야겠죠. 그러나 떠받들면 안 되죠! 당신은 나에게서 크리스마스 카드 한 장을 받을 거예요! −크리스마스 카드 묶음에서 찾는다.− 알프로스 꽃이라. 아니지, 비올라. 이것도 아니야; 스뇌배르, 이것도 아니야, 미스텔, 이것도; 티스텔, 그래 이것을 줘야겠군! 꽃은 아름답지만 가시가 있는 꽃이니까!

(우편함에 크리스마스 카드 한 장을 넣는다.)

이제 부엌에서 무슨 얘기들을 하고 있나 어디 좀 들어보도록 할까! −불을 끄고 오른쪽으로 귀를 기울인다.− 엘렌이 반지를 훔쳤다고 몰리고 있군! ─ 그 애는 그런 짓을 하지 않아! 엘렌은 반지 같은 걸 훔치지 않아! 아마 에바가 그랬을 거야! 난 이 집의 모든 사람들을 잘 알고 있어! 주인집 사람과 일하는 아이들까지도. 저런, 엘렌이 울고 있군! 이제 내가 반지를 찾아보도록 해야겠어. 지하실에서 다락방까지, 엘리베이터 안, 샤워 룸, 진공소제기 안에도, 그리고 내가 알고 있는 모든 구멍이란 구멍과 있을 만한 구석구석까지─── 어디 얼음상자를 깨끗이 사용하고 있는지 좀 살펴봐야겠군! −얼음상자 속을 들여다보고 더듬어 본다.− 좋았어, 합격으로 해 두지!

**크리스마스의 천사**

(머리에 눈 모양의 별들을 달고 하얀 드레스를 입은 여자 천사.)

익살꾼 같으니라구. 지금 뭘 하고 있는 거죠?
거기 서서 엿듣고 있다니 아름답지 못한 행동이군요!

**톰텐**

이 몸은 뭘 하든지 항상 옳아! 여기 이 집에 질서를 정립해야겠
어. 벌주고, 위로하고, 때리고, 사랑하고, 정리를 해야지.

**크리스마스의 천사**

당신이 밤 세워 지키기에는 너무나 큰 집이군요!

**톰텐**

언어가 다른 각양각색의 사람들이 모인 바벨탑[2]이지.
6층과 지하; 그들은 서로 알아듣지 못하는 말을 쓰고 있어:
한 층에 세 세대가 살고 있고,

---

2 구약 성경, 창세기 11: 1-9: ｢[…] 자, 성읍을 세우고 꼭대기가 하늘까지 닿는 탑을
세워 이름을날리자. […] 그러자 주님께서 내려오시어 사람들이 세운 성읍과 탑을
보시고 말씀하셨다. […] 자, 우리가 내려가서 그들의 말을 뒤섞어 놓아, 서로 남의
말을 알아듣지 못하게 만들어 버리자. […] 주님께서 그들을 거기에서 온 땅으로 흩
어 버리셨다. […] 그리하여 그곳의 이름을 바벨이라 하였다. 주님께서 거기에서 온
땅의 말을 뒤섞어 놓으시고 사람들을 온 땅으로 흩어 버리셨기 때문이다.

요람 열두 개와 피아노 일곱 대,
이곳에서 많은 사람들의 운명이 결정되고 있지;
혹사 당하고 긴장하며,
오감과 심장, 그리고 성격들이 마치 대들보와 돌처럼
필요에 의해 서로 맞물려 살아가고 있네;
이웃들은 서로 외면하며 남남으로 살아가는구나,
이웃의 작은 변덕 정도는 간과해버리면서,
인내하며 이웃에 관심을 갖고 살아야 하는 거야.
누구는 열 시가 되면 연주를 하고,
어떤 사람은 일찍 일어나지만,
늦게야 비로소 잠들 수 있는 사람도 있지!
그건 어쩔 수 없는 일이야,  조정해 나가야지;
지금 나선형의 계단으로부터 모든 소음이 들려오는군!
엘리베이터는 삐꺽대고, 수도물 소리는 잠을 깨우네;
보일러 배관은 끓고 있는 물주전자처럼 뚜두둑대고;
진공청소기를 돌리고, 이제야 샤워를 하는구나;
문이 닫히는 소리, 어린애의 고함소리!
이곳엔 신혼부부 한 쌍과 이혼한 사람, 홀아비가 살고 있지,
리듬이 어우러져 왈츠와 푸가, 소나타를 들려주는,
그들의 피아노처럼 모든 것이 혼합되어 있네.
다락방과 지하실엔 가난한 사람들이 살고;
아파트엔 호화로움과 허영,
막대한 부와 땅을 소유한 자들이 살고있지 —
우유부단한 삶을 살며, 그럭저럭 부딪치고,
인색한 삶을 살고 있다네 —

어느날 갑짜기 누군가 죽고, 누구는 결혼하고, 헤어지고,
싸우고, 불화하고, 화해하기도 하지만,
싸움은 도움이 되지 않는다고 판단한 남자는,
결국 자기 갈 길을 택해 ─ 떠나버렸군!

**크리스마스의 천사**
그 안엔 누가 살고 있나요?

**톰텐**
혼자서 말을 하고 있는 젊은 부인이 살아!

**크리스마스의 천사**
그렇다면 누군지 알겠군요, 알고 말구요!
부엌에서 들리는 저 집안 싸움을 좀 들어보세요!
여러분, 그러면 안 되죠.
이것이 평화로운 크리스마스라는 건가요?

**톰텐**
날이면 날마다, 부엌엔 가사 일로 정신이 없어!
그런데 지금은 또 다른 일이 생겼어!
불쌍한 엘렌이 부당하게 의심을 받고 있으니 어쩌면 좋담…

**크리스마스의 천사**
나도 알아요. 하지만 그것은 마지막 눈물이 될 거예요;
하느님의 은혜의 잔이 넘쳐 흐르고 있으니까요.[3]

528

설익은 포도가 분노의 포도주를 만들 것이며;

진실이 아닌 한 마디는 잡초처럼 씨를 뿌리죠!

벌을 준다는 것은 나의 전문 분야가 아닌 걸요.

나는 위로해 주고, 도와주고, 모든 것을 바로 잡아줄 거야.

당신은 머리채를 잡아 당기기도 하는, 거친 손을 가졌지만…

잘 들어보세요! 그 부인은 아름다움의 걸작으로

인간의 행복을 위하여, 창조자의 영광으로 창조되었지만,

그녀에게 혹독한 과제를 줄 거예요, 짧지만 좋은…

그녀는 자신의 행복을 오로지 그 아이한테서만 찾았고,

너무 행복해서 교만해졌죠,

그 교만함에 뒤이어 냉정함과 잔인함이 생겨났던 거죠…

그건 그렇고: 그 어린애를 잘 숨기도록 하세요!

그녀가 뼈저린 상실감을 느끼게 되도록…

걱정 말아요! 그녀는 내일 저녁 그 아이를 다시 찾게 될 거예요.

크리스마스 선물이죠, 선물이긴 하지만…

잘 주시해 보도록 하세요!

그들은 어떻게 생각을 할까요? 맘대로 생각하라고 하세요!

아이는 사라졌고, 길을 잃은 거죠!

하지만 당신은 속임수를 쓰면 안 돼요!

한 마디 거짓말이 잡초의 씨를 뿌릴 수가 있으니까요!…

---

**3** 신약 성경, 요한 묵시록 16:19: 하느님 분노의 일곱 대접 중 하나로 "[…] 하느님께
  서는 대바빌론을 잊지 않으시고, 당신의 격렬한 진노의 술잔을 마시게 하셨습니다"
  를 암시.

**톰텐**

그건 너무 잔인한 일이야, 그녀는 이겨내지 못할 걸!

**크리스마스의 천사**

이겨낼 거예요! 내가 그녀 곁에 있으니까!
게다가 그녀의 마음씨가 나쁜 건 아니니까요.
단지 조금 병들었을 뿐이죠; 슬픔이 그녀를 치유해 줄 거예요 —
행복의 밝은 태양이 타오르기 시작할 때,
시들은 잔디가 살아나고 꽃들은 활짝 피어날 거예요;
작은 구름 한 조각이 그림자를 드리우며, 서늘함을 안겨주며,
먹은 비를 내리게 하고, 비가 내리면 푸르름이 살아나죠---
이제 구름이 몰려오는군요! — 아무튼! 너무 심하게 다루지는
말아 주세요!

**톰텐**

(슬퍼한다.)

그런 걸 나에게 부탁할 필요가 있을까? —
그러기엔 그녀가 너무 아름다운 걸!

**크리스마스의 천사**

맞아요! 그녀는 착한 사람이 될 수 있을 거예요!
그럼 행복이 찾아 들겠죠! 영원한 행복이!

**톰텐**

그런데 잠깐 기다려 보라구. 저 위의 다락방엘 가야 해.
크리스마스 선물을 기다리는 불쌍한 사람이 있거든 ―

**크리스마스의 천사**

한 마디로 말해, 당신의 피보호자는 누군가요!

**톰텐**

오로지 세상을 하직할 날만 기다리는 철학자지!

**크리스마스의 천사**

삶과 죽음은 우리가 다스리지 못해요.
만약 그가 충분히 대가를 받을 만한 사람이라면, 선물을 받을
거예요!

**톰텐**

그는 인생의 수수께끼를 곰곰이 생각하며 사는 사람이야―――

**크리스마스의 천사**

곰곰이 생각하고 산다구요?

**톰텐**

늙은 미치광이야, 그러나 착한 사람이지…

**크리스마스의 천사**

저 위의 다락방에서 그 사람은 뭘 하고 있나요?

**톰텐**

새를 박제하고, 물고기를 말리고, 곤충채집을 하지.
그리고 노란 종이가 가득한 장 하나를 갖고 있어.
그곳에서 주야로 찾고 또 찾고 있는 거야!
그는 인생의 수수께끼를 그 장 안에서 찾고 있는 거란다!

**크리스마스의 천사**

나도 그런 특이한 사람을 알아요! 좋은 분이죠! 크리스마스 선
물을 받게 해드려야죠! — 곧 바로! 메리 크리스마스, 이제… 가
서 일을 시작 하도록 하세요!


잠깐 막이 내린다.

# 2.

## 복도.
## Tamburen.

복도. 하얀 거울이 달린 흰 얼음상자; 거울 아래의 선반에는 은으로 만든 손잡이가 달린 브러쉬가 있다. 그 위엔 튤립이 꽂혀 있는 화병이 놓여 있고, 거울 아래엔 장갑을 넣어 두는 바구니가 걸려 있다. 얼음상자 위에는 **톰텐**의 크리스마스 카드가 엉겅퀴와 함께 놓여있으며 좌측엔 옷걸이 밑에 하얀 의자가 놓여 있다.

의자 아래엔 어린애용 고무 장화가 몇 컬레 놓여 있다; 다른 옷은 보이지 않고, 옷걸이에는 하얀 어린애 털코트와 여성용 모자만 보인다.

무대 안쪽에는 거실로 통하는 문이 열려 있다. 황금색 실크 휘장 사이로 램프와 꽃꽂이를 해 놓은 아름다운 꽃장식이 되어 있는 재봉대가 있다; 그 뒤에 사각형으로 목이 푹 패인 흰 드레스를 입고 있는 안주인이 보인다. 검은 머리는 일본식으로 틀어올려 목덜미가 드러나 보인다. 그녀는 실크로 어린애 옷을 만들고 있다.


**톰텐**

(복도의 얼음상자에서 카드를 꺼낸다.)


저기 엉겅퀴로 만든 나의 크리스마스 카드를 보세요! —
당신의 밀가루 포대 속에 약간의 잡초를 넣어 둘거요! —
그것은 당신처럼 아프게 찌른답니다.

그러나 아름다운 꽃을 피우죠! ―

당신처럼!

아름다운 젊은 어머니! ―

마치 꽃을 꺾듯 움직이는 손 ―

마치 숙고를 하듯, 기도를 드리듯, 숙인 머리! ―

이제 미소를 짓는군; 아이가 오는 소리가 들리기 때문이지 ―

어제 왁스와 기름으로 광을 내어 반짝이는 ―

나무 조각을 이어 만든 마룻바닥 위를 밟는 작은 발자국 소리 ―

그 귀여운 참새가 뛰놀고 있을 때면 ―

여름의 화사한 푸르름을 활짝 열어 젖히고 ―

마치 5월의 전나무 숲의 향기가 진동하는 것 같아 ―

아름다움과 정결함, 오염되지 않은 인생 속에서 ―

아름다운 집, 아름다운 사람들이 살고 있는 이곳 ―

거울에 비친 꽃들의 자태! ―

빨강, 노랑 튤립의 꽃잎들.

둥근 꽃잎의 뺨들이,

입술 같은 꽃봉오리들을 수줍은 듯 감추면서,

순결한 입맞춤을 하고 있구나! ―

마치 연꽃의 차가운 명경 위에서 숫 연꽃이 아내에게 하듯 ―

그렇지, 거울이야! 마치 백미러가 사물을 비추듯

작은 손가락 자국이 남아 있어 ―

그건 다른 딸아이를 생각하게 하는구나!

저기 인형 로사가 자기 주인의 의자에 앉아

그녀의 코트와 작은 장화를 지키고 있구나;

이곳의 잠긴 문들 안엔 ―

인생이든 가정이든, 그 모든 것이 감미롭기만 했어.
그러나 잃어버리기 전엔 그 가치를 평가할 수 없을 테지 ―
이제 불을 꺼야겠어! 어둠의 장막이 슬픔을 감춰줄 테니,
빛은 내가 저지른 행위를 견디지 못하지 ―


(벽에 붙은 플러그를 튼다; 어두워진다.)


불이 다시 켜지면, 그땐 이 집에 크리스마스가 찾아오는 거야.

**부인**

(작은 종을 울린다.)


**엘렌**

(촛불이 켜져 있는 촛대를 들고 들어온다.)


**부인**

(엘렌을 꾸짖는 듯이 보인다. 앞치마 차림의 엘렌이 울면서 나간다.)


**부인**

(복도에 촛대를 들고 나와 얼음상자 위에 올려 놓는다. 그곳에서 엉겅퀴로 만든 카드를 발견하여 읽고 찢어버린다 ― 그런 후 거울을 들여다보며 머리를 손질한다. 이웃집으로부터 베토벤의 소나타, 31번, Opus. 110, 4악장 퓨가를 치는 피아노 소리가 들려온다.[4] 은손잡이가 달린 브러쉬를 들고 어린아이 옷들을 털어 모아서 정돈한다. 코트에 단추 한 개가 느슨해져 있음을 발견한다; 의자에서 인형을 집어올려 얼음상자 위에 올려놓는다; 의

자에 앉아 가슴에서 실이 꿰어져 있는 바늘 한 개를 뽑아 단추를 단다. 그
런 후 일어나 장갑들이 담긴 바구니에서 검은 장갑 한 짝을 들어 올린다;
다른 한 짝을 찾아보지만 찾지 못하자, 의자 밑에 있는 어린애 덧신 속을
들여다 본다. 짝 잃은 장갑을 가슴에 갖다 대고는 포기한 듯 서 있다.

음악이 바뀌어 베토벤 피아노 소나타 12번 Opus 26, 3 악장, 장송행진곡
으로 변한다.[5]

어린아기의 울음소리가 들린다! 그녀는 겁에 질려 나가려다 굳어버린 채
멈춘다.

벽 한쪽이 흔들리고 있다; 엘리베이터는 삐꺽대고, 수도관이 소음을 내
고, 벽을 통해 사람들이 와글대는 소리가 들린다.


(**크리스틴**이 들어온다. 하얗게 질린 얼굴로 주먹진 손을 들어 흔들며 부
인에게 들리지 않게 말을 하고는 서둘러 나간다.)


(**부인**이 그녀를 뒤쫓아 달려가지만 붙들 수 없다 — 의자에 무릎을 꿇고
힘없이 내려 앉아 어린애 옷을 쓰다듬으며 끌어안고 얼굴을 묻는다.)


## 잠깐 막이 내린다.

---

4 Ludwig van Beethoven(1770~1827)의 Piano Sonata No. 31 in A flat major
Op.110은 장엄미사곡과 동일한 해에 작곡된 이 곡은 전체적으로 깊은 비탄에 잠겨
있지만 동시에 감미로운 작품이다. 차분하고 마치 꿈을 꾸는 듯한 분산 화음인 아
르페지오(Arpeggio)로 연결되는 서정적인 리듬의 풍부한 정서가 느껴진다.

5 Ludwig van Beethoven(1770~1827)의 Piano Sonata No.12 in A flat major,
Op.26은 다섯 개의 변주곡으로 되어 있고, 3 악장은 이 작품의 으뜸으로 치며, 어
느 영웅의 죽음을 애도하는 장송행진곡으로, 슬픔을 억누르는 듯한 멜로디에서 절
망과 고통의 그림자가 거칠게 느껴지는 작품이다.

# 3.

## 관리인의 방.
## Hos portvakten.

**관리인의 방** 무대 안쪽에는 바깥으로부터 불빛이 비취는 스텐글래스가 있다, 그러나 오르락내리락하는 엘리베이터로 인해 가끔씩 어두워진다.

흰 테이블보 위에 크리스마스 식탁이 차려져 있다. 그리고 초로 만든 다양한 장식이 달린 작은 크리스마스 트리가 서 있고, 트리나무의 가지가 감겨 있는 19.5리터의 술통이 놓여있다. 테이블 가장자리에는 빵과 버터통, 돼지머리 하나와 양갈비, 연어 반 마리, 훈제한 거위고기 등이 차려져 있다. 테이블의 반대편 가장자리에는 세 개의 불을 밝히고 있는 촛대가 있다; 바닥에 트리나무 가지들이 떨어져 있다; 벽에는 아기 예수의 탄생을 그린 포스트가 붙어있고, 그 아래엔 많은 열쇠들이 걸려있는 검은 게시판이 보이고, 석유 등잔불이 할랑거리며 타고 있다.

**관리인**

(탁자 앞에 앉아 쉬고 있다.)

**노인**

(율셰르베(Julkɑrve)[6]를 팔에 끼고 등장.

다시 만났구려, 고향 친구. 혼자군요 ─

**관리인**
깊은 숲 속에 살고있는 고목은 늙지 않아요
어린나무가 밀어내지도 밀착해오지도 않으니까;
세월이 쓸데없는 부분들을 많이 잘라내 주었죠.

(침묵. 손짓으로 앉으라고 권한다.)

언젠가 집안에 사람들로 붐볐을 때, 우린 비좁게 살았어요 ─
난 불평할 것이 못되지요,
아내와 자식들 속에서 따뜻하고 평안하게 살았으니까.
그건 전혀 나쁜 세월이 아니었소,
어쩌면 더 좋았는지도 모르지오;
당시에는 모든 것이 그 나름대로 최상의 것이었으니까 …
지금 난 크리스마스 트리의 그림자 위에 앉아,
감사하는 마음으로 지난 날을 회상하고 있어요;
많은 나무를 장식하곤 했었죠! 얼마나 많이 그 세월을 잃었는지
지금 앉아, 잃은 것을 생각하며 슬퍼하고 있지요.
결코 소유하지 못했던 것, 얻기엔 너무 늦은 것이지오 ─

---

**6** 스웨덴에서 전통적으로 크리스마스 이브 아침에 매어두는 귀리 짚단으로, 크리스마스 날 작은 새들이 왠종일 먹도록 마련한 새들의 먹이.

**노인**

그래, 나도 소유했던 적이 있지 —

그러나 그런 것은 기꺼이 잊어버리고 싶다네 —

**관리인**

앉으시죠, 고향 양반이라 할지, 친구라 할지 —

난 광산에서 컸소, 그래서 처세술이 좋지 못해요 —

땅 아래; 이 어두운 바벨탑 지하실인 땅굴에서

지내는 것이 가장 좋아죠 —

바벨탑의 지하실 속에서 남의 눈에 띄지 않게 —

색 유리창을 통해 태양이 내 것인양 바라보곤 하죠.

그것은 때론, 마치 흩어져 있는 구름 조각이 이동하듯

엘리베이터 그림자에 의해 어두워지기도 해요.

**노인**

당신은 마치 동화에 나오는 산의 왕(Bergakungen)[7]과 같이

존재하는 모든 요소들[8]을 통치하는군 —

불과 열기의 지배자인 당신; 물을 차게, 뜨겁게 분리하여,

칠흙 같은 어둠으로부터 빛을 대기 속에 발산하게도 하고;

뛰놀던 어린아이들의 발에 붙어있는

세상의 모든 먼지를 흡수하기도 하며

---

**7** 북구 전설에 나오는 초자연적인 인물로 산 속에서 사람을 홀려 죽게 만드는 인물.

**8** 물리학의 전신으로 사변적 해석으로 자연을 종합적, 통일적으로 해석하는 고대 자연철학의 4–5 개의 기본 요소: 불, 물, 공기, 흙 그리고 창공.

중력의 법칙에 의해 엘리베이터를 조절하여
그들의 희망에 따라 올라가게도 내려가게도 하지요.

**관리인**
고향 양반, 솔직히 말해서 당신은 뭔가 해낼 수 있을 것 같소…

**노인**
오, 아니요. 당신은 아주 많이 다른 점을 갖고 있어요 ―
당신이 다른 집들의 열쇠를 소유하고 있는 것이 보이는군요.
그 소유하고 있는 열쇠들은 당신의 마음에 새겨져 있겠지요..
벽들과, 광산의 밑바닥을 통해 당신은 듣고, 보고
이곳에서 그들이 짜낸 모든 운명을 알고 있잖소.
그들은 당신에 대한 신뢰감으로
자신들의 고민과 슬픔을 이곳으로 가져오지 않소.

**관리인**
박사님, 당신은 제게 너무나도 큰 영광을 안겨주시는군요.
저는 무례하지 않고, 겁먹지 않으면서
그 모든 것을 충분히 인내로 감당하고 있지요.
당신은 저에게 이 하찮은 장소를
보다 더 영광스럽게 만드는군요.
이 좁은 움막을 궁전으로 만들어 주었어요!

**노인**
현관에서는 거리낌 없이 말을 해대고 언성을 높이고 있군…

비명을 지르고, 울어대고, 이제 곧 사람들이 이곳으로 올 거요;
당신은 우리들의 재판관으로 앉아 있도록 하세요,
그래서 불쾌한 광경이 벌어질 땐
해결하고, 충고하고, 평정을 되찾도록 해주시오!

**관리인**

(귀를 기울인다.)

누군지 알 것 같아요. 그 아름다운 엘렌이로군요 —
3층에 사는… 마님 댁의 —

**노인**

난 곡물 뭉치를 들고 새들에게나 올라가 봐야겠소.
자; 즐거운 성탄절 되시길!

**관리인**

박사님두요!

**노인**

한 마디만! 당신이 발견한 장갑 한 짝은 어떻게 되었소?

**관리인**

아니 글쎄! 여기 이 계단에서 그만 잃어버리고 말았지요 —
잊어버리세요. 그 까짓 장갑 한 짝을 누가 신경 쓰겠어요?

**노인**

그렇게 말하지 말아요; 헌신짝도 제 짝이 있는 법이니까.

(간다.)

※

**엘렌**

(외출 복을 입고 등장.)

아저씨와 함께 잠깐 여기 있어도 될까요?

**관리인**

아가야, 어서 앉도록 하렴!

**엘렌**

이젠 더 이상 견디지 못하겠어요; 전기불이 꺼졌다고, 제가 꾸지람을 들었어요; 반지가 없어졌다고 또 다시 비난을 받았구요; 지금은 경찰에 신고가 되어 있는 상태래요.

**관리인**

그런 분위기가 크리스마스라는 거야? 이 건물에 사는 사람 중에 너희 집 사람들이 제일 한심스러워 — 제일 먼저 불이 들어

오게 해야겠어. ─ 연장을 꺼낸다.─ 내 망치, 집게 ─열쇠걸이에서
열쇠를 꺼낸다.─ 이 열쇠로 어디 한번 몰래 들어가 봐야겠어 ─

**엘렌**

보일러도 작동이 안 되는 것 같아요!

**관리인**

그것까지도! 오로지 그 집만 그런 일이 일어나니, 도대체 그 곳
엔 무슨 일이 있는 거야?

**엘렌**

마치 요술에 걸린 것 같아요 ─ 전 겁에 질려 있었고 아기의 고
함소리와 모든 벽들이 흔들리는 소리가 들렸어요 ─ 그래서 크
리스틴도 물론 떠날 거예요. 그 애까지도 말이예요, 사람이라면
그런 걸 더 이상 견뎌 낼 수가 있겠냐구요!

**관리인**

도대체 너희 주인어른은 어디 계시는 거야? 이 집에 남자라곤
없단 말이야?

**엘렌**

주인님은 사냥을 나가고 안 계신 것 같아요 ─ 우린 이틀 동안
주인어른을 못 봤어요 ─ 주인님까지도 견디시지 못한 거죠! 그
렇지만, 그건 박제사 영감님 말씀처럼 그들이 너무 잘 살아서
그래요! 아무 것도 안 하고, 입맛도 없고, 잠도 안 오죠; 오로지

걱정이라곤 어떻게 돈을 다 써버리는 것 뿐이라나요.

**관리인**

그런데도 우리에겐 노동의 대가를 지불하지 않다니! 그 사람들은 그런 건 신경 쓸 생각을 하지도 않는단 말이야!

**엘렌**

아저씬 크리스마스 특별 보조금을 못 받으셨어요?

**관리인**

못 받다마다! 내가 마님에게 위험하니 엘리베이터 안에 서 있지 말아달라고 부탁을 했기 때문에 그녀는 내게 악감정을 품었으니까 — 내가 너무 바빠서, 허긴 좀 퉁명스럽게 말을 하긴 했었지만.

**엘렌**

조용히 하세요. 크리스틴이 계단에 있는 것 같아요! — 그앤 나보다 훨씬 더 인내심이 강해요. 그런데 그 애까지도 지치게 될지 모르니까요!

**관리인**

어떤 사람들에겐 부자라는 것이 아무 축복이 아니라는 걸 생각해 보라구 — 비록 부족하다 할지라도, 그것이 우리 같은 가난뱅이들에겐 일종의 위로가 되긴 하겠지 — 그들은 어디서 그 많은 돈을 모았을까?

**엘렌**

그야 상속을 받은 거겠죠 — 조용히 하세요. 지금 그 애가 온 것 같아요! 저 곳의 유령 아파트에서 무슨 새로운 일이 생겼음이 분명해요!

**관리인**

그래 유령집이라고 말하자구! 이곳엔 아주 이상한 일들이 일어나고 있으니까 — 그건 마치 모든 기계들이 뭔가 조정을 하고 있는 것 같단 말이야 — 저 위에 사는 에바는 엘리베이터 천정에 톰텐이 앉아 밧줄을 붙들고 있는 것을 보았다고 주장하기도 하니까 —

※

**톰텐**

(열쇠 박스에 들어 있는 열쇠들을 옮기고 있는 것이 보인다.)

※

**엘렌**

사람들은 정말 집안에 사는 톰텐을 믿어야 할지도 몰라요. 가끔씩 물건을 놓아둔 곳에서 그것을 찾을 수 없을 때가 있으니까요! 때론 문이 뒤에서 그냥 잠겨버리기도 하고, 때론 찬물이 나와야 할 수도꼭지에서 더운물이 나오기도 해요.

**관리인**

(주의를 기울인다.)

여기에 누가 있는 거야? 열쇠 박스 안에서 열쇠가 흔들리는 것 같았어 ─

**톰텐**

(숨는다.)

**관리인**

(열쇠들을 뒤진다.)

제기랄, 열쇠들을 모두 섞어버렸군 ─ 여기 13호에 25호가 걸려 있잖아! 81호에는 17호가! 도매업자의 편지가 지방판사의 집에 놓여 있군 그래! 그들은 언제나 계단에서 시끄럽게 야단 법석들을 한단 말이야! 싸우고 울고 하다가 내가 밖으로 나가 보면, 그땐 아무도 그곳에 없다니까 ─

**엘렌**

이젠 크리스틴 차례죠 ─ 그 애 눈 앞엔 해고 통보가 기다리고 있는 걸요!

**관리인**

(좌측 문을 여는 시늉을 한다.)

여기엔 살아 있는 것이라곤 아무 것도 없어 —

**엘렌**

지금 너무 무서워요! — 가끔 애기 목소리가 들려요 — 가끔은 비둘기들이 천정에 있구요 — 박제사 영감님이 저 위에 앉아서 조롱을 하고 계시다는 생각이 들 때도 있어요 — 도대체 영감님은 어떤 분이세요?

**관리인**

그 양반 특이한 분이지 — 그렇지만, 나쁜 사람은 아니야 —

**엘렌**

혹시 계단에서 장갑 한 짝 줍지 않았어요?

**관리인**

아니, 박제사 영감이 주웠는 걸. 그걸 내가 관리하려고 했는데, 그만 도로 잊어버리고 말았어!

**엘렌**

잊어버렸다뇨. 저 위에선 그 장갑 때문에 야단 법석이 났다구요! 그 반지만큼이나요!

(전화가 울린다.)

**관리인**

(전화 곁에 서 있다.)

— 아뇨, 그앤 여기 있어요! — 아니죠. 그건 있을 수 없는 일이
지요! 그앤 반지 같은 걸 훔칠 애가 못 돼요! 우린 엘렌을 잘 알
아요! 그앤 절대로 남의 물건에 손대지 않소 — 그건 잘못된 거
라구요! 그 애에게 전하도록 하죠! — 그럼요!

(전화를 끊는다.)

**엘렌**

어디서 온 전환지 알아요! — 경찰서에서 온 전화겠죠!

**관리인**

그래, 아가야! 호출 전화였어!

**엘렌**

차라리 바다에 빠져 죽어버릴래요!

**관리인**

먼저 경찰서에 가보도록 해라!

**엘렌**

난 그곳엔 안 가요. 그곳에 가면 절대로 돌아올 수가 없다구요!

**관리인**

날 쳐다 봐! — 엘렌! — 불길한 생각을 하면 안 돼! — 안심하고 가보도록 하렴!

**엘렌**

(그를 쳐다보곤 두려움을 극복한다.)

가겠어요! — 아저씨의 눈을 보면서, 아저씨의 목소리를 들었어요 — 이젠 편한 맘으로 갈 수 있어요!

**관리인**

(밖으로 데리고 나간다.)

**엘렌**

이 손은 제게 힘을 주는 것 같아요 — 절 이끌어주시고, 또 저를 후원해 주시는 걸요! — 가겠어요!

(간다.)

※

(침묵.)

**노파**

(검은 장갑과 작은 갈색 어린애 장화를 들고 등장.)

이것 좀 봐. 엘리베이터에서 내가 무엇을 주웠는지! 글쎄, 관리인 영감이라면 주인을 찾을 수가 있을지도 모르겠군. 아니면 이집 여주인이든지--- 당신은 내가 주는 크리스마스 용돈을 받았겠죠?

**관리인**

그럼요, 고마워요! 그 잃어버린 장갑이군요. -장갑과 함께 탁자에 장화를 올려 놓는다.

**노파**

크리스마스 트리와 식탁을 준비했군요 — 음식도 아주 많군요 — 훈제 돼지머리까지! 정말 감사해요!

**관리인**

당신 같은 부자가 이 가난뱅이에게 질투를 다 하시는군요!

**노파**

그런 당신은 겉으로 보이는 것처럼 사실 그다지 가난하지 않을 텐데! 나 역시 겉으로 보이는 것처럼 그렇게 부자가 아니라구요! --- 그 장갑을 잘 보관하도록 해요 — 또다시 잃어버리지 않도록! 마치 장례식에 사용하는 것처럼 — 장갑이 검은 것이잖아 — 그렇지만, 그건 하얀 손을 감춰주는 거야. 글쎄 또 다른 것들을 더 감춰주고 있는지도 모르는 일이겠죠!

(간다.)

**관리인**
(놀란다.)

저것 봐요. 저 작은 장화 좀 봐요! 굽이 삐뚤어져 있어요! 꼬마 개구쟁이 같으니라구 —

※

**톰텐**
(장갑을 낚아채어 감춘다.)

※

**관리인**
그건 꼬마의 것이로군. 글쎄 사내앤지 여자앤지, 아직 오른쪽

왼쪽도 구별 못하는 것을 보니 신발로 봐선 잘 모르겠군. 아무튼 — 그 애들은 하늘에서 내려온 천사지.[9] 좋고 나쁜 것도 구별하지 못하니까 — 헌데 조금 있으면 달라진단 말이야! 한심한 일이지! —

(장갑을 집으려고 한다.)

그런데 장갑은 어디 간 거야? 이 탁자에 올려 놓았었는데!

(찾는다.)

없어졌잖아!

(찾는다.)

※

**크리스틴**

(방안에 절망적인 모습으로 서 있다.)

---

**9** 신약 성경, 마태오 복음서 19: 14; […] 하늘 나라는 사실 이 어린이들과 같은 사람들의 것이다를 암시한 대사.

어쩌면 좋지, 어쩌면 좋아. 어쩌면 좋단 말이야 …

**관리인**

무슨 일이야? 누구지? — 크리스틴이잖아!

**크리스틴**

어쩌면 좋담! 하느님 저흴 도와 주세요! — 애들이 없어졌어요!

**관리인**

없어졌다니? 그게 무슨 소리야?

**크리스틴**

사라졌다구요! 누군가 납치를 한 건지도 모르겠어요.

**관리인**

그건 아니야; 그렇담, 그 애들을 내가 봤겠지! 분명 그 애들 소리도 들었을 거란 말이야! 난 건물과 주민들을 지키기 위해 여기에 있는 거라구!

**크리스틴**

아저씬 아무것도 모르세요! 그럼 난 경찰서로 가봐야겠어요! — 만일 마님이 오시면 제발 친절하게 대해 주세요! 마님은 저 위에 불도 때지 않고 어둠 속에 앉아 계세요--- 그건 너무 끔찍한 일이죠! 마님이지만 어쩌겠어요!

(나간다.)


※


**관리인**
도대체 이 모든 것이 무슨 변인 거야? 인간이 할 짓이 아니지!
그래서 희망이 있는 건가!

(탁자 위에 장화를 내려놓는다.)

저기 누가 오고 있지? 바로 가여운 애들 엄마구먼!

(오른쪽으로 몸을 숨긴다.)

**부인**
(전과 같은 옷차림을 하고 좌측에서 등장.)

내가 어디서 온 거지?
내가 어디에 있는 거야?
어디에서 왔단 말인가?
내가 누구지?
이곳에 가난한 사람이 살고 있는 건가! ―
그런데 무슨 열쇠가 이렇게 많담!

558

그럼 호텔인가 봐 ―

아니야, 지옥 같은 ― 감옥일 거야.

저기 달빛이 비취고 있군. 그런데 심장을 닮았어.

검은 구름이 줄지어 흘러가고 있구나 ―

저곳에 있는 숲은 전나무 숲이로군

선물과 초들로 가득 채운 크리스마스 숲이 분명해 ―

감옥이라! 그건 뭔가 다른 것이지.

여기 누가 있는 건가?

**관리인**

(우측 휘장 뒤에서 보인다. 그러나 단지 관객들에게만 보일 뿐, 부인으로
부터 동떨어져 있다.)


그녀는 넋이 나갔군. 기억을 상실한 건지도 모르지 ―

저 고통 받는 여인에게 은총을, 은총을 내려주시옵소서!

**부인**

잠깐! 난 기억하고 있어; 그런데 기억이 가물가물 한걸,

난 뭔가 찾기 위해 헤매고 다녔던 거야,

내가 뭘 찾고 다녔단 말인가?

고작 잃어버린 장갑 한 짝이야! 그건 검은 색이지 ―

어둠이 다시 찾아들었군!

바깥 어둠 가운데에 뭔가 푸른 것이 보여

마치 하얀 구름 사이로 보이는 봄하늘처럼,

절벽 밑 해변들 사이의 푸르디 푸른 바다,

마치 잃어버린 짙푸른 내 사파이어 반지 같아 —
아니지, 누가 훔쳐간 거야 —
난 요즘 많은 것을 잃었어 —
내가 어둠에 앉아 추위에 너무 떨었나 봐———
공기가 탁하긴 하지만, 이곳은 따뜻해;
저 높은 탑의 육중한 무게와 함께 —
고달픈 인간의 운명이 겹겹이 쌓여 있어,
그것이 이 세상을 향해 나를 짓누르고 있기에 —
이 연약한 가슴의 심장을 조여들게 하는구나 —
말을 하고 싶었어, 하지만 무슨 말을 해야할지 모르겠어
마치 상을 당한 듯 실컷 울고 싶기만 하구나!


(장화를 보게 된다.)


이건 뭐지? — 작은 장화 한 켤레로군!
어서 양말을 신도록 해야지! —
이건 뭐야? — 여기 촛대 하나가 있네.
촛대 밑둥으로부터 가지들을 치고 자라
이제 곧 꽃을 피울 테지,
세 개의 피어오르는 붉은색을 머금은 푸르스럼한 불꽃 ———
양초가 자라 가지를 칠 수 있다는 말인가!
난 세상 어디로부터 왔을까?
트리나무 가지로 휘감긴 닻의 부표가 떠다니고,
굽이치는 파도 속에서 멧돼지가 머리를 쳐들고,
어부들은 마른 땅 위를 걷고 있구나! —

560

(예수 탄생의 삽화를 보게 된다.)

이건 뭐야? — 마구간에 요람 한 개가 있잖아!

(깨어나기 시작한다!)

목자의 갈색 소가 커다란 두 눈으로,
요람에서 자고 있는 — 아기를 바라보고 있구나 —

(깨어나 비명을 지른다.)

오, 세상의 구원자이신 주님 절 구원해 주시옵소서! 전 죽을 것
같아요! 제가 — 죽을 것만 같다구요! — 지난 밤 나의 아기가
태어났어요, 그런데 그 애가 죽었어요! 관리인는 크리스마스 국
가 보조금을 받지 못했다고 제게 앙심을 품고 저기 서 있군요;
내게 앙심을 갖지 말아요! 비행을 저지르지 말라구요! 그럼 당
신에게 내가 가진 모든 반지를 줄 테니…

**관리인**
(앞으로 나온다.)

난 악하지 않아요. 난 앙심 같은 건 품지 않아요; 마님의 애들은
꼭 다시 돌아올 겁니다. 이런 도시 안에서는 애들이 없어지지
않아요 — 그러니 날 따라 오세요. 무엇보다도 먼저 전깃불을
밝히고 벽난로에 불을 지펴드릴 테니까요 —

**부인**

이런 도시 안에서는 애들이 없어지지 않는다고 말하는군요 — 물론 난, 그런 말을 믿질 않아요 — 그렇지만, 그렇게 말을 해주세요! 부탁이니 수없이 같은 말을 되풀이해 주세요 —

**관리인**

따라 오세요. 내가 기계를 고치는 동안 마님은 영감님 댁으로 가서 몸을 녹이도록 하세요, 3층에 있어요. 그 사람은 말을 잘해요 — 난 그런 걸 잘 할 줄 모르거든 — 그리고 그 사람은 부인을 위로해 드릴 거요 —

**부인**

배석판사 말인가요? 그 사람 역시 그다지 제게 감정이 좋지 않을 텐데요?

**관리인**

이곳에 그 누구도 부인에게 악감정을 갖고 있는 사람은 없어요--- 그러니 어서 가 보세요!

**부인**

친절하다니; 그가 앙심을 품지 않는다니 말도 안 돼!.

**관리인**

기가 막히군! 제기랄! 당신은 정말 사악하군요!

**부인**

내 아이는 어쩌죠! ― 내 아이는 어디에 있는 건가요!

**관리인**

어서 가 보도록 하세요!!


막이 내린다.

# 4.

다락방.

Vindskammaren.

**다락방**: 밝은 연초록의 커텐이 드리워진 두 개의 창문이 무대 안쪽에 보인다; 그리스풍의 원주 기둥과 두 개의 창문 사이에는 아름다운 스탠드가 올려져 있는, 원고를 넣어두는 장이 있다; 우측의 참나무 탁자 위에는 원고가 가득 쌓여 있다; 우측으로 안락의자가 놓여있다.

※

**톰텐**
(들어온다.)

크리스마스 이브의 아침이 밝았어! 그런데 늙은 철학자 양반의 집엔 즐거운 크리스마스의 자취라고는 보이지 않는군.

(무대 안쪽의 커텐을 걷는다.)

아니 저런! 발코니에 크리스마스 트리를 만들었잖아!
참새와 비둘기들을 위한,
누렇게 영글은 수 천 개의 곡식 알들,

옥수수 한 알 한 알은
날개 속에 머리를 감추고 ―
양철지붕 위에 아직도 잠들어 있는
공중의 새들에게 줄 모이들이지!
곧 아침의 미풍이 풍경을 떨게 만들고,
커피 끓이는 주전자에 불씨를 지피기 위해
불꽃을 튀기며 모닥불이 타고 있네 ―
벽난로 굴뚝에서 한 아름의 연기가 꽃을 피울 때
나는 용마루로 달려가,
그 감미로운 향기를 즐길 테야 ―
한 줄기 희망의 아침 햇살이 전화 케이블에서 반짝일 때,
풍경과 케이블은 어우러져 노래 부르네
상인방(上引枋)에서는 비둘기들이 구구구 대며 울어대고
아이들은 잠자리를 털고 일어나지 ―
이 모든 게 뭐란 말인가?
그는 수천, 수만 개의 이 누런 잎들에
자신의 모든 학문을 몰입하는 거야!
온상 속에 깔아놓은 건초더미는 ―
여물이 아닌, 잘게 부숴 놓은 짚단으로 ―
아직도 그곳에서 곡식을 찾을 수 있다네 ―
그건 참나무로 만든 곡간에 수집해 둔 곡식 알들로 ―
그의 학문의 결실들과 수확이 놓여있네 ―


(장을 연다.)

568

그의 학문의 실마리들인 이 목록들,
그가 찾았다고 생각하는 창조의 신비인 거야 —
이 모든 것을 정리해 놓은, 미치광이 영감!
당신이 찾고 또 찾아 쓰레기통에 모아 놓은,
이 많은 쓰레기들을 지금 나는 휘젓고 있어요,
내가 새로운 혼란을 만들어 내고 있는 거죠,
그러니 처음부터 다시 시작하도록 하세요!

(원고를 뒤져 본다.)

여기 지혜로운 사람의 안경이 보이는군!
그는 나이가 들어가며 근시가 되어버린 거야 —
이제 당신에게 원시와 선견지명을 갖게 하는
크리스마스 선물을 드리겠어요!

(안경을 주머니에서 꺼내 다른 안경과 바꾼다.)

죽을 수 밖에 없는  일상생활 속에서
보이지 않는 것을 주시할 수 있는
새로운 눈을 드리겠어요!
과거에 그곳에서 당신이 주시했던 법들,
이제 그곳에서 법의 제정자를 만나게 되겠죠,
그런 후에  비로소 심판하는 재판관을 만나게 될 거요;
그곳에서 과거의 본성과
눈먼 우연성을 마주 대하고,

거기에서 당신과 같은 기질을 지닌
창조물을 발견하게 될 것이오!


노인이 깨어나는 소리가 들리는군 —
그는 밤샘을 했을 수도 있겠지
어둠 속에서 연구를 하는 사람에게는
밤이 낮처럼 느껴지기 마련이니까!
지금 그가 오고 있어, 이대로 남아있어야겠어
그래서 그를 이해하도록 할 거야
그리고 그 역시 나를 이해할 수 있도록 만들어야지!


(우측 휘장을 걷고 나온다.)


**노인**

(좌측으로부터 등장; 상복 차림에 흰 목도리, 검은 실크 칼롯(Kallot)[10]을
머리에 쓰고 있고 길게 기른 백발머리와 비슷한 수염을 길렀다.)


오, 나의 생명이여 어서 오렴! 고생이여 좋은 아침!
난 60세월을 우주를 정리하며 살았단다 —
그럼 이제 창조의 수수께끼를 풀어보도록 해야지 —
많은 돌과 풀들, 그리고 동물들,
태초의 물질들, 힘, 도량의 단위들과 숫자들이
천천히 불과 물에서 옮겨와 —

---

**10** 챙이 없는 작고 둥근 모자.

마치 지구의 저장창고처럼 모든 것이 그곳에 놓여있네 ―
하늘을 향해 치솟는 바벨탑 계단을 쌓기 위해
나는 수많은 돌들을 모으고 또 모았지만,
그분 덕분에, 눈물의 계곡으로부터 빠져나올 수  있을 거야.
그리하여 방위 기점 위에 세워진 ―
푸른 둥근 지붕 밑 모스크(mosque)[11]를 정복할 테야 ―


60년 동안, 나는 수집하고 개수를 세었지;
절반쯤 왔을 때, 한 번은 창조의 신비를 풀 수 있었어,
어느 날 밤, 그것을 기억하기 위해 종이에 적어 두었었지 ―
그것은 다른 것에 묻혀 버렸고, 그런 후 사라져 버렸어 ―
그건 그곳에 그대로 남아 있건만 나는 찾고 또 찾고 있구나
짚더미는 산이 되어버렸고,
내 자식은 거인으로 급속히 성장해 버렸더군…
내가 다가가면 갈수록, 나에게 공격을 해왔어,
난, 보물을 찾아 내려는 듯 자꾸만 파 내려갔지,
그런데 내 손에서 삽이 떨어져 버리고 말더군,
나의 머리는 지칠 대로 지쳤고, 몸은 늙어버렸어.
모든 것을 지배하길 원할 때면
종종 산송장처럼 꼼짝 않고 누워 있게 되더군- - -
이제 난 그 순간이 온 것을 감지할 수 있어,

---

**11** Stocholm의 Drottnig gatan 85 번지. 스트린드베리이의 마지막 보금자리인 블로
토-넬(Blå tornet)을 암시하며, 사각형 위에 둥근 지붕이 있는 이슬람 사원의  건축
양식을 비유한 것. 현재 스트린드베리이 박물관.

왜냐면 지난밤 꿈속에서 보았으니까,
내가 찾던 종이들을 보았어, 그것은 청백색인
영국제 올리펀트(Olifant)[12]의 레갈(Regal)[13] 종이였어 ―

(소매 커브를 벗긴다.)

지금 아니면 결코 아닌 거야! 너 아니면 나!
이 종이더미는 너의 비밀을 포기하게 만들어,
이곳에서는 나만이 너희들의 주인이고,
나에겐 이곳 영혼을 지배할 권리가 있지!

(그는 안경을 끼고 종이더미에서 뭔가 찾는다.)

이게 뭐지? ― 무슨 일이 있은 거야?
내가 분류해 정리해 둔 것을 뒤바꿔 놓은 거잖아?
알파벳과 숫자의 자리가 바뀌었어
A, b, c, d, h, r… 이건 분명히…
그리고 숫자는 1, 7, 4, 10, 26… 누가 이곳에 왔던 게 분명해!
알파(Alfa: 첫 번째), 베타(Beta: 두 번째), 피(Pi: 세 번째)!
그리고 내가 발견한 숫자… 그걸 잊어버렸어… 나의 기억에서
사라지고 말았다구…

---

**12** Olifantpapper;지도를 만들 때 사용하는 큰 규격의 종이.
**13** Regalpapper; 큰 사이즈의 종이.

(여전히 찾고 있다.)

신문기사가 있군. 중요한 숫자 위에 잉크 자국이 있잖아!… 지워 봐야지! –칼을 꺼낸다.– 종이에 구멍만 냈군!… 어쩔 수 없지! 찾아봐야 해; 한 장, 한 장 남김없이 뒤져보면 아마 찾을 수 있을 거야!…

(한 장씩, 한 장씩 차근차근 찾아본다.)

이제 이웃집에서 피아노를 치기 시작하는군! 그래 맘껏 치라구!… 내겐 방해가 되지 않으니까. 난 온종일 혼잔 걸!… 밤에도 역시! 난 먹지도 않을 것이며 — 잠을 청할 필요도 없으니까!

(영감이 종이를 뒤적이고 있는 동안, 베토벤 소나타 29, Opus. 106,[14] 아다지오 소스테누토(Adagio Sostenuto)[15]를 치는 피아노 소리가 몇 분간 들린다!)

오늘은 피곤이 빨리 몰려오는군! — 조금 쉬어야겠어!

(지친 몸으로 가죽 소파에 쓰러지듯 눕는다; 음악은 계속된다.)

---

**14** 1817년 완성된 일명 "하머클라비어"는 베토벤의 내면세계, 고투와 종교적 성찰을 잘 표현해주는 거대하고 어려운 소나타. 내면적 깊이를 지닌 3 악장은 음울하고 몽환적이고 맑음이 공존하는 작품으로 깊은 슬픔에 잠겨 애수와 비탄에 잠긴 심경을 묘사하며 절규한다. 결국 코다에서는 체념으로 끝을 맺는 명상적 선율이 지속적으로 이어지는 악장.
**15** '느리게, 한 음 한 음 깊히 눌러서'라는 의미.

내 눈이 아주 이상한 것 같아; 가까운 것이 잘 보이지 않아. 먼 곳의 것이 가까이 보이는군; 머리는 텅 빈 것 같기도 하고!

(그는 눈을 감는다. 음악은 계속된다.)

(영감은 깨어나 다시 종이 더미로 가서 다시 뒤지기 시작한다. 그러나 금방 피곤해져 다시 의자로 되돌아 간다; 다시 일을 시작하지만 뒤로 넘어지고 만다. 그는 의자에서 마치 죽은 듯한 모습으로 잠이 들었다.)

**톰텐**
(오른쪽으로부터 가죽의자 하나를 밀고 들어와 노인 앞에 제멋대로 앉는다.)

(음악소리가 조용해 진다; 영감은 깨어난다.)

**노인**
누구야? 사람인 거야…

**톰텐**
사람이죠, 사람은 느낄 수 있는 거요.
당신이 나를 느꼈잖아요!
그럼 나인 거죠!

**영감**
(일어난다.)

아무튼 난 널 만져 보고 싶고, 느껴보고 싶어!
예전엔 나를 위해 넌 존재하지 않았으니까!

**톰텐**
당신이 무지개를 잡을 수는 없어요.
그렇긴 하지만 그건 엄연히 존재하죠!
또한 바다와 사막의 신기루도 마찬가지로 존재하지요…
나는 신기루요, 너무 가까이는 오지 말아요,
아직 내가 이곳에 존재하고 있음에도 불구하고,
당신은 나를 보지 못할 테니까!

**노인**
사실, 당신 논리가 맞는 것 같기도 해 —

**톰텐**
그런가요, 그럼 당신의 눈을 믿을 수밖에 없겠군요! —

**노인**
(반박한다.)

**톰텐**
내가 당신과 같이 논리적이지 못하다고 반박 하는군요 —
당신의 논리는 당신의 주인이고,
당신은 그 논리의 머슴에 지나지 않죠 —

**노인**

나의 논리는 내가 절대적으로 지배하고 있지 ―

**톰텐**

다양하게 많은 요인들 속에 들어 있는 기본적인 생각들을
이제 내게 간단하게 말해 줘요.
나뭇잎, 빗방울, 모래알 혹은 닮은 모든 것들을 모아
저기 수집을 해 두었군요.
그럼에도 불구하고 하여튼 닮지들 않았어요!

**노인**

나의 생각과 아이디어는 서로 연관성이 있는 거야
백만 개의 현상들이 우리를 만나게 되는 거니까 ―

**톰텐**

이제 들어보자구요! 정말 배우고 싶군요!

**노인**

도둑같으니라구, 넌 내 생각을 도둑질 한 거야;
방금 그건 내게 아주 분명한 사실이었으니까---

**톰텐**

그런데 지금은? 혼란스럽군요.
마치 유리알 같이 맑은 얼음처럼,
그것이 기초를 이룰 때 녹는 열기로 그것은 침전물이 되고

물은 수증기가 되어버려요!
그 수증기는 증발해 버리죠!
내가 즉석에서 그것을 응축시켜 버리고
당신이 잊어버린 논리를 말해 줄 거요.

(침묵.)

존재하는 모든 단일성 가운데 세상의 수수께기를 볼 수 있는 법
이니까———

**노인**
정확해! 넌 정말 재치가 있는 작은 요괴야
내가 30년 동안 탐색해 왔던 것을 단번에 발견했으니!
물질의 단일성! 바로 그것이 해결의 실마리였군!

**톰텐**
그건, 논리였던 거죠! 이제 현실로 돌아가도록 하죠!
자연의 표리부동한 것을 가정해 보도록 하자구요!
그리고 이 두 이론이 아무 근거가 없다는 것을 보도록 하죠!

(침묵.)

액체의 요소를 들어보도록 하죠:
물은 한 통일체지만, 두 개로 이루어져 있잖아요.
수소와 산소는 논쟁을 할 수가 없어요;

자석의 힘은 남과 북에 있고;
전기는 음과 양의 사이에 있는 것,
식물의 씨앗은 수컷 아니면 암컷;
사슬의 맨 꼭대기에서는 두 개의 숫자를 발견할 수 있어요
그건 인간이 혼자 살라고 창조된 것이 아니기 때문이죠.
그래서 인간은 남자와 여자로 창조되었어요.
그렇게 자연의 복합성이 입증된 거잖아요!


**노인**

악마 같으니라구! 넌 모든 것을 파괴해 버리는군 —


**톰텐**

당신의 장난감 말이겠죠, 미치광이 영감;
당신의 쇠사슬은 깨어져버려
그 연결고리의 쓰레기더미만 쌓여 있기에
당신이 엮어놓은 케이블은 다 산산조각이 났어요.
모두가 부스러기로 되어버렸다구요.
그러니 고물상에나 적합하지 않겠어요.


**노인**

어처구니가 없군! 비눗방울로 날려보낸
60년이란 세월이었단 말인가!
바람에 부숴져버리고 마는!
이제 난 더 이상 살고 싶지 않아!

**톰텐**

그 방울이 부숴져버렸다면, 그럼 새로운 것을 불면 되잖아요,

그건 물과 비누거품으로 만든 거니까.

그 거품이 아주 많이 만들어질 때까지 열심히 저어야만 해요.

거품이 조금밖에 없으면, 아무 것도 만들 수 없다는 말이죠 ―

**노인**

60년 ― ―거칠게 일어나서 왼편 무대 뒤쪽으로 종이들을 던져버린다.―

꺼져버려! 악마의 환상아!

이만 일 동안의 일거리가 단 한 개의 썩은 열매라니!

꺼져! 꺼져버리라구!

내 나무의 기력을 잃게 하는 마른 잎사귀들,

나에게 길을 잘못 인도하는 도깨비불들, 귀신불

나를 늪으로 꾀어내어 목까지 차도록

그곳의 날카로운 풀들의 가시가 내 손을 찢어놓게 하는구나 ―

(서랍에 있는 종이들을 비운다, 그러나 작은 궤짝 하나는 남겨둔다.)

꺼져버려! 나를 바닥으로 내친 가짜 수로 안내인아!

이정표는 지옥을 향한 길로 나를 안내했던 거야!

파산선고! 파산! 난 모든 것을 포기해 버렸어.

그래서 타버린 대지 위에 빈 손으로 앉아있을 거야 ―

(의자에 푹 내려 앉는다.)

579

연체동물의 껍질이 짓밟혀 부숴져 버렸고,

거미줄은 찢겨져 버렸어,

길 잃은 새가 망망대해를 마냥 배회하고 있는 거야,

돌아오려 해도, 해안에 닿으려 해도 너무 멀리 가버렸어 —

심연의 나락 위에 쉴새없이 날개짓을 하며 —

지쳐 떨어져 내릴 때까지 —

그리고 죽는 거야!


(침묵.)


**톰텐**

말해 봐요! 다시 시작하고 싶나요? 정말 새롭게 다시 젊어지고 싶은 거요?


**노인**

젊어진다구? 아니, 사양하겠어! 다시 고통을 받는 힘을 얻고 — 허망된 꿈을 꾸는 힘을 얻기 위해서? 천만에!


**톰텐**

황금을 원하세요?


**노인**

그걸 무엇에 쓰겠나?

난 원하는 것이 아무 것도 없어 — 아니지, 세상을 떠나고 싶어!

**톰텐**

좋아요! 그럼 먼저 삶에 대한 속죄를 해야겠죠!


**노인**

속죄라구? — 고문대에 다시 꽁꽁 묶이란 말이야? —

천만에, 그건 아무 가치 없는 일이야!

그렇지 않다면, 결코 출발이란 것이 없을 테니까,

"한층 더 악수를!", "독한 술!", "오, 조금 더 남아 있어야 해"—

그렇게 해서 남게 되는 거야 —

아니지, 마차꾼 자리에 올라

노쇠한 말에 채찍질을 해야 하는 거야

자신을 그런 것으로부터 멀리 떼어놓으면

되돌아가는 것을 그리워하지 않게 되지!


**톰텐**

당신은 따뜻했던 삶으로부터

자신을 떼어놓았던 적이 한 번 있잖아요,

집과 가정으로부터, 아내와 아이들로부터,

명성을 위해 불나방 같은 인생을 쫓으며 살던 때도 있었구요 —


**노인**

절반은 맞는 말이야 — 사실은, 난 적절한 때에 떠났어 —

이미 떠날 준비를 한, 다른 사람을 보지 않으려고 그랬던 거야!

삶이 나를 속였고, 우리의 배가 가라앉길 원했을 때

난 스스로 공기를 불어넣어 구명 부륜(浮輪)을 만들었어

거기까진 사실이야;

그 구멍 부륜은 나를 얼마 동안은 지탱시켜 주었어,

아주 긴 시간 동안,

그런데 그것이 터져버린 거야, 난 물에 빠져 가라앉고 말았지;

그것을 스스로 극복하고 있는 거라구!


**톰텐**

(장에서 작은 궤짝을 꺼낸다.)


여기 바다가 당신에게 다시 돌려주는 난파선의 잔해가 있어요 —


**노인**

(무력한 상태다.)


내 궤짝을 그대로 둬, 제발 죽은 것을 일깨우지 말아줘!


**톰텐**

이봐요, 부활을 믿지 않는 사두가이(Sadducees) 같으니라구[16] —
왜 죽은 것들을 두려워하는 거요?

---

**16** 신약 성경, 마태오 복음서 22:23: "그날, 부활이 없다고 주장하는 사두가이들 […]"
를 의미하는 것. 사두가이파는 '현세적' 감각이 뛰어난 부류로, 사두가이인들에게
내세의 삶이란 무의미했고, 영원한 삶은 공상에 불과했다. 그들은 부활과 천국을
믿지 않으며 현실적인 율법의 해석에 치우쳐 부활 논쟁을 벌렸던 무리.

**노인**

내 궤짝을 그대로 두란 말이야! 넌 영혼을 자극하고 있는 거야.

**톰텐**

좋아, 삶이 영혼이란 것을 당신은 보게 될 테지
그러나 육체나 사물 속에 갇혀 있는 영혼인 거죠.
조심하도록 해요. 이제 내가 망령을 불러낼 테니!

(궤짝을 연다.)

**노인**

아아! 이 향기! 클로버꽃들의 향기인가?
사과꽃이 피는 아름다운 5월에
라일락의 잎새들이 서풍에 흔들리고 있구나.
백설로 덮힌 정원의 갓 파헤친 땅에
다시 태어나기 위해 심어 놓은 씨앗들이
이제 검은 옷을 펼쳐 내어 놓는 구나 —

(신딩(Christian Sinding)[17]의 '봄의 속삭임(Frühlingsrauschen)' 이 울려
퍼진다.)

초록 지붕의 작은 시골집을 난 — 지켜보고 있네,
창문 하나가 열리며, 미풍에 나부끼는 —

---

**17** 신딩(Christiran Sinding, 1851-1941): 노르웨이 작곡가.

검붉은 명주 커튼 — 방 안쪽에 거울 하나,
황금 틀에 조각을 한 엠파이어 스타일의 거울[18] —
타원형의 거울은 마치 환영 같이 보이는구나
삶이 안겨주는 가장 아름다운 순간들을 보고 있네;
아이에게 옷을 입혀주는 엄마 —
부드러운 곱슬머리를 빗겨주며 졸리는 아이를 씻기네
푸른 눈동자를 방긋이 열고
삶의 기쁨에 가득 찬 채 태양과 엄마를 향해 —
미소 짓고 있는 아이 —
작은 두 발은 양탄자 위에 동동 구르네
마치 참을성 없는 망아지가 달려 나가려 하듯 —
음악이잖아! 나의 젊은 청춘의 멜로디들,
절반은 잊어버린  추억이 되살아 나는구나 —
목향나무 아래에 실개천이 흐르고,
보트와 미드썸머크란스(midsummerkrans)[19], 산딸기 바구니들,
배 위에서 펄떡이는 싱싱한 메기들 —

**톰텐**

(귀여운 신부의 머리 위에 쓰는 화관 하나와 면사포를 꺼낸다.)

**노인**

지금 내가 뭘 보고 있는 거야! 저기 뭐가 있지?

---

**18** 19세기 초의 검소하고 신고전주의 풍의 가구를 일컬음.
**19** 스웨덴의 하지 축제 때 전통적으로 꽃장식을 하여 세워놓고 그곳을 돌며 춤을 추
　　는 장식이 된 높은 장대.

갈래머리 꼬마 여왕을 위한 작은 왕관 하나;
도금양 꽃의 왕관과 망사 면사포 —
일출 때의 정령(精靈)들의 춤사위 속의 아침 안개 —
눈이 흐려져, 이젠 더 이상 보이지 않아 —
오, 하느님 맙소사, 이 모든 것들이 언젠가 존재했었지,
이젠 더 이상 있을 수 없을 테지,
결코 다시는 돌아오지 않을 거야!

(울면서 주저 앉는다.)

**톰텐**

소유했던 모든 것을 다 내 동댕이쳐 버렸지,
마른 잎을 향해 생생한 꽃들을,
냉정한 생각을 향해 포근한 삶마저
불쌍한 남자 — 여기 무엇을 갖고 있는 거야?

(검은 여성용 장갑 한 짝을 보여준다.)

**노인**

작은 장갑 한 짝이라! 봐도 괜찮을까! 기억이 나지 않는군 —
어떻게 여기로 오게 됐지! — 그렇지, 잠깐 — 이제 알겠군.
아침에 계단에서 발견했었지 —

**톰텐**

이제 나의 크리스마스 선물로 이것을 당신께 줄게요 —

그건 비밀을 지니고 있죠, 그 가냘픈 손가락은
당신의 운명을 움켜쥐고 당신을 아프게 만들었어요;
하지만 이번엔 우호적으로 변한 그 작은 손을 내밀 거예요 ―
내가 기대하듯, 만일 당신이 그 장갑을 그녀에게 건네준다면,
수수께끼는 풀리고, 그럼 기쁨에 넘치게 되겠죠,
당신을 아프게 한 스핑크스의 수수께끼보다 더 가치 있는 ―


(찬장에 작은 궤짝을 넣고 잠근다.)


**노인**
아직도 내가 죽을 만큼 행복을 만들 수 있을까,
과연 감사의 눈길도 받을 수 있을까,
내가 위로를 해주어 마음을 움직이게 할 수 있을까,
그렇게 하여 아직도 나의 절망을 치유해 줄 수 있는
방도가 있다는 말인가!


**톰텐**
당신은 자신의 부패한 숲을 태워버렸어요,
가장 용기 있고 현명한 일을 한 거죠!
지금 잿더미로부터 나와요, 뭣이든 재 속에서는 잘 자라니까요,
당신은 아직도 어떤 수확물들을 거둘 수 있는 걸요!
하지만 만약 당신 스스로 그것을 즐기지 못한다면,
줘 버려요, 취하는 것보다 주는 것이 더 기분 좋은 것이니까
그렇게 해 버려요! 그건 기쁨을 주는 좋은 희생물이 될 테니!

(침묵.)

이제 나의 어두운 보금자리로 돌아가야겠어요,
메리, 메리 크리스마스!

(사라진다.)

※

## 노인
(홀로 장갑을 관찰하고 있다.)

어둠 속에서 내민 작은 손 —
장갑 한 짝이 던져진 거야, 결투 신청이 아닌, 평화를 위한!
부드럽고 다정한, 작은 아기 손 —
그 작은 손에 무슨 비밀을 숨기고 있는 걸까?
어쩌면 넌 단지 나를 깜짝 놀라게 해 줄,
 크리스마스 선물일 거야 —

(노크를 한다.)

들어와, 낯선 친구, 크리스마스 선물이 기다리고 있어
처음으로 오는 친구를 위해! — 들어와!

**엘렌**

(들어온다.)

방해하는 것을 용서해 주세요, 박사님,
박사님은 사람들의 좋은 친구로 유명하세요 —
저는 파멸이에요, 완전히 절망적이고, 내버려진 걸요.

**노인**

(일어선다.)

주님이 널 위로해 주실 거야, 아가, 앉으렴.
그 후에 무슨 일이 있었니? 반지 사건에 관한 거야?

**엘렌**

그 곳에 갔었어요, 아직도 의심을 받고 있더군요,
사람들이 나를 찾고 있어요, 전 바다에 빠져 죽으려 했어요,
그럴 수 없었어요, 살아 남기로 했어요;
뭔가 말씀해 주세요, "죄가 없다"고 말씀해 주세요.

**노인**

진정하렴, 생각 좀 해보자꾸나 — 내가 무슨 말을 하려고 했지 —
그렇지, 여기 낯선 사람으로부터의 크리스마스 선물이!

**엘렌**

낡은 장갑 한 짝이잖아!

**노인**

그래, 나도 잘 모르겠어. 그건 누가 잃어버린 것을 주운 거야.
그런데 다시 잃어버렸고, 또다시 찾은 셈이지 ―

**엘렌**

제 생각엔 우리 마님 장갑 같아요! 사이즈를 좀 봐야겠어요! –
장갑을 뒤집어 본다; 반지가 떨어진다– 맙소사! 이건 반지잖아! 그럼
난 구원 받은 거야! 박사님께선 모르고 계셨군요!

**노인**

정말 몰랐단다! 이제 눈물을 닦도록 해라.

**엘렌**

너무 좋으신 분이야! 꽃과 짐승들에게도 좋으신 분이신걸,
난 이미 알고 있었으니까―――

**노인**

조용히 해! 난 이것과는 아무 상관이 없어 ―

**엘렌**

한 사람을 구하는 것이 좋은 일이 아닌가요!

**노인**

나는 하나의 악기였을 뿐, 연주자는 아니니까 !

**엘렌**

지금 얼마나 행복한 지 몰라요. 제가 박사님이었으면 좋겠어요,
저같이 불행한 사람을 행복하게 만드시는 박사님—

**노인**

이제 가서 네가 할 수 있는 한 모든 걸 바로 돌려놓도록 해라,
그리고 가족들이랑 기쁨을 나누도록 하렴…

**엘렌**

제가 어떻게 그러겠어요? — 아기는 죽었어요
슬픔에 쌓인 집에서 어떻게 우리가 기쁨을 나눌 수 있겠어요?

**노인**

그 아기가? 그래, 맞아, 나도 그 동화 같은 얘길 들었어 —
내 말을 믿도록 해라, 엘렌,
여기서 감춰둔 〈반지 도둑잡기〉 놀이를 한 거야 —
더 이상 나는 몰라! 이 일을 다른 시각으로 보자면 —
추측이긴 하지만, 오늘 중으로 각자 시험에 들어 있는,
자신의 시간이 끝나게 될 거야.

(그는 안락의자에 다시 주저앉아 잠이 든다.)


**막이 내린다.**

# 5.

어린이 방.
Barnkammaren.

**어린이 방.** 무대 안쪽에는 알코브에(alcōve)[20]에는 휘장이 드리워져 있고, 그 앞엔 작은 탁자가 놓여있다; 탁자에는 두 개의 은촛대에 양초가 꽂혀 있고, 그 사이에는 꽃속에 묻힌 어린이 초상화가 놓여 있다; 촛대 위에는 거울이 있고 양초가 타고 있는 것이 거울에 비친다.

좌측엔 푸른 하늘 모양의 휘장이 쳐져 있는 백색의 작은 어린이용 침대가 놓여있고, 우측엔 하얀 작은 어린이용 탁자 앞에 의자가 있다. 의자엔 인형 로사가 앉아 있고, 탁자에는 크리스마스 선물들과 작은 트리나무가 있고, 백말 흔들의자가 침대 곁에 있다.


**부인**

(들어온다, 검은 펠리스(peliss)[21]를 들고 검은 상복 차림이다; 그녀는 검은 면사포를 찢어 방에 있는 다양한 물건들에 애도의 표시로 걸어 놓는다. 크리스마스 트리, 인형, 백말 흔들의자 등등)


우린 슬픔에 잠겨 있어! 그렇지만, 회한의 빈자리를 채워주기 위해,

---

20 서양 건축양식으로, 벽의 한 부분을 쑥 들어가게 만들어 놓은 부분.
21 모피로 안감을 댄 여성용 코트.

우리에게 무엇인가 남겨진 것이 있어;
우린 추위를 느끼지만, 냉기는 생기를 주며,
우린 어둠에 싸여 있지만, 어둠은 우릴 숨겨주지,
잠 못 이루는 밤에 무서운 이미지들을 피하려고,
우리가 이불 속에서 몸을 숨기듯이.
로사! 네 가여운 엄마를 위해 상복을 입고 있는 거야?
네 두 뺨은 아주 창백하고 두 손은 너무 차구나;
크리스마스 트리는 네게 애도의 노래를 불러줘야겠지?


(그녀는 뮤직박스 하나를 꺼내 크리스마스 트리 아래에 놓는다.)


조랑말, 블랑카야, 넌 팔에 검정 띠를 두르고 있잖아!
작년 일이 기억 나는구나.
우린 아버지 어머니가 사시는 시골로 여행을 갔었지
그때 넌 이 차디찬 방에 홀로 남아 있었어.
그렇지만 마리는 널 생각했단다. 그 애는 이렇게 말했어.
"지금은 가여운 블랑카가 그곳에 서서 떨고 있을 거야,
어쩌면 그 깜깜한 방에서 어두운 곳이 무서워졌는지도 몰라"
그 애가 집에 돌아 왔을 땐, 넌 감기에 걸려 있었어!
목이 부어 있었기에 그 애가 널 돌보았단다,
그리고 자기의 가장 좋은 스타킹을 네 목에 묶어 주며,
네 하얀 코에 키스도 해주었어,
너의 갈기를 정성스레 빗어 황금색 리본도 묶어 주었지
그래 네 이마에! 그랬어, 그앤 널 정말 잘 돌보았지, 너를,
그런데 지금 — 우리는 아파, 너무 아파. 우리 모두가!

네 작은 침대는 비어 있어. 마치 망망대해에 떠 있는 배처럼

배가 가라앉아 갈 때, 당황하여 흔들거렸어 —

난 누구를 위해 침대 정리를 해야 할까,

나의 작은 삶이었던 그 애는 정말 죽은 거야?

마지막 저녁이 기억나는구나

저녁 후, 음식 부스러기가 침대에 떨어져 있을 때

침대 정리를 다시 해야만 했어,

넌 존 블룬드(John Blund)²²가 뿌려 놓은 모래라고 믿었었지,

내가 가끔 이야기를 들려줬으니까 —

난 동화를 곁들여 저녁 기도를 드리곤 했지,

그리고 푸른 숲과 파란 호수를 찾아가는

너의 꿈나라 여행을 위해 동요들을 불러줄 때면 —

넌 마치 데이지꽃과 같은 눈꺼풀을 지긋이 내려감았지.

장미꽃잎 같은 두 볼과 블루 무어 잔디를 닮은 부드럽고 긴 머리,

지금은 그 모든 것이 내 곁에 없구나!

부드러운 털 침대의 조그맣게 패인 흔적들

그것이 전부란다,

섬세한 네 몸의 공허한 이미지를 느끼게 해주는, —

파란 하늘 아래의 침대는 먹구름으로 덮여 있구나,

내 아가야, 어디 있는 거니? 대답해 보렴, 어디에 있는 거야?

별들의 무리 속으로 들어간 거니?

태어나지 못 했던 다른 아이들과 놀고 있는 거야?

어쩌면 그들은 다시 태어나기 위해 죽었는지 모르잖아?

---

**22** 고대에 아이들의 눈에 모래를 뿌려 잠들게 한다는 잠의 정령을 의인화한 인물.

넌 우리가 서로 다투는 모습에 지치고 지긋지긋해서,
툼메리뗀(Tummeliten), 포겔 블로(Fågel blå),
뢰드 루반(Rödluvan), 릴라 솔리만(lilla Soliman)을 만나러
동화 속의 나라를 찾아간 거야?[23]

난 널 따라 갈 테야!
이 세상에서 맘 편히 살은 적이 결코 없었단다 ─
이 곳은 항상 약속을 하지만, 지킬 줄 모르지,
아주 모방을 잘한 것, 그건 진짜가 아니야,
예술작품, 좋은 거지, 그렇지만 그건 진짜가 아니야,
너무 육체를 중시하여 영혼이 없단다,
인간의 권리를 행사하지 못하니 정말 절망적이야
자신이 원하는 대로 살고 싶은데 그렇게 될 수가 없구나!

(침묵.)

---

**23** 아이들의 잠자리에서 들려주던 북구 동화에 나오는 인물 들: Tummeliten: 가난에 못 견딘 한 농부가 일곱 아들을 숲 속에 내다 버렸다. 엄지손 가락 보다 작은 막내(Tummeliten)는 약삭빠르게 꾀를 부려 자신들을 먹어치우려는 거인으로부터 슈밀라스퇴블라르(Sjumilastövlar: 동화에 나오는 신발로, 신으면 빨리 이동할 수 있는 장화)를 뺏어, 자신과 형들을 구해 냈다는 이야기. Fågel blå: 새로 변장한 왕자님이 탑 속에 갇혀있는 공주를 방문한다. 그런데 그는 공주의 계모가 만들어 놓은 칼에 상처를 입는다. 그런 후 공주는 왕자를 찾아 와 왕자님을 구해준다는 이야기. Rödluvan: 한 소녀가 할머니 댁으로 가는 도중에 늑대에게 속아 길을 잃는다. 늑대는 할머니를 삼켜버리고 할머니의 옷을 침대 위에 올려놓는다. Rödluvan 이 도착했을 때 늑대는 그 아이마저 삼켜버렸다. 그런데 한 사냥꾼이 늑대를 쏘아 죽이자 가죽이 갈라지며 그 안에 들어 있던 사람들이 자유의 몸이 된다는 이야기. Lilla Soliman: 바그다드(Bagdad)의 한 가난한 소년이 자신이 청렴하고 곧은 하룬 알 라쉬드(Harun al Raschid) 왕이 되어 재판 놀이를 하고 있었다. 그때 죄 없이 형벌을 받은 사람을 방면했다: 가장을 한 진짜 왕이 우연히 지나가며 그 재판을 듣게 되어 Soliman의 판결을 인정하게 된다는 이야기.

너무 어두워! 사람들이 나에게 빛을 차단 시켜버렸어 —

(스위치를 돌려보지만 소용이 없다.)

너무 추워, 사람들이 나에게 온기를 주려고 하지 않아!

(수도꼭지를 찾으려고 무대 배경으로 손을 뻗친다.)

물이 나오지 않아! 나의 꽃들은 목이 탈 거야!

(그녀는 작은 종을 울린다.)

아무도 오지 않는군! 모두가 떠나 버렸어!
내가 그렇게 사악했단 말인가? 아무도 알 수가 없는 일이잖아.
모든 사람들은 알고 있던지, 혹은 안다고 착각할 수도 있지!
모두들 내게 머리를 숙였어, 그 누구도 나에게
내가 어떻게 할 것인지 말할 용기가 없었으니까!
그렇지, 거울은 할 수가 있었지만 좋은 친구가 아니었어 —
반짝이는 유리는 오로지 예의 바른 말만 했으니까 —

(침묵.)

이게 뭐지? — 내가 잃어버린 장갑이잖아!
그리고 여기, 장갑 손가락에 내 반지가 끼어 있군그래!
그렇다면 그 아이는 죄가 없는 거였어, 가여운 엘렌!

이제, 나에게 복수를 할 테지, 난 벌을 받게 될 거야,
그럼 끝은 시작보다 더 끔찍하게 될 테지!
감옥살이? — 난 그럴 수 없어 — 반지를 숨겨야지 —


(침묵.)


그래선 안 돼! 해야 해! — 무엇이었지?
누가 내 뺨을 쓰다듬었어!
여기 누가 있는 거야? — 속삭이는 소리를 들었어.
아기가 자면서 숨을 쉬고 있는 것 같아 —
지금! 이웃집 지붕에서 풍향계가 돌고 있어 —
조용히, 들어보렴. 굴뚝 위에서 노래를 부르고 있는 거야 —
그가 뭐라고 하는 거지: "나의 마리, 마리, 마리!"
그리고: "엘렌, 엘렌!" — 가여운 엘렌!
종이 울리는구나! 앰뷸런스 소리!
무슨 일이 생긴 걸까? 내가 무슨 짓을 했지?
그래, 내가 잘못했을 땐 정당하게 평가를 받아야 하는 거야!
그럼 난 자수를 하고 정당한 벌을 받아야만 하겠지!


※


**엘렌**

(들어온다.)

**부인**

(무릎을 꿇고 앉는다.)

**엘렌**

이게 무슨 짓인가요, 어서 일어나세요. 전 너무 혼란스러워요. 친애하는 불행하신 부인, 제발 일어나세요. 이런 일은 참아볼 수가 없어요; 두 말할 것도 없어요. 그건 하나의 실수에 지나지 않아요. 참아야죠, 모든 것이 시끄럽기만 해요; 어떤 분이 말한 것처럼 산다는 것은 힘이 들고, 또 죄없이 산다는 건 거의 불가능한 거예요! 그럼요! 맞아요!

**부인**

엘렌! 나를 용서해 줘!

**엘렌**

제가 그랬어요, 제가 그랬다니까요. 착한 마님 어서 일어나세요, 오히려 제가 설명드릴 것이 있어요…

**부인**

(일어난다.)

혹시 그것은---?

**엘렌**

아뇨, 그런 게 아녜요! 그건 다른 일이에요! 다락방에 사시는 그 영감님께서 — 자신이 원하시던 것과 기쁨으로 화해하시고 — 이 세상을 떠나셨어요 — 그러나 우리가 그분의 종이들을 뒤져 봤을 때 — 노인의 본명을 발견하게 됐어요 — 그리고…

**부인**
그건 내가 알아! — 바로 잊고 살았던 우리 아버지야!

**헬렌**
맞아요!

**부인**
아버진 자식 얼굴도 다시 한 번 보지 못한 채 돌아가셨군! — 이 이상한 집에서 인간의 운명은 바로 곁에서 이중바닥 위에 한 겹 한 겹 쌓아져 갔던 거야 — 내 남편은 어디 있는 거지? 너희들 에게 무슨 소식이 없었니?

**엘렌**
저녁식사 때까진 집으로 돌아오시겠죠 — 그러나 그 전엔 아닐 거예요!

**부인**
크리스마스 이브의 저녁식사에? 어둡고 추위와 메마름 속에서; 슬픔에 가득 차 있는 집과 시체가 있는 방으로 돌아 온다니 — 가여운 내 남편! — 이제 우리 아버지에게 가 봐야겠어! — 엘렌 아버지는 어떻게 돌아가신 거야?

**엘렌**

종이란 종이는 모두 불태워버리시고 전부가 쓰레기라고 말씀 하셨어요 — 그리고 반지를 찾은 사람도 영감님이세요 — 그토록 저를 기쁘게 해주셨을 때, 이렇게 말씀하셨어요: 이제 나는 기쁘게 죽을 거야. 그건 내가 한 사람을 기쁘게 해준 은총을 받았으니까!

**부인**

그 말이 맞아! — 난 아버지를 사랑하지 않았어; 그러나 아버지의 눈을 감겨드려 우리 아버지께 내가 할 수 있는 마지막 임무를 다할 거야! 엘렌 나를 따라오지 않겠니!

(그들은 간다.)

(침묵.)

(크리스틴과 연장을 든 관리인이 무대 위에서 천천히 걸어간다.)

**관리인**

잘 될 거야, 잘 될 것이야!

**크리스틴**

(아기의 침대를 암시한다.)

조용히! 조용히!

(그들은 살짝 빠져 나간다.)

(톰텐은 우측에, 크리스마스의 천사는 옆쪽에 있는 무대 장막의 벽 좌측에 있다.)

**크리스마스의 천사**
이제 우리의 인생살이를 직조하는 일은 곧 끝이 나는군 —
무릎 꿇는 것도 보았고, 말투도 들었어;
단 한 마디; "용서해 줘"라는 말이
모든 것을 화해하게 만들었어요!
이제 할 말을 했으니, 이제 모든 것은 끝났어요! —
슬픔은 내려놓으세요! 즐거운 파티를 시작해야만 하니까요!

**톰텐**
(주위를 살금살금 몰래 움직이면서 장례식에서 쓴 천조각을 손으로 주워 모은다.)

먼지를 쓸고 쓰레기를 치우고, 청소를 해야겠어,
나쁜 숨결이 베인 곳을 닦아 광을 내도록 하고
어둠이 내려도 목마르게 하지 않기 위해
가정부가 잊고 있는 꽃에 물을 줘야지!

(그는 거울 옆에서 물을 준다.)

커텐을 아름답게 주름잡아 내리고

카펫을 똑바로 정리하고, 청소는 하지 않을 수도 있어.

여긴 아니야, 더우기 오늘은 아니지!

가여운 어머니, 젊은 부인,

이제 당신은 충분히 고통을 받았어요,

교훈을 잊지 않도록 하시죠!

후회와 고통의 눈물들로 인해

당신의 눈은 정말 아름답고, 맑고, 부드럽게 될 거요,

그러나 당신이 사악한 마음으로 울면 미워질 테죠!

이제 천사님, "즐거운 성탄 보내세요"라고 말을 해야겠죠?

## 크리스마스의 천사

그녀가 사랑의 임무를 수행하고 오고 있어요,

죽은 아버지의 눈을 감겨드렸죠 ―

영감님은 먼저 죽음으로서 자기 자식을 얻게 된 셈이죠 ―


(톰텐은 가서 침대를 들여다보고 천천히 흔든다. "그녀는 잠들었어"라는 뜻으로 손가락을 들어 올린다.)


이제 그녀는 자신의 생동하는 삶을 살 거예요 ―

가서 스위치와 수도꼭지들을 살펴보도록 해야겠어요.

## 톰텐

가서 그림을 끝내기 위해 모든 것을 다 할 거야!


(각자 자기의 갈 길을 간다.)

(침묵:음악: 신딩(Sinding Christian)의 봄의 속삭임.)

※

**부인**

(등장. 전과 마찬가지로 펠리스를 입고 있다.)

오, 기분 좋은 이 포근함! 봄이 다시 온 건가?
남풍이 부는 거잖아.
적도로부터 겨울의 태양이 하늘 높이 떠오른 거야.
여름이 온 건가?

(무대에 환한 불빛이 가득하다.)

**부인**

(바닥에 펠리스를 떨어뜨린다.)

하느님께서 말씀하시기를 "빛이 있으라" 하시자 빛이 생겼다![24]
당신의 천국이 다시 열렸나요.
그럼 난, 하얀 구름 사이로 미소 짓는,

---

**24** 구약 성경, 창세기 1: 3: "하느님께서 말씀 하시기를 "빛이 생겨라." 하시자 빛이
생겼다."

난 그 작은 얼굴을 곧 볼 수 있을 거야,
뻗치는 그 고사리 같은 손을, 작은 입을--- 조용히!

(마치 침대에서 무슨 소리를 들은 듯이 주위를 돌아보며 귀를 기울인다.)

여기! 무슨 일이 있은 거야, 슬픔은 끝난 거야?

(침대로 간다; 관객들에겐 보이지 않는 아기를 들여다본다.)

그렇지, 주님께서 주셨다가 주님께서 데려가시니![25]
난 아직 그 은총에 자격이 없는 사람이야!

(침대 곁에 무릎을 꿇는다.)

그러나, 이 엄마가 다시 나의 자식을 가슴에 안을 때,
그땐 기쁨의 말은 사라지고 그 기쁨을 눈물로 대신하리라!

**톰텐**
(우측 이동식 배경에서 모자를 벗어 엄마와 아이에게 키스를 보낸다.)

**막이 내린다.**

---

**25** 구약 성경, 욥기 1:21: "[···] 주님께서 주셨다가 주님께서 가져가시니 주님의 이름은 찬미받으소서".

# 부록

- 요한 아우구스트 스트린드베리이의 삶과 작품세계, 그리고 세계관
- 작품배경과 해설
- 아우구스트 스트린드베리이 작품 연보
- 역자 소개

# 요한 아우구스트 스트린드베리이의 삶과 작품세계, 그리고 세계관

- 유년기와 소년기
- 청년기
- 대륙에서의 망명생활과 귀향(1883-1892)
- 인페르노 위기의 전후(1892-1907)
- 블로 토-넬(Blå tornet)에서의 고독과 죽음(1908-1912)
- 화가, 그리고 사진작가

## 요한 아우구스트 스트린드베리이의 삶과
## 작품세계, 그리고 세계관

**단** 하루도 글을 쓰지 않고는 살 수 없었다는 스웨덴이 낳은 세계적인 천재 극작가, 요한 아우구스트 스트린드베리이(Johan August Strindberg, 1849-1912).

'현대 연극의 아버지', '여성 혐오자', '스웨덴의 깃발', '북구의 Zola', '희생양', '민중의 대변자', '투쟁하는 뇌조'. '민중이 수여한 Anti-Novel상 수상자', '폴 고갱(Paul Gauguin, 1848-1903)의 쌍둥이 형제', '천재', '미치광이'…

이와 같은 다양한 수식어는 다재다능하고 호기심 많은 그의 성격과 천재성, 또한 그가 특출한 영혼의 소유자임을 대변하는 동시에, 투쟁적인 작가의 인생 행로를 충분히 암시해 주고 있다.

그가 작가의 일생 동안 몸 담아 일했던 직업들을 살펴보면, 배우, 연출가, 극작가, 소설가, 시인, 교사, 기자, 사진기자, 왕립도서관 서기, 화가 및 미술 평론가, 칼럼니스트, 사회비평가, 사상가, 과학자, 언어 연구가, 의학도로서 그의 높은 지적 수준과 정신적 방황을 감지할 수 있다. 게다가 조각, 사진, 음악, 화학, 물리, 해부학, 천문학, 식물학, 원예, 중국어, 심리학, 철학, 정신의학, 사회학, 그리고 다양한 종교적 세계를 답습한 파란만장한 그의 삶을 가늠해 볼 수도 있다. 그는 이 모든 분야에 있어 진실을 찾으려 논쟁하며 지속적으로 고독한 투쟁을 해 나가는 동안 많은 갈등과 고뇌를 겪어야만 했다. 분명한 것은 이토록 다양한 영역에 단지 건성으로 관심을 보였다는 것이 아니라는 점을 지적하고 싶다.

몇 가지 예를 들자면, 화가로서의 자취는 빠리의 폴 고갱(Paul Gauguin)의 아뜰리에서 찾아볼 수 있고, 당시 스트린드베리의 감성을 잘 나타내 주고 있는 그의 회화는 현재 스웨덴의 「노르디스카 박물관(Nordiska Museum)」, 「빠리의 오르세이 박물관(Musée d'Orsay)」 등에 전시되어 있으며, 에드바르드 뭉크(Edvard Munch, 1863-1944)와 함께 보수적인 독일 미술계에 스캔들을 일으키기도 했다.

후일, 두 사람은 보수적 성향이 짙은 독일 예술계에 표현주의의 선구자 역할을 하게 되지만, 1892년, 당시 독일 예술계에 있어서 표현주의와 자연주의 성향은 아방가르드적이었던 시대였다.

그가 예술가로써 지닌 또 하나의 특징은 음악성으로, 음악을 인간의 영혼과 결부시켜 작품 속에서 고차원적으로 소화해냈다. 또한 식물학의 학술적 이론의 정리, 빠리 망명 시절 「소르본 대학(l'Université de la Sorbonne)」 실험실에서 유황에 관한 화학반응을 발견하여 세상을 떠들썩하게 만들었을 뿐만 아니라, 독일의 기업체로부터 거액의 사업제안을 받기도 했으나 학문을 위한 학문을 돈에 팔 수 없다며 거절했다. 게다가 당시 도덕적 불감증에 빠져있던 권력층의 구조를 신랄하게 비판하며 공격했고, 치부와 비리를 들춰 내는 과정을 통해 지배층의 부패와 도덕성 상실과 몰락 등에 민감한 반응을 보였다. 또한 왕정 스웨덴 정부에 정면 충돌하여 스웨덴 국왕과의 법정 투쟁에서 승리를 거두기도 한 그는 불의와 타협하지 않는 투쟁적인 인물이었다.

결국 조국 스웨덴을 등지고 프랑스, 스위스, 독일, 벨기에, 오스트리아 등지에서 6년 동안 스스로 택한 망명생활을 하며 겪었던 시련들,

알프레드 노벨(Alfred Novel, 1833-1896)의 다이나마이트 발명과 상업성, 그리고 인간에게 끼칠 유해성 등을 들어 그를 비판하여 노벨의 노여움을 샀고, 스트린드베리이와 같은 성향의 작가에게는 노벨상을 금지한다는 노벨의 유언과 함께 노벨상은 1909년, 예정과 달리 셀마 라게르뢰프(Selma Lagerlöf, 1858-1940)에게로 돌아갔다.

그의 지난 발자취를 살펴보면 마치 태풍이 지나간 듯한 여운을 남긴다. 그에게 있어 이미 소년기에 형성되어 잠재적인 현상으로 나타났던 애정결핍, 열등의식, 가족에 대한 강박관념이 그를 정신파탄의 경지까지 몰아갔는지도 모른다.

비극 《미스 쥴리(Fröken Julie)》의 서문에서 피력했듯이 투쟁은 그의 생애에서 뗄 수 없는 것으로, 작품들을 통해 그가 투쟁 안에서 삶의 존재 가치를 부여할 수 있었으리라는 것을 짐작할 수 있다. 그는 누구도 필적할 수 없는 지칠 줄 모르는 열정과 불굴의 의지로 일생을 투쟁하며 혁명적인 삶을 살았다.

'현대연극의 아버지'란 호칭과 함께 스트린드베리이는 자연과 세계를 바라보는 남다른 시각으로 새로운 극의 기법과 무대의 혁신을 실행했고, 자신이 창립한 실험극단, 「인팀마 테아테른(Intima Teatern, 1907-1910)」에서 자연주의 희곡을 통해 새로운 이미지로 현대 연극계에 지대한 영향을 미쳤다. 그것은 현실의 내밀한 구조와 인간 내부에 잠재해 있는 본성을 일시에 포착하는 마술적 힘으로 새롭게 창조된 무대를 통해 삶의 실체를 함축성 있게 관통해 보이는 힘을 발휘했기 때문이다. 흔히 그의 작품 세계와 삶에 확실한 획일점을 그어 구별한다는 것은 불가능한 일이라고 말해지듯, 그의 인생 여정은 작중 인물을 통해 재생산 되었음을 감지할 수 있다.

스트린드베리이의 생의 전환점을 구분 짓는다면 유년기, 소년기의 성장 배경, 반항과 고뇌에 찬 청년기의 대학생활과 문학활동, 성공과 실패를 거듭하며 분신과 같은 작품들을 탄생시키는 과정, 시리 본 에쎈(Siri von Essen)과의 첫 번째 결혼, 작가로서의 명성과 좌절, 신성 모독 죄로 인한 〈이프타스 프로쎄센(Giftas-processen)〉, 30대의 자의적 망명생활과 이혼, 40대의 오스트리아 출신 저널리스트, 프리다 울(Frida Uhl)과 재혼, 오스트리아로 옮겨 가, 딸 셔스틴(Kertin)을 낳은 후, 두 번째의 재혼과 이혼을 거듭한 후 〈인페르노 위기(Inferno kris)〉가 시작되었다.

지금까지 수수께끼로 남아있는 정신적 병마인 빠리에서의 〈인페르노 위기(Inferno kris)〉, 50대의 귀향과 수십편의 희곡과 작품활동, 하리에 부쎄 (Harriet Bosse)와의 3번 째 결혼과 파경, 60대의 작품활동과 새로운 사랑의 고배와 60세 생일에 주어진 스웨덴 국민이 선택한 〈민중이 수여한 Anti-Novel〉상 수상, 1912년 5월 14일, 현재 〈스트린드베리이 박물관〉으로 보존 되어있는 〈블로 토-넽(Blå tornet)〉에서 위암으로 생을 마감했다.

그는 자신의 성장과정과 인생을 진솔하게 자서전적 저서와 일기, 1857-1912 사이에 당시 영향력 있는 지식인, 브란드(Georg Brandes, 1842-1927), 졸라(Émile Zola, 1840-1902), 니체(Friedrich Nietzsche, 1844-1900)를 비롯하여 600명 이상의 수취인에게 쓰여진 약 10,000통의 편지(현재 보존되어 있는 서신으로, 22권의 서간집으로 출판되었음) 등에서 토로하고 있다. 그 수많은 자료들은 그의 성격에 내재되어 있는 정신적 불안이 그를 인생의 위기에 봉착하게 했고, 또한 끝없는 배움과 사랑의 갈증 속에서 영위한 고독한 삶을 독자들로 하여금 상상케 한다. 그는 끊임 없는 권력과의 투쟁, 즉 개인과 사회 혹은 상류층과 서민층, 여성과 남성, 신과 인간 사이의 투쟁을 지칠 줄 모르고 지속해 나가며, 느끼고 체험한 모든 것은 그의 창작세계 속의 자서전적 작품, 장편소설, 단편소설, 시, 에세이, 희곡, 역사, 문화사의 원동력이 되었다. 총 120권에 달하는 작품 가운데는 60편의 희곡이 포함되어 있다.

지금까지 수많은 연구가들에 의해 그의 삶과 작품세계는 연구되어졌고, 거듭 연구되어지고 있지만, 그의 정신세계를 헤아리기란 불가능한 것인지 빠져들면 들수록 호기심을 자극하며 다양한 분야에 많은 의문점을 남기고 있다.

지금까지 미스테리 속에 남아 있는 스트린드베리이라는 존재는 과연 어떤 인물일까?

2012년은 그의 탄생 163주년, 그가 영면한 100주년이란 세월을 거슬러 올라 스웨덴을 대표하는 작가, 스웨덴 희곡을 세계적인 수준으로 끌어올린 스트린드베리이의 진면모를 부분적이나마 만나보는 다양한 기회를 서울에서 기획하며 마련해 보기도 했다.

먼저 스트린드베리이의 작품세계를 이해하기 위해서는 빠뜨릴 수 없는 그의 성장 배경과 인생 여로에 점철된 삶을 정리해 보기로 하자.

## 유년기와 소년기

1848년, 불란서 혁명이 발발한 이듬해인 1849년 1월 22일, 스웨덴의 수도 스톡홀름에서 지명도 높은 부르주아 가정에서 태어나 7남매 중 3남으로 성장했다. 그의 아버지 카알 오스카르 스트린드베리이(Carl Oscar Strindberg, 1811-1883)는 독일계 귀족 출신의 혈통을 받은 선박 대행업자였던 반면, 그의 어머니 울리카 엘레오노라 노을링(Ulrika Eleonora Norling, 1823-1862)은 가난한 재봉사의 딸로 태어났다. 그녀는 릴예홀멘스 베르드스휴스(Liljeholmens Värdshus)의 식당 종업원으로 일할 당시 오스카르 스트린드베리이를 만나 결혼 전에 두 아들, 악셀(Axel, 1845-1927)과 오스카르(Oscar, 1847-1924)를 낳았다.

유년시절, 3남인 스트린드베리이는 자신은 부모가 원치 않았던 축복받지 못한 자식이었다는 상상으로 강박관념과 열등의식에 늘 사로잡혀 있었다. 루터교 경건파(Pietism)[1]의 독실한 신자였던 어머니의 신앙심은 스트린드베리이의 전 인생에 영향을 미쳤고, 프롤레타리아 출신의 어머니를 강조하며 자서전적 소설의 타이틀을 기꺼이 《하녀의 아들(Tjänstekvinnans Son)》이라 명명했다. 권위적이고 냉정한 아버지, 육체적, 정신적으로 연약하기만 했던 어머니로 인해 양지바른 소년시절을 느껴보지 못한 그는 모성애에 대한 갈망과 집착으로 평생을 애정결핍증과 〈오이디푸스 컴플렉스〉에서 벗어나지 못했다.

열세 살의 요한을 남겨두고 어머니는 세상을 떠났고, 그의 어두웠던 성격은 더욱 침울해져 거의 우울증에 빠졌다. 부친에 대한 적개심과 어머니의 사랑에 대한 갈증을 어린 요한은 당시 유행했던 엄격한 교리중심의 루터 경건파(Pietism)에서 해소하려 했고, 경건주의자로서 그 종교에 심취한 도덕관과 과장된 죄의식은 스트린드베리이의 인

---

**1** 마르틴 루터(Martin Luther, 1483-1546)파의 일종으로 17세기 말의 독일 경건파.

격 형성에 절대적인 영향을 미치게 된 것을 부정할 수 없다. 그러나 후일 그의 죽음과 같은 고뇌의 투쟁이었던 〈인페르노 위기(Inferno Kris)〉에 처해 있을 동안, 청소년기의 절대적 종교였던 '파이어티즘'에 대한 골수적인 신앙심은 탈바꿈을 하게 된다. 다시 말해 신을 거부하고 가정환경에서 유발되는 강박감에 반항하며 결혼이란 굴레와 광적인 신앙심에서 벗어난다.

소년 요한은 과묵하고 침울한 성격에 내성적이었고 몽상가로, 현실 세계보다 자신이 구축한 공상적 세계에서 안주할 수 있었다. 그때부터 이미 사회계급 의식에 대한 민감한 반응을 강하게 나타냈다. 머리 회전이 빠르고 상상력이 풍부한 그는 소년시절부터 다혈질이며 반발심이 강하고 과민한 성격으로 불의에 민감했으며 쉽게 상처를 받거나 감상에 빠지는 소년이었다.

요한은 자신의 소년시절을 "마치 청소년 감화원에서 보낸 악몽과 같은 시절이었다"고 피력하기도 했다. 불행 중 다행으로 집안엔 다양하고 폭넓은 장서를 갖춘 가문의 서가 덕분에 광범위한 독서를 즐길 수 있었기에 풍부하고 다채로운 분야의 문학과 예술세계를 접할 수 있는 기회를 가질 수 있었다. 게다가 문학, 미술, 음악 분야에 높은 관심도를 보였던 집안 분위기로 인해 문학과 예술세계를 자연스럽게 접하며 자신만의 세계를 구축해 나갈 수 있었다. 그는 어머니의 사망 후 고독 속에서 피아노를 배웠고, 13세에는 뎃상을 배우기 시작하기도 했다.

특히 스트린드베리이의 작품 속에 등장하는 수많은 클래식 음악의 비중을 미루어 보아 음악적 가정환경에서 성장한 그를 충분히 짐작할 수 있다. 지칠 줄 모르고 끊임없이 새로운 것에 대한 동경과 배움에 대한 충동은 광적이었고, 이와 같은 편집광적인 기질은 특출한 영혼의 성장에 적절한 영양을 공급했으며, 예민하고 호기심 많은 성품은 조숙한 인생관을 구축해 나가는 기초적 바탕이 되었다. 그는 자신의 소년기를 마치 고통받는 순교자처럼 표현하기도 했고, 대인 기피증세를 보이며 자서전적 소설 《하녀의 아들》에서 억압 당하고 편협하며 침울한 어두운 색채로 자신의 인생을 그려내어 가혹한 운명 속으로 끌어 넣었다. 어린 요한의 성격은 후일 투쟁적인 인생 태도에 비해 열정적이며 감성이 극히 발달한 성인이 된 그의 특이한 면모에서도 발견할 수 있다. 특별히 감수성이 지나치게 예민한 소년기에 형성된 그의 복잡미묘한 성격은 죽음을 맞을 때까지 거의 변함이 없었음을 많은 작품 속에서 재발견 할 수 있다.

## 청년기

청년기로 접어들며 스트린드베리이의 인생행로는 좀 더 분명한 형태의 삶을 창조해 나간다. 그는 생을 통해 포교자, 선각자, 진실의 사도 역할을 추구했고, 되풀이되는 좌절의 고통속에서 생계 유지와 실존을 위한 격렬한 투쟁을 지속했다. 그 가운데 이 지상의 삶을 사랑하고 철저하게 생을 헤쳐나가는 모습과 삶의 괴로움을 망각시켜 주는 예술가의 열정적인 인생이 시작된다.

그의 청년기는 현대인의 특징인 모순의 존재로서, 내면의 고뇌에 찬 삶을 중심으로 해부되고 있다. 당시대의 혼란함과 가치결핍을 단적으로 고지시켜 주는 전형적인 인물로 문단에 등장하여 사회적, 예술적, 과학적, 신비적, 철학적, 종교적 색채를 담은 인간의 내면 세계를 폭로하며 다채롭고 폭넓게 다루어 나갔다. 동시에 내적 갈등을 극적인 의식에서 포착, 제시하며 격렬하고 허무적이며 냉엄한 투시에 의한 객관적인 삶의 모습을 보여주기도 했다.

1860년대 청년 스트린드베리이는 웁살라(Uppsala) 대학 문학부에 진학했으나, 그곳에서조차 동경했던 학문의 자유와 목마름을 채울수 없었고, 충만함을 안겨줄 곳이 아니라는 판단에 이른 그에게 닥친 경제적 난관으로 인해 학업을 중단해야만 했다. 그런 후, 몇 해 동안 교육자, 의학, 연극, 신문 잡지 등 다양한 분야에 투신하기도 했다.

1868년 의사란 직업에 매력을 느끼고 새로운 세계에 도전하며 그에게 새로운 삶의 장이 다시 열렸다. 공대에 속한 실험실습 연구소인 〈테크놀로기스카 인스티튜텔(Teknologiska Institutet)〉에서 만족한 생활을 영위했으나 화학실험에 낙제하자 의학도의 길 역시 포기한 그는 굴하지 않고 〈스톡홀름 왕립극장(Kungliga Dramaten)〉 소속의 연극배우 지망생으로 연기수업을 받았다.

그 후 작은 배역들이 그에게 주어졌지만, 성격적으로 배우로서 적절하지 못한 점이 많았다. 내성적이며 말이 없고 신경질적이었으며 가끔씩 말을 더듬고 목소리는 겁에 질린 듯 했다. 분명 그는 자신이 창조해 낸 세계를 글로써 표현해 내는 극작가의 소양을 더 지니고 있다는 점을 알고 있었기에 결국 자신이 동경하는 세계를 글로써 창조해 나갈 것을 결심했다.

이미 21세에 극작가로서의 천재성을 인정받은 그는 근본적으로 혁명가적 기질이 있었고 당 시대의 정신과 사회의 운명을 피력했으며 작품 구성에 담겨 있는 풍부한 잠재력 개방을 통해 마음의 문을 열고 작품활동에 임했다. 그는 창조적 세계 안에서 자신이 해 내야만 할 역할에 대한 확고한 신념을 갖고 있었다. 작가 초년생인 청년 스트린드베리이는 자신이 처한 세계와는 다른 세계를 모호하게 동경하면서, 그 세계를 창조해 내려고 노력했다. 그가 서정적 자아의 주관을 끊임 없이 객관적 투시로 재조명해 나가며 발전된 모습으로 활약하는 가운데 변모해 나가는 것을 발견할 수 있다.

위대한 인물들의 사상적 영향을 받았던 세대에 속한 그는 폭넓은 독서를 통해 그들의 사상에 심취되어 그들에게서 자신의 이상을 발견하곤 했다. 그것은 그가 문예창작뿐만 아니라, 자신의 충족할 수 없는 호기심을 자극하는 모든 영역의 장르와 실존의 문제에 깊은 관심을 가졌다는 뜻이기도 하다. 그의 사상을 형성하는데 가장 큰 영향을 미친 사상가는 특히, 쎄렌 킬케고르(Søren Kierkegaard, 1813-1855), 에마누엘 스뵈덴보리이(Emanuel Swedenborg, 1688-1772), 아르투르 쇼펜하우어(Arthur Schopenhauer, 1788-1760), 에두아르트 본 하트만(Eduard von Hartmann, 1842-1906), 프레드리히 니체(Friedrich Nieztsche, 1844-1900)였다.

물론 그들의 이론을 그대로 수용하지 않고 실증적인 방법으로 체계화하여 자신의 사상으로 재창조해 나갔다.

드디어 그의 첫번째 희곡인 2막 형식의 《본명축일의 선물(En namnsdagsgåva, 1969)》은 그에게 있어 성공이란 궁극적인 승리가 아니며, 실패 또한 마지막이 아니란 것을 말해주고 있다. 자신이 추구하는 분명한 형태의 인생길을 찾아가며 살고 싶었던 그는 그 시대의 이상주의적 경향을 수용하며 같은 해 《자유사상가(Fritänkare, 1869)》 탈고에 뒤이어 한 달 후, 《멸망하는 희랍(Det sjunkande Hellas, 1869)》을 세상에 내어 놓았으나 왕립극장에 보내어진 그 대본은 거절당했으나 그에 포기하지 않고 재 작업하여 《헤르미온 (Hermione, 1870)》이란 제목으로 한림원으로 보내졌고, 그곳에서 좋은 평판을 얻을 수 있었다. 같은 해 《로마에서(I Rome, 1870)》를 발표하여 스톡홀름 왕립극장에서 대성공적으로 초연되었고, 신문지상에서는 21세의 청년 극작가를 극찬했다. 그러나 뛰는 가슴을 억제하며 관람하던 극작가 초년생의 반응은 부정적이었고 막이 내려지기 전, 수치심으로 자리를 박차고 뛰쳐나간 그는 〈노르스트룀(Norström)〉강을 향해 달려갔다. 저지 당한 그는 강물 속에 뛰어들지 못했고 그에겐 벌금 청구서만 날아들었다는 에피소드를 남기고 있다. 그 이듬해, 역사적 비극, 《헤르미온(Hermione, 1870)》이 공연되어 극작가로서의 성공적인 출발이 시작되었다.

그러나 그의 비정한 아버지는 관심조차 보이지 않았지만, 오히려 그를 적대시하던 계모는 그의 재능에 경탄을 금치 않았다고 한다.

연이어 고대 〈아이스랜드(Island)〉를 배경으로 엄한 아버지에 대항하는 내용의 단막극 《배척된 자(Den Fredlöse, 1871)》가 완성되어 바로 무대에 올려졌다.

1870년, 왕립극장에서 그의 첫 희곡이 무대에 올려지고, 그 다음해에 《배척된 자》를 지켜본 국왕 카알 15세(Karl XV)로부터 장학금을 받아 웁살라(Uppsala) 대학에서 문학공부를 계속할 수 있었으나, 대학 강의보다 자신의 내부에서 일고 있는 다른 목소리에 마음을 더 빼앗기고 있었다. 이 시기에 특별히 북구신화에 커다란 관심을 쏟았다. 스트린드베리이는 풍자의 신 〈프뢰(Frö)〉를 필명으로 활동하며 아이스랜드(Island)의 중세소설 《사가(Saga)》를 즐겨 읽었고, 소년시절부터 익혀온 성경 또한 그의 상상력과 언어 구사력을 위한 신화적 시(詩)

창작에 많은 영향력을 발휘했다.

실제로 그의 대학시절은 학업보다 생생한 삶의 체험이 더 큰 비중을 차지했고, 또다시 학기 중도에 학업을 포기하고 말았다. 심연의 가장자리를 방황하며 주변의 모든 문제에 정면으로 도전하길 원했던 그는, '그러므로 실존한다'고 생각했고 내적 실존은 자기 실현이고 또 일종의 자연스런 자유행위라고 여겼다. 이때 스트린드베리이는 실존철학의 아버지라 불리는 쎄렌 킬케고르와의 극적인 정신적 만남이 이루어졌고, 그의 사상 속에서 자신의 고독한 존재의 실재성을 발견한 후, 그로부터 받은 영향은 지대하다.

이웃나라 덴마크의 사상가는 자신의 상처를 통해 불안과 절망 속에서 고뇌하는 근대적 인간의 모습을 적나라하게 파헤쳤다. '실존'이라는 개체의 절실한 영혼의 문제를 폭로하며 고투의 역사를 살아온 실존철학 신학자 킬케고르의 사상은 스트린드베리이의 일생을 통해 감동과 경악을 주었음은 물론 그의 삶을 인도했다.

킬케고르의 사상에 심취한 그는 절대자유주의의 이상을 인간의 내적인 세계에 반영시키려 시도했다. '자유란 우선 자기자신의 쟁취다.'라는 생각은 그에게 있어 명백한 원리로 자리잡고 있다. 자유 가운데서 그는 비극의 근본적인 동기를 찾아내고 있었던 것이다.


22세의 초년 극작가가 세상에 내어놓은 다섯 희곡 중 세 작품이 무대에 올려졌다는 것은 이미 그의 유망한 장래를 시사하고 있는 것이었다. 그러나 지금도 스웨덴 고전극의 걸작으로 꼽히는 신화적 성격을 띠고 있는 〈올로프 선생(Mäster Olof, 1872)〉은 23세의 스트린드베리이가 혼신을 다하여 두 달만에 탄생시킨 역사극이다. 불행이도 시대를 초월한 독창성이 뛰어난 역사극은 왕립극장 측으로부터 거절

당했다. 자신의 분신과 같은 이 대작에 많은 기대와 희망을 가졌던 그는 거의 미칠 지경에 이르렀고 인간 세상으로부터 멀어지고 싶다는 고백을 했다. 또한 바보나 이기주의자, 권력자, 부자들이 이 세상에서 성공적인 삶을 살고 있기에 자신은 그들을 위한 광대짓은 하지 않겠다며 절규했다.

그는 사극에 연극의 기존 규칙을 배제하고 처음으로 당 시대에 통용되던 생동감 있는 현대어를 대사에 도입했다. 극중에서 배우들은 그 당시, 스톡홀름에서 사용하던 언어를 사용했다. 놀라운 것은 144년 전에 쓴 작품 속의 역사적 인물에 대해 작가는 전혀 경건한 마음을 표하지 않았다는 것이 현재를 살아가는 우리의 시각에도 이상하게 비춰진다.

세상을 놀라게 만든 이 작품이 왜 10년 동안 스톡홀름 왕립극장으로부터 거절 당한 채 사장되어 있어야만 했던가는 충분히 짐작을 할 수 있다. 5막으로 구성된 이 희곡은 전통적 극 언어가 아닌, 획기적인 일상적 언어를 사용한 문체일 뿐만 아니라 인물묘사에 있어서도 퍽 도전적이며 당시 한창 열기를 띠며 제기되고 있던 문제점들이 다루어지고 있다. 빠리에서 전쟁과 기아가 불러일으킨 〈라 꼬뮨(La commune)〉의 혁명적 분위기가 반영되어지고 있고, 작중 인물을 통해 그 시대의 여성해방 문제의 화두에 논란을 불러일으키기도 한다. 게다가 극중에서 배역에 맞지 않는 언행들, 민중들이 마음대로 내뱉는 은어들, 인쇄업자가 국가의 영웅인 왕족에 대한 격렬한 비난과 폭로에 경악을 금치 못한다. 그는 잘못된 역사적 사실에 대하여 가차없이 지적하여 보여줌으로써 새로운 시대가 열려오고 있음을 시사했다.

이 작품이 지니고 있는 천부적인 독창성이 발견되자, "역사를 존중하지 않는다"는 이유로 왕립극장이 공식적으로 거절한 이래 굴욕의 10

년 세월을 보낸 1881년, 드디어 초연의 무대를 마련할 수 있게 되었다. 《울로프 선생》은 전통적 연극의 형식을 따른 드라마였지만, 심미적 관점에서 볼 때, 가장 근대적 이상을 지닌 새로운 쟝르의 극이다.

1875년, 세인들이 위대한 사랑이라고 불렀던 첫 번째 부인 시리 본 에쎈(Siri von Essen, 1850-1912)과의 극적인 만남이 이루어진다. 만남과 기다림, 그리고 탐색의 연속 끝에 2년 후 배우에 꿈을 실은 시리와의 결혼생활을 통하여 체험한 격정적인 사랑과 증오, 갈등을 스트린드베리이는 전 생애를 통해 그의 작품에 담았다. 하여, 많은 화제를 불러일으켰던 두 사람의 결혼에 대한 지식 없이는 그의 희곡들을 심층적으로 이해한다는 것은 불가능한 일이다.

핀란드-스웨덴 출신의 남작부인 시리 본 랑겔(Siri von Wrangel), 연극배우가 되는 것을 최상의 꿈으로 간직하고 살아가는 그녀 앞에 유망한 청년작가 스트린드베리이가 돌연히 나타나, 그녀에게 집요하게 접근했다. 시리는 그와의 결합을 위해 명예와 부, 귀족의 신분까지 모든 것을 다 버렸다. 게다가 당시 이혼녀에 대한 사회적 냉소까지 감수하며 두 사람은 결합했던 것이다. 그녀가 제출한 남작 랑겔과의 이혼 청구서의 사유는 단순히 '연극배우 지망'이었다. 그녀의 목적은 오직 배우가 되는 것이었기에 그녀는 청년 극작가와의 삶에서는 자신의 꿈을 이룰 수 있다고 확신하고 있었다. 그녀가 자신의 삶을 살기 위해 부귀영화를 버리고 자신에게 배우의 길을 열어줄 극작가를 선택한 것은 그녀에게 있어 필연적 사실이었다.

시리의 어머니가 딸의 새로운 인생의 동반자에게 적개심을 갖은 분위기에서 결혼 당시, 이미 그녀는 임신 7개월의 무거운 몸으로 세인들의 시선을 피할 길이 없었기에 형제들과 몇몇 친구들, 그리고 시리의 전 남편이 초대된 가운데 그들의 삶을 송두리 채 뒤흔들어 놓게 될 운명의 조촐한 결혼식을 올렸다. 아이러니컬하게도 이 날은 전 남편, 남작 랑겔이 자신의 생일을 자축했던 날이기도 했다.

후일, 스트린드베리이는 랑겔 남작과의 이 날의 운명적 만남을 마술적 요소로 해석하여 작품 속에 소재로 담기도 했다. 시리의 배우를 향한 꿈이 드디어 실현되었고, 그녀의 첫 데뷔에 대한 평가는 아주 긍정적이었다.

결혼 초반의 4년이란 세월 동안 두 사람은 인간적 상처를 받지 않는 이상적인 부부로서, 오히려 부부라는 개념보다 예술가로서 두 사람 중 그 누구도 상대방의 자유를 구속하려 하지 않았다. 그들이 결혼할 당시 사회적 문제로 대두되었던 가장 큰 관심사는 여성문제였다. 시리가 여성해방의 지론과 함께 정신적 영혼의 자유를 위하여 투쟁의 싹을 키울 무렵, 스트린드베리이는 시리와 인식을 함께 하는 편지를 보내기도 했다; "[…] 나는 당신을 여성해방의 불꽃 속으로 인도할 것이오!"

이 무렵, 특히 프랑스와 영국의 거목들의 작품이나 사회비평소설과 견주어 볼만큼 우수한 작품으로 평가되어진 니힐리스트적 성격을 띤 소설 《빨간 방(Röda Rummet, 1879)》이 6개월 동안의 진통을 겪은 끝에 스웨덴에서 첫 번째로 유일한 사회비평 소설로 탄생되었다.

일찍이 스웨덴의 어떤 작가도 시도하지 못한 쟝르인 이 소설은 타의 추종을 불허하는 생명력 있는 언어로 문제성을 제시하고 관찰하며 사회여론을 불러일으켜 그의 천재적 재능을 유감없이 발휘하여 보여주었다. 또한 선풍적인 인기를 몰고 온 이 작품은 그를 스웨덴에서 가장 논의되는 작가로 만들어 놓기도 했다.

두 딸과 함께 평화롭고 안정된 삶을 영위하던 중 인기 절정에 있던 시리가 예정과는 달리 헬싱키에서 성공리에 공연을 하고 가정으로 돌아오지 않았다. 시리가 돌아올 것을 단호히 요구하며, 결국 아내에게 가정으로 돌아오도록 세뇌교육을 시켜 나가는 심산으로 6개의 경고적인 희곡을 여성들에게 보내는 경고장 형식으로 탄생시켜 나갔다.

그 중 시리에게 보내는 경고장인 낭만적이고 사실주의 희곡 《뱅트 씨의 부인(Herr Bengts hustru, 1882)》이 출판되자, 이태리에서 거주하고 있던 헨릭 입센(Henrik Ibsen, 1828-1906)에게 기증본을 보내기도 했다. 이 작품은 입센의 《인형의 집(Et dukkehjem, 1879)》에 대한 반발이기도 했다. 즉, 스트린드베리이는 아내를 인형의 집의 여자로 만드는 것은 삶의 현실을 잘못 인식시키는 것이라고 주장했다.

스트린드베리이와 입센의 여주인공, 마르깃과 노라는 집을 떠나길 원한다. 그러나 마르깃은 노라와 반대로 집을 박차고 나가지는 않았다. "그것은 사랑이 자신의 의지나 이성보다 강하기 때문이다"라고 스트린드베리이는 표현하고 있다. 이것이 바로 입센의 이론적 견해에 대응하는 스트린드베리이적 자연의 순리에 대한 항의론이다. 이 항의론은 후일 스트린드베리이의 결혼생활을 그린 단편소설 《부부Ⅰ(GiftasⅠ, 1884)》에 수록된 《인형의 집(Ett Dockhem)》에서 두드러지게 나타나며, 스트린드베리이가 입센에 항거하여 3일만에 창작하여 탄생시킨 작품이기도 하다.

그는 분명 시대를 앞서 갔지만, 여성관에 있어서는 보수적인 전통적 여성상을 구현하려 했던 인물로서 왕정, 부르주아적 사회, 여성 혐오적 사상은 그의 작품 곳곳에 스며들어 있음을 느낄 수 있다.

## 대륙에서의 망명생활과 귀향(1883-1892)

빈민과 약자 편에 서서 불평등한 사회를 근본적으로 바꾸기 위하여 외로운 투쟁을 끊임없이 지속해 온 스트린드베리이 — 80년대 초반 그의 문학활동은 양면적인 성격을 발견할 수 있다. 민중의 목소리와 함께 정부 내각과 공무원들을 공격하며 그의 초창기 소설들에서 시사했던 사회에 대항하는 그의 저항정신을 가차없이 드러내보였다. 게다가 부조리한 정부에 항거하는 《새로운 제국(Det nya riket, 1882)》으로 치명적인 언론의 철퇴는 그를 정신 이상 증세를 보이는 상태까지 몰고 갔고, 그의 국가에 대한 불신과 정부에 대한 부정적인 시각, 공직자에 대한 회의적인 생각들이 잘 반영된 사회 실상의 비판적 풍자서는 프랑스 계몽주의 시대의 대표적 풍자서인 《깡디드(Candide, 1759)》와 버금가는 역할을 구가해 오며 부당한 국가 공공기관들의 허위성과 비리를 투영했던 것이다. 이 철퇴를 통한 저항정신으로 인해 스트린드베리이는 자신을 사회적으로 완전히 고립시켜 나가며, 스웨덴 사회와 자신을 공격해 오던 사회의 적수들을 직면하고 외로운 자신의 존재를 느꼈다.

스트린드베리이의 인생행로에 1883년은 하나의 커다란 전환점이되는 해가 된다. 그 당시 스웨덴 문단의 전통적인 경향으로 사회에서가장 인기 있는 쟝르는 '시'였다. 그는 작품의 쟝르를 확대해 나가기로 결심하고 청년기의 이상주의와 결별하고 진지하게 시인으로 변모했다.

그는 우리 인간사회를 좀 더 나은 세상으로 만들어 보려는 계획을 세웠다. 즉, 문화비평과 사회개혁자로서 기여하길 결심한 것이다.

그의 생에 있어 커다란 역할을 해 나갈 역사적 순간이 찾아왔다.

후일 스트린드베리이의 작품 저작권을 따낸 출판사 보니에르(Bonnier)가 문제의 극작가가 시인으로 탈바꿈할 것을 선포하고 나선 새로운 시집의 판권을 사러 온 것이다. 그는 능수능란한 솜씨로 자신에게 아주 유리한 조건으로 계약을 체결함과 동시에 《스웨덴의 운명과 모험(Svenska öden och äventyr)》까지 계약을 이루어 내었다. 그때 재미있는 사실은 계약자가 그를 방문했을 때, 작가는 조금의 동요도 보이지 않았다고 한다. 그는 자신의 '시'를 거론하기 보다 정원에 자라고 있는 멜론 걱정을 하며 여유 있는 모습으로 계약 분위기를 끌어나갔다고 보니에르 쥬니어(Bonnier Junior)는 당시를 회상했다.

그의 첫 번째 시집은 시대의 특징을 비교적 전면적으로 반영한 60년대 말, 미래를 예견하는 분위기를 잘 조화시킨 매력적인 작품들로 구성되어진 사상탐색의 예술적 총화였다. 그곳엔 정치적 문제와 적대감을 갖고 있는 인물에 대한 감정들이 깔려 있었기에 일반 독자들이 쉽게 받아들이기엔 너무나 복잡미묘한 것이었고, 시인의 진의를 알기 위해서는 해설의 필요성이 요구되는 것이었다. 그동안 사회적 문제로 대두되던 사건들을 신화를 통해 완곡하고 아름답게 표현해 냄으로써 그 누구도 그가 창작해 낸 시의 세계에서 정치와 사회를 고발하는 궁극적인 의미가 담겨 있다는 것을 눈치채지 못했다. 사실 그의 시의 형태는 매우 인습적인 것이기도 했지만, 그가 새롭게 창조해 낸 시의 세계 역시 혁명적인 투쟁의 면모가 여지없이 나타나 있었다. 미래지향적 혁명정신이 깃든 그의 시집이 출판되었을 때는 이미 작가가 조국을 등진 뒤였다.

조국을 떠난 이국 땅에서의 첫 작품, 《각성하는 날들의 몽유병의 밤들(Sömgångarnätter på vakna dagar, 1883)》이 탄생되었다. 이 작품은 4편의 시 모음집으로 새로운 시의 세계에서 자신의 망명지로 부터 조국 스웨덴까지 마치 몽유병 환자가 꿈속을 헤매듯 영혼이 체험하는 여행의 나래를 아름다운 시어로써 펼쳐 나가고 있다.

그는 《새로운 제국(Den nya riket, 1882)》과 《스웨덴 민중 (Svenska folket, 1881-82)》을 둘러싼 논쟁으로 인하여 스웨덴 계몽 주의(19세기)와 함께 발달한 문학적 새로운 경향으로, 현대문학의 시 발점이 된 젊은 문학도의 모임인 '웅아 스베리에(Unga Sverige)'의 리더로 추앙 받은 그는 기꺼이 그의 역할을 받아들였고, 즉시 기존 틀에 묶여 있는 사회지도자 층에 자신의 존재를 알렸다. 기성세대로부터 버림받은 자신의 존재와 이상주의자며 이신론자요, 보수주의자인 젊은 세대로부터 추앙받는, 두 세대에 자신이 동시에 존재함을 시사 하는 성명서를 작성하고 활동을 전개했다. 아마 그때 이미 자신의 망명을 예상하고 있었는지도 모른다.

1883년, 스트린드베리이는 가족과 함께 자의로 선택한 망명길에 올라, 프랑스, 스위스, 독일과 덴마크 시골 작은 호텔을 전전하며 힘든 생활을 이어갔다. 시리와의 결혼 파경은 그의 작품 속에서 그려지고 있는 성대결의 모티브를 제공한다. 처음엔 스트린드베리이는 여성 평등의 주창자였다: 그의 세 부인은 모두 독립적인 직업을 가진 여성들이었다. 그는 독일의 프리드리히 니체(Friedrich Nietzsche, 1844-1900)를 계승하여 여성과 남성의 관계를 성의 대결로 생각했다. 그 누구도 스트린드베리이 이전에 사랑하는 남녀 사이에 힘의 투쟁을 묘사한 사람은 없었다.

그의 희곡 《아버지(Fadren, 1887)》, 《미스 쥴리(Fröken Julie,

1888)》,《채권자(Fordringsägare, 1888)》, 단편집 《부부 II(Giftas II, 1844-85)》, 자전적 소설인 불어로 쓰여진 《미치광이의 항변(En dåres försvarstal, 1887)》, 그리고 프랑스에서 출판된 《남성 하위의 여성 열등감(Kvinnans underlägsenhet under mannen, 1895)》 등의 작품으로 그는 전 유럽을 통해 '여성혐오자'로 유명해졌다.

## 인페르노 위기의 전후(1892-1907)

1894-96년, 스트린드베리이의 이름은 일간지들의 지상을 통해, 혹은 문화잡지에서 고갱과 뭉크와 같은 가까운 예술인들을 소개하면서 빠리에서 명성을 떨쳤다.

1894년 12월 《아버지(Fadren, 1887)》의 초연이 성공리에 이루어졌다. 그의 성공에도 불구하고 두 번째 부인, 오스트리아의 저널리스트 프리다 울(Frida Uhl, 1872-1943)과의 몇 개월의 짧은 결혼생활에 종지부를 찍은 후 경제적으로 힘든 상황에 처해 있었고, 1985년, 건선 피부병으로 빠리의 쌩 루이(St. Louis) 병원에서 투병하기에 이르렀다.

그 당시, 그는 신비주의자인 오컬티스트(Occultist)들, 연금술, 그리고 신비주의에 빠져들기 시작하여 신비주의에 관심이 높았던 독일, 스웨덴 문인/예술가들과 어울려 논쟁하기를 즐겼다. 그에 있어 초기의 신비주의란 이성주의 혹은 과학적 현상으로 해석되었으나 점차적으로 신비주의적인 요소로써 초자연적인 힘의 영향력과 인간의 운명으로 받아들였다. 후일 빠리의 신비주의자들과 접촉하며 1880년대의 빠리에서 성행하고 있던 최면분석과 암시대화법에 흥미를 갖고 마법을 연구하기도 했다.

18세기 말에는 북구의 석존이라 불리는 스웨덴의 신비적 신지학자, 에마누엘 스뵈덴보리이(Emanuel Swedenborg, 1688-1772)에 심취하여 그 결과로 소설 《인페르노(Inferno, 1897)》와 종교적 표현주의 희곡 《다마스쿠스를 향하여(Till Damaskus, 1898)》가 탄생되었다. 그는 다방면의 종교적 이론에 흥미를 보이며 불교에 귀의하기도 했다.

스트린드베리이의 종교관에 최악의 혼란이 찾아들었고, 그가 영혼의 자유를 누릴 수 있다고 믿고 찾았던 빠리에서 1895년, 생의 절망적인 〈인페르노 위기(Inferno Kris, 1895-1896)〉를 맞았다. 후일 스트린드베리이 연구가들은 그것이 세상의 이목을 끌기 위한 자작극이 아닌가를 놓고 시비를 가리지 못하고 있으며, 아직도 그 원인 역시 미궁에 빠져 있는 상태다.

종교적 위기에 처한 스뵈덴보리이가 자신의 정신질환에 대한 설이 구구한 가운데서 고통 속의 정신이상적 체험을 간략하게 메모했던 《꿈의 일기(Drömboken, 1743-44)》를 세상에 내놓았듯이, 스트린드베리이 역시 《신비주의적 일기(Ockult Dagboken, 1896)》를 쓰기 시작했다. 스뵈덴보리이에 심취하여 그의 영향을 받은 스트린드베리이는 그의 성격으로 미루어 보아 충분히 자작극적 연출을 할 수 있었으리라 세인들은 믿고 있다. 가혹한 운명으로 처절한 생활 속의 고뇌와 좌절이 결국 한 인간이 딛고 일어서기에는 극한 상황에 이르게 되었고, 소위 세인들이 '정신발작증'이라고 불렀던 지옥과 같은 체험을 그에게 안겨주었다. 그러나 그 후 그가 보여준 초인간적인 정신력과 천재성은 오히려 차원 높은 경험세계를 제시하는 결과를 가져오기도 했다.

그는 처절하고 비통했던 영혼의 울림에 의해 이 위기의 경험을 바탕으로 탄생되어진 소설 《인페르노(Inferno, 1987)》와 《전설(Legender, 1988)》을 남기기도 했고, 《인페르노 위기》 이후의 작품들 역시 시공을 초월해 독자들이 가슴으로 느낄 수 있게 한다. 수많은 작품들을 통해 그가 경험한 정신적 위기는 오히려 예술가적 삶에 영감을 안겨주어 《다마스쿠스를 향하여 I, II(1890), III(1901)》을 집필한 후 조국으로 돌아가 룬드(Lund)에서 50회 생일을 맞았다.

고향인 스톡홀름으로 돌아온 그는 1900년, 젊은 여배우 하리에 부쎄(Harriet Bosse, 1878-1961)와의 만남에 이어 일년 후에 결혼 하지만 3개월째부터 그들의 결혼은 파경에 이르렀고, 딸이 태어났음에도 불구하고 1904 년, 이혼으로 끝났다.

그 후, 세익스피어에서 영감을 얻어 왕에 대한 희곡 《에릭 14세 (Erik XIV, 1899)》와 《카알 12세(Karl XII, 1901)》, 기이한 몽환극 《꿈 (Ett drömspel, 1901)》, 풍자소설 《흑기들(Svarta fanor, 1904)》, 《푸른 책(En blå bok, 1906)》을 집필해 냈다. 또한 배우 아우구스트 팔크 (August Falk, 1882-1932)와 함께 자신의 실험극단 〈인팀마 테아테른(Intima teatern, 1907-1910)〉을 창단하고 오프닝을 위한 준비로 네 편의 〈오퓨스(Opus)〉라 명명한 〈실험극(Kammarspel)〉을 1907년 완성했다: 오퓨스 I. 《악천후(Ovåder)》, 오퓨스 II. 《타버린 대지(Brända tomten)》, 오퓨스 III. 《유령소타나(Spöksonaten)》, 오퓨스 IV. 《펠리컨(Pelikanen)》이다. 연이어 크리스마스를 위한 오퓨스 V. 《검은 장갑(Svarta handsken)》을 내 놓았다. 캄마르스펠은 음악에 있어 실내악과 같은 분위기이며 연극의 자유극장과 같은 소극장 형태의 실험무대와 상통하는 것이다.

## 블로 토-넬(Blå tornet)에서의 고독과 죽음(1908-1912)

1908년, 하리에 부쎄가 재혼하자, 그의 철새 같았던 인생을 마감하고, 마지막 보금자리인 드로뜨닝가딴(Drottninggatan) 85번지인 블로 토-넬(Blå tornet)으로 이사를 했다. 그곳에서 그는 자신의 실험극단의 단역배우이자 하숙집 주인 딸, 파니 팔크네르(Fanny Falkner, 1890-1963)와의 마지막 염문을 남기기도 했다.

그의 60회 생일은 사적으로 공적으로 축하되어졌다. 그가 사회비판적 작가로 다시 돌아와 1910년과 11년에 걸쳐 신문지상을 붕괴시킨 정치적 문학적 논쟁인 그의 칼럼들은, 소위 말하는 '스트린드베리이 스페이덴(Strindbergsfejden)'이라 불리는 분규의 원인 제공을 하기도 했다.

1911년, 폐렴으로 병져 눕게 되고, 이듬해 1월 22일, 그의 63세의 생일은 봉화불을 손에 들고 모여든 수많은 노동자, 학생들로 구성된 민중들에 의해 축하되어지며 민중의 대변자임이 재확인되는 순간을 맞았다. 즉 그 해 3월, 스웨덴 국민들이 거국적으로 행하여 모은 당시 45,000kr.라는 거금이 국민들로부터 전달되었다. 스트린드베리이는 그 상을 〈민중이 수여한 안티-노벨상〉이라 명명했다. 1912년 5월 14일, 현재 스트린드베리이 박물관으로 보존되어 있는 블로 토-넬(Blå tornet)에서 위암으로 생을 마감했다. 그리고 마지막 희곡 《회복의 여정(Stora landsvägen, 1909)》의 타이틀이 된 드로뜨닝가딴

(Drottninggatan)에서 시작하여 노르툴스가딴(Nortulsgatan)으로 이어진 약 60,000명의 거대한 추모행렬은 현재 그가 잠들어 있는 영원한 영혼의 안식처인 노라 교회묘지(Norra Kyrkogården)까지 이어지는 가운데, 5월 19일, 대주교, 나탄 쇠데르블룸(Natan Söderblom, 1866-1931)에 의해 장례식은 거행되었고. 스트린드베리이의 희망에 따라 소박한 무덤 앞엔 'O crux ave spes unica(오, 십자가, 나의 마지막 희망이여!)' 라고 새겨진 작은 나무 십자가가 하나만 세워졌다.

이상적인 가정을 갈망했던 그는 세 번의 결혼과 실패를 거듭하며 따뜻한 가정에 대한 끝없는 갈증을 결코 해소하지 못했다. 그를 선택해 다가왔던 그 어느 부인 역시 그를 이해하지 못한 채 복잡미묘한 그의 영혼의 소용돌이를 잠재울 수 없었다.

고독했던 천재가 동경했던 세계는 꿈과 이상, 그리고 낭만과 서정이 깃든 세계로 그 시대의 의식구조나 사고를 뛰어넘어 훨씬 높은 곳에 존재하고 있었던 것이다. 그것은 시대의 혼란한 구조적 문제에서 파생되는 것에 대한 불만, 변혁기의 사회적 이념에 근거한 다양한 사고력으로부터 발생된 시대를 초월한 동경의 세계였다고 말할 수 있다.

그는 그의 마지막 보금자리 〈블로 토-넫〉에서 마지막 희곡 《회복의 여정(Stora landsvägen, 1909)》을 잉태시켰다.

1901년 1월 25일, 그의 신비의 일기, 《오쿨타 다그부껜(Ockulta Dagboken)》에 토로한 심정은 그의 생을 잘 대변해 주고 있다 ;

"나는 나의 일생을 이렇게 심사숙고 해본다: 소름 끼치도록 참혹한 삶을 살아온 나의 삶을 설명하는데 있어, 마치 나 자신이 연출가가 되어 내 영혼의 상태와 내가 접한 모든 상황을 하나의 무대 위에 올려 보일 수 있다는 것이 가능하단 말인가? 연출가라면, 이미 나는 20살에 성공한 연출가였다. 그렇지만, 만약 나의 생이 평화롭고 평범한 세상에서 영위되었다면, 나는 어떤 작품도 탄생 시킬수 없었을 것이다.[…]"

## 화가, 그리고 사진작가

### 화가

극작가, 소설가, 시인, 그리고 과학자로 지대한 업적을 남긴 스트린드베리이는 현재 국내외로 각광 받는 화가일 뿐만 아니라, 사진작가로서도 탁월한 재능을 보이며 세상의 이목을 끌고 있다. 화가로서의 활동기는 세 시기로 나눌 수 있으며, 그의 삶의 전환기와 밀접한 관계가 있음을 감지할 수 있다.

청년기인 1870년대, 그는 아마추어 화가인 친구로부터 이젤과 물감 그리고 붓을 빌려 자신의 그림에 대한 재능을 시험해 보기로 했다. 유화물감으로 깊고 푸른 하늘과 초원을 그린 자신의 처녀작을 보며 행복을 느낀 그는 유화물감으로 독자적인 표현의 힘을 경험해 보고 싶은 충동에 사로잡혔다. 처음으로 유화물감의 강렬한 표현의 힘을 진지하게 체험한 그는 테마보다 색상, 색감, 혹은 유화물감의 질감 그 자체에 매료되었다.

그 이후, 일생을 통해 그림은 그의 동반자가 되었으나 안타깝게도 그림 창작에 불을 지핀 처녀작은 현재 남아있지 않다. 그는 무엇보다도 색감을 낼 수 있는 재료의 특성 혹은 질감과 색채의 혼합으로 표현력의 가치를 창출해 내며 글로 표현하기 힘든 자신의 내면세계를 형상으로 표출하고 싶었다. 색채의 색감만 보아도 그의 미묘한 감정 상태를 느낄 수 있고, 어둡고 강렬한 색채와 빛은 대비를 이루어 극적 효과를 동반하며 초현실적인 분위기에서 자연스런 느낌을 연출한다.

그는 바다를 테마로 그림에 몰두하며 인상주의(Impressionist)의 '해변', 옮겨 심어 놓은 듯한 '바닷가의 한 그루 전나무', 모래 사장에 밀려드는 '파도', '바다 위에 비취는 달빛'을 주로 그렸다. 그가 사랑했던 아름다운 스톡홀름 군도, 셰르고르덴(Skärgården)의 자연을 화폭에 담아내기에는 붓과 물감으로는 충분하지 않다는 것을 발견한 그는 연필을 사용하여 많은 스케치를 남기기도 했다. 그림을 그릴 때면 자신의 눈빛은 날카로워져 자연 속의 모든 세밀한 움직임까지 느낄 수 있었다고 자서전에서 밝히고 있다. 그가 셰르고르덴의 키멘드 섬(Kymendö)에서 체험한 자연은 그의 그림에서 뿐만 아니라 문학작품에서도 시각적인 표현법으로 생동감있게 전달되며 후반기 미술작품에까지 계속된다.

스트린드베리이 이전에는 그 누구도 스톡홀름 군도에 관심을 갖고 화폭에 담았던 사람은 없었을 뿐만 아니라, 그는 당대 스웨덴 최고의 미술 비평가로 인상파 화가들의 테크닉을 훌륭하게 분석해 내며 그들을 처음으로 스웨덴에 소개하기도 했다.

망명 후 조국 땅을 처음 밟은 그는 1890년, 나무에 대한 스케치 공부에 열중하여 후일 문학작품을 위한 기행 스케치를 하기도 했고 인상주의 기법으로 조각을 시도했으며 자연과학적인 테마로 유화를 그리기도 했다. 놀랍게도 당시의 사조인 스웨덴 낭만주의, 혹은 상징주의의 영향을 전혀 받지 않은, 테마가 없는 자유분방한 그의 그림들이지만 서정적 표현기법을 쓴 작품으로 느껴진다. 1892년 자신만의 고유한 스타일을 창안해 낸 '셰르고르덴'의 테마는 그에게 아주 중요한 영감의 출처였고, 그 해 여름, '셰르고르덴'의 테마로 그려진 30점이 넘는 모든 추상화는 현재 높이 평가되고 있는 작품들이다.

그는 재료와 색채가 지닌 특성이나 질감이 자연스럽게 하늘과 바다를 표현해 내도록 하기 위해 화판이나 화폭에서 다양한 유화물감들이 직접 배합되어 자연이 하나의 색채 현상으로 표현되는 것을 테마보다 더 중시했다. 그렇게 원초적 감각에 의해 만들어진 자연의 색채들은 서정적 감성을 불러일으켜 준다.


수필집 《미술 창작에서의 우연성(Slumpen i det konstnärliga-skapandet, 1894)》에서 그는 무엇보다 사실적인 자연의 모습을 흉내 내어 모방한 것을 표명하는 미술이론을 발표했다. 자연법칙의 순리를 모방하여, '우연은 결정적인 역할을 하게 되고 그림은 각자 체험에서 발전하게 된다'는 점을 암시하는 "스쿠그스스누뷔즘(Skogssnuf-vismen)" — 미술 창작의 우연성 — 이라는 용어를 만들어 내기도 했다. 곧 일관성 없이 색채를 화폭에 담아 다른 자연을 새롭게 탄생시켜 자연 그 자체의 이미지에서 일상과 상상이 공존하는 자연과 인간의 교감을 상징적으로 화폭에 담았던 것이다. 그 결과로 작가의 상상력에 의해 추상성과 결부된 내면세계를 엿볼 수 있다는 주장이다. 그 후, 조각가 페르 하셀베리이(Per Hasselberg, 1850-94)의 도움으로 스톡홀름에서 첫 개인전을 갖기도 했으나, 후반기를 이어가게 될 상징적인 그림의 타이틀부터 당시의 회화로서는 너무나 생소하여 가까운 동료 화가들조차도 그의 작품을 이해하지 못했다. 그것은 자연의 대상 그 자체라기보다 자신의 가슴 속에 느껴지는 사물과 일치하기에 작품 제목을 주관적으로 명시했기 때문이다. 그의 작품은 현실적인 색채가 아닌 실제와 다른 비구상적 이미지가 주를 이룬다. 작가의 감수성과 순간의 감정 변화에 따른 심상에 투영된 이미지를 주관적으로 표현해 내는 화풍으로 시간이 흐를수록 빨려 들어갈 듯한 그의 그림은 작가 자신의 영혼의 일부라는 것이 느껴진다. 그는 작품의 영감이 존재하고 있는 상태에서 그림을 완성시키기 위해 주로 중간 사이즈의 화폭이나 목판에 2-3시간 내에 그림을 그렸다고 한다.

1892년 10월, 그는 베를린으로 향했고, 그가 명명한 작은 와인 바인 〈검은 돼지새끼(Zum schwarzen Ferkel)〉에서 뭉크를 비롯하여 북구와 독일 작가들 혹은 예술가들과 어울리며 철학과 인생, 여성을 논했다.

그는 주변 화가들의 영향을 받지 않고 색채의 상징성을 고수하며 독자적으로 상징성이 두드러진 새로운 그림을 그렸다: 침울한 '백말 III(Vita märrn III)', 두 번째 부인에게 약혼선물로 준 '질투의 밤(Svartsjukansnatt)'. 스위스의 상징주의 화가인 아르놀드 뵉클린(Arnold Böcklin, 1827-1901)의 흡인력 있는 회화, '죽은 자의 섬(Toten Insel, 1880)'을 해석하여 그린 '신록의 섬(Den grönskande ön)', '외로운 독버섯(Den ensamma giftsvampen)', '해변에 외롭게 핀 꽃(Ensam blomma på stranden)' 등이 있다.


독일에 머물며 뭉크의 상징주의에 뜻을 함께 한 스트린드베리이와 뭉크는 보수적인 베를린 미술대전(Berliner Kunstausstellung)의 봄 전시회에 출품을 했다. 물론 독일 미술협회는 그들의 작품을 낙선시켰으나, 동시에 낙선된 우수작품들을 모아 별도로 전시하는 낙선전에 북구의 두 거인의 작품은 나란히 소개되었다. 후일 독일 표현주의의 선구자로써 스캔들로 뭉쳐 있는 두 급진적인 영혼의 소유자들은 보수적인 독일 미술계에 대항했으나 독일 미술계는 그들을 상징적-자연주의 그리고 초표현주의 미술에 있어 탁월한 인물로 인정했다. 후일, 불우했던 두 영혼의 우정은 뭉크의 삶에 다그니 쥬엘(Dagny Juel, 1867-1901)의 등장과 함께 벽이 생기게 된다. 뭉크는 스트린드베리이의 60회 생일에 그에 대한 존경의 뜻을 전하기도 했지만, 그들의 만남은 더 이상 이루어지지 않았다.

세 번째 부인과의 신혼여행지인 런던에서 사실주의 풍경화가 윌리엄 터너(William Turner, 1775-1851)의 그림을 그곳 화가들의 동우회에서 연구할 기회를 가졌던 그였기에, 그의 후기 그림에서는 터너의 자취를 찾아볼 수도 있다. 프리다와의 결혼 후 그림과 문학작품 활동을 떠나 자연과학 연구에 몰입하며 문예창작의 힘을 발산하지 못한 그는 딸의 출생을 기다리며 기쁨으로 그림을 다시 그리기 시작했다. 오스트리아 도나우강 북쪽에 위치한 프리다의 조부 소유의 작은 집에서 그림에 심취할 수 있었기에 도나르흐(Donarch)에서의 작품들은 스트린드베리이를 풍경의 지평 화가로서 정점에 달하게 만들었다. 완전히 추상적이지 않으면서 감상자의 관점과 상상력으로 해석이 가능토록 하여 그림이 지닌 의미를 미적 감수성에 따라 주체의 관점과 긴밀한 연관성이 있게 한 것이다. 그는 추상적인 것에서, 또한 우연히 만난 상상의 선들 속에서까지 사실에 입각하여 표상이 아닌 것을 창작해 내며 새로운 자연주의를 해석해 냈다. 다시 말해 그가 그리는 풍경은 곧 작가의 심성인 것이다. 상상의 세계이자 어둠을 향한 빛의 투쟁으로 자신의 내면을 화폭에 표현한 '이상한 나라(Underlandet)'는

1990년, 스톡홀름 경매장에서 50억 원을 호가하여 경매되어 현재 국립박물관에 소장 되어있다. 그림의 타이틀도 개성적이었지만, 그에게 그림을 그리기 위한 중요한 도구는 붓이 아닌, 팔레트나이프와 손가락이 전부였다. 화판이나 화폭에 환상이나 사실의 느낌이 아닌 심미체험의 감각을 직접 그려내어 화가의 창작활동에 대한 발자취를 객관적인 감상자의 주관적 경험과 지식을 유발시키게 하는 풍경속 지평을 열었던 인물이기도 하다.

파리에서 그의 희곡, 《아버지》와 《미스 쥴리》의 대성공으로 그는 극작가로써 이미 국제적인 명성을 떨치고 있었다. 화가로서도 예술가들의 구심점인 파리를 정복하기 위해 다시 돌아와 그린 그의 그림들은 아주 세련되고 추상적인 바다가 테마인 작품들이었다. 그곳에서 그를 환대하며 돕겠다고 나선 미술상에게 작품을 넘기지 않은 그는 조국의 친구들에게 보내어 전시회를 통해 그림을 팔았다. 또한 이미 세계의 대도시에서 자신의 희곡을 통해 고갱보다 더 유명해져 있던 그는 파리에서 예술인들 혹은 유럽 문화계의 유명인사들과 교류하며 신문지상을 통해 고갱(Paul Gauguin)과 뭉크를 소개하기도 했다.

고갱과 친분을 쌓았을 무렵 고갱은 자신의 전시회 축사를 스트린드베리이에게 부탁했다. 고갱을 위한 축사는 작품에 대한 분석에 지나는 것 뿐만 아니라 인상주의에서 생테티즘(Synthetism, 종합주의)[2]까지 현대미술 발전에 통찰력과 신속한 객관성에 전통한 작품들이라는 평을 하여 탁월한 미술 비평가로서의 면모도 재확인 시켜주었다.

---

2 히브리어의 '예언자' 에서 유래한 고갱이 주도하고 고갱의 영향을 받은 화가들로 19세기 말에 파리에서 결성한 젊은 예술가들인 나비파(Les Nabis) 그룹인 프랑스 신비적 상징주의 화가들이 고안해 낸 회화기법.

게다가 고갱의 아틀리에를 함께 쓰며 '고갱의 쌍둥이 형제' 라 불렸던 그의 회화는 '예술지상주의' 를 고수했다.

독일, 프랑스, 그리고 오스트리아에서의 망명시절, 초현실주의와 추상적 – 표현주의를 예시하는 회화의 기법을 개발하기도 했던 스트린드베리의 그림은 1893-94년 최고 절정에 이르렀다. 또한 성경의 창세기 신화와 말세의 의미가 담긴 전원 풍경들을 화폭에 담아낸 작품을 통해 그의 종교관 또한 짐작할 수있다.

조국으로 돌아온 그에게 고난은 계속되었고, 첫 부인과의 몇 차례 이혼소송을 거치며 〈달라르 섬(Dalarö)〉의 고독한 생활 속에서 그림에 심취했다. 그 당시의 테마는 '성난 파도', '절벽 위에 서 있는 항해 표지', '우뚝 솟은 하얀 등대', '소용돌이치는 바다 속의 흔들리는 빨간 점' 등 해변을 기초한 것이었다. 그의 '이면성의 그림', 즉 칠흑 같은 악천후의 어둠 속에서 보이는 파란 맑은 하늘은 총체적인 풍경화의 기법으로 30년 후 초현실주의자들이 그 기이한 발상에 대해 토론에 붙였던 기법이기도 하다. 소용돌이치는 바다를 예술로 승화시키고, 인간이 대상을 보면서 느끼는 감정을 피사체에 투영시켜 그림을 그렸지만, 사실 자신의 삶을 묘사했던 것이다. 그의 삶이 그랬듯이 명확하지 않은 소용돌이치는 형태 속의 강렬한 색감과 선은 추상적인 신비로움으로 객관적 현실에 은유적 상징성을 부여하고 있다.

〈인페르노 위기〉 이후, 그림에서 멀어졌던 그는 임신한 세 번째 부인이 자신 곁을 떠나자 절망 가운데 기다림 속에서 돌연히 그림을 그리기 시작했다. 드라마의 무대배경 같은 인상을 주는 특징이 두드러지는 마지막 창작시기는 1900년대 초반으로 대표작이 포함되어 있다:

'인페르노(Inferno)', '파도(Vågen VI)', '등대(Fyrtornet II)', '해변의 전경(Kustlandskap II)', '일몰(Solnedgång)' 등. 그는 1905년의 '전나무 숲(Granskogen)'과 '숲의 변두리(Skogbrynet)'를 마지막 작품으로 남기고 화단을 영원히 떠났다.

그가 〈셰르고르덴〉의 소설에서 보여준 자연묘사를 통해 스웨덴 사실주의에 강하게 영향을 끼쳤던 것과 같이 미술계에서도 스웨덴 낭만주의 속에 사실주의를 심기도 했다.

그는 문예창작을 하며 그림을 그리기도 했지만, 때론 글을 쓸 수 없는 상태일 때 그림을 그렸다는 것을 그의 일기에서 찾아 볼 수 있다: "공포에 휩싸였을 때 그림을 그렸다"고 고백했듯이, 그의 그림은 소용돌이치는 자신의 내적 심상의 표현이다. 1892년 여름, 스톡홀름에서 열렸던 스트린드베리이의 첫 전시회에서, 그의 초상화를 그리기도 했던 가장 가까운 친구인 스웨덴 화가, 리차드 베르그(Sven Richard Bergh, 1858-1919)마저도 그의 그림을 이해하지 못했다. 그 후 1905년, 견해를 달리한 베르그는 스트린드베리이의 '인페르노-그림(Inferno-tavlan, 1901)'을 극찬하며 국립박물관장이 되자 스트린드베리이의 그림을 박물관에 소장하기 위해 사들였다. 그러나 베르그의 죽음 후엔 많은 작품들이 외국의 수집가들에게로 팔려 나갔다. 이미 1895년 스톡홀름에서 예술가협회 봄 전시회에서 팔린 스트린드베리이의 대표작품인 '이상한 나라(Underlandet, 1894)'와 '알프스 풍경(Alplandskap, 1894)'은 스웨덴 최고가의 그림으로 꼽힌다. 2007년, 영국의 소더비(Sotheby's) 경매장에서 50억 원 상당에 팔렸던 '알프스 풍경'은 미국의 한 미술 갤러리에서 네델란드의 마스트리히트(Maastricht) 미술 박람회에 약 90억 원에 내놓았다고 한다. 실제로 인물화를 그리지 않은 그를 사후까지도 전문지식이 없는 도락예술가로 분류했기에 그의 생전엔 화가로서 성공하지 못했다. 그러나 오늘날 실험적인 테크닉과 까다로운 방식으로 우연과 작업하는 순간의 미적 감성을 혼합한 그의 회화는 현재 새로운 회화기법의 선구자로, 초 고가의 미술품 중의 하나로 간주된다.

그의 대다수의 작품을 소장하고 있는 스톡홀름의 노르디스카 박물관(Nordiska museet)이 2012년 1월 16일, 스트린드베리이의 서거 100주기 기념전시회에서는 거의 일반인들이 예전에 접하지 못했던 17편의 작품이 전시되었다. 그는 변함없이 가족 혹은 자신의 사진을 찍은 것과는 달리 결코 사람의 형상을 화폭에 담지 않았다. 해변, 바다, 절벽, 나무와 숲과 같은 예외없이 다양한 형태의 자연을 테마로 그린 그의 작품들은 주관적 해석의 가능성을 열어주고 있다.

강한 양면의 그림, 성난 바다와 산더미같이 몰려오는 파도를 묘사한 '파도 VIII(Vågen VIII)'은 그의 다수의 그림에서 운명에 따르는 죽음에 대한 생각들과 의식적으로 사별이라는 숨겨진 상징적 감정이 내포된 강한 주제가 반복되고 있다. 아마추어에서 선각자 혹은 선구자까지 화가로서 그에 대한 평가는 다양하며, 현재 그의 200점이 넘는 작품 중 120점 정도가 세계 경매장에 나와 있다. 경매장에 잘 나오지 않는 그의 작품들은 거의 50억 원을 웃도는 것으로 예상되고 있으나 공식적으로 화가로서의 데뷰는 사후에 이루어졌다. 그는 화가수업을 받은 전문가는 아니었으나 1870년대에 젊은 화가들과 어울리며 즐겨 그림을 그렸고, 그림에 대한 통찰력과 상당한 견해로 스웨덴 최고의 지적인 미술 비평가로도 손꼽혔다. 또한 미술계에 표현주의가 시작되기 훨씬 전, 이미 자신의 방법으로 일종의 표현주의를 개척해 내기도 했다.

그의 풍경화는 항상 해변을 기초한 바다와 마디가 많은 소나무들, 불모의 섬, 하얀 배, 항해표지, 점, 구름 낀 하늘과 함께 거의 강한 혹은 약한 빛이 어려있는 수평선, 일몰 혹은 달빛 등으로 맑은 날의 테마들이다. 그러나 그는 기꺼이 성난 파도로 소용돌이치는 바다, 격동하는 하늘의 모습들, 절벽에 부딪쳐 부서지는 파도들을 화폭에 담았다. 그가 처음 빠리를 방문했을 때, 현대 사실주의의 아버지로 불리는 구스타브 꾸르베(Gustave Courbet, 1819-77)의 그림과 인상파 화가들의 작품에 찬사를 보낸 그의 회화기법은 즉흥적이었다. 화폭에 물감을 뿌린 후 떠오르는 이미지를 붓을 사용하지 않고 팔레트 나이프와 손가락만으로 흥분된 상상력에 의해 거칠고 자유분방하게 그려내는 재능은 그 누구도 따를 수 없었다. 초창기 그의 그림을 인상파에 속하는 회화라고 불렀으나 사실 그가 즐겨 다루었던 테마인 바다와 험한 절벽, 혹은 옮겨 심어놓은 듯한 나무 한 그루 등은 고독했던 그의 실존적인 고뇌를 자연과 더불어 표현해 낸 추상적-표현주의에 가까운 것이다. 그의 풍경화의 날씨는 밝았고, 검은 바다는 너무나 가깝고 강력한 느낌이어서 언제든지 파도의 찬물이 덮쳐올 듯하다. 또한 그의 그림은 전혀 수식이 없는 단순한 이미지로 폭넓은 정신적 차원의 인식문제와 함께 인간의 내면세계를 강렬하게 표현하며 그의 사상과 죽음, 불안, 고통, 고독, 가족 등을 담아내는 화풍을 시도했다.

1860년대까지 아마추어 작품에 불과했던 그의 그림은 사후 20년이 흐른 후에야 현대적인 신선함을 주목 받기 시작했던 것이다. 세계 2차대전 이후 스트린드베리이의 그림은 드디어 그 가치를 발휘하기 시작했고, 1960년 이후부터는 베니스 비엔날레를 포함해 유럽의 위세 높은 현대미술관에서 기획전을 가졌던 유일한 스웨덴의 화가이기도 하다. 그의 소설이나 희곡, 그리고 삶이 분노의 격발이듯이, 그의 그림 역시 자신의 인생을 반영하고 있다. 화가로서 자신의 가치와 한계를 잘 알고 있었던 그는 그의 유명한 에세이 《미술창조의 우연성》에서 자신이 그렇게 그림을 그릴 수밖에 없었던 이유를 설명하고 있다. 뛰어난 사실적 언어 구사력으로 문학작품이나 연극무대에서 일종의 그림과 같은 시각적 효과를 보여준 것으로 미루어보아 비록 문학작품과 그림은 분리된 것이지만 화가로서의 자질은 그에게 있어서는 통일된 총체로 봐야 할 것이다. 한마디로 그의 그림은 특이하게도 당시의 미술사조, 새로운 경향, 가까운 유명 화가 친구들의 영향을 전혀 받지 않고 전통과 아방가르드 사이에서 분열을 보여준 독특한 사례로 꼽힌다.

그는 현재 기타 국가에서는 극작가보다 화가로서 더 알려져 있으며, 그의 작품들은 빠리의 일명 '인상주의 미술관', 오르세이 박물관(Musée d'Orsay)을 비롯하여 유럽 각지의 대형 미술관에서 찾아볼 수 있다.

## 사진작가

이미 10대에 사진에 대한 관심을 가졌던 스트린드베리이의 일생을 통해 사진은 그의 삶에 아주 중요한 자리를 차지했다. 그는 일생 동안 다수의 카메라를 보유했고, 그중에 스스로 제작한 카메라들로 렌즈를 사용하지 않고 실험을 하기도 했었다. 그가 글을 쓰기 위해 사진을 찍었다고 말했듯이 사진 속에서 일종의 물체를 주시하고 뜻하는 것은 사진의 영상을 통해 인간의 내적 체험이나 영적 상태를 재현해 내는 것이 목적이었다. 자신의 외모는 신경을 쓰지 않지만 자신의 영혼을 사람들이 볼 수 있기를 희망한다고 토로한 그의 심정이 그가 종사한 어떤 분야에서보다 사진에서 제시되고 있다.

사진작가로서 명백하게 아방가르드적이었던 그는 자신의 문학작품에서 "인생의 사진과 같은 묘사"라는 용어를 사용했다. 1861-62년, 그는 습판(wet collodion process)을 사용한 초창기 사진술로 사진을 실험하기도 했었다. 이미 1886년, 자신의 사회적, 민속적, 문화사적 기행소설, 《프랑스 농부들 가운데서(Bland franska bönder, 1886)》의 삽화를 시작으로 신선하게 주위를 환기시키며 사진예술의 가능성을 시도해 보았다. 처음엔 스케치를 위해 화가를 동반할 계획을 했던 그는 현대적인 순간 포착 카메라와 자신의 스케치를 사용하기로 결정했다.

그 시기에 사진보도라는 아이디어는 완전히 새로운 발상이었다. 그는 미래의 사회학자이자 정치가인 구스타프 스테펜(Gustaf Steffen, 1864-1929)과 함께 보도사진으로 프랑스 농부들의 상황을 기록하기 위해 프랑스를 여행했다. 기술적인 불운으로 대부분의 사진은 실패로 돌아갔지만, 만약 그의 프로젝트가 성공했다면 그는 스웨덴 최초의 보도사진 기자가 되었을 것이다. 또한 그는 사진이 당시에 일상적이었던 목판기술을 대행해 낼 수 있을 것이라고 생각했었으나 그 상당한 계획이 수포로 돌아가자 카메라를 뜻깊은 자전적인 사진 시리즈에 사용했다. 그것은 작가로서 자신이 경험한 것을 묘사하기 위해 테마로 삼은 것에 기초를 두고 있다. 그것은 방법은 다르지만 쉽게 복사한 사진이 특별한 예술작품과 같이 취급되어질 수도 있다고 생각했기 때문이다. 그와 같이 자연주의적인 출발점에서 인상파 미술을 모방한 구도로 찍은 자신의 사진은 구성이나 아이디어면에서 아주 낭만적이었다. 사실 카메라를 멀리 두고 자동셔트로 찍은 자신과 가족사진의 시리즈는 구도나 착상 면에서 시대를 앞서가는 생각이었다. 거의 자동셔터로 사진을 찍었지만 첫 부인, 시리의 보조를 받기도 했던 그는 1886년 스위스에서의 행복했던 시절을 틀 속에 갇힌 사진이 아닌, 가족의 실질적인 순간들의 기념사진을 찍어 '인상파 사진'이라 명명하기도 했다.

청년기에 화학을 전공하기도 했던 그는 자연과학에 지속적으로 관심을 갖고 연구하며 1890년대에는 컬러사진, 식물, 천체, 서리와 빙화(氷花)의 과학적인 실험을 시도하기도 했다. 당시의 사진은 종종 예술적인 잠재적 요인과 함께 자연 과학적 실험을 위해 구름의 형태와 거리를 테마로 다루었다.

그 후, 1907~1908년, 다양한 구름의 구성을 연구하기도 했던 그는 구름의 모습과 위치를 정리해 스케치하여 사진과 함께 책으로 펴내기도 했다. 또한 카메라와 렌즈를 사용하지 않고 사진 감광판을 땅바닥에 놓고 밤하늘을 직접 촬영해 '천체사진'이라 명명하기도 했다. 그는 사물을 왜곡하는 렌즈를 불신하여 진실되고 객관적인 하늘의 사진을 찍길 원했던 것이다. 그에게 문학과 사진은 사실을 분석하는 유일한 도구였고, 사진에 대한 그의 관심은 다양했다.

그는 사실적이고 심미적인 원칙하에서 자연주의적 기록사진, 자신의 심리가 표출되는 초상화와 자서전적인 다큐맨터리 사진 시리즈, 과학 실험사진, 낭만주의 혹은 인상주의, 그리고 절반의 오큘티스트 사진 구성이 주를 이루었다. 카메라와 필름이 실체를 왜곡할 수 있다고 믿었던 그였기에 실험적인 사진에는 카메라와 사진용 필름을 채택하여 천체를 담은 하늘을 담아내려 했다.

앞서 언급했듯이 사진에서 자신의 문학작품과 마찬가지로 진실을 추구했던 그는 간헐적으로 성공적인 사진작품을 탄생시켰다. 비록 기술적인 불운으로 그가 계획한 보도사진은 무산됐지만 새로운 분야를 창조해 내며 사진 역사에 아방가르드적 공적을 쌓았던 인물이기도 하다.

안타깝게도 현재 스트린드베리이의 사진작품은 60점 정도만 보존되어 전해지고 있지만, 그가 꿈꾸었던 화보집은 그의 사후 100년이 지난 2012년, 자신의 일대기를 담은 두 권의 방대한 화보집으로 태어나 타인의 손에 의해 세상에서 빛을 보게 되었다.

# 작품 배경과 해설

## 캄마르스펠(Kammarspel): Opus I-V.

- 《악천후(Oväder, 1907)》: Opus I.
- 《타버린 대지(Brända tomten, 1907)》: Opus II.
- 《유령 소나타(Spöksonaten, 1907)》: Opus III.
- 《펠리컨(Pelikanen, 1907)》: Opus IV.
- 《검은 장갑(Svarta handsken, 1908)》: Opus V.

# 작품 배경과 해설

## 캄마르스펠(Kammarspel)[1]: Opus I-V

1907년 전반, 스트린드베리이는 〈인팀마 테아테른(Intima teatern)〉의 개관을 위해 네 편의 캄마르스펠, 《악천후(Ovåder)》, 《타버린 대지(Brända tomten)》, 《유령 소나타(Spöksonaten)》, 《펠리컨(Pelikanen)》을 탄생시켰고, 일년 반 후 다섯 번째인 《검은 장갑(Svarta handsken, 1908)》을 완성했다.

다섯 편의 '캄마르스펠(Kammarspel)'은 이름 그대로 실험극과 공연의 이론에 맞게 구성되었다. 초대연출가인 스트린드베리이가 '인팀마 테아테른(Intima teatern)'의 단원들에게 보내는 '비망록(Memorandum)'에 의하면, 연극은 강하고 의미심장한 주제를 담고 있어야 하지만 축소시킬 것을 강조했다. 주제가 전제되어야 하기에 천박함, 계산된 모든 효과들, 박수 받을 정해진 장면, 가장 훌륭한 배역들, 혹은 단독 무대 등, 어떤 결정적인 형식에 극작가가 얽매일 필요가 없다는 내용이었다.

---

1 실험극.

1906년 12월 30일, 스웨덴의 주요 일간지 다겐스 뉘히테르(Dagens Nyheter)를 시작으로, 1907년 9월 스트린드베리이가 자신의 작품만 공연할 실험극장을 설립할 것이라는 소문이 나돌기 시작했다. 당 시대의 연극 비평가인 아우구스트 브루니우스(August Brunius, 1879-1926)의 부정적인 우려의 비평에도 불구하고 〈인팀마 테아테른〉의 개관을 위한 네 편의 어두운 〈캄마르스펠〉이 먼저 준비되었다. 베토벤(Ludwig van Beethoven, 1770-1827)의 영향을 받았던 그는 음악작품의 번호를 따서 작품에 오퓨스(Opus) 번호를 매겼다. 거의 모든 '캄마르스펠'의 공연은 영적으로 호프만(E.T.A. Hoffmann, 1776-1822)의 흡혈귀(Zachris)와도 관련이 있으며, 주로 피상적이고 축복 받지 못한 단계에서 다양하게 드러나고 있다.

## 《악천후(Ováder, 1907)》: Opus I.

그의 일기 1907년 1월 25일자에 의하면 첫 번째 '캄마르스펠(Kammarspel)', 《악천후》의 집필이 이미 시작되었음을 알 수 있다. 그 후 2월 13일 아우구스트 팔크(August Falk, 1822-1938)에게 "무대 장식이 있는 새로운 형태의 〈캄마르스펠〉 한 편이 완성되었다"고 전한 것으로 보아, 《악천후》는 1907년 1월 혹은 2월 초에 완성되었다고 추정된다. 마지막 부인 부쎄와의 갈등 그리고 딸, 안마리(Anne Marie)와 어린 딸의 장래에 대한 불안감 등, 1906년 여름부터 가을까지의 자신이 처한 상황을 의도적으로 그리려고 계획했던 것이다. 이 희곡은 완전히 사실적인 '캄마르스펠' 형태로 쓰여졌다고 그는 언급했다. 오로지 정신적 차원에서 집필된 이 작품은 광범위한 관객층을 위한 극이 될 수는 없었기에 연출과 무대감독에겐 고도의 민감성이

요구되는 작품이다. 그러나 까다로운 관객들에겐 오히려 절묘한 작품으로 주목 받아 국내외로 많은 무대에 올려진 작품이기도 하다.

작품 배경은 스트린드베리이가 세 번째 부인 하리에 부쎄(Harriet Bosse)와 함께 마지막 결혼생활을 했던 스톡홀름 시내 부유층이 밀집한 외스테르말름(Östermalm)의 카알라봐겐(Karlavägen)에 살던 시절이다. 아내와 딸은 여름휴가를 떠나고 고독 속에서 가로등이 켜지기만 기다리고 있는 그에게 외스테르말름의 집은 혼자 지내기엔 너무나 적적하기만 했다. 그는 가족과 함께 가지 못하고 홀로 남아 일과(日課) 기도서인 《푸른 책(Blå Boken, 1906-08)》의 집필에 열중했다.

그가 1906년 6월 5일 부쎄에게 쓴 편지에 의하면 모든 것은 중단되었고, 아무 것도 일어나지 않은 채 집안엔 죽음의 침묵만 흐르고 있으며, 마치 삶이 멈춘 것만 같다는 고백을 하기도 했다. 이혼 후 때론 스트린드베리이의 강한 상상력 속에서, 부쎄와 함께 살고 있던 시절보다 두 사람은 더 조화로운 관계에서 때론 증오로, 때로는 사랑으로 살아가고 있었다. 그녀를 우상화하며 《한여름 밤(Midsommar, 1900)》에서 요정 역할의 부쎄 사진을 크게 확대하기도 하고, 그녀의 바쁜 공연 스케줄의 틈을 타서 전화와 편지, 그리고 재회를 하며 관계를 지속해 나갔다.

그가 사랑하는 딸을 만나고 싶었던 것은 말할 필요도 없었다. 안타깝게도 1907년, 부쎄는 그에 대한 감정이 식어만 갔고 2년 후엔 상대역 배우와 재혼을 했다. 그때 스트린드베리이는 자신의 어린 딸이 새 아버지를 맞게 될 것에 대한 불길한 예감으로 두려움에 차 있었다. 첫 번째 부인 시리에게 재혼을 하면 어떻게 될 것이란 '네 번째 경고 드라마' 《채권자(Fordringsägare)》를 집필해 냈던 그는 부쎄를 염두에 둔 '일곱 번째의 마지막 경고 드라마' 《악천후(Oväder)》를 탄생시켰다.

상처 입은 부쎄와의 관계가 작품의 주제가 되었다는 것은 작중인물들과 그들이 처한 환경에서 이미 스트린드베리이 자신의 삶이란 것을 느낄 수 있다. 작중 인물인 동생과 예르다, 그리고 노신사와 그녀의 대화에서 딸의 교육문제와 부쎄(23세)와 스트린드베리이(52세)가 결혼할 당시의 나이 차이 등, 부쎄와 이혼 후의 다양한 상황이 논평되어지는 갈등의 문제점을 파악할 수 있기 때문이다. 작품의 분위기는 그의 단편소설 《고독(Ensam, 1903)》과 비슷하나 일련의 멜랑콜리한 분위기는 느껴지지 않는다. 54세의 스트린드베리이는 노년의 평안함을 《악천후(Oväder, 1907)》에서 피력할 때 오히려 거센 폭풍우 전의 고요함에 대한 의문을 제기하지만, 곧 그런 분위기는 완화되는 것을 인지할 수 있다.

부쎄가 〈인팀마 테아테른〉의 무대 위에 오른 《악천후》를 관람했을 때 자신이 작중인물 예르다의 모델이었다는 사실을 감지하고 분노에 떨었던 것을 충분히 짐작할 수 있다. 대사에서 정확하게 예르다는 그 해 29세의 생일을 맞았고, 예르다의 남편은 《황녀(Kronbruden, 1901)》에서 자신의 상대역이었던 반 '아도니스(Adonis)' 적 인물인 군나르 빙고르드(Gunnar Wingård, 1878-1912)임이 분명했기 때문이다.

1908년 5월 4일, 스트린드베리이는 부쎄에게 편지를 보냈다: "〈인팀마 테아테른〉에서 공연을 관람한 당신은 나에게 화가 나 있을 것이오. 나는 그 점에 대해 이미 당신에게 경고를 했다고 생각하오! 왜냐면 내 가슴 깊은 곳으로부터 당신과 나의 사랑스런 딸아이에 대한 글을 쓰고 싶은 충동이 일었기에 나에게 있어 그 작품은 고통스런 분신이었소! 내가 당신에게 무슨 일이 일어날지 예측하고 있던 시련들을 먼저 겪고 싶긴 했지만, 여자 친구나 하녀는 결코 내 곁에 없다오. 반면에 두 사람을 위해 우리 가정의 그리고 추억의 제단이 존재할 뿐이오.

안타깝게도 당신이 그 아름다운 것을 보지 못했던 것이오!"

여기에서 그가 말하는 여자 친구 혹은 하녀란 노신사의 집안 살림을 돕고 있는 작중 인물인 젊은 루이스를 뜻하는 것으로, 전혀 노신사와 애정관계가 없는 인물이다. 또한 카알 프레드릭이란 인물에 대한 착상은 스트린드베리이가 '캄마르스펠'을 집필할 당시 가장 가까운 형제였던 맏형 악셀(Axel, 1845-1927)에게서 얻은 것이다.

《악천후》의 줄거리는 불행했던 결혼생활을 끝낸 정년퇴직한 노인이 평화롭고 고요한 부유층이 사는 도시의 아파트에서 조용한 삶을 보내고 있는 이야기다. 사랑하는 가족도 친구도 없이 고독 속에서 단지 주변의 몇몇 사람들과 담소하며, 한마디로 세상을 등지고 은둔자로써 노년의 여생을 보내고 있다.

그는 그 어떤 사람의 감정이나 동정심에 대해 아무 것도 소유해야 할 권리가 없는 그 순간에 비로소 우리는 사람답게 살 수 있게 된다. 그것은 아픔도 상실의 슬픔도 없는, 마치 썩은 치아가 시원하게 빠져 떨어져 나가는 듯한 느낌이기 때문이라는 자신의 심정을 털어 놓는다. 그는 충분히 삶과의 투쟁을 해왔다: "적당한 거리를 두고 중립적 인간관계를 유지하는 것이 우리를 더 나은 관계로 만들어 주니까요. 한마디로, 노년이라는 것과 말년의 평화로운 삶을 사는 것에 만족하고 있소."라고 말하지만 동시에 그런 자신의 감정이 힘들기도 했다. 그것은 무엇인가 일어나길 기다리고 있는 자신을 느끼기 때문이다. 그런 그에게 과거의 결혼생활로 인한 후 폭풍이 몰려온다. 위층으로 새로 이사온 가족의 남편이 동네 빵가게의 18살 난 딸과 함께 어린 아이를 납치해 도망친 것을 알게 되었을 때, 그들이 자신의 전처와 딸이었다는 사실이 폭로된다. 전처는 그에게 도움을 청하고, 얼마 후 자신의 어린 딸과 소녀는 돌아오지만 그녀의 남편은 영원히 돌아오지 않는다. 전처와 딸이 그곳으로부터 이사를 가기 전, 노신사는 유감스러움을 감추고 그녀에게 자신을 뜻하는 진정성 있는 남편과 도망간 두 번째 남편을 기분 좋게 비교해 보인다. 무명의 노신사는 자기 중심적이고 주관적인 인물이란 것은 말할 것도 없다. 스트린드베리이는 노신사의 시각을 통해 극을 전개해 나가며, 초반부엔 주관적인 면모를 전혀 나타내지 않았다.

현재 원본은 스웨덴 왕립도서관에 소장 되어있고, 이 작품은 스트린드베리이가 의도하는 《캄마르스펠》의 정의에 훌륭하게 부응되는 것으로 소수의 등장인물과 공연시간은 약 90분, 막은 없었고 중간에 휴식의 유무는 연출이 결정하게 했다. 또한 땅거미가 드리우는 분위기와 침묵, 뜻밖의 소리가 침묵을 깨트리는 연출은 마치 모리스 마테르링크(Maurice Maeterlinck, 1862-1949)의 슬픈 운명과 절망적인 우울함이 자아내는 저항할 수 없는 분위기를 전달한다. 게다가 집에 대한 구상의 착상 역시 메테르링크의 단막극의 무대장식으로부터 영향을 받은 것으로 스트린드베리이가 메테르링크의 '꼭두각시 인형극' 을 읽고 감탄했다고 '인팀마 테아테른' 에 보내는 공개장에서 밝혔다.

1907년 12월 30일, 《악천후》는 '인팀마 테아테른' 에서 아우구스트 팔크(August Falk, 1882-1938)가 주인공 노신사를 맡아 초연되어 스무 세 번의 공연을 거친 후, 1915년에야 비로소 새로운 모습으로 무대에 올려졌고, 1920년 오스트리아 태생의 배우이자 연출가인 라인하르트(Max Reinhardt, 1873-1943) 의 초청 무대에 이어 수많은 연출가들의 무대와 1960년 1월 22일, 스트린드베리이의 생일 저녁, 잉마르 베리이만(Ingmar Bergman, 1918-2007)의 연출로 TV극으로 스웨덴, 노르웨이, 덴마크에 방영되었다. 또한 연출가 울로프 몰란데르(Olof Molander, 1892-1966)에 이르러 라디오 극으로 태어나 처

음으로 스트린드베리이의 날카로운 해학으로 풀어나가며 연출해 낼
수 있었다. 뿐만 아니라 초연으로 독일(1912), 오스트리아(1914), 핀랜
드(1914), 덴마크(1917), 노르웨이(1917), 이태리(1973, TV), 폴란드
(1913), 헝가리(1914), 미국(1916), 체코(1919), 프랑스(1943), 영국
(1953)… 등등, 지금까지 헤아릴 수없이 세계적으로 많은 무대에 올려
지고 있다.

## 《타버린 대지(Brända tomten, 1907)》: Opus II.

《악천후》 집필 중 스트린드베리이는 동시에 《타버린 대지》를 계획
하고 있었다. 그는 팔크(Falk)에게 "무대장식이 있는 새로운 형태의 캄
마르스펠 한 편이 완성되었고, 또 다른 작품을 집필 중"이라고 전했다.

그 후 그의 독일인 번역가 에밀 셰링(Emile Schering, 1873-
1951)에게 그가 보낸 서신에 따르면 스트린드베리이는 자신의 〈캄마
르스펠〉은 긴 대사와 독백으로 창작되었다고 언급했다.

1907년 2월 초 《악천후》가 완성되자 《타버린 대지》의 집필에 들어
간 그는 연이어 Opus II., 《타버린 대지》를 탈고하며 《홀랜드인
(Holländarn,1902)》과 《악천후》와 동일하게 어느 주거지 주민들에
대한 묘사를 추구했다고 말했다. 어린 시절 자신이 살던 불타버린 집
이 있던 동네의 이름을 따서 이 작품의 제목으로 삼은 《타버린 대지》
의 배경은 스트린드베리이가 유년기와 청년기를 보낸, 리다르홀멘
(Riddarholmen)과 노르툴스가탄(Norrtullsgatan) 12번지와 14번지
다. 12번지에 살던 시절엔 떨림 속에서 남작부인 시리 랑겔과의 첫 만
남이 있었고, 후일 세상을 뒤흔들어 놓은 결혼으로 이어졌다. 노르툴
스가탄 14번지는 그가 자서전 《하녀의 아들(Tjänstekvinnans son,

1886)》에서 유년기를 묘사한 요한의 삶을 살았던 곳이다. 그곳에서 어머니의 죽음, 집안의 집사와 폭군 아버지의 재혼, 고등학교를 졸업하고 수능까지의 삶을 살았던 곳으로 당시의 건물은 현재 남아 있지 않다.

1907년 12월 5일, 《타버린 대지》를 〈인팀마 테아테른〉의 첫 무대에 올렸을 때 평론가들의 반응은 격렬했지만, 이 희곡은 긴장감과 생명력을 느낄 수 있고 흥분되기까지 하는 매혹적인 작품임을 부정할 수 없다. 그것은 분명 노년의 스트린드베리이에게서 나타나는 인간혐오, 사기꾼에 대한 시각 혹은 자기 기만을 일삼는 인간에 대한 무자비함, 그리고 단지 희망을 걸어보는 자신의 견해를 고집하는 경건한 사형집행인과 같은 모습으로 그를 다시 만나볼 수 있기 때문이다. 스트린드베리이가 전소되어버린 집터에 낯선 방문객을 오게 하여 그곳에서 그가 추억을 더듬는 스토리 전개를 해 나갔을 때, 작가가 어린시절의 집을 생각하고 구상한 것을 쉽게 공감할 수 있다. 누가 방화를 했을까? 그의 형? 다른 사람? 어쩌면 여주인과 애정관계에 있는 학생? 이 작품은 일종의 탐정극처럼 낯선 방문객은 무례하고 교활한 질문으로 진실을 캐내려 하고 결국엔 학생이 무죄라는 것과 자신의 형이 악당이라는 것을 발견하게 된다. 인간들의 비참한 면을 폭로하는 과정이 극을 지탱시켜 나가고 있다는 점을 미소를 지으며 지켜볼 수 있다. 그것은 냉철한 몰란데르(Olof Molander, 1892-1966)의 연출 덕분에 스트린드베리이가 의도하는 작품을 만들어 낼 수 있었기 때문이다. 게다가 그의 심리학적으로 장려하고 매혹적인 무대장치가 극을 돋보이게 하기도 했다. 그곳에서 스트린드베리이의 폭로성, 친척들에 대한 증오, 자기 정당화의 광적인 면을 재발견할 수 있다. 그러나 실은 《타버린 대지》에서 증오를 나타내기보다 온건한 염세적인 면이 돋보인다. 비열한 형이 가정부의 옷장에 의심받고 있는 학생의 등잔불을 넣어두었을 뿐 방화를 하진 않았다. 그럼 누가 불을 낸 것일까? 결국엔 등잔불이 폭발한 단순 사고로 밝혀져 마무리된다.

그러나 스트린드베리이는 여전히 죄와 벌 사이의 관계성을 염두에 두고 있다. 낯선 방문객의 형이 학생을 의심한 것에 대한 벌은 그의 아내의 부주의로 화재보험에 대한 보상을 받지 못하고 갱신하기엔 이미 때가 늦어 있었다. 자신이 파산한 사실을 알게 된 형은 즉시 복수를 하길 원하자, 낯선 방문객은 스스로 범인을 찾으려는 사냥을 포기하고 만다: 구제할 길 없군! 무자비해! 겁쟁이! 거짓투성이! 형제여, 진정한 자유를 찾도록 하시오! 마지막으로 그는 빚이란 상쇄되어 청산해야만 하는 것이고, 증거 불충분으로 그 소송사건은 기각되었으니 쌍방 모두 법정을 떠나도록 하는 것이 좋을 거라고 말하기도 한다.

극은 간밤에 전소되어버린 집터에서 전개된다. 호기심에 찬 이웃과 낯선 방문객이 그곳으로 왔다. 여러 해 동안 고향을 떠나 외국에서 생활한 낯선 방문객은 자신의 어린시절의 추억이 담긴 집을 다시 보기 위해 찾아왔건만 타버린 집터엔 연기만 일고 있었다. 화재 원인에 대한 추측 조사가 진행되는 동안 주민들에 관한 이야기들이 폭로된다. 낯선 방문객은 자신의 유년시절의 기억 속에 남아 있는 인물들과 재회하게 된다. 그는 과거의 비행들과 죄의식, 그리고 거짓들을 떠올리며 인생은 마치 복잡하게 짜진 직물과 같아 그 속에 담겨 있는 패턴들이 노년에 들어서야 비로소 선명하게 두드러져 나온다는 생각을 하게 된다. 형사가 증인들에게 질문을 하고 있는 동안 낯선 방문객은 화재 원인을 캐고 있다. 그것은 복잡한 음모로 사실 그의 형, 도색공이 범인이었다. 그는 자기 아내와 부정한 관계에 있는 학생에게 의심을 품었지만, 자기 아내가 학생을 유혹했고 간통을 했기에 증인으로 나설 수도 없는 상황이었다. 하여 도색공은 아내의 실수로 화재보험금을 늦게 지불해 보상을 받지도 못하고 모든 것을 잃고 말았던 것이다. 모처럼 부모님 무덤 앞에 받칠 화환을 들고 유년시절의 추억이 담긴 부모님 집을 찾아온 이방인은 마지막 장면에 불타버린 집터에 화환을 내려놓는다. 다시 찾아온 어린 시절의 발자취에 아무런 기쁨도 느끼지 못한 채 자신이 폭로한 사실에 만족하며 "자 방랑자여, 이제 또다시 더 넓은 세상으로 슬슬 떠나보도록 하자구!"라는 독백과 함께 다시 방랑길에 오른다.

작품 속에서 낯선 방문객의 긴 독백뿐만 아니라 등장인물들의 대사는 내면에서 우러나는 스트린드베리이 자신의 목소리다. 처음 작가가 생각한 《타버린 대지》의 제목은 《세상의 베를 짜는 여인으로》, 이것은 견신론자들의 카르마(Karma)[2]에 대한 암시였다.

비록 당시의 비평가들이 이 극에 대해 '미친 짓'이라는 혹평을 가했지만, 스트린드베리이 고유의 섬광이 번쩍임을 발견할 수 있다. 이방인이 타버린 대지 위에 서서 어린시절 살던 집을 파헤치자, 그는 오래된 벽시계 하나를 발견하고 집어 올리지만 부숴져 버린다: "그 어떤 것도 영원히 소유할 수는 없는 것이 인생인 거야, 아무 것도! 헛되고 헛되며 헛되고 헛되니 모든 것이 헛되도다!" 그 오래된 벽시계에는 작은 지구본 하나가 달려 있었다. 이 때 낯선 방문객을 통해 쓸쓸하고 실망한 스트린드베리이의 목소리가 전해진다: "인간이 모여사는 작은 지구라는 별! 모든 행성들 중에 가장 비좁고, 가장 무거운 별, 그래서 너는 그토록 무거운 짐을 지고 사는 게로구나. 너무 무거워 숨쉬기조

---

**2** 인과의 흐름을 뜻하는 불교 용어로 전생의 업보를 지칭하는 단어로 과거에 행했던 행위와 말, 그리고 사고의 결과를 뜻함. 즉, 모든 세상의 흐름속에서 원인과 결과의 법칙이 적용된다는 이론.

차 어렵고, 모든 세상살이를 혼자 짊어지고 가기엔 힘이 드는 거야; 십자가는 너의 상징이건만, 마치 그것이 환상이나 미치광이 세상의 어릿광대의 모자거나 구속복이 되어버린 것 같구나! 창조주 하느님! 당신이 창조하신 이 지구는 우주의 공간에서 길을 잃은 것일까요? 단지 겉모습을 바라볼 뿐, 사실 속에 감추어진 진실, 그 자체를 볼 능력이 없기에 당신의 자녀들의 머리는 혼란해지고 이성을 잃었건만, 어떻게 이 세상은 이토록 정신없이 돌아만가는 것일까요?"

이 대사에서 지상의 삶에 대한 스트린드베리이적 존재론을 가늠해 볼 수 있다.

많은 스트린드베리이의 작품이 그러하듯 특히, 이 희곡은 대사에 나오는 불가사의적인 의미를 소화해 내기에는 역부족인 배우들이나, 특히 외국 배우들에겐 매우 힘든 희곡이다. 또한 유명한 연출가들 입장에서조차 직면하게 되는 첫 번째의 문제점은, 어떻게 그 모든 등장인물들의 철학적인 대사를 소화해 낼 것인가 하는 점이다. 그 외에도 어떻게 대처할 것인가? 어떻게 그 장황한 독백을 피해 갈 수 있을 것인가? 하는 난관을 극복하기엔 너무 난해한 작품이기도 했다.

결국 수없이 혹평에 시달린 《타버린 대지》가 처음으로 명예 회복을 한 계기가 된 것은, 1933년 12월 3일 크눌 스트룀(Knut Ström, 1887-1971)의 연출인 라디오극의 성공을 통해서였다. 그곳에서 이 희곡은 청취하는 극으로서 뛰어나게 세부적인 사항, 또한 전체적인 인상이 아주 좋았고 풍자적이었다는 평을 받았다.

1946년, 스트린드베리이 작품에 탁월한 해석을 해 내는 몰란데르의 창조적인 《타버린 대지》의 무대는 풍자적이었다기보다 체념이나 절망에서 나오는 유머를 보여주었다고 평가된다.

## 《유령 소나타(Spöksonaten, 1907)》: Opus III.

《유령 소나타》는 베토벤의 피아노 소나타 17번, D-Moll, op.31. No. 2인 '폭풍(Der Strum)'을 따라 명명되어졌다. 3악장의 소나타 형식을 도입한 이 작품은 표면구조 이면에 내재되어있는 참된 삶의 본질에 대한 추구를 심층적으로 파고 들었다. 몽환극, 《꿈(Ett drömspel, 1901)》과 함께 스트린드베리이의 가장 어려운 희곡으로, 국제적으로 획기적이고 상징적-표현주의적 작품으로 간주된다. 이 작품은 우리의 삶을 마치 악몽과 같이 구사하며 인간의 근본적인 속성들을 일깨워 주는 현실사회에 대한 예리한 비판적 희곡이다. 환상적으로 극적인 이 드라마는 관객의 진실된 감정을 환기시키며 단순한 흥미 이상의 개인적인 심리적 긴장감을 덜어주는 힘을 지니고 있다. 무대 위에서 펼쳐지는 강렬한 인물들의 개성과 신랄한 비판을 통해 지상에 존재하는 인간들의 모든 비참함을 공감하며 각자 영혼의 해방감을 호흡할 수 있는 작품이기도 하다.

스트린드베리이는 절망적인 인간 세상의 번뇌로부터 벗어나려는 강력한 염원으로 불교와 인도사상의 영향과 프랑스 작가, 오노레 발작(Honoré de Balzac, 1799-1850)이 스트린드베리이가 북구의 석존이라 불렀던 에마누엘 스뵈덴보리이(Emanuel Swedenborg, 1688-1772)의 이론, 그리고 아르튜르 쇼펜하우어(Arthur Schopenhauer, 1788-1760)의 의지 부정적인 염세철학에 심취되어 《유령소나타》를 구상했고, 부제로 '〈카마-로카(Kama-Loka)〉, 〈불교극(Kama-Loka, Ett buddhistdrama)〉'이라 명명하고 싶었다고 한다. 이 '카마-로카'는 신지학적 명칭으로, 스뵈덴보리이는 신비적 영계의 세계라 정의했다. 즉 인간의 사후, 죽음의 왕국으로 들어가기 전 영혼이 구원자를 기다리며 가장 먼저 머무는 곳이다. 신지학적 이론에 따르면 히브리어로 '셰올(Scheol)'은 범어로 '카마-로카'와 부합한다.

절망적인 삶으로부터 탈피하고 싶은 강한 욕구가 돋보이는 이 환상적인 작품은 투철한 인간분석을 통해 마치 단층사진을 보듯 다양한 각도에서 불교의 인간 무상의 원리와 12연기에 의해 괴로울 수밖에 없는 인간존재를 심리적으로 분석해 내고 있다. 지상의 다양한 삶에 관한 시각을 쇼펜하우어의의 사상, 불교-인도철학, 그리고 스뵈덴보리이의 영적 세계를 혼합시킨 이 희곡은 표면에 떠오르지 않는 무의식 세계 속에서의 자아와 인간의 본질을 분석해 내며 인간 통찰의 방법을 시도했다. 또한 동양사상에 근거한 진정한 자유의 개념과 무상의 행복을 찾는 길과, 해탈을 통한 열반에 이르는 길, 특히 죽음에 의한 해탈, 소멸과 탄생을 스트린드베리이적 존재론으로 풀어낸다. 불교적 의미로 인생의 법륜(法輪)을 뜻하며 12 연기법에 의한 변화와 생존의 윤회를 암시해 주는 원형살롱에서 자신의 존재를 위해 투쟁하며 살아가는 모순투성이의 중생들의 죄업을 한눈에 볼 수가 있다. 각기 다른 둥근 인생의 바퀴는 엇물려 돌고 돌며 인간의 욕망, 고뇌, 번뇌, 죽음을 회전시켜 나가는 것이다. 무절제한 우주의 상징과 인생의 상징인 무대의 원형살롱은 마지막 장면에서 사라지고 대신 스위스의 화가, 아르놀드 뵈클린(Arnold Böcklin, 1827-1901)의 〈죽음의 섬(Toten-Insel)〉이 대신한다.

스뵈덴보리이의 '영과 교신의 이론(Korrespondenslära)'에 끌려 영적 세계에 깊이 심취했던 스트린드베리이의 발자취는 그의 소설 《인페르노(Inferno, 1897)》를 비롯하여 많은 작품 속에서 찾아볼 수 있다. 《유령소나타》에서도 '일요일에 태어난 아이', '꽃들의 세계',

'빛의 세계'에 대한 상징성을 살펴보면 "인간의 운명은 자신의 행위"에 의해 결정된다는 불교의 근본사상과 일맥상통하는 스뵈덴보리이의 이론에 매료된 작가의 정신을 감지할 수 있다. 텍스트에서 초인간적인 능력은 "일요일에 태어난 아이"라는 것에 귀착된다. 또한 지상의 실존을 의미하는 각양각색의 수많은 히야신스로 가득한 '대령의 딸'의 방엔 지구(현실세계)를 상징하는 아스칼론(Ascalon)의 둥근 뿌리, 곧게 뻗은 줄기는 지구축을, 여섯 개의 실 같은 모양의 별꽃들은 하늘의 세계, 즉 열반의 세계로부터 발산되는 하얀 빛으로 방안을 가득 채운다. 이것은 암흑 같은 이 세상으로부터 부처님의 자비로우신 가르침이 인간의 영혼을 인도하는 빛을 암시한다. 《유령 소나타》의 빛을 찬양하는 시는 13세기 아이스랜드(Island)의 '태양의 노래(Sólarjód)'로써 한 남자가 사후에 아들에게 나타나 죽음 이후의 삶을 설명하는 내용이다. 자신의 육체가 생사를 헤매며 힘을 잃어갈 때 그의 영혼 역시 천당과 지옥 사이를 왕래하고 있었다고 했다. 지옥의 문에서 경종이 울려오고 반대쪽에선 '신'을 상징하는 태양이 떠오르는 것을 보았다고 주장한다. 이것은 환희의 세계를 뜻하는 것으로, 마지막 맺는 싯구(詩句)는 인간은 혼자 죽고 모든 것으로부터 잊혀져 간다. "단지 그가 따라가는 것은 생전에 행했던 행위의 업보일 뿐이다." -《유령 소나타》에서-. 그리고 '미이라'와 '노인'의 시계에 대한 대화를 통해 스트린드베리이가 에드가르 알란 포(Edgar Alan Poe)와 쇼펜하우어의 영향을 받았음이 또한 입증되고 있다. 즉 세계와 인류가 행복을 누리기 위해서는 시간을 멈추게 해야 한다며, 인간의 삶 자체가 죄 많은 것이기에 인간이 인간을 심판할 자격이 없다는 것을 주장하고 있다.

작중 인물인 '학생'이 사후에 대한 비전을 얘기할 때 스트린드베리이는 마지막 장면을 하나의 화폭으로 장식했다. 뵈클린(Arnold

Böcklin)의 기념비적 '죽음의 섬'은 '대령의 딸'의 죽음 이후의 삶을 명시해 주고 있다. 이 그림은 스트린드베리이 자신이 가장 좋아하는 작품 중의 하나라고 1899년 한 인터뷰에서 밝힌 적이 있으며, '고차원적인 존재의 형태'라고 표현했다. 아울러 〈죽음의 섬〉은 스뵈덴보리이의 영적 세계에 대한 표현을 화폭에 담은 것이라고 언급하며, '사후에 첫 번째로 머무는 휴식처 혹은 여름휴가'라고 기술했다. 또 다른 죽음의 상징인 가리개를 치는 것은 죽음이란 인생 속에 지녔던 환각이나 환영들을 일깨워 벗겨버리는 순간으로 죽음을 통해 삶이란 물질화된 거짓투성이를 소멸시켜버린다는 것 역시 쇼펜하우어의 '유일한 참된 선은 사멸이다'라는 말과 일맥상통한다. 그러나 죽음이 삶의 종말일 수는 있겠지만, 결코 인간존재의 종말일 수는 없다는 것이 작가의 의도임을 알 수 있기도 하다.

《유령 소나타》에서 작가는 등장인물들을 통해 가면을 쓰고 생존하는 인간들의 숨겨진 실상, 혹은 삶 속에 내재되어 있는 전형들을 파헤쳐내고 있다. 곧 사랑, 증오, 양심의 가책, 우정, 적대감, 배신, 부정행위, 배은망덕, 사기, 협잡, 그리고 죽음의 개념 등을 존재 양식의 형태 속에서 구현시켜 접근해 보여주며 환경이 인간에게 미치는 영향력을 구사하고 있다. 작가가 제시하고 있는 이 모든 양상은 정신적인 삶, 다양한 인간유형들을 통한 삶의 형태와 진실의 내면성, 그리고 진실된 내적 현실의 실태들이다. 특히 그가 강조하는 외형적 양상은 실제 성격과는 반대되는 모습임을 드러내주고 인간의 사악함을 풍자적으로 그려내며 폭로하는 것과 동시에, 위선 가운데 살아가는 인간들의 가면을 벗기려 한다. 스트린드베리이는 외적인 우주의 성격을 암시적으로 묘사하고 있으나 실제로 그가 표현하고자 하는 것은 진정한 내적 삶을 무대 위에 올려놓는 것이다. 등장인물들은 사회현실 속에서 흔히 볼 수 있고 또한 공감할 수 있는 인물들로 한 개인의 마음속에 내재되어 있는 욕망, 탐욕, 거짓, 비도덕적 행위, 모순 등의 의미를 집중적으로 다루며 물질 추구에 주력하는 현대인의 물질 만능주의적 생리와 사회철학적 관점에서 사회계급간의 증오를 폭로하고 있다. 모든 욕망은 환상이며, 인간을 고통으로 이끌 뿐이며, 개개인은 자신의 지옥을 스스로 만들며 살아가고 있다는 것이다. "산다는 것, 그 삶 자체가 힘든 고행의 길인 것 같다"는 절망적인 '대령의 딸'의 고백 속에서 인간의 본질은 고통이 자아에 의해 따른다는 불교적 괴로움과 무상의 진리를 표현한다.

'유령들의 만찬'에 초대된 인물들을 통해 자신만이 간직하고 살아가던 비밀들이 모든 사람들 앞에서 하나하나 공개된다. 또한 위선과 거짓 투성이의 실체를 드러내며 이 세상과의 모든 뒤틀린 것, 불합리한 것, 죄에 가득 차 있는 것, 원죄로써 이해되는 것 등이 보여진다. 인간 존재의 세계는 전체적으로 보면 하나의 비극이며 부분적으로 보면 희극적인 면도 많이 있다는 것이다.

작가 자신의 인생과 다른 사람들의 인생을 모자이크한 내용의 이 작품은 자신의 자서전적인 것도 생의 고백도 아닌, 인간들의 일생은 각자 업보나 운명에 교차되어 이루어진다는 메시지를 담고 있다. 스트린드베리이가 추구하고자 했던 작품의 중심적인 줄거리와 근본적 사상을 그가 '연극'이라 명명해 쓴 서신에 잘 명시되어 있다: "눈앞에 거대한 산등성이와 같은 형체가 무너져내리듯 현실 속에서 현상이 아닌 물질 그 자체, 즉 실체(Das Ding an Sich)를 보았을 때, 그것은 마치 우리들의 인생처럼 참담하고 소름 끼치는 것이었다. 이야기 줄거리와 형태로 말하자면 삶의 지혜는 연륜과 경험에서 얻어지며 그때쯤은 삶을 영위하기 위한 물질의 풍요로움도 누리게 되고 세상이 어떤 것인지를 꿰뚫어 볼 수 있는 능력도 갖추어진다. 그렇게 '운명의 실'로 '세상의 베를 짜는 여인'은 인간들의 운명을 직조하는 것이며, 또한 누구의 집 할 것없이 집집마다 많은 비밀을 지니고 살아가고 있다. 다만 인간들은 너무나 오만하여 그것을 인정하려 들지 않을 뿐이다. 대부분의 사람들은 고뇌 속에 발돋움치는 인간들이 마치 고통 같은 건 모른다는 듯이 자신의 망상 속에 그리는 행복을 자랑하느라 정신이 없다. 일반적으로 그렇게 자신의 불행은 숨기려드는 것이 인간들의 모습인 것이다."

인간세계의 다양한 삶에 관한 시각을 쇼펜하우어의의 사상, 불교-인도철학, 그리고 스뵈덴보리이의 영적 세계를 혼합시킨 이 희곡은 표면에 떠오르지 않는 무의식 세계 속에서의 자아, 인간의 본질을 분석해 내며 인간 통찰의 방법을 시도했다. 또한 불교철학과 동양사상에 근거한 진정한 자유의 개념과 무상의 행복을 찾는 길과, 해탈을 통한 열반에 이르는 길, 특히 죽음에 의한 해탈, 소멸과 탄생을 스트린드베리이의 존재론적 입장으로 풀어내는 이 희곡은 영혼의 문제를 다루는 일종의 소름 끼치는 비관적인 해학이라 할 수 있다. 다양한 주제로 상황이 설정되고 환상과 현실의 복합적인 요소가 극을 이끌어 간다. 이것은 마치 수많은 물감들을 하나의 색채를 만들어 내기 위해 팔레트 위에 늘어놓는 것과 같다. 관객들은 인간 존재의 놀라운 운명의 직조 과정을 지켜보며 다양하게 배합된 이미지를 통해 형이상학적인 사고에 생활철학적 요소가 가미된 몽환적인 드라마 속으로 빠져들게 된다. 보편적 지각력에 따른 마음의 평온을 노골적으로 뿌리 채 흔들어 놓는 《유령 소나타》는 그 속에서 외적인 문제들이 무너져 내리고 급진적으로 인간들의 모습과 사회 전반에 대한 새로운 전망을 볼 수 있고 스트린드베리이적 존재론을 가늠해 볼 수 있는 작품이기도 하다. 철학적인 요소와 인생의 희극적인 면모가 두드러지는 《유령 소나타》는 국제무대에서도 많은 사랑을 받는 작품이다.

## 《펠리컨(Pelikanen, 1907)》: Opus IV.

자연주의, 표현주의 그리고 부조리 극에 속하는 《펠리컨》은 스웨덴에서는 드물게 공연되는 작품이지만, 국제적으로는 인기리에 공연되는 극이다. 그는 '증오의 희곡'과 자기 학대로 놀라움과 공포를 일깨우자, 그의 명성은 부단히 높아져갔고, 오히려 그의 작품은 세계로 퍼져나가 국제무대에서 만나게 된다.

《펠리컨》은 스트린드베리이의 길고도 고통스럽기 그지 없었던 세 번째 결혼이 대단원의 막을 내려 우울증에 시달리고 있던 스트린드베리이 자신의 주변 이야기다. 그 외에도 외부와 단절된 생활 가운데 세계관에 기초가 되는 것을 배제하고 인간에 대해 파고드는 것에서 벗어나지 못하는 고민에 빠지게 되었다. 그의 두 손은 건선으로 피투성이가 되었고, 가정부들의 비위를 상하게 하여 견디다 못한 그들은 모두 떠나버렸다. 그는 자살을 계획하기도 했다. 1907년 봄, 《죽음의 춤》으로 인신공격을 당했음에도 불구하고 그의 여동생 안나(Anna)는 그를 도우려 왔다. 그러나 그의 지속되는 불평을 견디지 못한 그녀 역시 3일 만에 떠나고 말았다. 그 후 다수의 가정부가 있었으나 견디지 못하고 모두 떠나자, 그 모든 증오는 안나에게 돌아갔다. 그는 완성을 보지 못한 희곡, 《죽음의 섬(Teten-Insel)》에서 그녀의 무능함을 증오로 묘사했고, 《펠리컨》에서는 여동생을 색정 살인범으로 몰아갔다. 여동생이 남편 필립을 떠날 것을 종용했던 그는, 어느 날 밤 가까운 곳에서 절규하는 소리를 듣게 되었을 때, 버림 받은 필립이 자신의 위기를 외친다고 믿었다. 그는 이 테마를 《펠리컨》에 적용시켰다. 그때의 일을 후회한 그는 필립을 《죽음의 춤(Dödsdansen, 1900)》에서 대령의 모델로 삼았다. 그 당시 절망적인 그의 일기는 완전히 다른 느낌을 준다. "삶은 너무나 끔찍하도록 짓궂고, 우리 인간들은 악마와 같이 악하기에, 한 작가가 보고 들은 모든 것을 묘사하려 한다면 아무도 그것을 읽으려 하지 않을 것이다. [⋯] 삶은 너무나 냉소적이어서 오로지 짐승이나 만족할 수 있을지 모른다. 그리고 소름 끼치는 우리의 삶을 아름답게 바라보는 자는, 짐승에 지나지 않는다! 삶은 분명 하나의 형벌이다! 지옥 같은 삶은, 약간의 사람에겐 연옥일 수도 있겠지만, 천국은 그 누구를 위한 것도 아니다. 인간은 어쩔 수 없이 사악한 짓을 하고 자기 주변의 사람들을 괴롭히기 마련이니까.[⋯]"

《펠리컨》에서 숨막히는 집안 분위기와 감옥과 같은 삶조차 어머니의 죄과에 대응하지 못하는 아들, 프레드릭에 대해 높이 평가하게 만들어졌다. 스트린드베리이의 인생관에 의해 모든 등장인물들은 현세의 감옥이라는 느낌을 갖게 된다. 마지막 장면에서 어머니가 발코니 문을 열고 뛰어내리려 하는 것은 현실적 측면에선 화염을 피해 생명을 구하려는 것으로 보여진다. 반면, 형이상학적 측면에선 지옥과 연옥으로부터 탈피하려고 시도하는 것과 같은 맥락이다. 그러나 어머니의 탈출은 현실의 감옥으로부터 해방을 안겨주는 죽음을 암시하는 것이기도 하다. 자식들의 시각에서 그려진 이 작품은 자식들을 냉대하고 학대하는 착취자로, 아버지를 죽인 살인자로 인간이 아닌 어머니상을 묘사했다.

자연주의와 표현주의의 경계선상에서 장소의 통일성을 강조하며 3막 모두 동일한 장소인 거실에서 펼쳐지는 가운데 극이 진행되는 것은 숨막히는 집안 분위기와 스트린드베리이적 지옥과 같은 지상의 삶을 상징한다. 그곳에는 쉬폰예, 침상, 주인을 잃은 낡은 흔들의자가 놓여있다. 그곳에서 과부는 가정부, 성인인 아들, 딸 그리고 자신의 정부인 사위와 대립하고 있다. 어머니는 비록 자신과 주변 사람들 앞에서 자식들을 냉대하고 학대하는 것을 부정하지만 다반사로 휘두르는 세력과 기만은 집안 분위기를 어둡게 몰고 간다. 아버지의 장례식을 거행한지 얼마 후, 딸의 결혼식이 있었다. 비열하고 허위투성이인 사위의 정체는 하나하나 벗겨진다. 거실에 아버지의 유령이 나타나 빈 무대 뒤에서 살해당한 그가 편지 형식, 혹은 양심의 가책과 환상을 통해 가족들에게 말을 한다. 흔들의자가 움직이고, 문은 세게 닫히고, 그림들은 떨어져 내리고, 종이들은 방안에서 이리저리 날아 다닌다. 쉬폰예의 비밀서랍에는 죽은 아버지로부터 온 편지가 놓여 있었지만, 그 편지는 찢겨져 숨겨졌고 재발견된다. 게다가 말수가 적고, 고통스런 나날을 살아가는 프레드릭에게 관객은 연민을 느끼기 마련이다. 몽유병자 같은 딸 예르다는 평소보다 나아 보이며, 프레드릭과 예르다의 대화는 마치 스릴러를 보듯이 긴장감을 유발시킨다. 절망적인 상태에서, 추위에 떨며, 기침을 해대는 아들은 포기를 하지 않고 진실이 드러날 때까지 아버지의 죽음을 파고든다. 결국 심한 충격에서 벗어나지 못한 아들은 집에 방화를 하게 되고 누나와 함께 죽음 앞에서 깨달음에 이르고 해방감을 느낀다는 스토리로, 희생양에서 가해자로 변신한다는 것은 심리적으로 충분히 가능한 것이다. 화염에 쌓인 오누이가 아름다웠던 추억을 더듬는 서정적인 마지막 장면은 가슴을 뭉클하게 만든다.

1920년, 《펠리컨》의 무대를 어떻게 올릴 것인지를 가장 먼저 이해한 사람은 독일의 연출가 라인하르트(Max Reinhardt)와 스톡홀름의 오페라 측이었다. 제 1차 세계대전의 종결로 독일은 패전의 충격으로 정치적 위기의식으로 비탄에 빠졌고, 기아에 허덕이며 사회적 모순, 불안감과 같은 강박관념으로 면목을 잃어갔다. 만신창이가 된 생존자들은 넘쳐나고 악령들은 사방에서 날뛰고 있었다. 사회와 문화의 기반이 흔들리게 되면서 개인의 정서적 위기의식을 느끼게 되었고 인간의 소중한 정신적 존재가 위협받던 당시, '독일 표현주의' 라는 예술양식이 자연주의의 규범을 파괴해 버리고 주관적이고 능동적인 영혼의 외침에 의해 인간의 주체성 회복내지는 만상(萬象)의 본질을 찾으려는 획기적 운동이 일어났다. 라인하르트는 이 새로운 흐름에 관심을 갖고 해석해 냈다. 또한 그는 스트린드베리이의 병적으로 증오에 찬 희곡들이 자신의 새로운 무대연출을 위해 뛰어난 자료가 될 수 있음을 인지한 첫 번째 인물로, 베를린 무대에 이 작품을 올렸다. 단지 가치 없는 테마가 증오에 찬 희곡에 영감을 준 《펠리컨》은 스트린드베리이의 희곡 중 높이 평가받고 있는 희곡으로, 스웨덴보다 국제적으로 가장 많이 공연되는 작품 중의 하나다.

## 《검은 장갑(Svarta handsken, 1908)》: Opus V.

1908년 9월, 스트린드베리이는 팔크에게 "1850년대의 부유한 양조업자의 집 식당방에서 공연할 수 있는 '크리스마스 극'을 집필하고 있으며, 제목은 《크리스마스(Jul)》라고 전했으나 완성을 보지 못했다. 그러나 그 해 11월 말 재작업에 들어가 '5막의 무대를 위한 서정적인 공상 극'으로 Opus V.이 추가로 태어났다.

스트린드베리이는 크리스마스 시즌이 되면 자식들에 대한 그리움이 더 깊어 갔다. 그때 그는 동화적인 분위기의 극을 떠올렸다. 《행복한 페르의 여행(I Lycko-Pers resa, 1882-82)》과 《천국의 열쇠

(Himmelrikets nycklar,1892)》는 첫 번째 결혼에서 낳은 자식들을 생각하며 창작된 것이고, 《강림절(Advent, 1898)》은 오스트리아에서 두 번째 부인 프리다와 살고 있는 셔스틴(Kerstin)을 염두에 두었고, 《검은 장갑》은 세 번째 부인 하리에와의 사이에서 낳은 안 마리(Anne Marie, 1902-2007)를 그리며, 작품에서 '마리(Mary)'로 불렸다. 실제로 하리에가 도둑맞았다고 생각한 약혼반지를 찾은 것을 테마로 한 《검은 장갑》의 내용은 그의 《신비의 일기(Ockulta dagboken, 1907/6/11)》에서 찾아볼 수 있다.

줄거리는 한 아파트 건물에 젊은 부인, 80세의 박제사 영감, 친절한 경비원이 살고 있고 동시에 톰텐과 천사가 등장한다. 아름다운 젊은 부인은 값비싼 반지를 분실하자 정직한 하녀, 엘렌(Ellen)이 훔쳤다고 의심한다. 전반적으로 이기적인 부인은 기쁨과 친절함이 결핍되어 있었고 톰텐 앞에서 올바른 마음가짐을 보이지 않는다. 그러자 천사는 그녀에게 끔찍한 벌을 주기로 결심한다. 톰텐에게 요술을 부려 그녀가 사랑하는 어린 딸, 마리(Mary)를 그녀로부터 빼앗아 가버린 후, 그녀가 순화되고 후회에 차 있을 때 아기를 돌려주도록 하는 임무를 부여한다. 반지는 박제사 영감이 바닥에 떨어져 있는 것을 집어서 얼음상자 위에 올려두었던 부인이 잃어버린 장갑 속에서 발견된다. 젊은 부인의 냉혹함이 사라졌을 때, 비로소 그녀는 겸손하게 감사하는 마음으로 평화로운 크리스마스 이브를 맞이하게 된다는 이야기다.

운문과 산문체로 쓰여진 이 희곡은 '크리스마스 희곡'으로, 보이지 않는 초자연적인 힘이 크리스마스 이브에 어떻게 인간의 운명에 개입하는지를 그린 작품이다. 특징적인 요소로써 계획된 베토벤(Ludwig van Beethoven, 1770-1827)과 신딩(Christian Sinding, 1856-1941), 그리고 뮤직박스의 음악을 도입했다.

스트린드베리이의 다른 네 편의 〈캄마르스펠〉은 인간 세상을 상징하는 현대식 아파트 건물에서 삶의 모습을 묘사한 것이지만, 《검은 장갑》은 톰텐과 천사가 보호하고 돌보며 활동하는 것을 보여주는 환상적인 작품이다.

　　이 작품의 초연은 그의 딸 그레타(Greta, 1881-1912)가 주인공으로, 1909년 크리스마스 시즌에 전국 순회공연으로 이루어졌다. 그 후 TV와 Radio 극으로 재창조되었고, 국내외로 크리스마스 시즌에 즐겨 공연되는 드라마다.

# 아우구스트 스트린드베리이의 작품 연보

**요**한 아우구스트 스트린드베리이(Johan August Strindberg)는 1849년 1월 22일 스웨덴의 수도 스톡홀름의 리다르홀멘(Riddarholmen)에서 태어나, 1912년 5월 14일 마지막 보금자리인 블로 토-넽(Blå tornet)에서 위암으로 사망했다.

그는 스웨덴을 대표하는 최고의 작가로, 세계적인 극작가로서 명성을 떨쳤다. 동시에 연출가, 소설가, 시인, 과학자, 화가, 사진작가, 언어학자, 사상가, 사회비평가… 등, 다양한 삶을 살며 새로운 쟝르와 사조를 탄생시킨 타의 추종을 불허하는 천재적인 인물이다.

그에게 영향을 끼쳤던 사상가로 특별히 킬케고르(Søren Kierke-gaard, 1813-1855), 쇼펜하우어(Arthur Schopenhauer, 1778-1860), 하르트만(E. von Hartmann, 1842-1906), 니체(Friedrich Wihelm Nietzsche, 1844-1900), 스뵈덴보리이(Emanuel Swedenborg, 1688-1772) 등을 들 수 있다.

생전에 남긴 저서로 일기, 국제적으로 명성을 떨치던 많은 지식인들을 비롯하여 600여 명과의 서신교환을 한 10,000여 통의 서간집, 120여 편의 문학작품 중 60편의 희곡, 학술 논문, 언어 연구서, 보도기사, 그리고 미술작품, 회화 172점, 및 많은 사진작품을 남겼다.

1849-1867: 유년기, 청년기, 학창시절, 교사 및 평신도 설교자.

1867-1874: 웁살라(Uppsala) 대학에서 수학, 공민학교 교사,
　　　　　 저널리스트.

- 자유사상가(Fritänkare,1869).

- 추락하는 그리스(Det sjunkande Hellas, 1869).

- 헤르미온(Hermion, 1870).

- 로마에서(I Rome, 1870).

- 스톡홀름 군도로부터의 이야기(En berättelse från Stockholms
  skärgård, 1871).

- 배척된 자(Den fredlöse, 1871).

- 울로프 선생(Mäster Olof, 1872); 산문집(Prosaupplagan,
  1872).

- 울로프 선생(Mäster Olof, 1872); 운문집(Versupplagan,
  1876).

1875-1882: 국립도서관 서기, 시리(Siri von Essen, 1850-1912)와
　　　　　 의 만남과 결혼, 작가로서 데뷰.

- 58년(Anno fyrtioåtta, 1875).

- 바다로부터-이곳 저곳(Från havet - Här och där).

- 그와 그녀(Han och hon, 1875-76).

- 피에르딩엔과 스봐르트백겐으로부터(Från Fjärdingen och
  Svartbäcken, 1877).

- 문화사 연구(Kulturhistoriska studier, 1872-80).

- 빨간 방(Röda rummet, 1879).

- 협회의 비밀(Gillets hemlighet, 1879-80).

- 옛 스톡홀름(Gamla Stockholm, 1880-82).
- 행복한 페르의 여행(Lycko - Pers resa, 1881-82).
- 스웨덴 민족의 축제와 노동…(Svenska folket i helg och socken …, 1881-82).
- 벵트씨의 부인(Herr Bengts Hustru, 1882).
- 새로운 제국(Det nya riket, 1882).
- 스웨덴의 운명과 모험(Svenska öden och äventyr, 1882).

## 1883-1888: 프랑스, 스위스, 독일, 덴마크에서의 자의적 망명생활, 결혼의 위기.

- 다수의 모음집(Flera samlingar, 1883-84, 1890-91).
- 운문체와 산문체의 시(Dikter på vers och prosa, 1869-83).
- 각성하는 날들의 몽유병의 밤들(Sömgångarnätter på vakna dagar, 1883).
- 평등과 불평등 I-II(Likt och olikt I-II, 1884).
- 무산계급을 위한 작은 교리문답집(Lilla katekes för under-klassen, 1884).
- 재산 몰수 여행(Kvarstadsresan, 1884).
- 프랑스 농민들 가운데에서(Bland franska bönder, 1886).
- 생체해부 II(Vivisetioner II, 1887).
- 친구들(Kamraterna, 1886).
- 약탈자(Marodörer, 1886-87).
- 결혼 I(Giftas I, 1884).
- 양심의 가책(Samvetskval, 1884).
- 현실 속의 유토피아(Utopier i verkligheten, 1885)

- 결혼 II(Giftas Ⅱ, 1886).

- 하녀의 아들(Tjänstekvinnans son, 1886).

- 아버지(Fadren, 1887).

- 헴 섬의 주민들(Hemsöborna, 1887).

- 미치광이의 항변(En Dåres Försvarstal, 1887-88)

- 미스 줄리(Fröken Julie, 1888).

- 채권자(Fordringsägare, 1888).

- 군도에 사는 어부의 삶(Skärkarls liv, 1888).

- 챤달라(Tschandala, 1888).

- 꽃그림과 동물의 조각(Blomstermålningar och djurstycken, 1888).

1889-1892: 스톡홀름(Stockholm) 군도와 유스홀름(Djursholm)에 서의 생활.

- 강한 자(Den Starkare, 1888-1889).

- 천민(Paria, 1889).

- 알제리의 열풍(Samum, 1889).

- 민중 극 헴 섬의 주민들(Folk-komedin Hemsöborna, 1889).

- 군도의 변두리에서(I havsbandet, 1889-90).

- 죽음 앞에서(Inför döden, 1892).

- 첫 번째 경고(Första varningen, 1892).

- 차변과 대변(Debet och kredit, 1892).

- 모성애(Moderskärlek, 1892).

- 불장난(Leka med elden, 1892).

- 끈(Bandet, 1892).

1892-1898: 베를린과 오스트리아에서 망명 생활, 프리다 울(Frida Uhl)과의 두 번째 결혼, 빠리에서의 인페르노 위기(Inferno Kris), 이스타드(Ystad)와 룬드(Lund)에서의 삶.

- 안티바바루스 I(Antibarbarus, I, 1893).
- 생체해부 II(Vivisetioner II, 1887).
- 식물원 I-II(Jardin des plantes, I-II, 1895).
- 스웨덴의 자연(Sveriges natur, 1886-96).
- 인페르노(Inferno, 1897).
- 전설(Legender, 1898).
- 다마스쿠스를 향하여 I-II(Till Damaskus, 1898).
- 수도원(Klostret, 1898).
- 강림절(Advent, 1898).

1899-1907: 귀향, 스톡홀름 군도(Skärgården)에서의 삶. 하리에 부쎄(Harriet Bosse)와 세 번째 결혼.

- 죄와 죄(Brott och brott, 1899).
- 폴쿵아 이야기(Folkungasagan, 1899).
- 구스타브 봐사 왕(Gustav vasa, 1899).
- 에릭 14세(Erik XIV, 1899).
- 구스타프 아돌프 왕(Gustaf Adolf, 1900).
- 미드썸머(Midsommar, 1900).
- 사육제 마지막 날의 어릿광대(Kaspers fettisdag, 1900).
- 부활절(Påsk, 1900).
- 죽음의 춤 I-II(Dödsdansen I-II, 1900).
- 황녀(Kronbruden, 1901).

- 백조(Svanevit, 1901).
- 카알 12세(Carl XII, 1901).
- 다마스쿠스를 향하여 III(Till Damaskus III, 1901).
- 엥겔브레크트(Engelbrekt, 1901).
- 크리스티나 여왕(Kristina, 1901).
- 꿈(Ett drömspel, 1901).
- '파게르뷔' 과 '스캄순드' (Fagervik och Skamsund, 1902).
- 수도원(Klostret, 1902).
- 구스타프 III세(Gustaf III, 1902).
- 네델란드인(Holländarn, 1902).
- 영웅담(Sagor, 1903).
- 뷔뗌베리이의 나이팅게일(Näktergalen i Wittemberg, 1903).
- 고독(Ensam, 1903).
- 여트족의 방들(Götiska rummen, 1904).
- 흑기들(Svarta fanor, 1904).
- 말의 유희와 작은 예술(Ordalek och småkonst, 1902-05).
- 역사적 모형(Historiska miniatyrer 1-2, 1905).
- 새로운 스웨덴의 운명(Nya svenska öden, 1905).
- 상량식과 희생양(Taklagsöl, Syndabocken, 1906-07).
- 푸른 책(En blå bok, 1906-08).
- 악천후(Oväder, 1907). Kammarspel, Opus I.
- 타버린 대지(Brända tomten, 1907). Kammarspel, Opus II.
- 유령소나타(Spöksonaten, 1907). Kammarspel, Opus III.
- 죽음의 섬(Toten-Insel, 1907).
- 펠리컨(Pelikanen, 1907). Kammarspel, Opus IV.

1908-1912: 마지막 보금자리, "블로 토-넬(Blå Tornet)"에서의 삶. 자신의 〈인팀마 테아테른(Intima teatern)〉 소속인 18세의 배우, 파니 팔크네르(Fanny Falkner)와의 마지막 염문. 1912년 5월 14일 위암으로 사망.

- 마지막 기사(Sista riddaren, 1908).
- 아부 카셈의 슬리퍼(Abu Casems tofflor, 1908).
- 통치자(Riksförestândaren, 1908).
- 야알 비앨보(Bjälbo-Jarlen, 1908).
- 검은 장갑(Svarta handsken, 1908). kammarspel, Opus V.
- 인팀마 테아테른의 단원들에게 전하는 메모(Memorandum till medlemmarna av Intima teatern, 1908).
- 신비의 일기(Ockulta dagboken, 1896-1908).
- 인팀마 테아테른의 소속 배우들의 추억(Memorandum till medlemmarna på Intima teatern, 1908).
- 인팀마 테아테른에 보내는 공개장(Öppna brev till Intima teatern, 1909).
- 회복의 여정(Stora landsvägen, 1909). 마지막 희곡 — 일곱 정거장을 그린 유랑 드라마.
- 성서적 명칭(Bibliska egennamn, 1910).
- 모국어의 계통(Modersmålets anor, 1910).
- 스웨덴 국민에게 고 함(Tal till svenska nation, 1910).
- 국민을 위한 국가(Folkstaden, 1910).
- 종교적 르네쌍스(Religiös renässans, 1910).
- 세계언어의 어원(Världsspråkens rötter, 1910).
- 중국과 일본(Kina och Japan, 1910-11).

- 중국어의 기원(Kinesiska språkets härkomst, 1912).
- 러시아 황제의 전령 혹은 갈음질꾼의 비밀(Czarebs kurir eller sågfilarens hemligheter, 1912).
- 푸른 책의 후속편(En extra blåbok, 1911-12).

기타: 600여명과의 서신교환과 일기는 그의 연구에 중요한 역할을 하는 중요한 자료로 높이 평가되고 있다.

- 서간집I-XV(Correspondance, 1858-1907), 현재 22권으로 출간되어 있다.
- 출생에서 마지막 보금자리까지(Från Fjärdingen till Blå Tornet, 1870-1912).
- 하리에 부쎄에게 보내는 편지(Till Harriet Bosse)
- 하리에 부쎄에게 보내는 되찾은 편지(De återfunna breven).
- 나의 딸 셔스틴에게 보내는 편지(Brev till min dotter Kerstin).
- 신비의 일기(Okulta dagboken, 1896-1908). etc.

# 역자 소개

## 이정애

한국 외국어대학 독일어과 졸업 후, Sweden, Stockholm University에서 유학하며 스트린드베리이를 전공하고, France Paris의 l' Univeristé de la Sorbonne[Paris IV]에서 비교문학 박사 취득.

한국 동서대학교 교수, 영국 Cambridge University 객원교수, 일본 Josai International University에서 재직 후, 현재 미국 Hope International University의 동서대학교 미주 캠퍼스 책임교수로 활동하고 있다.

2012년, 〈스트린드베리이 서거 100주년 기념 페스티벌〉을 한국에서 기획하고 무대에 올렸다. 또한 페스티벌을 뒷받침하기 위해 〈한국공연예술센터〉의 《한팩뷰》에 1년 6개월에 걸쳐 스트린드베리이의 삶을 소개하는 특별기획 논문 연재와 공연 프로그램의 작품해설을 썼다. 아울러 스트린드베리이가 창단한 극단, 스톡홀름의 〈Intima teatern〉을 초청하여, 두 편의 해외 초청작 번역으로 서울 공연을 가능케 했다.

## 연구 논문, 저서 및 역서

- ⟨L'influence des idées bouddiques et des philosophies orientales dans sept oeuvres de August Strindberg après sa crise d'Inferno⟩
- ⟨Dance of Death by August Strindberg⟩
- ⟨Kammarspel" Goast Sonata of August Strindberg⟩
- ⟨The Composition and themes behind "Solitude(Ensam)" by August Strindberg⟩
- ⟨August Strindberg's life and literary world⟩: (기획논문 17편)
- ⟨아우구스트 스트린드베리이의 존재론⟩: "스트린드베리이 서거 100주년 기념 페스티벌"기념 국제 심포지움.
- 공연 작품의 번역및 작품해설: ⟪유령 소나타⟫, ⟪죽음의 춤 I⟫, ⟪펠리컨⟫, ⟪채권자⟫, ⟪꿈⟫, ⟪미스 쥴리⟫, ⟪죽음의 춤 II⟫
- "스트린드베리이 서거 100주년 기념 페스티발" 해외 참가작 공연 번역: ⟨미스 쥴리⟩, ⟨스트린드베리이의 세계⟩
- ⟨아우구스트 스트린드베리이의 작품세계⟩: ⟪한팩뷰⟫, 특별기획 연재, (16편)
- ⟨Une vue générale sur les Sagas islandaises et les romans japonais au moyen âge⟩
- ⟨Les études gérmaniques et scandinaves⟩
- ⟨Astrid Lindgren's fantasy literary world⟩
- ⟪Learner English⟫(ed.2)
- ⟪Parlez vous français⟫ (French textbook)
- ⟪Bröderna Lejonhjärta(빼앗길 수 없는 나라)⟫ by Astrid

Lindgren

- 《12 published manuscripts for 〈Japan-Korea, International Women's Study Symposium〉》
- 《Hey you! I》(Co-work, English textbook) etc.